ジョルジュ・サンド
セレクション
（全9巻・別巻一）

Les Chefs-d'œuvre de George Sand

M・ペロー
■責任編集＝持田 明子
大野 一道

ちいさな愛の物語

Contes d'une Grand-mère

8

小椋順子 訳＝解説
よしだみどり・画

藤原書店

Les Chefs-d'œuvre de George Sand

sous la direction de

Michelle Perrot , Akiko Mochida , Kazumichi Ohno

Tome Ⅷ

***Contes d'une Grand-mère*, 1873,76**

traduit par Junko Ogura

□もくじ□

ちいさな愛の物語

画・よしだみどり

ピクトルデュの城

孫娘、オロール・サンドへ

大切なことは、妖精がこの世にいるのか、いないのかを知ることです。あなたは今、不思議なことが好きな年頃ですね。そして私は不思議なことが自然界にあって欲しいのです。それはあなたも同じでしょう。妖精はいると私は思いますよ。いないのならば、妖精の話をしてあげられないでしょう。それに、超自然のものと言われるこれら妖精や、精霊などが、どこからきてどこに行くのか、私たちにどんな力を及ぼすのか、また私たちをどこに導こうとしているのか、そういうことも知らなければなりません。多くの大人たちはそれを知らないのです。だから私はそういう話を読んであげたいのです。あなたを寝かせながら、今から話してあげましょう。

1　話をする影像

この話は、昔、ジェボウダン（現在のロゼール県のあたり）と呼ばれていた未開の地方の森深くでのことです。山と林ばかりの荒野に、ピクトルデュという誰も住んでいないお城がたった一つだけありました。寂しい寂しいお城でした。まるで退屈しきっている人のようでした。たくさんの仲間を招待して、すばらしいパーティをしたあとに、死にそうなほど弱りはてている人のようでした。

フランス南部では人に知られた画家であるフロシャルデ氏は、小川に沿った道を馬車で通りかかります。マンドの聖母訪問会から連れて帰る八歳の一人娘を連れていました。娘は三カ月前から隔日に高熱を出すようになったというのが、連れ帰る理由でした。故郷の空気が必要だと医者が言うので、フロシャルデ氏はアルルの近くに持っていた美しい別荘に、娘を連れていくところでした。

前の夜、マンドを出た父と子は、親戚に会うために回り道をしたので、サン＝ジャン＝ガルドナンクで一泊しなければなりません。この町は今サン＝ジャン＝デュ＝ガールと呼ばれています。

鉄道ができるまだずっと前のことでした。今より何事でもゆっくりしている頃のことです。だからこの二人がやっと家に帰りつくのは翌々日でした。道が悪いため馬車がなかなか進めなくて、フロシャルデ氏は徒歩で御者《ぎょしゃ》の脇を歩いていました。

「前に見えるあれは何だろう？　廃墟か、または白い大きな岩だろうか？」と彼が御者に尋ねると、

「何だって！　ピクトルデュの城をご存じないのですか？」と、御者が言います。

「知っているわけがない。見るのは初めてだ。この道を通ったこともないし、これからも通ることはないだろう。恐ろしい道だね。全然前に進めない」

「ご辛抱。ご辛抱。昔のこの道は、新道よりまっすぐなんです。新道だと日没前にまだ七里行かねばなりませんが、この道だと二里ですみます」

「だがこんなに道が悪くて、これを出るまでに五時間もかかるなら、こちらを通るのが得策かどうかわからないね」

「旦那、ご冗談を！　二時間ぽっきりでサン＝ジャン＝ガルドナンクに着くんですよ」

フロシャルデ氏は幼いディアーヌのことを考えてため息をつきます。その日は彼女が熱を出す日でした。なるべく早く宿に着いて、ベッドに寝かせ、温かくしてやりたいと思ったのです。太陽はすっかり沈んでいて、谷底の道の空気には湿気があります。夜の冷気と、でこぼこ道の揺れとで、彼女の熱が上がり震えが来るのではと憂慮しました。

「だが、そうだとするともう誰も通らなくなった道だね」と、彼は御者に言います。

「そうです。もともとお城に行くためにつけられた道です。ところがお城に誰も住まなくなったので……」

「見たところ、まだ大きくて豪華なお城なのに、どうして人が住まなくなったのだろう？」

「この城で、金持ちの領主が、舞踏会、賭け事、宴会など馬鹿騒ぎをして破産したのです。どんな騒ぎか見たことはありませんが。崩壊が始まった頃に相続した所有者は、修復する方法がなかったのです。まだ立派な外観のこの城はそのうち、高い所から川に崩れ落ちます。ちょうど今私たちが通っているこの道の上にね」

「今夜、無事にわれわれが通り過ぎた後なら、崩れてもいいがね！　だがなぜこの城はピクトルデュ（ねじれた山頂という意味がある）のような奇妙な名なんだね？」

「城の上の方の森から突き出ている岩が見えるでしょう？　あの岩のせいです。まるで火でねじまげられたようでしょう。昔、このあたり一帯が燃え尽きるほどの大火事があったそうです。それで火山の国々と呼ばれているのです。このような地方は決してごらんになったことはないでしょう。賭けてもいいです」

「いやいや、たくさん見たことはあるよ。だが、さしあたり今、そういうことに関心はない。できるだけ早く目的地に着きたいから、馬車を出してくれ。お願いだ」

「どうもすみませんが、まだ出せません。私たちは公園の滝のための貯水地を通らねばならないのです。もう水はほとんどないのですが、瓦礫《がれき》がたくさんあるので、馬たちを慎重に引いていかねばならないのです。お嬢さんのことはご心配にはおよびません。危険なことは何もないのですから」

「じゃあそうしよう。だが私は娘を腕に抱いていてやりたい。馬車を出せるときは知らせてくれ」

「分かっております。旦那、どうぞお好きなようになさっていてください」

画家は馬車を停めさせると、熱のため苦痛が始まりかけて、無気力状態に陥っている娘のディアーヌを降ろして抱きかかえました。

「この階段を上がってテラスを横切ってください。道の曲り角で私はお二人に合流します」と、御者が言います。

フロシャルデ氏は娘を腕に階段を上りました。その階段は、壊れかかっているにもかかわらず非常に美しい支柱が一本あり、それに優雅ないくつかの彫像が等間隔で残っていて、領主にふさわしい趣きがありました。かつては舗装されていたと思われるテラスは、今、草の生い茂る庭のようになっていました。草は剥がれた石の間に生えて、昔、鉢に植えられていた珍しい植物にまざっています。真っ赤なスイカズラは野バラの巨大な茂みに絡まっていて、ジャスミンがキイチゴの中で花盛りです。レバノンのヒマラヤスギが自生のモミと丈夫なカシの上にそびえ立っています。ツタは敷物のように広がるか、または花飾りのようにぶら下がっています。段の上におさまっているキイチゴは、彫像の台座の上まで唐草模様を描いていました。自由にはびこるこれら植物に侵入されたこのテラスは、おそらく今までこれほど美しいことはなかったでしょう。しかし、フロシャルデ氏はサロンの画家であり、自然は大嫌いでした。それに、狂ったような植物の豪華絢爛は日暮れの階段を歩きにくくしています。父親は娘のきれいな顔に棘《とげ》でも刺さらないかと心配して、できるかぎり少女を保護しながら歩を運びました。そのとき、下で石の上に響く馬の蹄鉄《ていてつ》の音が聞こえ、同時に、まるで不幸でも降って湧いたように、呻《うめ》いたり、嘆いたり、また罵《ののし》ったりする御者の声が聞こえました。

どうすればいいか？　腕に病気の子供を抱えて、彼の助けに駆けつけるにはどうすればいいか？　このとき、幼いディアーヌが優しく、しかも適確に父を難関から救い出してくれました。御者の叫び声ですっかり目を覚ましていた彼女は、哀れな男が陥っている危機を察知して、そこから引き出してやらねばならないと悟ったのです。

「お父さま、行ってあげて。私は大丈夫よ。この庭はとてもきれいだから大変気に入ったわ。お父さんのマントを置いていってくださいね。帰られるまで動かないで待っています。この大きい鉢の所にいますから、戻ってこられたらすぐにわかりますよ。心配なさらないで！」と娘は父に言います。

フロシャルデ氏は彼女をマントでくるんでから、何が起こったかを見るために走っていきました。御者は怪我をしていなかったのですが、瓦礫の上を乗り越えようとしたとき馬車がひっくり返って、二つの車輪は完全にこわれていました。一頭の馬は倒れるはずみに両膝に傷を負ったので、御者は絶望していました。かわいそうだと思ってもなすすべはありません。しかしフロシャルデ氏はやりばのない怒りを覚えました。もう夜になろうというとき、抱えていくには重すぎる娘を連れて二里の道のり、つまり三時間もの間、歩かねばならないとは！　といって、他にどんな方法も思いつきません。彼は御者が何らかの方策を見つけてくれるに任せて、ともかくディアーヌの所に引き返しました。

大きい鉢の所で眠っているとばかり思っていた娘は、すっかり目覚めていて、彼を見ると陽気に見えるくらいの様子で走りよってきました。

「パパ、テラスの端にいてみんな聞きました。御者は怪我しなかったけど、馬が傷ついて、それに馬車が壊れたんですって。私たちは今夜もうこれ以上遠くには行けないわ。パパがどんなに心配していられるかと、私もとても辛かったの。そのとき、誰か知らない婦人の声が、ディアーヌ、と私を名前で呼んだの。顔を上げると、女の人がお城の方に腕を差し伸べているのが見えました。そして、私にそこに入るように言うのです。パパ、お城に行きましょう。あの人はきっと喜んでくれるはずよ。私たち居心地よく過ごせるでしょう」と娘は言いました。

「婦人って、いったい誰の話かね？　この城には人が住んでいないということだし、ここでは誰にも会っていないよ」

「あの婦人が見えないの？　もう暗くなってきたからかしら。でも私にはまだはっきり見えるわ。あら！　あの婦人がこちらからお入りって扉を指し示してくれているじゃないの」

フロシャルデはディアーヌが指さす方を見ました。それは等身大の彫像でした。おそらく歓待の女神の顔に作られていて、上品で優雅な仕草で城の入り口を指し示しています。

「お前が婦人と言っているのは彫像だよ。夢の中で彫像が話をしたんだよ」と彼は娘に言います。

「いいえ、違うわ、お父さん。私、夢なんて見ていません。あの人が望まれるようにしなければいけないわ」

フロシャルデは病気の娘を困らせたくなかったので、豪華な城の入り口に視線を投げました。そこには蔓《つる》状の植物に飾られたバルコニーがあり、また彫刻された石がちりばめられていてすばらしく、その上堅牢に見えました。

「実際、ここで待つのが良さそうだ。善後策を講じる間、娘が休息できる片隅を見つけよう」父親は独り言のように言います。

彼はディアーヌをつれて入っていきました。彼女の方はしっかりと父の手を取り、すばらしい回廊の方

に引っ張っていきます。二人は前にまっすぐ進み、やがて広い部屋に入りました。部屋と言っても、実を言えばもはや花壇のようなもので、野性のミントと、白っぽい葉をつけたシソ科のマルビウムが茂っていました。おそらく以前は柱が何本も立っていたのだろうと思えますが、今は一本だけ床に転がっていました。他の柱は、あちこち穴のあいた丸天井を支えています。この廃墟はフロシャルデにとってひどく気分の良いものではなかったので引き返そうとしました。そのとき御者が来て言います。

「私についてきてください。まだしっかりした小屋があります。そこならあなた方は安全に夜を過ごされましょう」

「じゃ、私たちはそこで夜を過ごすんだね。町でなくてもどこか田舎家か農家ででも泊めてもらえないものかね」

「だめです。旦那、馬車はもう動かないんです。荷物を馬車に残して何か方法があればですが……」

「鞄はそんなにかさ高くないから、馬車から降ろして馬に担がせる。もう一方の馬車に娘を抱いて私が乗る。お前は一番近い人家に行く道を教えてくれればいい」

「夜の間にたどり着ける人里はまったくありませんよ。山はとても険しく、哀れな馬は二頭ともがたがたです。ここから出る方法など昼間でも私にはわかりません。ああ、神様、お恵みを！　とにかく急がなければならないのはお嬢さんを休ませてさしあげることです。ドアと風よけがあって、天井も壊れていない部屋を見つけましょう。馬のためには家畜小屋のようなものを見つけました。馬用には燕麦《えんばく》の小さい袋を持っています。あなた方は貯蔵食をお持ちだから、今夜は飢え死にすることはないでしょう。お荷物を持ってきましょう。夜のために馬車のクッションがあります。一晩くらいすぐに過ぎましょう」

「じゃお前の言うようにしよう」とフロシャルデは言います。「お前はすっかり落ち着いているから。おそらくここには誰か知っている番人でもいて親切にしてくれるんだろう？」

「番人なんていませんよ。ピクトルデュの城は自分で自分を守っているんです。でもまず、ここに入っても取るものは何もないのです。それから――いや、後でそれはお話しましょう。今私たちは昔の浴場のドアの所にいます。開け方は分かっています。さあ、お入りください。鼠もフクロウも蛇もいません。ご心配なく。ここで待っていてください」

彼らはおしゃべりをしながら、多少崩れ落ちた部屋をいくつか通り過ぎて、低くてどっしりした、いかめしい様式の、小屋のような建物の前に来ます。それは城の他の部分のようにルネッサンス様式の建物でしたが、城の前面がさまざまの建築様式を取り入れて作られているのに、列柱を廻らせた中庭のこの別館は、ローマの小規模の共同浴場を模倣したもので、内部はかなりよく壁で囲われていて、壊れないで保存されていました。

御者は馬車からカンテラを一つ持ってきていました。彼が火打石をならすと、フロシャルデはそこで夜をあかすことができることを確認します。御者がクッションやこまごましたものを取りにいっている間、父親は柱の台座の上に坐ると娘のディアーヌを膝に抱き抱えようとします。そのとき娘が言います。

「いいのよ、パパ、ありがとう。このきれいなお城で一晩過ごせるのはとても嬉しいわ。もう病気ではないようよ。さあ、御者の手助けをしましょう。そうすればもっと早く片づくでしょう。お父さん、お腹がペコペコでしょう？　分かってるわ。私もパパが篭《かご》に入れておいてくださったお菓子や果物をおいしく食べられそう」

フロシャルデは病気の娘が元気になったのを見て、彼女を馬車の方に連れていきました。娘を連れていったのでクッション、マント、箱、篭など、つまり馬車の中にあったものすべてが、十五分ほどで古い館の浴室に運びこまれます。ディアーヌは、馬車が壊れるときに腕が片方折れたお人形も忘れないで持ってきました。彼女は泣きたい思いでしたが、父親が、もっと大事なものをいくつかだめにしてしまったのを残念がっているのを見て、人形のことは我慢しました。御者はおいしいワインが二本無事だったのを確かめるとホッとして、それを持ってきながらうれしそうにしげしげと眺めています。

フロシャルデは「さあ、お前は私たちの寝る場所を見つけてくれたし、いつも献身的に奉仕してくれる。名前は何というのだね？」と御者に言いました。

「ロマネシュです。旦那」

「じゃあ、ロマネシュ、一緒に夜食をとろう。そしてお前も、見たところ眠れそうなこの広い部屋で寝るがいい」

「いや、私は馬の世話をしたり、包帯も巻いてやらねばなりません。でもワイン一杯は決してお断りしませんよ。特にこんなに不幸なできごとの後ではね。それにお給仕はしますよ。お嬢さんはおそらく水が欲しくなられるでしょう。私は泉のある所を知っています。ベッドもつくりましょう。私は子供がいますから、子供の世話ができます」

このように話しながら、律儀《りちぎ》なロマネシュはすべてのものを並べます。夜食は、冷たい丸焼きのとり肉と、ハム、パン、そしてディアーヌが喜んで食べたデザートでした。椅子もテーブルもないのですが、中央に大理石の浴槽があり、まわりにゆっくり坐れる段々があって、そこに坐ることができました。かつて浴槽に水を供給していた噴水がまだ内庭で水を出していました。いい水だったのでディアーヌは銀のコップで飲みました。フロシャルデはロマネシュにワインを一本与え、他の一本は自分のために取っておきました。そしてグラスを互いに交換しあいながら飲みました。

食べながら、画家は娘を観察します。彼女は陽気で、眠るよりおしゃべりをしていたい様子でしたが、お腹がいっぱいになった頃を見計らって、父は休息するように言いました。そして大理石の浴槽の中にクッションとマントでまずまずのベッドを作ってやります。すばらしい天候でした。夏の最中で、月が輝きはじめていました。それにローソクも一本残っていて、室内は少しも陰気ではありません。フレスコ画が壁一面に描かれていて、天井には、花の中を飛び回る鳥が、自分より大きいチョウチョウを捕まえようとしている絵がまだ残っています。壁の絵は妖精が手をつないで踊っているものでした。

妖精の中には足のないもの、手のないもの、首のないものなどがありました。ディアーヌはにわか作りのベッドに横になり、腕に人形を抱いて、静かにこの手や足のない踊り手たちを眺めます。祭りの曲さえ聞こえてくるようでした。

2　ヴェールを被った婦人

御者のロマネシュが部屋付きの下男に早変わりして夜食の残りを片付けているとき、フロシャルデは娘が寝入ったのを見ると、彼に尋ねるのでした。

「じゃあ、説明してくれないか。なぜこの城には番人がいないのだ？　お前はそれには特別な理由があると言ったが――」

ロマネシュは少しためらっていましたが、親切な旅行者からもらった良いワインのせいで舌が滑り出して次のように話しはじめました。

「あなた方はお笑いになるでしょうが、いや、確かにお笑いになるでしょう。あなた方、教育のある方々はあることについては信じようとなさらないのですから」

「さあ、聞かせてくれ。私は超自然のことは信じないよ。それは確かだ。でも不思議な話は大好きだよ。この城には伝説があるらしい。話してくれ。ばかにしたりしないよ」

「じゃあお話しましょう。旦那、実はこういうことなんです。先程このピクトルデュの城は番人がいないと言いましたが、実を言うと、城はヴェールを被った婦人に守られているのです」

「ヴェールを被った婦人だって？　それはいったい誰だい？」

「それは誰も知らないのですよ。ある者は、昔の衣装をつけた生きている人間だと言いますし、また他の人は、昔の王女の霊気で、毎夜この世に戻ってくるのだというのです」

「じゃあ、私たちはその婦人に会えるかもしれないのだね」

「いや、旦那、その婦人には会えないでしょう。とても礼儀正しい婦人で、自分のところに礼儀正しく入ってきてくれることを願っています。時には通りかかった人を招き入れることもありますが、招かれた人が注意を払われなければ、馬車をひっくり返したり、馬を突き落としたりするのです。きた旅人が歩いていれば、もう歩けなくなるほど石をばらまきます。私たちにも塔の上かテラスから何か招きの言葉を叫んだはずです。でも私たちには聞こえなかった。旦那はどうおっしゃるか分かりませんが、あの事故が起こったのは自然ではありませんよ。むりやりずっと道を続けていれば、もっとどんな災難が降りかかったことでしょう」

「なるほど、今やっと分かったよ。お前が他の道を行くのは不可能だと言ったわけが」

「それに町に行かれてもここよりよくはありません。清潔でもないし……夜食はもっとすばらしいのがあったかもしれませんが。でも私にはとてもおいしい食事でした」

「満足しているよ。ここに泊まったことを悔やんではいない。ただそのヴェールをかぶった婦人のことをもっと知りたい。招かれないのに入っていけば、その婦人はご不満だろうね」

「彼女は立腹してはいませんよ。ただ姿を見せないのです。決して誰にも見せません。今まで彼女の姿を見た人はいないのです。あの人は意地悪ではないし、誰にも悪いことはしません。ただ叫び声は聞こえます。『出ていきなさい』と言うのが。そうすると望む望まないにかかわらず、まるで四十頭のペアの馬のような強い何かに引っ張られるように従ってしまうのです」

「じゃあ、そういうことはわれわれの上にも起こるかもしれないんだね。というのは、われわれは全然招かれはしなかったのだから」

「失礼。旦那。私どもは確かに呼ばれたはずです。それに気がつかなかったのですよ」

このとき、フロシャルデは幼いディアーヌがテラスの像に確かに呼ばれたと言っていたのを思い出しました。

「もう少し小さい声で話してくれ」と彼は御者に言います。「この子が何かそんな夢を見たらしい。これ以上ばかげたことを信じこむようになっては困るからね」

「ああ！　お嬢さんは聞かれたんだ」ロマネシュはお構いなく大声で叫びます。「確かですよ。旦那。婦人は子供が好きなんです。招かれているのにあなたが通りすぎようとしたので、それを見て、彼女は馬車を転覆させた」

「そしてお前の馬を怪我させたというわけか？　優しく迎えてくれるという人にしては、いやなやり方だね」

「実を言うと馬の怪我はたいしたものではありません。ちょっと血が出ただけのことです。婦人が恨んだのは馬車の方なんです。でも明日修理するか、別のを一台見つけられれば、旦那の旅の後れは数時間で済むでしょう。今夜はサン゠ジャン゠ガルドナンクにお泊まりと聞いていましたから。おそらくどこかにお迎えが来ていて、昼間につかなかったので、心配させただろうと思ってられるのでしょう？」

「そうなんだよ」とフロシャルデ氏は答えます。彼はこの無頓着な御者がまた、ヴェールの婦人の何か新しい気紛れにすぐ従ってしまいそうなのを少々不安に思いながら、付け加えます。「明日は朝早くから後れた時間を取り戻すのに専念しなきゃならないね」

実際には、フロシャルデを決まった日に留守宅で待っている人がいるわけではありませんでした。彼の妻はディアーヌが修道院で病気になったことを知りません。それで彼女は休暇の前に娘に会える喜びは思ってもいなかったのです。

「さあ、寝る時間だ。お前はここで寝ないかね。馬と一緒の方がいいなら反対はしないが……」

「ありがとうございます。旦那。ご親切は身にしみます。でも私は馬たちの傍でないと眠れないのです。習慣になってしまいましてね。ところでお嬢さんと二人っきりで不安ではありませんか？」

「不安？　いや、いや、私にはそのご婦人が見えないのだから、何も恐くないよ。ところで、誰も見た者がいないのに、なぜその婦人がヴェールを被っていると分かるのか聞かせてくれないか」

「私にも分からないのですよ。旦那。古い物語です。私が作った話じゃないですよ。でもそれに悩んだりしないで、ただ信じてるんです。こう見えても私は怖がりではないし、……。それに城の霊気を怒らせるようなことは何もしていません」

「じゃあ、おやすみ。明るくなったらここに来てくれ。必ずだよ。はきはきと仕事をしてくれれば、相応のことはするよ」

フロシャルデは一人になると、ディアーヌの傍にいってその頬と小さい手にそっと触れました。彼は娘の熱が下がっているのに驚いたり喜んだりします。子供の熱について大した知識はなかったのですが、脈をとってみようとした時、ディアーヌが父親にキスをして言いました。

「安心してちょうだい。お父さん。とてもいい気分よ。熱を出しているのはお人形の方なの。そっとしておいてやってね」

ディアーヌは優しくてかわいい子です。不平など言ったことがありません。でもそのとき、とてもおだやかで、また楽しそうなので、父親まで嬉しくなりました。

『さっきは発作だったのだ』と彼は考えました。『彫像が話すのを聞いたと言ったときは夢の中だったのだ。でも発作は短い間だ。土地が変わったのが回復のためによかったのか。修道院の生活はおそらく娘に適していなかったのだろう。家に置いてやろう。妻もいやがることはないだろう』

フロシャルデはできるだけうまく自分の体をくるんで、子供の傍の段の上に並んで横になり、まだ若くてとても元気な男だったので、やがて眠りこんでしまいました。

フロシャルデ氏はまだ四十歳になっていません。美男子で愛嬌もありお金持ちで教育もあり、交際もとても上手な男でした。完成度の高い、生きているような肖像画をかくので、婦人たちにはよく似ていると好評でした。実物よりも若々しくきれいに描いたからです。

実を言うと彼の描く肖像画はどれもよく似ていました。頭の中にとても美しい一つのモデルがあって、それを少しずつ変えながら描いているのです。髪の形や、衣装は忠実にうつします。細部まで正確に描くことで肖像の特徴を造り出していました。洋服の色合い、髪のカールの動き、リボンの軽やかさなどを実にうまく真似ます。モデルの傍に置かれたオウムやクッションなどが非常に似かよっているので、すぐに誰が描いたのか分かるのでした。彼に才能がないわけではありませんでした。それどころか、この類いの肖像画家としては才能に恵まれている方でした。しかし彼独自のもの、才気、真の人生観、といったものはこの男に期待できないのです。だから成功したのです。いぼや皺《しわ》をはっきり描く傲岸無礼な巨匠よりも彼は優雅なブルジョワたちに好まれました。

結婚後、二年で妻に死に別れ、再婚しました。貧しいが良家の出の若い女性で、自分の夫を世界で最高の芸術家と思っています。生まれつき愚かな女では全然なかったのですが、あまりに美しくて、反省したり学んだりする時間がなかったのです。それで義理の娘を育てる仕事の前で尻込みします。それで娘を修道院に入れたのです。このような年頃では、住まいに一人でいるより、同年輩の友達大勢と一緒にいる方が好ましいと考えたからでした。でも実際には、彼女はディアーヌと一緒に遊ぶことも、また彼女を楽しませることもできなかったのです。あるいはできたとしても、その時間はなかったでしょう。一日に十回も着替えをして、そのたびにより美しくしなければいけないのですから、とてもその時間はなかったでしょう。

フロシャルデは良き父、良き夫でした。自分の妻は少々軽薄だとは思っていましたが、彼女が一日じゅう自分を飾りたてて満足していることは彼にとっても楽しいことでした。それに彼女は言っていました。『彼の絵の大部分を占めている女のアクセサリー一式を学ばせてあげて、自分は彼の役に立っている』と。

古い館の浴槽の中で横になって、いろいろのことをフロシャルデは考えていました。妻の美しさや衣装のこと、おそらくはもう治っている病気の娘のこと、裕福な得意先、彼が再開する遅れの仕事、馬車の事故、そして幼いディアーヌの幻想と、御者の不思議な話との奇妙な一致、ヴェールの婦人、それから田舎の人たち、恐怖から考えないようにするのに不思議なことは信じてしまう人たち。こうしたことをあれこれ考えているうちに彼は眠ってしまい、いびきさえかきはじめました。

ディアーヌも同じように眠っていました。たぶんそうでしょう。でも私は何も知りません。私は彼女の父母のことを、オロール、あなたが苛々するのを感じながら話しました。それはあなたにいつもはディアーヌがおとなしい夢見がちな少女だと分かってもらうためです。彼女は小さい時、乳母と共にたった一人で過ごしました。乳母は彼女を溺愛していましたが、たいそう無口な女でしたから彼女は自分の小さい頭でいろいろの考えをできるかぎり整理しなければなりませんでした。ですから私がこれから話すことにあなたはあまり驚かないことでしょう。さしあたり彼女の精神がどのように目覚めていったのか、ピクトルデュの城でどのように鍛えられたのかを物語るべきでしょう。

彼女は父のいびきを聞くと、目を開けて、周囲を見回しました。丸くて大きい部屋は暗かったのですが、天井はそんなに高くありません。壁に架けられていたカンテラが薄暗い光で照らしていたので、自分の前に置かれた古代風の踊り子のいく人かを見分けることができました。その中の一つ、大きい踊り子は最もよく保存されているようでもあり、傷んでいるようにも見えました。その緑がかった洋服には何か新鮮なものがあったし、むき出しの腕と足のデッサンはしっかりしていましたが、顔だけは湿気のために消えてしまっていました。彼女は御者がフロシャルデ氏にしていた物語をぼんやりですが聞いていました。そしてこの顔のない女の絵はその話と関係があるはずだと思うようになります。

『なぜお父さんはそういう話をばかげたことだと言われるのかしら？　分からないわ』と彼女は考えます。『あの婦人は確かにテラスで私に話しかけられたし、とても優しくてきれいな声だった。あの人がもっと話してくれればいいのに——私のことを病気だと思いこんでいるパパの機嫌を損ねたくないけれど——まだあの方があの場所にいられるなら、会いにいきたいものだわ』

ここまで彼女が考えていたとき、ランプが消えました。月の光のようなブルーの美しい光が部屋を横切るのが見えました。そしてその光の中を、古代の踊り子が壁を離れて彼女の方に歩いてきました。

ディアーヌがそれを怖がったなどと思わないでくださいよ。それはうっとりするような姿でした。婦人のドレスは美しい体の上に無数の襞《ひだ》をつくっていて銀箔を散りばめたように見えました。宝石のベルトが軽い衣服の裾《すそ》を留め、雪のように白い肩の上に垂れ下がっているブロンドの毛の束を、輝くばかりの紗《しゃ》のヴェールが包んでいます。このヴェールのために婦人の顔はよく分かりませんでしたが、目の位置から二本の青白い光線のようなものが出ていました。彼女のむき出しの足と、肩まであらわな腕は完璧な美しさです。ついに壁に架かっていた青白いぼんやりした妖精は、まったく魅力的な生きた女になっていました。

彼女は子供のごく近くにきて、傍に寝ている父親には触れないようにしながらディアーヌの上に身を屈め、額にキスをします。つまりディアーヌは婦人の唇のやさしい音を聞いたのですが、何も感じませんでした。子供は婦人の親切に報いるため、彼女の首に腕をまわし、抱きしめようとしますが、それは影にすぎませんでした。

「あなたの体は霧でできているの？　触れられないんですもの。せめてお話してくださってるのがあなただと分かるように、何か話してくださいな」と少女は婦人に言います。

「確かに私ですよ」婦人は答え、「私と散歩しますか？」と聞きました。

「行きたいわ。でも私の熱を下げてくださらない？　パパが心配しなくてもいいように」少女が言うと、

「安心おし。私といればどこも痛くないの。手を貸してごらん」

子供は信頼しきって手を差し出しました。妖精の手を感じられなかったのですが、なにか体全体に爽やかな楽しい感じがするように思いました。

二人は連れだって部屋から出ます。

「お前はどこに行きたい？」

「あなたのお望みのままに」と少女が答えます。

「テラスに戻りたい？」

「テラスには藪があり、小さい花がいっぱいついた草もあって、とてもきれいに見えましたわ」

「お城の中を見たくない？　もっときれいですよ」

「お城はどこも穴だらけで、壊れているじゃない？」

「それはお前の思い違いですよ。私が中を見せてあげない人にはそう見えるのです」

「私には見せていただけるの？」

「もちろん。さあ、いらっしゃい」

すぐに、ディアーヌが廃墟だと思っていたところは、天井には金の浮き彫りのある美しいギャラリーに変わりました。大きい十字の筋交い骨の間にはクリスタルのシャンデリアがともされ、大きく美しい黒大理石の像が各々燭台を手に窓の枠のところに並んでいました。

他にもブロンズのもの、白大理石、あるいは碧玉、また全体に金を施したものなど、多くの像が、豪華な彫刻のある台座の上に立っていました。床には花と鳥が奇妙に配置されたモザイクが、小さい旅行者の足の下、見渡す限り広がっています。

同時に遠くで音楽の音色が聞こえてきました。音楽が大好きだったディアーヌは早くダンスを見ようと走りはじめます。妖精が自分を舞踏会に連れていってくれるものと思いこんでいたのです。

「そんなにダンスが好きなの？」と妖精が聞きます。

「いえ、ダンスを習ったことはないのです。それに、私の足はとても弱いの。でもきれいなものを見るのは好きだし、絵の中で見たようにあなた方が輪になって踊られるのを見たいわ」とディアーヌは答えます。

二人は鏡がはり巡らされたとても明るい大きいサロンに着きます。ところが妖精がいなくなりました。ディアーヌはでもすぐに、彼女にそっくりのたくさんの人を見ます。目には見えないオーケストラの音色に合わせて、緑のドレスと紗のヴェールをつけて幾百人となく鏡の中で軽く飛び跳ねています。彼女は楽しくこのロンドを眺めていましたが、目が疲れてきて、そのうち眠くなってきたような気がしました。妖精の冷たい手で目を覚ますと、今度はさらに美しい豪華な部屋にいました。中央にはとても美しいどっしりした金のテーブルがあって、上には珍しい果物、花、お菓子、ボンボンなどが天井に届くばかりに置いてありました。

「好きなものをおとりなさい」と妖精が言います。

「冷たい水以外は何も欲しくないわ」と彼女は答え、「まるで踊った後のように暑いの」と言いました。

妖精がヴェールごしに彼女に息を吹きかけます。すると体が休まり喉の渇きがおさまったようでした。

「さあ、これでよくなったでしょ？　ところで今、何を見たい？」

「あなたが見たいと思われるもの、みんな見たいわ」

「お前は何も思いつかないの？」

「じゃあ、神様たちを見せてくださる？」

妖精はこの頼みを聞いても驚いた様子はありませんでした。ディアーヌは以前とても嫌な顔がたくさん載っている神話の本を持っていたことがあります。最初はきれいだと思っていたのに、ついに我慢できなくなりました。何かもっといいものを見たいと思っていたので、妖精なら美しい絵を持っているはずだと思ったのです。妖精は彼女をまた別の広間に連れていきました。そこには実物大の神話の人物の絵がたくさんありました。ディアーヌは驚いて見ていましたが、次にそれらの人物が動くのを見たいと思います。

それで妖精に、

「この人たちを私たちの方に来させてよ」と言いました。

すぐにすべての神々は絵から抜け出て彼女たちのまわりを歩きはじめ、次にとても高い所に上がって、飛び回る鳥のように天井で舞いはじめます。その動きがあまり早いので、少女はもう一人一人の見分けがつかなくなりました。でもその中の何人かは昔、本の中で見たことがあるようです。盃を手にしている優雅なエペ、孔雀《くじゃく》をつれた誇り高いジュノン、小さい帽子をかぶった優しいメルキュール、花飾りをいっぱいつけたフローラ。でも彼女らの動きを見ていると、さらに疲れてしまいました。

「あなたのところは暑すぎるわ。庭に連れていってちょうだい」と少女は妖精に言います。

言い終わらないうちにもう彼女はテラスにいました。でもここはもう城に入る時に通った、草の生い茂った見捨てられた場所ではなくて、さまざまの色の小石がモザイク風に敷き詰められた小道のある花園でした。豪華な敷物を真似た円形花壇にはたくさんの花が描かれていました。彫像は月を讃えて美しい賛歌を歌っています。ディアーヌは自分の名がとられた月の女神、ディアーヌに会ってみたくなります。その女神はすぐに空に銀の雲の形で現れます。その女神はとても大きくて輝くばかりの弓を手にしていました。ところがときどきその姿は小さくなり、ツバメほどにも小さくなったり、また傍にきて大きくなったりします。ディアーヌは目で追うのも疲れてきて、妖精に言います。

「今、あなたにキスしたいわ」

「つまりお前は眠くなったのね。じゃあお眠り。でも目を覚ました時に見せてあげたことを全部忘れちゃだめよ」妖精は彼女を腕に抱いてこう言いました。

ディアーヌはぐっすり眠りこみました。目を開けた時、自分が大理石の浴槽の中に寝ているのに気がつきます。手には人形の小さい手を握っていました。青白い朝靄《あさもや》が月の青い光に入れ代わっていました。フロシャルデはもう起きていて、旅の用具一式の入った箱を開け、静かに鬚《ひげ》を剃っています。この頃、社交界の男は、どのような所でも朝からきちんと鬚剃りをしていなければ恥ずかしいこととされていました。

3　ピクトルデュ嬢

ディアーヌは起き上がると、眠るために脱いだ靴をはき、ドレスの留め金をとめて、父が御者と出発の準備をする間、少し身仕舞いをしたいので鏡を貸してほしいと父に頼みます。父は娘がきれい好きなのを知っていたので、彼女を一人残しておきますが、出る時には足許をよく見てから城の廃墟を歩くようにと注意することを忘れませんでした。ディアーヌは身支度を済ませ、必要なものをすべてうまくおさめると、父が戻ってこないので城の中をブラブラ歩いていました。夜の間に妖精と一緒に見た美しい物すべてをもう一度見たいと思ったのです。でもその場所さえ分かりません。螺旋《らせん》状の階段は壊れていたり、また崩れ落ちて塔の脇に寄りかかれないので心棒の上で捻《ねじ》れています。部屋は次々に積み重なって崩れ落ちていて、住まいの本体の配置はまったく分かりませんでした。こうした建物はすべて豪華な装飾がかつて施されていたことが想像できました。間仕切りの壁には絵を架けていた跡があったり、壊れた大理石の上には金メッキが残っていたりします。とても美しい暖炉がまだ壁にあって、空中に立ち上がっていました。床にはあらゆる種類の残骸がいっぱいでした。

色ガラスの小さい断片は、野性の植物の緑の上に撒かれた煌《きら》めきのようです。キューピッドの像についていた小さい手、大燭台からもぎ取られた、かつては金メッキされていたらしいブロンズのゼフィールの翼、鼠に齧《かじ》られてぼろぼろになったタピスリ、そこにはまだ王妃の青白い顔や、花でいっぱいの花瓶が見えるようです。つまりこなごなに砕けた王族の豪華、塵《ちり》と成り果てた富みと欲望の世界を見る思いでした。

ディアーヌにはこれほど大きいお城の、これほどの打ち捨てられ方が理解できないようでした。その正面玄関は窪地の山腹に立派にそびえているというのに。『今私が見ているのは夢なんだわ』と少女は考えます。『熱があるときは少し変になると言われたけれど、昨夜は熱がなかったし、すべてあるがままのものを見ていたのだわ。今でも病気のようには思えない。妖精は言っていた。お城はあの人が許すときでなければ見えないって。今は見せてくれるものだけで満足しなければいけないんだわ』

美しい部屋べや、大きい回廊、絵、彫刻、ボンボンを積み上げた金のテーブル、こうしたすべてのすばらしいもの、その中で夜を過ごしたものを、空しく探した後、ディアーヌは庭に出ていきました。そこにはイラクサ、キイチゴ、大きいビロードモウズイカ、ツルボランがあるだけでした。どういう本能的な働きからか、このような植物が他のものよりつまらないものではないと少女は納得します。

色のついた小石を敷いた、均斉のとれた飾りの花壇の見るかげもない残骸を、彼女はイチゴを探していて見つけたのですが、それも今ではあるがままの姿で気に入っていました。これらモザイクの断片をいくつか集め、それをポケットに入れました。テラスの傍を通るとき、灌木の茂みの中に昨夜自分に話しかけてくれた彫像を探しました。それは大きい花瓶の傍で腕を城の入り口の方に向かって差し伸べていましたが、その像はもうしゃべってはくれません。像はどうしてしゃべったのだろう？　口がないのに、いや、顔もないのだから。石でできた髪の毛の中に布の切れ端と後頭部が残っているだけです。他の像は、時と放置と、それからばかな子供たちが投げた石のためによりひどく壊れていました。ディアーヌより年長の大人だったら、これらの像がひっそりと立っているのを百姓共が怖がっただろうと、そしてこういう荒廃を残念に思った人が、信じこませたこと——つまり城が顔のない一人の婦人に守られていると、そして、害を加えない人は気持ちよくもてなされ、悪いいたずらをする者は罰せられると、無知な人々に信じこませたことを理解したに違いないのです。テラスの下でいくつかの事故がありました。大きい壁と小川の間に狭くて歩きにくい道があったのです。廃墟を守る霊への信仰が広まると、もう誰もいたずらをするものはいなくなりました。でも像の荒れ果てた状態は、それらの像が長い間に被ったいたずらによる毀損を証明しています。腕が一本、あるいは二本ないものや、紫色のあざみと黄色いウンランの間に横に倒れているものもありました。

ディアーヌは自分に話しかけてくれた像を注意深く眺めていると、あの愛すべき妖精の肖像を見ているような思いがします。また夜眠っていた部屋に描かれていた踊り子の姿とこの像とが同じように見えてくるのでした。彼女は好きなように想像します。古代を真似たルネッサンスのすべての神々は、その形にも衣装にも同じ家族のように似たところがあり、偶然か、どちらにも、どこか威厳がありました。

幼いディアーヌの考えることは正しくないにしても、少なくとも知的でした。

歩き疲れて父の所に行こうと探していると、テラスの下で馬車の修理を急がせている父親を見つけます。御者のロマネシュは周辺で車大工のような人を探しだしてきていました。人のいい百姓で、不器用というのでもないのですが、とにかく仕事がゆっくりで、それに道具が揃っていないのです。

「辛抱が肝心です。お嬢さん」と、ロマネシュがいいます。「悪くない黒パンと、新鮮なクリームと、さくらんぼを見つけてきましたよ。あなた方の大きい部屋に運んでおきました。そこに戻ってお食事をとられれば気が晴れますよ」

「退屈なんかしていないわ。でも少し食べにいきましょう。私のこと考えてくださってありがとう」とディアーヌは答えます。

「具合はどうだ？　よく眠れたか？」と父が聞きました。

「あまりよく眠れなかったけど、でもこれ以上楽しいことはないだろうというくらい楽しかったわ」

「夢で楽しかったのか？　愉快な夢を見たのだね？　それはいいしるしだ。さあ、行ってお上がり」

フロシャルデは彼女が遠ざかるのを眺めながら、この青白い小柄な子供の性格がいいのを嬉しく思いました。この子はいつもすべてを楽しく受け入れ、自分の苦痛のために誰も苦しめたりしないで、どんな場合にも静かな陽気さを失わないでいる、と父は感心します。

『妻はあの子を家から遠ざけねばならないとなぜ考えたのだろう？　分からないなあ。とてもおとなしいし、それに喜ばせてやるのも簡単なのに。マンドの訪問会の修道院長の姉がやさしくしてくれるけれど、妻はもっとかわいがってくれてもいいはずだ』と画家は考えます。

ディアーヌは浴室に戻りました。少し字が読めますので、ドアの上に彫られていて半分消えている字が「ディアーヌの浴室」という字だとやっと分かります。

『あら』と少女は笑いながら独り言を言います。『じゃあ、私の家にいたんだわ。水浴びしたいなあ！

でも水が出ないし……食事をして眠るだけで満足しなきゃいけないわ』

彼女はロマネシュがバスタブの段々の上に置いてくれたものをとてもおいしいと思いました。次に絵を描きたいと思います。

彼女は絵の描き方など何も知らないと思っているでしょう。父親は教えたこともありません。アトリエの隅でいたずらがきをするために紙と鉛筆を与えるだけでした。でもその頃、彼女はよく父親の描く肖像画を真似ていました。父はそれを見てとても変わっていると、心から笑っていました。彼女に絵の才能があるなどとは全然思っていなかったので、自分の後をつがせようなどと思って苦しめないようにしようと決めていました。

ディアーヌが一年間過ごした修道院でもデッサンを習うことはありませんでした。そのころは芸術家の教育を受けるのは生活費を稼ぐのを目的とした人に限られていました。フロシャルデ氏はお金があったので娘を真のお嬢さまにしたいと、つまり頭を使いすぎないで、身なりをきちんとして、話ができさえすればいいと思っていました。でもディアーヌは絵がとても好きでした。そして絵や彫刻、聖像などを眺めるときはとても注意深く眺めました。修道院の礼拝堂にも聖女の像や絵がいくつかあって、気に入っていました。でもピクトルデュの城の浴室のフレスコ画を眺め、また夜の間に妖精が示してくれたすべてのものをおぼろげながら思い出したとたんに、修道院の絵は値打のないものだと、目の前に今あるものが真に美しいと確信するのでした。

彼女は鞄の中に二冊のアルバムを入れながら父が言ったことを思い出します。「まだらくがきがしたければ、小さい方はお前のものだから自由に使えばいい」

このアルバムを探して取り出すと、ポケットの小さいナイフで鉛筆を削り、朝の新鮮な光が輝かせている緑の洋服をきた水の妖精を描きはじめました。そのとき、この姿が少しもダンスをしていないことに気がつきます。この妖精は厳かにゆっくり歩いています。優雅な足どりで調子をとっているようです。でも跳ねているのではなく、二本の足は自分を支えている雲の上に置かれていましたし、手は姉妹たちの手と組んでいます。ロンドの動きを活発にするために組んでいる手を引っ張ったりもしていません。『女神かもしれない』とディアーヌは思います。異教の神話は修道院では禁止されていたのですが、かつて読んだものは覚えていたのです。夢想にふけりながらディアーヌは描きます。最初のものは気に入らなくて、二枚目を描きます。そしてまた次を、また次を。ついにアルバムは半分までいっぱいになりました。それでもまだ満足できなくて、また続けようとした時、肩に小さい手が置かれました。驚いて振り向くと、十歳くらいの女の子が後ろに立っています。かなり貧しい身なりですが美しい顔だちで、ディアーヌのデッサンを眺め、言いました。

「そうして女の人を描いて楽しんでいるの？」

「そうよ。あなたは？」

「私はそんなことしないわ。決して。お父さまに禁じられているの。お父さまの本を汚したりできないわ」

「この本はパパがお遊びのためにくださったのよ」とディアーヌが答えます。

「本当に？　じゃあお父さまはとてもお金持ちなのね？」

「お金持ちって？　どういうこと？　分からないわ」

「あなたはお金持ちってどういうことか知らないの？」

「よくは知らないわ。そういうこと考えたことがなかったのですもの」

「それはあなたがお金持ちだということよ。私は貧しいということがどういうことかよく知ってるわ」

「あなたが貧乏なら、私は何も持っていないけれど、パパに頼んでみよう」

「あなたは私を物乞いだと思っているの？　まあ、礼儀知らずね。あなたが絹のスカートをはいているのに、私がインド綿のドレスを着ているから？　よく聞いて。これでも私はあなたよりずっと身分が高いのよ。あなたは絵描きの娘にすぎないけれど、私はピクトルデュ侯爵の娘、ブランシュ・ド・ピクトルデュなのよ」

「どうして私のこと知ってらっしゃるの？」とディアーヌは聞き返しましたが、この肩書きのことはよく分からないのであまり驚いてはいませんでした。

「お城の中庭であなたのパパに会ったばかりよ。私の父と話をしていたわ。あなた方がここで一晩過ごされたことを知っているのよ。あなたのパパはしきりに言い訳をしてられたけど、父は領主として、この見捨てられた城よりも、設備の整った家に来てくださいと誘っていたわ。あなたも私たちの新しい家にお食事にこられることになるからお知らせに来たのよ」

「私、パパの望むところはどこにでもいくわ」とディアーヌは言ってから、「でもあなたがなぜこのお城のことを、見捨てられた、なんて言うのか知りたいの。お城はいつも美しいし、中には何でもあるのに、あなたは知らないと思うのよ」と付け加えます。

「中には蛇、コウモリ、そして刺草《いらくさ》があるだけよ」とピクトルデュ嬢は悲し気な、でも誇り高い様子で言います。「あなたが冗談を言ってもかまわないけれど……私たちが先祖の財産をなくしたこと、田舎の貴族のように生活しなければいけないことは分かっているのです。でもパパはそのために私たちの価値がさがることはないと教えてくれました。私たちだけが正統のピクトルデュだということはもう誰でも知っているのですから」

ディアーヌはこの令嬢の考えや言葉がますます分からなくなってきました。それで、無邪気に、あなたはヴェールの婦人の娘かと聞いてみました。

この質問はお姫さまをとても苛立たせたようで、そっけない答えが返ってきました。

「ヴェールの婦人なんていませんよ。そんなばかなことを信じることのできる人は無知で気が変なのよ。私、幽霊の娘なんかではないわ。母も父と同じく良家の出でした」

ディアーヌは自分があまりにも無知だと感じて答えるのを控えました。そのとき父が出発の準備ができたと言いにきます。馬車の修理は終わっていました。ピクトルデュ侯爵は画家に昼食の招待を受け入れるようにすすめています。この頃、昼食は正午でした。侯爵の新しい家はサン＝ジャン＝ガルドナンクに通じる街道沿いの窪地の出口のところにありました。

ときどきこの侯爵は先祖の館の廃墟に散歩に来るのでしたが、その日、偶然事故のため足留めを被った旅行者たちに会い、親切に招待したのでした。

フロシャルデ氏はディアーヌにごく低い声で、鞄を閉める前にもう少しきれいな洋服に着替えるようにと言いました。ディアーヌは単純な子供でしたが、とても敏感だったので、簡単な洋服でもブランシュ・ド・ピクトルデュ嬢がうらやましがったのを見てとり、もっときれいなのに着替えると余計に悔やしがらせると思って、着替えはしたくないと父に言います。さらに首にまいた黒いビロードを留めていたトルコ石の小さいブローチを外してそっとポケットに入れました。

馬車に荷物を積みこむと、歩いてきた侯爵と令嬢はフロシャルデ親子と共に馬車に乗りこみ、やがて半時間後に一同は新しい家に着きました。

それは小さい農園風で、家の紋章をつけた鳩小屋と慎ましい母屋とでできていました。侯爵は教育はないが、かなり教養はあり、客を歓迎する、信仰あつい優れた男です。でも地方の領主として一生を送ることには満足できなくて、ジェボウダンの八大男爵家よりも上だという誇りは捨てきれないでいました。

でも彼は誰に対してもとげとげしいところはなく、画家がその仕事の報酬によってお金を得ることはごく当然のことと思っています。フロシャルデという名を聞いたことはなかったが、多くの評価を認め、可能な限り丁重にもてなしました。でも家の中は質素で、それを弁解し、こういう社会では落ちぶれた貴族は重視されないと付け加えないではいられないのでした。

彼は無愛想ではありませんでした。退屈していたのです。それで何か楽しい話題を求めていたのですが、娘の前で身分の話を持ち出すのは間違っていました。娘のブランシュは生まれつき気位が高く、人を羨む性格がありました。既にとげとげしい性格が現れはじめていましたが、これは残念なことです。というのは、自分の運命に満足することができていれば、他の娘同様かわいい少女になっていたでしょう。父親はこの娘にとても優しく、とにかく贅沢なものが不足しているというだけのことでした。

夕食は慎ましいものではありましたが、太った百姓女がそつなくお給仕をしてくれます。この人はブランシュの乳母もかねていて、この家のたった一人の使用人でした。

たくさんの話題が次々出ましたが、ディアーヌには興味のないものばかりでした。でも話が今出てきたばかりの古い城、あえて口に出さなかったけれど、離れがたく思った城のことになると、耳を大きく広げて聞き耳を立てていました。

彼女の父は侯爵に言っています。「驚いているんですよ。生活が苦しいようなことをお聞きしましたが、あの古美術品をあのままにしていられるのは分かりませんね。お売りになれば利益があるでしょうに」

「あの城に美術品がまだほんとにあるんですか？」と侯爵がきいています。

「屋根が全部崩れ落ちる前まではあったでしょう。たくさんの残骸を見ましたよ。時代を経てなお、古いものに趣味を持つイタリアに送ればまだ値打のあるようなものもありました」

「そうですね。少しでもお金があれば何とかできたでしょうが、そのお金がなかったのです。美術家を呼んで選択や評価をしてもらう必要があったでしょう。その上に荷造り、運搬、付き添いの人などが必要です。私は自分でそういうことができないのはお分かりでしょう？」と侯爵は続けます。

「でも近所にタピスリとか彫像とかを欲しいという人はいなかったのですか？」

「いませんでした。今日の金持ちはこういう古いものを軽蔑しています。彼らは流行を追いかけ、その流行はと言えば中国の民芸品、ロカイユ様式、粉を振りかけた羊飼いの女、などです。妖精や女神はもう好まれません。ひねくったもの、豪華なもの、装飾の多すぎるものなどでなければだめなんです。そうじゃないですか？」

「私は流行のことを決して悪く言いません」と画家が答えました。「職業柄、流行には盲目的に献身的に奉仕する者です。でも流行は変わります。ヴァロワ王朝時代の古い様式に対する好みが戻ってくることもありえます。もしお城の装飾の破片でもお持ちなら、大切になさるのがいい。値打の出るときが来るかもしれません」

「私は何ひとつ取っておきませんでした」と侯爵は答えます。「私が生まれた時、既に父はすべてを傷むままにしていました。悔しさや誇りがあったのでしょう。城の石一つ売ろうとはしなかった。城が崩れ落ちそうになって初めて父は城を離れました。天の意志に従い、慎ましく私はこの小さい農園に移り住みました。広大な所有地の中で残された唯一の財産です。

ディアーヌは聞いていることを理解しようと努め、理解できたように思いました。それで彼女は良心の呵責《かしゃく》を感じ、床から拾い集めたいろいろの色の石をポケットから出すと、フロシャルデに渡しました。

「パパ」と彼女は言います。「お城の庭で取ったものです。ただの石だと思っていました。でもパパが侯爵になんでも大切にするように言っているのを聞いたので、お返ししなければと思いました。これは侯爵さまのものです。盗むつもりなんてなかったのよ」

侯爵はディアーヌの優しさに気分を和らげられて、モザイクを子供の手に握らせながら言いました。

「これは私たちの記念に持っていてください。何の値打もないガラスの破片や、大理石のかけらで残念です。もっといいものを持っていれば差し上げたいのに」

ディアーヌは優雅に差し出された石のかけらを受け取るのをためらいます。ポケットからいっぱいの石を急いで取り出す時、トルコ石のブローチも出てきました。それでブランシュ嬢の方を指し示しながら、父を見ました。ブランシュ嬢の方は、宝石を見て、触ってみたくてたまらない様子でした。フロシャルデは娘の気持ちを読み取ると、ピクトルデュ嬢に差し出して言いました。

「ディアーヌはきれいな石をいただいて、このトルコ石のブローチをあなたに差し上げたいそうです。思い出に持っていていただくように」

ブランシュは耳が真っ赤になりました。あっさりと受け取るには気位が高かったのですが、このきれいなトルコ石が欲しいという気持ちで心臓がどきどきしていたのです。

「もらっていただかねば娘は悲しみます」とフロシャルデが言います。

ブランシュは神経質な動きで画家の手からほとんどひったくるように宝石を摑むと、ありがとう、という暇もなく走りながら出ていきました。父親に制止されないかと怖れていたのです。

父親の言うことに従ってくれるような娘であれば、おそらく止めたかもしれない。しかし子供の性格を知っていたので、客人にいやな場面を見せたくないと父の侯爵は思います。それで野蛮な娘のぶしつけな仕草を詫び、彼女の代わりに礼を言いました。

食事が終わると、その日もできるかぎりの道のりを行っておくことを望んだフロシャルデ氏は、侯爵に暇乞《いとま》いをしました。そして南仏にこられるときは、ぜひお訪ねくださいと招待します。侯爵は、おかげで楽しい時を過ごせたと彼に感謝し、二人は手を握りあいました。ブランシュは父親に催促されて不承不承戻ってきてディアーヌに冷たいキスをします。首につけたトルコ石のブローチを、取り返されるのを怖れているように手で押さえていました。ディアーヌは変なお嬢さんだと思いながらも親切な侯爵のために許します。馬車の篭を最高のお菓子とおいしい果物でいっぱいにしてくれたのですから。

4　小さいバッカス

その後の旅は事故もなく過ぎました。

ディアーヌはもうほとんど熱はなく、いつもの顔色を取り戻していました。フロシャルデは妻に子供を託して言います。「病気だから連れ帰ったが、もう治っていると思う。しかし熱がまたぶり返さないかどうか見てやる必要があるだろう」

ディアーヌは両親のところにいて満足らしく、数日は夢中で過ごしました。フロシャルデ夫人も機嫌がよく、彼女の面倒をよく見て、かわいがっているようにみえました。たくさんのこまごましたものを買ってやり、まるでかわいい人形の世話をやいて楽しむようでした。

ディアーヌはカールしてもらったり、髪に飾りをつけてもらったりされるがままになり、身づくろいにあてられる時間も、全然いらいらしたりしませんでした。でもそのうち、体のことばかりかまわれるのが、何となく退屈になってきます。髪結いや飾りつけのため鏡の前に立っていなければならない時は、欠伸《あくび》をかみ殺し顔が蒼白になるのでした。彼女は自分を義母の趣味に合わせることはできませんでした。それで自分の趣味にあわせてもっと簡単にしようと試みると、重大な過失のように叱られます。彼女は他のことを、例えば何か習うといったようなことをしたかったのです。いろいろのことを聞くのですが、夫人はそういう質問はばかげた意味のないものだと、堅苦しいことに好奇心をもつのは無駄なことだと判断します。それでディアーヌはデッサンを習いたいという大きい望みも義母には隠しておかねばならないのでした。ロール・フロシャルデ夫人は夫が財産を作ってしまって、もう家の中で絵の話などしなくなる日を、大家の奥方のように振る舞うことのできる日を望んでいるのでした。

ディアーヌはそのうち本気で退屈しはじめました。修道院でさえ懐かしくなってきます。そこの生活が好きだったわけではなかったのですが、少なくともそこでは時間の使い方に規則がありました。彼女はまた顔色が悪くなり、隔日に熱が出るようになって、それも、夕方に出た熱が朝まで下がらなくなりました。するとまたロール夫人は過大な心配をして、友人の美しい夫人たちに意見を聞きます。そして大量の薬を飲ませるなど彼女を苦しめるのです。毎日、熱を下げようと、いろいろの薬をのませるのですが、どれも効きませんでした。子供はすべて耐え続け、何でもない、痛くないと言って、両親を安心させようと望み続けるのでした。

フロシャルデはそれほど動揺してはいないようでしたが、妻以上に苦しんでいました。一日の時間をほとんど絵の仕事に使わねばならない彼は、夕方娘のベッドの傍で過ごし、彼女のうわ言を聞くと、娘が狂人になるのではと恐れるのでした。

幸い、彼の友人に年をとった医者がいました。物事の判断がしっかりしています。フロシャルデ夫人の性格もよく知っていましたので、彼女が子供と一緒に行動するのを観察していて、ある日画家に言いました。

「子供をそっとしておいてやらねばいけない。今の薬はすべて捨てて、私の処方するものだけを与えなさい。好きなことの邪魔をしないことだ。子供の好みは正しい。病気の悪化を怖れて、何もさせないでおくのが、かえって良くないことが分からないか？　退屈しているのだよ。何か打ちこめるものを見つけてやりなさい。それが見つかったら、専念できるように助けてやることだ。特に洋服の着せ替え人形にはしないことだ。子供は疲れるだけで楽しんではいないのだよ。髪も着るものも自由にしてやるのだ。夫人がそれを苦痛だと言われるなら、娘のことは忘れて他のことに熱中させるのだね」

フロシャルデはよく理解しました。ロール夫人を説得するのは至難の業と知っていたので、気晴らしをさせるように仕向けました。子供は大したことはないと説明してまず安心させました。それから以前のように訪問や散歩、町での夕食や舞踏会、そしておしゃべりなどを始めるように勧めます。それにはあまり苦労をしなくてすみました。

ディアーヌは自由になります。乳母は身のまわりの世話をし、傍についていましたが、彼女の邪魔をしないように気をつけました。

ところで、ディアーヌは父が仕事をしているとき、そのアトリエに入りたいと頼んで許されました。彼女はアトリエの片隅におとなしくしていて、画布やモデルをじっと見ています。もう下手な絵を描いたり、父に冷やかされたりすることはなくなりました。絵画には、ある技術が必要だと分かり、それを身につけるためには学ばねばならないことが分かってきたのです。

絵を描くことを習いたいという希望はとても強くなり、頭から離れなくなります。でもそのことを口に出しては言いませんでした。父に才能がないと言われること、義母に反対されることを怖れていたのです。

一方フロシャルデは娘の希望に反対しませんでした。友人の医師、フェロンが娘の好みをよく観察するようにすすめていたので、肖像画に興味を示すのを待っていたのです。また彼女がいつでも使えるように、鉛筆や紙を準備してやっていたのですが、ディアーヌは使いませんでした。ただ父の作品や写生帳を見て、何か考えているようでした。

彼女はしばしばピクトルデュのお城のことを思い出します。でもフロシャルデがやむなく一夜を過ごした廃墟のことをときどき彼女の前で話す時も、彼女はもうあえてヴェールの婦人が見せてくれたものをすべて信じようとはしませんでした。ただ熱のあるときに、半ば夢の中のように見たことを懐かしく思い、夢ならもう一度あの夢を見たいと思います。でも人は、夢に見たいと思っても見られるわけではないのです。浴室の女神のディアーヌは、戻ってきて彼女を呼んではくれませんでした。

ある日、彼女が自分のおもちゃを整理していますと——というのはとても几帳面な性格でしたから——、ピクトルデュの館の花壇のモザイクのかけらと小石を見つけました。石の中に固くなった砂の固まりがありました。くるみほどの大きさでした。ビー玉にするために集めていたのです。初めて使ってみようと思い、弾こうとすると、砂がばらばらと壊れて中から本当の大理石のビー玉が出てきました。まん丸ではないく、むしろだ円形で、表面はでこぼこしていました。ディアーヌは調べてみて、これが子供の像の頭だと分かります。顔はとても美しく、太陽にかざしたり、薄暗がりに置いてみたり、前や後ろと眺めても眺めても、そのたびにまた新しい美しさを発見するようで見飽きないのでした。

一時間もそんな風に眺めているところに、静かにドクターが入ってきて、しばらく少女を観察していましたが、親し気に声をかけます。

「そんなに嬉しそうに何を眺めているの？　ディアーヌ」

彼女は赤くなりながら、「私にも分からないんだけど。でも見てください。先生。この顔はキューピッドの顔じゃありませんか？」と言います。

「むしろ若いバッカスの頭だろう。髪の毛の中にぶどうの枝があるからね。どこで見つけたの？」

「パパが昨日あなたに話していた古いお城です。砂の石の中にありました」

「見せてごらん」と医者は眼鏡をかけてそれを手にとりました。

「とてもきれいだね。古代のものだ」

「では今の人はもう見向きもしないものね。ロールお母さんは古いものはすべてつまらないとおっしゃってたわ」

「私は反対のことを考えている。つまらないものは新しいものだ」

この時フロシャルデが入ってきました。肖像画が一区切りついたので、次のを始める前に医者に挨拶し、娘の具合を尋ねようと思ったのです。「調子は好いようだ」とフェロンが答えます。「君よりしっかりした考えをしている。彼女は古代の彫像の小さいかけらを貴重なものと言う。君はそんなもの尊重しないだろう。請け合っていいよ」

どうしてこのようなかけらがディアーヌの手にあるのか聞いた後で、彼はそれを無頓着な様子で眺め、テーブルの上に返しながら言いました。

「これが古代のものだとしても、この時代の他のもの同様大したものではないね。君はこういう遺物のマニアだし、見る目があるらしい。君の知識も学問も否定はしないが、こんなに古い、不格好なもの、君は信仰の目で見ていると思う。私はそんな風に見ることはできないね。ローマ芸術かギリシャ芸術の傑作らしいものみんな、私には鼻がかけたり頬がそげたりしたディアーヌの人形と同じようなものだ」

「冒瀆だ」ドクターは怒って言いました。「君はそんな風に言うのか。ああ、つまらない芸術家だなあ。自分のことも、生命とは何かも分かっていない」

フロシャルデはドクターの威勢のよさには馴れていたので、笑いながら受け入れました。その時彼の家僕が、顧客のセ＝ポワント侯爵夫人の馬車が中庭に到着したことを知らせてきたので、フロシャルデは笑いながら部屋を出ていきました。

「先生、今日は意地悪ですね。パパは立派な芸術家よ。皆そう言っているわ」と、少し気分を害したディアーヌが言います。

「だから彼はばかなことを言ってはいけないのだよ」まだ興奮している医者が言うと、

「パパがあのようなことを言うのは冗談で言ってるんでしょう」

「まあ、そうだろう。それはさておいて、ディアーヌ、お前はこの小さい頭を美しいと思うだろう？　そうじゃないか？」

「ええ、ええ、本当に、とても美しいと思うわ。大好き」

「なぜ好きなのか分かるかい？」

「いいえ」

「ではなぜだか考えてごらん」

「この顔は笑っているし、陽気で若くて、本当の子供だわ」

「でも、これは神の姿だよ」

「それはあなたがそうおっしゃったわ。収穫の神様だって」

「じゃあ、子供でも他の子供とは違うんだね？　これを造った人は、この子供は誰よりも強く誇り高くなければならないと考えた。首の付け根を見てごらん。首すじの優雅と力強さ。低い広い額に垂れ下がっている乱れた髪、それがまた気高い。でも少ししゃべりすぎた。まだお前には分からないね」

「先生、もっと聞かせてください。分かるような気がするのです」

「注意しながら聞いていて疲れないか？」

「とんでもない！　それどころか気分が休まるんです」

「じゃあいいだろう。ギリシャの芸術家は偉大という感情を持っていて、それをどんな小さいものにも浸透させた。私の小さい彫像のコレクションを見たことがあるだろう？　覚えているか？」

「覚えています。とてもよく覚えているわ。町の美しいコレクションもよく覚えています。でも誰も何も全然説明してはくれませんでした」

「一度午前中に私のところにおいで。このような芸術家が最も単純な方法と形で、常に美しくすばらしいものを造ったことを分からせてあげよう。それからギリシャより後のローマの胸像も見せてあげよう。気高さと清純さではギリシャ人ほどではないが、ローマ人も偉大な芸術家だ。常に真実で真に生命そのものの中に生命を感じる力を持っている」

「私もう分からなくなってきたわ」と微笑しながらディアーヌは言います。「先生が生命と呼ばれるもののこと、とても知りたいと思います」

「易しいことだよ。お前のドレス、靴、櫛《くし》は生きているかね？」

「いえ、いえ、生きていません」

「じゃあ、私の視線、微笑、額の大きい皺《しわ》、こうしたものは死んだものか？」

「とんでもない。生きているわ」

「絵画や彫像の顔に生命がないとき、それは人形の顔と同じようなものだ。着ているものや装身具をいくら細かくかいても、人形を生かすことはない。お前の持っている体のない顔は、すり切れているのにそれでも生きている。大理石の小さいかけらにそれを彫った者が、それに意志と生命を吹きこむ力を持っていたからだ。分かるかね？」

「少し分かるようです。でももっと聞きたいわ」

「いや、今日はもう十分だ。またいつかこのことについて話そう。大事なものをなくすなよ」

「この小さい顔のこと？　大丈夫、なくしたりしないわ。とても大切にしているんです。決して忘れられない人からもらったんですもの」

「いったい誰だね？」

「お前の秘密か？」

「ご婦人よ。そうご婦人だけど――それ以上言えないわ」

「そうね。そう。言いたくないの」

「昔からの友達の私にもか？」

「私のこと笑うでしょ？」

「絶対笑わない。誓っていいよ」

「でも……あなたはそれは熱のせいだと言われるでしょう？」

「そう言ったら？」

「悲しくなるわ」

「じゃあ、それは言わないよ。話してごらん」

そこでディアーヌはピクトルデュの城であったこと、見たもの、魔法にかかったように夢中になったことなど、すべて話しました。ドクターは笑わないで、また彼女を疑う様子もなくそれを聞いていました。その上よく思い出せるように、よく説明できるように、質問をして手助けさえするのです。それに医者である彼にとっては、詩人の素質を持った子供、したがって想像力の豊かな子供に、熱病がどういう現象を起こすかは興味深い研究課題でもあったのです。彼は子供の誤りを正してやる必要はないと思います。それで彼女を話を聞く前と同じ半信半疑の状態にしておきました。彼女が見たもの、聞いたことは現実で、確実だと肯定もしません。彼女が夢を見ていたのか、そうでないのか、分からないような様子をしていました。このような曖昧な状況におかれたことが、少女には喜びでした。

少女と別れて帰りながら、ドクターは独り言を言います。

『子供たちの好みを笑うのはかなり間違ったことだと大人は気づいていない。その能力を抑圧して子供を苦しめていることさえ知らない。あの幼女は生まれながらの芸術家だが、父親はそれに気づいていない。父親に教えられることのないように！　彼は子供の感情を歪めて、芸術を嫌いにさせてしまうだろう』

ディアーヌにとって幸せなことに、立派な父親は娘に絵の勉強をさせようなどとは思ってもいませんでした。彼女が虚弱なので何についても無理なことはさせないように決めていたのです。ディアーヌは午前中何度かドクターのところに行きました。そこで骨董品を——胸像や、メダル、カメオ、版画——などをゆっくり眺めます。彼はアマチュアながら真面目で、それに目の肥えた批評家でした。絵を描くことはなかったのですが、よく説明をしてくれました。ディアーヌが見たものを描きたいという希望をもつようになったのはそのおかげでした。先生が往診に出ている間に彼女は博士の家でたくさんの写生をしました。

ディアーヌの絵が上手だったなどと言えば、私はあなたたち子供に嘘を言うことになるでしょう。彼女はまだあまりにも若く、自分のことに夢中でした。でもすでに大切なことを理解していました。それは自分のデッサンが何の価値もないということです。以前は自分が鉛筆でかくものすべてに満足していました。無知と想像力の助けを借りて、自分の描く人形を、魅力的だと見ていたのです。球体の下に四本の足を描いて羊、あるいは馬を描いたと思っていました。こういう幻は追いはらわれました。

少女がスケッチをするたびに、ドクターは「ほう、悪くないね」と言うのですが、少女はいつも独り言をいいます。『だめ、だめ、下手だわ。私にはこれが下手だと分かってるわ』

しばらくの間は熱のために目がよく見えないのだと信じこんでいました。それでドクターに熱の出る病気をなおして欲しいといつも頼んでいました。少しずつ回復に向かい、自分が陽気になり、体力もついてきたと感じます。それと同時に、もうそんなに早く絵を描きたいと焦らなくなりました。鉛筆のことも忘れて、乳母と庭や田野を散歩して時間を過ごすようになります。健康を取り戻して、何でも楽しく、夜はよく眠るようになりました。

5　失われた顔

五月に一家は町を離れ、郊外に移ります。ディアーヌはそこがとても気に入りました。

ある日、家の庭と隣家の庭との間の小さい森の外れでスミレを摘んでいた時、すぐ傍で人の話し声を聞きました。木の枝を通して隣家を訪ねてきていた義母の姿が見えました。ピンクのタフタの洋服の上にモスリンをあしらった美しい衣装です。隣の夫人は森の散歩に適した身なりでした。ロール夫人は森で彼女に出会い、二人はベンチに坐っていました。

ディアーヌは挨拶をしようと行きかけましたが、怖じけづいて立ち止まります。不作法な子供ではなかったのですが、ロール夫人が彼女にとても冷たく無関心になっていたので、今近づいていくのが彼女を喜ばせることかどうか分からなかったのです。それでどっちつかずの悲しい気分で遠ざかると、再びスミレを摘みはじめました。逃げだしたくはないので、呼ばれるのを待つような気持ちでした。

灌木の後ろに屈んでいたので、夫人たちからは彼女の姿は見えません。ディアーヌには義母が友人の夫人に話しているのが聞こえました。

「私はあの子があなたにご挨拶にくるものと思っていましたのに。隠れてしまいましたわ。あの子に躾《しつけ》をしないようにと言われているので人まかせですが——とてもお行儀が悪くなりましたの。父親はあのフェロン医師に全面的に支配されていますのよ。彼はバロックの態ですわ。娘にどんな教育も受けさせないように言うのですよ。それでこんな結果になったというわけです」

「残念なことね。彼女はかわいいし、おとなしそうだから。よく私の家の花壇で見かけますよ。何も触らないし、私を見かけると丁寧に挨拶してくれますよ。もう少し身なりを構われると完璧ですね」と、隣の夫人がいいます。

「ああ、完璧ね。そう、あなた、あのお年寄りのドクターがあの子にコルセットをつけるのを禁じたのです。どうお思い？　鯨の骨一本もだめですって！　それで背中が丸くならないようにするなんて！　そんなこと無理ですよね」

「彼女の背中は丸くありませんよ。それどころかとてもいいスタイルよ。だけどそんなに締めつけたりしないで、スカートに少し飾りをつけることくらいできるんじゃないかしら」

「それがね。あの子がそれを望まないのです。身なりを構うのを嫌悪しているようですわ。母親譲りなんでしょう。母親はごくありきたりの女性で、身なりを構うより台所のことに没頭していたようですよ」

「彼女のお母さまをよく存じていますよ」と隣の夫人が答えました。「いい方でした。理性的で上品な女性でしたよ。確かです」

「まあ、そうですか。私は人の言うのを聞いているだけですから、そういうこともあるでしょう。フロシャルデは彼女の肖像をどこかに隠して持っているようですが、私には決して見せません。話をするのも好きじゃないのよ。でも、ともかくどうでもいいことだわ。好きなように子供を教育すればいいでしょう。もう私には関係のないことだから！　彼女をかわいい子供にするのを任せてくれれば、好きになれたけれど……でも……」

「だから彼女は陰気で不愉快な子供になったってこと？」

「いいえ、それ以下だと思うわ。ぼんやりで気がきかなくて、それに少しばかじゃないかしら」

「かわいそうに！　何も教えてあげないの？」

「全然なにも！　リボンをつけたり、髪に花を飾ったりすることも知らないのよ」

「絵を描くのがお好きだと思うけど？」

「そう、好きよ。でも父親は彼女が絵画については何も分かっていないと言ってますよ。他のことも全然何も分からないようにね」

ディアーヌはそこまでで聞くのをやめました。耳を手でふさぐと涙を隠すために森の奥に入っていきました。なぜか分からずとても悲しくなりました。ばかだと思われて恥ずかしかったのでしょうか？　父親に絵の才能がないと言われてがっかりしたのでしょうか？　いや、むしろ自分が愛されていないことを知った苦痛ではないでしょうか？

『でもお父さんは愛してくださっている。それは確かだわ』とディアーヌは独り言を言います。『私のことをばかで不器用だと思ってられても、……それはありうることだけど……だからってそれでも私をかわいがってくださっている。私を軽蔑して、気にもかけてくださらないのはロールお母さまだわ』

それまで、ディアーヌはロール夫人を好きになろうとできるだけのことをしました。でもこのとき、自分が彼女にとって何者でもないと感じます。そして初めて生みの母のことを考え、母を思い出そうと努力します。でもそれは不可能でした。母をなくしたときはまだ揺りかごのなかにいたのですから、思い出すことなどできないのは当然でした。父とロールとの結婚式の日のことは微《かす》かに覚えていました。乳母が悲しそうだったことだけはとても鮮明に記憶していました。彼女が自分を見ながら何度も言ったのが思い出されます。

「おかわいそうなお嬢さま。お嬢さまにとって不幸が始まるのだわ」

ロール夫人はディアーヌにキスをしてたくさんのボンボンをくれました。それで乳母の悲しみは気にもとめませんでした。でも今、自分と亡くなった母への義母のきびしい言葉を聞きながら、初めて乳母の悲しみが分かるようでした。ディアーヌは生まれて初めて味わう苦痛と懐かしさで母のことを考えはじめます。心の奥で眠っていた感情を初めて発見したのです。すすり泣きながら途切れる声で、

「ママ、ママ」と繰り返し、草の上に倒れました。

そのとき、花の咲いているリラの木の枝を通して優しい声が聞こえました。

「ディアーヌ、いとしいディアーヌ、私の娘、どこにいるの？」

ディアーヌは狂ったように走りながら叫びます。

「ここ、ここ、私はここよ」

声はさらにあちらから、またこちらから、彼女を呼びます。ディアーヌはその声のする方に走ります。そしていつか大きい川のほとりに来ていました。どこにいるのかも分かりませんでした。水の中にザブザブ入っていくと、いつのまにか銀の目と金のひれをもったイルカの上にすわっているのでした。もう母のことは考えていませんでした。川の真ん中で花を摘んでいる人魚を見ていたのです。突然、今度は自分が山の上にいました。そこで大きい雪の像が言います。

「私はお前のお母さんですよ。さあ、来てキスをしておくれ」

ディアーヌは動けなくなっていました。雪の像になっていたのです。谷底に転げ落ちると自分が真っ二つに割れます。そしてそこにピクトルデュの城があり、前に見たヴェールの婦人もいて、自分についてくるように言いました。

彼女は「お母さんに会わせてください」と、叫ぼうとします。が、ヴェールを被った婦人は雲になって

しまいました。そしてそのとき、誰かが額にキスするのを感じて目を覚ましました。

それは乳母のジョフレットでした。乳母は彼女を抱き起こしながら、言います。「十五分以上探しましたよ。草の上でこんな風に眠ってしまってはだめですよ。土はまだ冷たいのです。さあ、おやつですよ。これを取りにいっていたのです。さあ、起きてお上がりなさい。風邪をひきますよ。日のあたるところでお上がりなさい。さあこちらを通って」

ディアーヌは何も食べたくありません。見た夢のため動転していたのです。以前に起こったことと、夢が入り混ざってしばらく自分を取り戻せないでいましたが、突然ジョフレットに言います。

「ばあや、ママはどこにいるの？　今のお母さんでなくて、いや、ロール夫人でなくて、私のママ、前の、本当のママは？」

「まあ！　何ということを」と乳母は驚いて言います。「お母さまは天国にいらっしゃるのですよ。よくご存じでしょう？」

「そうね。前にお前から聞いたけど。でも天国ってどこにあるの？　どこを通ったらいけるの？」

「正しいことをして、親切で辛抱していれば行けるのです」と乳母は答えます。彼女は口数が少なく、必要なこと以外ほとんど話をしませんでしたが、でもばかではなかったのです。

ディアーヌは頭を下げて、考えこんでいます。

「私は子供だし、正しいことが何か、あまり分かってないけど――」

「そんなことはありません。お年の割には十分に分かっていられます」

「でも、私の年齢ではみんなおばかさんでしょ？　そして他の人をうるさがらせるのよね？」

「なぜそんなことを言われるのです？　お嬢さまといて、私がいやな思いをするでしょうか？　お父さまもあなたをかわいがっていらっしゃるし、ドクターもあなたがお好きです」

「でもロールお母さまはどう？」

嘘をつくことの嫌いな乳母は何も答えませんでした。ディアーヌは付け加えます。

「あの人が私のこと好きでないこと、よくわかってるの。でも私のお母さんは私を好きだったかどうか、教えてよ」

「もちろん！　とてもかわいがってられましたよ。まだお小さい時でしたが……」

「じゃあ、いま私に会われれば、もっとかわいがってくださるかしら？　それとも前ほどかわいがってくださらないかしら？」

「母親は子供がいくつになっても、同じように愛するものですよ」

「じゃあ、もうお母さんがいないということは、私にとって不幸なことなのね？」

「それはそうですが、それはご自分で埋め合わせをなさらねばならない不幸です。今お母さまがごらんになっても、よい子で賢いお子さんであれば、それができます」

「でもお母さまは見てらっしゃらないわ？」

「いいえ。そういうことではなくて……よく分かりませんが、でもお母さまがあなたを見ていられないとは思えません」

ディアーヌは想像力豊かで感情も細やかなので、この答えは彼女を感動させます。それで乳母に頬ずりをし、母親のことを次から次へと問いかけるのでした。

「お嬢さま、そんなに次々聞かれると、困ってしまいますよ。あなたのお母さまを存じ上げていたのは、ほんのわずかの間ですから。あの方は私にとって世界中でいちばん美しい、いちばんすばらしい方でした。お別れがとても悲しかったし、いまでも思い出すと涙が溢れます。だから私を悲しませたくなければ、あまりお母さまのことを思い出させないでくださいね」

心を動揺させているらしいディアーヌを静めるためにジョフレットは答えます。ディアーヌの気分を晴らせるのに成功したようでした。でも夕方になると少女は少し熱を出し、夜の間じゅう、わけの分からない、疲れるような夢を見続けます。朝になって、少し気分が良くなって目を覚ましたとき、夜が明けかかっていました。ブルーのカーテンを通して部屋は真っ青に見え、何も見分けがつきませんでした。やっと少し見えるようになると、ベッドのすそに一人の人が立っているのがはっきり見分けられました。

「ばあやなの？」と聞きましたが、その人は何も答えません。一方ジョフレットは自分のベッドで軽い咳をしました。いったいディアーヌを見守ってくれているようなこの人は誰なんでしょう？

「ロールお母さまですか？」と、彼女はロールの無情な言葉を忘れ、まだ義母を愛することができればこれ以上はないという思いで聞きました。

立っている人はそれでも答えません。と、ディアーヌはそのときその人が顔をヴェールで被っていることに気がつきました。「あっ！　わかった！　いつかの妖精さんね。やっと来てくださったのね。私のママになってくださるために来てくださったのですね」彼女は大喜びで言いました。

「そうですよ」と、ヴェールを被った婦人は水晶のように響く美しい声で答えます。

「私をかわいがってくださるでしょう？」

「お前が私を好きになってくれれば、かわいがってあげますよ」

「もちろん。私はあなたが大好きになるわ」

「私といっしょに散歩したい？」

「したいわ。もちろんよ。今すぐに？　でも私はあまり丈夫じゃないのよ」

「抱いてあげますよ」

「ああ、嬉しい。じゃあ行きましょう」

「ところでお前は何が見たいの？」

「私のお母さま」

「お前のお母さまだって？　それは私ですよ」

「えっ！　本当に？　じゃあお顔がよく見えるようにヴェールを取ってくださらない？」

「私に顔がないことはもう知ってるじゃないの？」

「ああ！　何てこと！　じゃあ私はもうお顔を見ることはできないの？」

「それはお前しだいですよ。お前が私に顔を返してくれれば、見られるでしょう」

「ああ！　どういう意味でしょう！　どうすればいいのでしょう？」

「お前が自分で見つけなきゃいけないのよ。私と一緒においで。いろいろのこと教えてあげよう」

ヴェールの婦人は腕にディアーヌを抱いて、運んでいきました。どこに行ったか私にも分からないけれど、ディアーヌも全然覚えていませんでした。ただとても美しいものをたくさん見たように思います。というのはジョフレットが起こしにきたとき、ディアーヌは乳母を押し返し、もっと眠って夢を見続けるために、ベッドと壁の隙間に向きを変えましたから。でも夢はもう違う夢に変わっていました。ヴェールの婦人はいつのまにかドクターの顔と衣装をつけて、ディアーヌに言います。

「ロール夫人がお前を好きでも嫌いでもそんなことはどちらでもいい。あの人のことで頭を使うより、することがたくさんあるのだから」

それからディアーヌは自分のベッドがとても美しい絵で被われている夢をみました。どれもみんなすばらしく、彼女は女神、あるいはミューズの顔を見るたびに叫びます。

「あっ！　お母さんだ！　確かに！」

けれど顔はすぐに別の顔に変わっていくのです。母親の顔だと思った顔はもう二度と見つけられないのでした。

九時頃、乳母のジョフレットが呼びに行った医者が父親と一緒に部屋に入ってきました。子供の熱は下がっていました。発作は収まっていたのです。昼間は手当てをしてもらって、夜はとても平静になりました。二日後にはすっかり回復し、ドクターの指示で散歩をしたり、のんきに遊ぶ生活を始めました。

6　探し求められる顔

この年のある晴天の日のこと、ドクターはこの家族の中の変化に気がつきます。ロール夫人はディアーヌを修道院に送り返したいという望みを隠しきれなくなっていました。ディアーヌを嫌っていたのではなく、虚栄心が強い女だったのです。意地悪ではなかったのですが、自分自身愚かなので、ディアーヌが愚かだと咎めるのです。ディアーヌを支配できなかったことに傷つき、このおもちゃを自分の思うようにできなかったことを恥じていました。

彼女は休みなく、この子供の無気力を夫に非難するのでした。夫人は自分の送っているような役に立たない、散漫とした生活を娘にもさせることがいいと考えたのでしょう。フロシャルデはもうどうしてやるのがいいのか分からなくなります。妻の苛立ちと博士の意見の板挟みになり、心配や疑いの入り混じった気持ちで娘を眺めるのでした。フェロン医師の言うように娘が同年輩の少女以上に賢いのか、あるいはロール夫人がほのめかすように、野蛮で無教養なのか、迷ってしまいます。

そして結局、娘のためにいいのは、マンドの修道院にいる姉に再び託すことかといろいろ考えるのでした。

一方ディアーヌのほうはジョフレットの賢明な言葉に平静になって、健康を取り戻していました。人を恨まない生来のいい性格から、義母の投げつける冷たい棘《とげ》のある非難にもあまり苦しんでいるようには見えませんでした。

ですが、彼女はもう義母を愛そうとは思っていなかったし、愛されるための努力もしてはいないのです。この美しい夫人はもう彼女にとって、無関係な人になってしまっていました。ディアーヌの頭はまったく別のことでいっぱいだったのです。

学びたいという欲望が彼女をとりこにしていました。単に絵を描くことばかりではなく、歴史を学びたいと思います。ドクターが美術について教えてくれたとき、歴史への興味とその重要性が垣間《かいま》みえたからです。この世界の物事について、なぜ、とか、どうして、とか気にするのは早すぎるといつも博士に言われていました。お前の年頃では人間の狂気について何も分からないのは幸せなことだ、と、博士は言うのです。でもどんな芸術でも、その頽廃や進歩の原因に触れようとすれば、歴史的なものに、つまり人類全体の歴史に関わってくるのですから、知らないうちに、つい本気になって博士は彼女に教えこんでいるのです。少女はむさぼるように彼の言葉を聞きます。彼は教えることに続けて専念できないのを残念に思いました。家では彼女は何も教えてもらっていないのでなおさらでした。フロシャルデはよく家庭教師をつけようかと言うことがありましたが、どんな家庭教師でもロール夫人の気に入らないだろうということは容易に予測できました。

そこで医者は一大決心をします。そしてある日画家に言います。「あなたの娘と乳母を私に欲しい」

「冗談でしょう。娘をくれ、なんて！」と、フロシャルデは叫びます。

「冗談ではない。でも彼女を君のところにおいたまま、ぼくにくれないか？　われわれは田舎の家でも町の家でも隣あわせに住んでいる。彼女は夜は望むまま君のところで過ごし、朝から夕方までは私の家で過ごしてもらう。彼女を教えたり、世話するのは私のやり方でさせてもらう」

「でもあなたには時間がないでしょう？」とフロシャルデが言います。

「時間はある。私はもう高齢だし、かなりお金も持っている。もう休息したいし、学業をそのうち終える甥《おい》に患者たちをゆずろうと思う。彼はばかではない。息子のように育てたが、いつも娘が欲しかった。違う性の二人の子供に財産を分けたかったのだ。どうだろう？」

ドクターの最後の説得は力がありました。娘のためにこれほどすばらしい未来を拒否する権利は自分にはないとフロシャルデは思います。ロール夫人のような生活の仕方では、自分の財産が危機に瀕するのを怖れていただけになおさらでした。すでに彼女は贅沢な欲望を満足させるために、彼に負債を負わせていましたが、さすがにそれは口に出せなかったのです。

画家は医者の申し出を受け入れ、ロール夫人はそれをとても喜びました。その上少女がジョフレットと共にドクターのところに住みついてしまうほうがいいとさえ言います。フロシャルデはその意見も入れて、結局ディアーヌはジョフレットを連れて、よく調《ととの》えられたかわいい小さい部屋に移り住むことになりました。

博士は約束を守ります。仕事の忙しい部分は離れたのですが、立派な医者とみなされていたので毎日二時間、自分の生徒の休み時間に患者を診ることは拒めませんでした。そしてその二時間、ディアーヌは父のところですごします。

夕方にはフェロン医師の甥で後継者のマルスランが来て、重いか、あるいは興味ある病状を報告し、敬意をもって叔父の意見を聞くのでした。時間がある時はディアーヌと遊んだりしゃべったりするのでした。

彼はディアーヌを妹のように思っています。このマルスランという青年はさっぱりした男で、ディアーヌが叔父にかわいがられるからとやきもちをやくようなことのできない性質でした。叔父のおかげで得た教育や知識や患者によってかなり裕福になったと思っています。こういう性格を受け継ぐものは、たくさんはいないけれど、いるにはいるのです。私は知っています。分かるでしょう。自然とはすばらしいものですね。

さて、ディアーヌはとても幸せになり、勉強にも励み、健康になりました。絵に対する情熱も少し忘れたかのようでした。まだ幼いのに、すべては知性の問題だということ、一つのことしか知らないということは、何も知らないのと同じだということが分かったようでした。

ディアーヌは十二歳になって、もう子供とも言えないようですが、誰にたいしても優しく、かわいくて陽気で素直な少女になりました。自分に値打をつけようとか、人に注目してもらおうなどとはしないのですが、年の割にはしっかりした教育をされていて、心には激しい誠実な面がありました。

彼女はとても優しい絵を描いていました。その手先の技法は父が仕事をするのを見ていて習ったものです。彼女はそれを誰にも見せませんでした。というのは、ある時、ドクターが、この絵はとてもいい、と言ったのに、フロシャルデがよくないと言ったからです。

ドクターは批評家として優れていましたが、実際に絵を描くことにかけては何も分かっていないと感じていました。彼はディアーヌに美に対する愛を育ててくれたのですが、しかし美をつかみ取る方法を与えることはできませんでした。彼女は父がドクターの理論と対極の位置にあるシステムを持っていることも感じました。父は自分独自の方法以外のものを決して良いと言わないので、自分でも気づかぬながら公平を欠いていたようです。

でもディアーヌは自分でそれを知ることができたのでしょうか？　これは彼女が不安に思いながら常に自分に問いかけていたものです。ドクターが明らかに正当な批評眼で批評する父の才能を、彼女はどう考えるべきなのでしょう。でもまた、鉛筆を持つことも、線を一本引くこともできないドクターの批評をどう考えるべきなのでしょう。この問題に彼女はとても悩み、また病気がぶり返りそうになったほどでした。彼女はやせすぎでもなく、華奢すぎもせず、たいへん背丈がのびました。ドクターはたいして心配するというのでもないのですが、でもちょっとした熱を呼び戻した精神面の原因を見抜こうと努力します。乳母のジョフレットは、お嬢さんは絵を描きすぎると思って、それをドクターに打ち明けるのでした。お嬢さんは絵を描いているのを人に見られたくないために、夜明け前に起きて描くのです。乳母がそれを見ていると、描きながら喜びで夢中になって真っ赤になるかと思うと、今度はがっかりして真っ青になり目を涙でいっぱいにするというのです。

博士はかわいい義理の娘に真相を言わせなければと決心します。彼女の方は黙っているつもりでしたが、彼の優しい質問に逆らえなくなりました。

「じゃあ、お話しましょう」と彼女は切り出します。「私にはいつも離れない一つの考えがあるのです。それは顔で、それを見つけなければならないのですが、それが見つからないのです」

「どんな顔だ？　相変わらずヴェールの婦人か？　子供の気まぐれが、いまこんなに大きくなって、しっかりものを考えることができるようになったのに、離れないのか？」

「ああ！　この気まぐれは決して離れないのです。ヴェールの婦人に、『私はお前のお母さんですよ。お前が私に顔を返してくれれば、お前は私の顔を見ることができるのよ』と言われて以来です。すぐには分かりませんでした。でも少しずつ分かってきたことは、私の母の顔、一度も見たことのない顔を描かなければならないということです。そしてそれこそ私が求めていたものでした。母はとても美しい人だったと聞きました。私によほどの才能がなければ、おそらく母に近い姿を描くのは不可能でしょう。才能があればいいのに、と思うのですが、それはきてくれません。私は自分に不満です。描くものをみんな破ったり、落書きでめちゃめちゃにしてしまいました。私の描く顔はみんな下らないか、凡庸なものです。父がモデルを美化するのにどういう方法を使うのか、眺めます。父はモデルを確かに実際より美しくしています。今それが私にはよく分かります。彼の成功はそこから来ているのです。それでどういうことになったか、お分かりでしょう。私が父のモデルを眺めると、確かにみんな美しくはありません。自分を描いて欲しいと言ってこられる人の中には、もう中年すぎの婦人やとても醜い殿方さえいます。この方たちを眺めていますと、一番醜い人でも、父が描こうと決めて描いた顔よりまだましなんです。ポーズをとっているこれらの顔は彼ら自身です。どの顔も独特のものを持っています。そしてまさに父がその顔から取り去ろうとしているのはその独自なものです。描いてもらった方はそれを喜んでいます。私の頭の中にあるのは、描くものをありのままに描くということです。もし私に才能があれば、パパの描くのとはまるで違うように描くだろうということがよく分かっています。私が苦しく、悩むのはそこなんです。父には確かに才能があり、私にはありません」

「彼には才能があり、お前にはない。それは確かだ」とドクターは答えます。「でも芽生えることもある。ないと言って悩みすぎるよ。才能が芽生えたら、お前が父親より以上の才能を持つだろうとは言いたくない。何も分からないことだから。だがそれはまた別の種類の才能だろう。というのは、お前はまったく違う目で見るだろうから。彼にはお前を教えることはできない。だから一人で見つけなければならない。そのためにお前には時間がある。お前は急ぎすぎる。才能に恵まれないで終わる危険もそういうところからくる。熱を出したりする。健康でないと、価値あることは何もできない。お前が求めている顔だが、お前に取りついているヴェールの婦人を追いはらうことができるのなら、その顔を教えてやることはできる。お前のお父さんが、お母さんのとてもよく似ているできのいい細密画《ミニアチュール》を持っているのだ。彼が描いたのではない。彼はその絵を好きではない。方法がまったく逆だからだ。彼はそれを誰にも見せない。彼女とは似ていないと言っているんだが、私はこれこそ彼女そのものだと思っている。お前に見せてもらうようにお父さんにたのんであげよう」

このとき、ディアーヌは母の顔立ちを知りたいという望みしか感じませんでした。彼女は先生に心からお礼を言って、わくわくするような喜びいっぱいでその申し出を受けました。フェロンはこの細密画を翌日には見せられるだろうと約束します。だからそれまでは平静にして、あまり興奮しないように、辛抱強くしているようにと約束させました。

「自分のしていることをよく知るためには、まだ十年かかる」と博士は言います。「巨匠の傑作を見なければいけない。お前がいろいろ学びとれるようになれば、一緒に旅行しよう。そのあとで、どこかの良い先生について教えを乞えばいい。ここでは、というのはつまりお父さんの見ているところではお父さんを傷つけることになる。人から世界一の画家だと思われているし、彼も自分以外の先生にお前がつくのはおそらく気に入らないだろう」

「それはもちろんできないわ。よく分かっています。辛抱強く待ちます。お約束しますよ」と、ディアーヌは叫びました。

彼女はできるだけ約束を守りました。でも眠るとすぐにヴェールの婦人が現れて、ピクトルデュの城まで散歩をしないかと誘います。城に着くやいなや、背が高くてほっそりして大変美しいお嬢さんがあらわれて、城が崩れようとしているので、できるだけ早く出ていくようにと言います。ディアーヌはこの若いお嬢さんがブランシュ・ド・ピクトルデュ嬢だと分かったので、その名で呼んでみました。ところが、お嬢さんは答えて次のように言うのでした。

「私を覚えているんですって！　まあそうでしょう。あなたにもらったトルコ石のブローチを首につけているんですもの。つけてなければ誰だか分からなかったはずよ。物覚えが悪い上に不器用だから、私の顔をかいておいたりしていないでしょうから。さあ、早く出てちょうだい。城は欠伸《あくび》をしたり、ぶつぶつ言ったりしているのよ。嵐に抵抗するのにあきたのでしょう。みんな崩れてしまうのよ」

ディアーヌは恐かったのですが、ヴェールの婦人は手でブランシュを遠ざけると、ディアーヌについてくるように言いながら柱の並んだ回廊に入っていきます。少女がついていくとすぐ後で城が二人の上に崩れ落ちました。でもそれはまるで小さい雪の突風だったかのように、二人とも何の怪我もしないのです。床には雲から降ってきた美しいカメオがちりばめられていました。

「早く、一緒に私の顔を探してちょうだい」とヴェールの婦人が言います。「この中にあるはずよ。お前が見つけなければいけないのよ。できなければ、ああ、もう終わりよ。お前は決して私を見つけられなくなるのよ」とヴェールの婦人が言います。ディアーヌは長い間探します。彫刻のある石を集めて、調べます。あるものは固い石に彫られていたり、他のものは貝殻の上に浮き彫りになっています。えも言われぬ優雅な立像を表わしたものがあれば、魅力ある、あるいは端正な横顔があります。また古代の仮面のような渋い面持ちのものもあります。大部分は厳しい憂鬱な表情をしていて、すべて賛美せずにいられないうっとりするような細工でした。でも妖精はせき立てます。

「早く！　みんなゆっくり眺めて遊んでいてはだめよ。見つけなければいけないのは私の顔ですよ。私のね」と婦人がいいます。

そのとき、ディアーヌの手に透明の紅玉髄《カーネリアン》が触れました。その底には、白いつや消しで理想的な美しさの横顔が彫られていますが、髪は後ろに束ねてリボンで結び、額に星をつけていました。初めその小さい頭は指輪の宝石ほどの大きさに見えました。でも眺めていると、それはだんだん大きくなり彼女の手の窪みをいっぱいにしてしまいました。「やっと見つけたのね。私はここよ」妖精は叫びます。「私ですよ。お前の女神、お前のお母さんよ！　間違いではありません。今に分かります」彼女は後ろで留めていたヴェールを外しはじめました。でもディアーヌはその顔を見ることができませんでした。幻想は消えたのです。

そして彼女は絶望して目を覚ましました。でも見たものがあまりにも生き生きしていて心を打つので、すぐには正気を取り戻せませんでした。少なくともあれほど激しく求めた貴重な姿をまだ留めているような気がして宝石カメオをしっかり握りしめます。でも幻影は一瞬の間しか続きませんでした。手を握りしめてもどうにもなりません。手をあけると、中には何も、まったく何もないのでした。

ディアーヌが起き上がってベッドから出た時、ドクターが金の留め金のついたモロッコ皮の箱を持って入ってきました。彼女を喜ばせると思って、箱を開けようとした時、それを止めながら、彼女が叫びます。

「だめ！　先生、まだそれを見てはいけないのです。あの人がそれを望んでいないの。私が一人で見つけないとだめなの。そうしないと私は永久に見捨てられてしまうの」

「お前の好きなようにすればいい。お前の考えはいつも分からないけれど、反対はしないよ」とドクターは答えました。「このメダルはお前のものだ。ここにおいていこう。お父さんがお前にくれたものだ。夢の中で話しかける妖精の許可がでれば、あるいは妖精がいるなどもう信じなくなったら、ゆっくり眺めるといい。その時はすぐにくるよ。お前はもう夢と現実の区別がつく年頃だし、私はお前を信じているよ」

ディアーヌはフェロン医師の優しい言葉と彼女のためにもらってきてくれた贈り物に感謝します。そしてそれを開けないで大切に小さい引き出しにしまいこみました。神秘な女神の許可があるまでは、開けないでおこうと誓ってそれをまもります。

彼女はこの愛する顔を早く知りたい欲望と闘いながら、鉛筆でそれを求めはじめます。一方で先生との約束も守って、辛抱強く描いて、すぐに成功しようと焦らなくなりました。今日か明日かに何か美しいものを描いてしまいたいと望むのはやめて、模写に励みます。

辛抱する力を与えてくれたのは、一つの不思議な考えでした。それは彼女が夢の中で見たり触れたりした美しい横顔を自分で完全に思い起こすことができると信じていたことです。その横顔は、考えようとすればそのたびに、いつも彼女の目の前にあっていつも同じでした。あまりに長い間、またあまりにたびたび考えることはしないようにしました。そうすると震えてきたり、消えてしまいそうになったりするからです。

7 見い出された顔

ディアーヌは自分が賢くなるように学び続け、そして大変幸福でした。ある日——そのときは十五歳くらいでしたが——、父親がいつもと違って、悲しそうな様子をしているのに気がつきます。

「お父さま。ご病気なの？　いつもとお顔の様子が違うわ」とキスをしながら彼女はいいます。

「顔だって」と父はいつになく少しぶっきらぼうに答えます。「顔のことがお前に何か分かるのか？」

「できるだけのことをして、分かるように努力しているわ」とディアーヌは言いましたが、父親の言葉の中に、芸術に対する彼女の報われない情熱を冷やかすような調子が読み取れました。

「できるだけのことをしているって？」フロシャルデは悲しそうに娘を眺めながら言います。

「なぜお前は芸術家になろうなどというばかげた考えを持ちはじめたのだ？　お前にはその必要はない。

お父さんよりもっと賢明で幸せな第二のお父さんをみつけたじゃないか。仕事の苦労などしなくて済むのに、苦労をしてみたいのか？　なぜだ？　それが何になる？」

「私は答えることができないわ、パパ。自分でも分からないの。でも、私のしていることがパパの気に入らないのだったら、諦めます。どんなに辛くても」

「いや、いや、そうじゃない。したいことをして、不可能なことを夢みて、楽しむがいい。若さの特権だ。年を取ってくれれば、才能があっても運命と不幸からは逃れられないことが分かるだろう」

「ああ、お父さま！　幸せではないのね」ディアーヌは父の腕に身を投げかけながら叫びました。「そんなことって、どうして？　そしてなぜ？　言ってちょうだい。お父さまが幸せでないのなら、私も幸せにはなりたくない」

「何も心配することはないのだよ」フロシャルデは優しく娘を抱きしめながら、答えます。「ちょっと言ってみただけだ。困ってなんかいない。お前がもうパパを愛していないと思ったのだよ。なぜって、私はお前の教育をおろそかにしたし、他人にお前を委ねたりした。お前はつまらぬ、のんきな父親が子供のように日を送っていると思ったろう」

「いいえ、お父さま。私はお父さまが大好きです。そんなことは考えたこともありません。どうしてそのようなこと思うでしょう」

「いや、私自身ときどきそう思うから言ったのだ。咎められるような気がしたのだ。でも今では、財産が危険にさらされても、お前はそれに関わりがないから安らかでいられる」

ディアーヌはもう少し質問しようとしましたが、父は話をそらして仕事にかかりました。しかし、気分が動揺して苛立ち、自分のすることにうんざりしていました。突然、彼は腹を立て絵筆を投げ捨てて、言います。

「今日はうまくいかない。絵がだめになってしまう。もう少しで破ってしまいそうだ。ディアーヌ、おいで。一緒にその辺を散歩しよう」

二人が出ようとしているとき、いつもと同じように派手な出で立ちでロール夫人が入ってきます。でも顔つきだけは別人のように変わっていました。

「何ですって！　外出なさるの？　でもこの肖像画は今夜じゅうにお渡しするんでしょう？」夫人は夫に言います。

「明日しか渡せない時にはどうなる？　私は依頼人の奴隷かね？」フロシャルデ氏は冷たく答えました。

「でも……この絵の代金を今夜いただかないとだめなんでしょう？　だって明日の朝……」

「そう。君の仕立て屋と生地屋だね。彼らは待ちきれなくなっている。分かってるよ。払ってやらねばまたスキャンダルだね」

ディアーヌは驚いて、おびえたように目を大きく見開きました。その目はロール夫人をとらえました。

彼女はディアーヌに言います。

「あなたはお父さまの邪魔をしすぎますよ。お仕事が進まないじゃないの。今日は特にお父さまはお仕事なさらないとだめなのよ。そっとしておいて差し上げてね」

「ここから出ていくように言われるの？」ディアーヌはびっくり仰天して叫びます。

「いや。そんなことは絶対にない。ここにいなさい。私の邪魔など決してしていないよ」フロシャルデは自分の近くに娘を坐らせると力強く言います。

「それじゃあ、お邪魔なのは私ですね」とロール夫人が答えます。「分かりました。自分のしなければいけないことは知っています」

「好きなようにすればいい」フロシャルデは冷たい調子でいいました。

彼女は出ていき、ディアーヌは泣きだしました。

「どうした？　ときどき少しぐらいロールお母さんと喧嘩しても、それがどうだっていうんだね？　彼女はお前のお母さんじゃないし、そんなに好きでもないんだろう？」と父は微笑もうと努めながら言います。

「お父さまは不幸なのね」とディアーヌは泣きながら答えます。「不幸だなんて、私知らなかったわ」

「いや、違う」父はいつもの軽い調子を取り戻して言いました。「困ったことがあるだけで、それは不幸ではない。実を言うと、かなり困ったことなんだが、何とかするよ。もっと働くよ。それだけだ。少し楽に暮らせると思っていた。二十万フランくらいだが、ちょっとした財産を作ったつもりだった。地方では、これで楽に暮らせる。いつか分かることだから言っておくが、私たちは贅沢をしすぎた。私は不注意に建て増しをした。見積もりは恐ろしいぐらい超過した。つまり損をして売る羽目になったのだ。債権者たちが急いでいるから。私が破産したと聞いても驚くことはない。それにいつも人は大袈裟な言い方をするものだ。だから心配しすぎないように。持っているものを売れば借金は払えるし、名誉は無事だ。お父さんのことで恥ずかしい思いをすることはない。安心していなさい。すべてもとのようにたてなおすよ。まだ若いし丈夫だ。もう少し高く絵を買ってもらおう。依頼者に同意してもらわなければならないが。時間さえかければ、お前が結婚をあまり急がなければ、ふさわしい持参金を持たせるだけのものはためてやれるよ。お前が早く結婚するならドクターが一時貸してくれるだろう」

「ああ、私のことなど話さないでください」とディアーヌは叫びます。「結婚のことなど、考えたこともないわ。自分の将来のことも全然気にならないの。お父さまのことだけ話しましょう。お父さまの大好きな、そしてとてもよく設計されていて、住み心地もいいこのきれいな家が売られるのですか？　いいえ、それはだめよ。どこでお仕事をなさるの？　田舎の家はどうなるの？　どこに住まれるのですか？」

フロシャルデは娘が彼のために思いのほか心を痛めているのを見て、おそらく支払いは少し延ばせるだろうと言って、彼女を安心させるように努めました。でも父親がこの後働きすぎるのではないかと、彼女は心配します。病気になりはしないかと恐れるのです。安心したように装いましたが、それは父を喜ばせるためで、心はすっかり滅入って家に帰り、その夜は泣き明かしました。

でもドクターに自分がどれほど苦しいかを打ち明ける勇気はありませんでした。彼が父を非難したり、批評したりするのを聞くのも辛かったのです。友達のように親しい先生とチェスをして遊んだりした後、部屋に戻って思いきり泣きました。

彼女はほとんど眠れなくて、夢も見ませんでした。朝になって、いつものように仕事を始めます。気を紛らそうと努めますが、あの苦しい考えがすぐに浮かぶのです。ロール夫人が父を働かせすぎて死なせてしまうだろう、とか、亡くなったかわいそうな母親が生きていれば、父はずっと幸せで無茶なことはしなかったろう、などという考えです。

彼女は母のことを心の中で思い出しては涙が溢れます。初めは自分のことだけを思って懐かしんでいたのですが、今、母が父に与えることができたであろう幸福、母が持ち去ってしまった幸福を惜しんでいました。

自分の手の動きには無関心にただ機械的に絵を描きながら、心の底では母を呼び続け、言うのでした。

「お母さま、どこにいらっしゃるの？　何が起こっているかご存じ？　別の女の人が借金をさせたり、苦しめたりしているお父さまを慰め救うために私がどうすればいいか、言ってくださらないの？」

このとき、突然彼女は髪の毛の中に温かい風のようなものを感じ、朝のそよ風のような弱い声が耳もとでささやくのを聞いたように思います。

「私はここにいますよ。お前はやっと見つけてくれましたね」

ディアーヌは飛び上がって後ろを見ました。後ろには誰もいません。白いモミの木の床板に、風に揺れる菩提樹《ぼだいじゅ》の葉の影以外に動くものはありませんでした。

彼女は描いていた紙を見ます。何と、とても繊細な顔の線がそこに描かれていました。自分で描いたものでした。さらにはっきりと目立つようにしてみました。あまり注意しながらでもなかったのです。次にこの頭の髪の毛を濃くして、そこにリボンと星をつけました。夢で見たすばらしいカメオを思い出したのです。それから彼女はぼんやりとその絵を眺めていました。

そのとき、乳母のジョフレットが入ってきて何か並べるためにあちこち歩き廻っていました。そしてディアーヌに近づくと声をかけます。「お嬢さま、今朝はお仕事にご満足ですか？」

「いつもと同じよ。ジョフレット。自分のしていることが分からないくらいよ。でも、どうしたの？青くなって、涙なんかだして？」

「ああ！　どうしたことでしょう」ジョフレットが叫んでいます。「こんなことがあるでしょうか？お嬢さま、この絵を描かれたのはお嬢さまではないでしょう？　ではあの肖像をごらんになったのですか？　それであれを写されたのですか？」

「どんな肖像？　全然何も写してなんかいないわ」

「え？　じゃあ、夢かしら？　それとも奇跡かしら？　先生、先生、見にいらしてください。これをごらんください。何ということでしょう！」

「いったい何事だね？」食事のためにディアーヌを呼びにきたドクターが聞きます。「なぜジョフレットは、奇跡だ、なんて叫んでいるのだ？」

それからディアーヌの絵をながめると、付け加えます。「メダルを写したんだね？　でもとても良くできている。とてもよくできているのがわかるかね？　驚くほどだ。そしてまたすごく似ている。かわいそうな若いお母さん！　目の前に見るようだ。さあ、ディアーヌ、元気を出しなさい。お父さん以上の肖像画家になれるよ。この絵はすばらしい。生きている」

ディアーヌは呆然として自分の絵を眺めていました。そしてそこに夢に見たカメオの忠実な記憶、心にしまっていた姿がそのままあるのを見出します。でもそれは自分の想像力で作り上げたものでした。ジョフレットが似ていると思ったのも、おそらく想像力ですし、ドクターもやはりそうでしょう。ディアーヌはカメオのメダルを開けたことはないと言いたくありませんでした。開けて見るのが恐かったのです。自分がこの報いにふさわしくないと思っていたのです。

食事の間ずっと、母の肖像が似ているというのは確かかどうかと、博士に尋ねます。

「似ていなければ、どうして私が分かるかね？　お前にお世辞を言ったりしたくないのはよく知ってるだろう」と彼は言います。そして、

「ジョフレット、ディアーヌの描いたあのデッサンを持ってきてくれないか。あれをもう少し見たい」と博士はジョフレットに言いました。

乳母は言われた絵を持ってきます。ドクターはコーヒーを味わいながら何度もそれを注意深く眺めます。そして何も言いませんでした。夢中になっているようでした。ディアーヌは彼が最初の印象を取り消すのではと不安でした。このとき、フロシャルデの訪問が告げられます。ときどきドクターとコーヒーを飲みにくることがあるのです。

「何をそんなに眺めているのです？」彼は娘にキスをした後フェロンに尋ねます。

「あなた自身で見てごらんなさい」とドクターは答えました。

フロシャルデはデッサンの上に屈《かが》みこみ、そして青くなりました。

「彼女だ！」と彼は感動して言いました。「誰にも言わないが、彼女のことはいつもいつも頭から離れたことがない、またそれにふさわしい女です。それにこの頃は、今まで以上に思い出しています。でもこれを描いたのは誰ですか？　これはディアーヌにとあなたに渡したメダルを見て描いたものですね。でもこの方がずっとよく感じが出ているし、表現もすばらしい。似てはいるが、もっと高貴で真実味がある。これはすばらしい。これほど描けるものは私の弟子には一人もいません。言ってください。描いたのはいったい誰ですか？」

「それはね」とドクターは少し意地悪く、口ごもりながら、「私の小さい生徒なんだ。気を悪くしないでくれよ」

フロシャルデは、感動を隠すために窓の方に向きを変えた娘をみました。そしてまた問いかけるようにドクターの方を見て、すべてを理解します。そしてまた、ひどく驚いた目でデッサンを眺めました。おそらく何か批評したかったのでしょうが、なにも言うべき言葉をみつけられませんでした。自分をもうそれほど信じられないという気持ち、どんな確かな事柄にも間違うことがあるということを認めないではいられない、そういう気分になっていました。

ディアーヌは父の方に向く勇気がありません。また夢を見ているのではないか、という気もしました。感動を隠すために窓の方に屈みこんで、頭の上に容赦なく降り注いで、目の中に赤い針のようなルビーの光線を差しこんでくる太陽にかまわず立っていると、この眩《まぶ》しさの中に大きい白い顔が浮かびました。それはえもいわれぬ美しさで、その緑色のドレスはエメラルドグリーンに輝いていました。それは彼女の夢にみた女神、彼女の妖精、ヴェールの婦人でした。でももうヴェールは顔の上になく、彼女のまわりに金の後光のようにただよっています。その美しい顔は想像を巡らせたカメオの顔でした。そしてディアーヌが描いた顔、フロシャルデが恐怖の混じった驚嘆の目で画面の上に眺めているものとまさにそっくりでした。

ディアーヌは自分に微笑みかけているこの輝く顔の方に腕を差しのべます。と、顔は「また会えるでしょう」と言って消えました。

ディアーヌは嬉しくて息が苦しくなりそうになって、喜びの声をあげそうになるのを押し殺しながら、窓のところに置かれた椅子に倒れかかりました。フロシャルデとドクターは彼女がどこか具合が悪いのかと急いで傍に駆け寄りましたが、彼女は彼らを安心させます。そして今見たばかりの幻影のことは言わないで、父に、自分の作品に少し満足かどうか尋ねます。

「ただ満足だというだけではない。嬉しくて気も動転している。謝らねばならない。ディアーヌ。お前には神聖な情熱がある。その上、年に似合わぬデッサンの腕がある。体を酷使することなく続けなさい。勉強し、望みをもつがいい。自分を疑うこともいいことだ。でも私はもうお前の才能を疑ってはいない。私はとても幸せだ」

二人は泣きながら抱き合いました。それからフロシャルデはドクターと話があるからと言い、彼女は部屋に引き取って、ジョフレットが食事に行っていたので一人になりました。ディアーヌはそのとき初めて引き出しの所に走っていってモロッコ皮の箱を取り出します。あまり早く開けたくならないように黒いサテンのリボンで結んでありました。ついに彼女はそれを開けます。クッションの上に膝をついて眺める前にメダルにキスをしました。それから、また来ると約束してくれた理想の顔を心の中に見るために目を閉じます。彼女ははっきりと見ました。彼女の同意を確信してついに肖像をみました。まさに彼女の描いた顔と同じでした。それはカメオであり、夢の顔であり、そして彼女の母親でした。詩と、感情と、想像を通して、見い出した現実でした。

ディアーヌはどうしてこの不思議なことが自分の中で起こったのか、自分に問うことはしませんでした。起こったことをそのまま受け入れ、自分の理性が後になってそれをどのように説明するかを詮索《せんさく》したりしなかったのです。

まだとても若いときは、自分を信じすぎるよりは、超自然の妖精を友達にしている方がいいのですよ。

8　崩　壊

続く二年間のことは、日を追って話すことはしません。ディアーヌは一生懸命に、また控え目に勉強を続けます。そしてしばしば父の意見を優しい慎ましさで求めるのでした。しかし父親の方は、自分のできないことを理解しようという気にはなれなかったのです。知らないうちにディアーヌは父と正反対の道を行っています。彼女が住んでいた土地には、たくさんの古代の彫像が残っていました。人々はそれらを評価しはじめていました。つまりフランス人の趣味もまた新しい傾向を求めていたのです。

版画がヘラクレスやポンペイの貴重な掘り出し物を世間に広めていて、それは絵画、つぼ、立像、家具、その他さまざまなものに及びました。当時の人々の言う簡素化された優雅が、中国趣味、凝りすぎたもの、ヴァンロ風（十八世紀前半に流行した。高名な画家ヴァンロ兄弟の名による）に入れ替わろうとしていました。イタリアをより深く知るようになり、旅行する人も増えました。ワトーの美しい色彩と愛すべき幻想はまだ評価されていましたが、エトルリアのつぼや、ギリシャのメダルには、それに劣らず人々は引かれていました。今日、ルネッサンスの時代とわれわれが呼んでいるヴァロワ王朝時代の趣味にはっきりと戻ってはいませんでした。

新しいルネッサンスを目指しているのです。それはオリジナルなものではないが、魅力あるもので、今ではルイ十六世風とよばれている家具もこの頃作られたものです。当時の人はこれを古代風家具と言っていました。それらの家具は古代を忠実に写してはいませんが、とても美しいものでした。そしてまたとても品位がありました。女性も高い髪の結い方を低くして、髪粉を振りかけた髪を額のまわりに無造作に膨らませるようになります。男も鳩の羽のように両側にたらしていた髪を束ね、袋の中に押しこんでいた長い髪を簡単なリボンで結ぶようになります。ある者は編み上げて、べっ甲の櫛で留めていました。

フロシャルデもアトリエで同じような髪型をして、描く肖像画も、以前名声をもたらせてくれたものよりずっと簡素なものになっていました。

それで、少しずつ注目されるようになってきた娘のディアーヌが、以前よりずっと簡単なドレスを着ていても、あまり人は驚かなくなります。画家自身、自分の娘がどうして今芽吹きはじめたばかりのこの趣味を、自分の口に、その傾向と才能の中に、早くからはっきりと取り入れていたのか、あまり考えてみることもしませんでした。

ただフロシャルデは憂鬱になってきて、自分の描き方が気に入らなくなります。芸術において形への目覚めが不意に彼を襲います。いつも衣装を目立たせるために、それを回避してきたのです。

楽しんでいた流行が下火になってきていることに気づきます。客が彼に高い代金を払う気がしなくなってきたちょうどそのときに、謝礼の値上げを考えたという変な巡り合わせでした。値下げに同意する屈辱には耐えられなかったのですが、それと引き換えに依頼客が急激に減りました。人は彼の娘の才能を知り、評価しはじめます。娘を助手にすれば、とか、必要なら、彼女に描かせればなどと臆面もなく言う人もいました。確かに哀れな父親はかわいいディアーヌに嫉妬したりはしませんでしたが、でも彼女が、ロール夫人のばかな支出を肩代わりするために、お金を得ようと、商売に精を出して、自由で豊かな勉強を中断することだけはさせたくないと思っていました。

この二年間について私は細かく話しませんでしたが、画家の暮らしは大変厳しくなっていました。父親は力いっぱい働いてすべてを救おうと思います。苦労して死んでも本望だと思っていました。でもまったく予想もしなかった事態が訪れます。仕事がだんだんこなくなったのです。消費を節約することのできないロール夫人は、自分のささやかな取り分を夫婦の共同生活から分けて、ニームの自分の両親のところへ引き取ってしまいました。そこで一年の四分の三を過ごし、夫のところには少しの間だけ姿を見せるのでした。そして残りの間は持っているわずかのものを新しい衣装に使い、家事のやりくりは頭にないのです。ディアーヌは父が捨て置かれて一人で寂しそうなのを見て、居る場所を彼のところに移して、ドクターと父のところとに時間をわけて暮らすようにしました。使用人はほとんど解雇してしまったので、ジョフレットが家事をしてディアーヌが手伝います。贅沢に馴らされてしまっている父に生活の低下を感じさせないように、彼女は心を配ります。

また家の中を整理し、家計も管理します。きちんと利子で暮らせるように努め、元金を少なくするのを長い間引き延ばしましたが、ついにある日、債権者が待ちくたびれてやってきました。そして家、庭、小さい農園、美術品等にさしおさえの手続きをしていきました。

娘にも、友人たちにももはや隠せなくなった父にとって、これは非常な打撃でした。彼はすべてを捨てて、田舎で新しい客ではなく、何か新しい仕事を探そうと、そのためには何年かかかるだろうと考えていたところでした。既にアルルの教会で仕事を得ていました。彼は聖母、聖人、天使などを描きました。肖像画を描かなくても、これで生活していけると信じたほどでした。その瞬間、彼は自分が偉大な画と呼ぶものを描いて巨匠と呼ばれていると信じて喜んでいました。しかし聖母や天使についての考えも変わってきていました。長い間、ルイ十五世時代の微笑した小太りの聖母が好まれました。それが、村の顔だちのいい乳母にはそんなに似ていなくても、より現実味を帯びた聖母が好まれるようになります。フロシャルデの描くかわいい美人の聖母は、完璧に念のいったバラの花に囲まれていても、人々は冷笑を浴びせるばかりでした。このようなからかいの言葉は、過去の名声への遠慮から、面と向かっては言われなかったのですが、ディアーヌの耳には入ってきます。彼女は父親が新しい試みによっても再起不能だとわかります。

それである夜ドクターが部屋に引き取ると、そこに入っていきました。

彼女は彼に言います。「先生、父がもう破産状態なのをご存じですか？」

「知ってるよ。完全に破滅だ。彼には二十万フラン必要だが、誰も貸すものはないだろう」とドクターは答えました。

「でも、もし誰かが保証すれば？」

「そのような無分別なことを誰がするだろう？　二十万フランを水に投げるようなものだ。お前のお父さんは決してお金を返せるようにはならないよ」

「彼のこと信じていただけないのですか？」

「いや、そうじゃない。でも彼が目に見える豊かさを取り戻せば、妻が戻ってくるだろう。そうなればもっと見事に彼を破産させる」

「債権者を満足させるために、せめて一軒だけ家を買ってあげてください。私がそこに父と住むことをお許しくだされば嬉しいのですが。いつか彼がいなくなれば、すべてあなたのものです。私は生きるための術をかなり心得ています。生活のためにはほとんどわずかのものしかいらないので、私のつたないやりでやっていけると思います」

「お前は、お父さんが五十歳にもならないこと、私はもう七十五歳だということを忘れているね。もし私が彼の持っているものを全部買い取って、彼を気楽にしておいてあげれば、私のお金に利子はつかないし、不自由ななかで死んでいくことになる。そうして欲しいのか？」

「違います。私は家賃を払うのです。働きます。妖精が私のためにまた不思議な力で何かしてくれるでしょう。お金を稼ぐわ。試してみてください。支払いの保証をして、家の売り立てを遅らせてください。

二年以内に……必ず……」

「それはそんなに確かなこととは言えないよ」とドクターは言います。「もう一つ別の解決法があるが、これは重大な問題だよ。私はお前のために、少なくとも町の家と、田舎の家の美術品をすべて買うことができる。だからお父さんのために住む家、習慣、安楽などをそのままにしておいてあげることができるわけだ。お前は広いこの家の一部を貸して、必要なものを賄《まかな》うためにちょっとした収益を得ることができる。だが困ったことが起こる。それはロール夫人が夫のところへ帰ってくることだ。彼女は嫌がらせをしてお前を家から追い出すだろう。お前は自分からそういうことをしたことがないから、この争いにはとても耐えられないだろう。お前は私のところに帰ってくる。これは嬉しいことではあるが、お父さんは拘束され、負債がまたできる。家賃のわずかな収入であの人たちは暮らせないから。そのとき、お前は名誉のために財産を手放すだろう。お父さんは今日と同じように破産だし、お前も永久に破産する。

私がお前のためにとっておきたかった持参金は、義理の母さんの飾りのたくさんついた衣装の支払いに消えていく。私の財産は甥とお前に二等分するということを知っているだろう。お父さんの借金はほとんど私の財産の半分だ。だから、お父さんを救おうと思えば、私はお前の未来を犠牲にすることになる。これは二に二を足せば四になるのと同じくらい確かなことだ」

「それを犠牲にしてください！　犠牲にしなければならないのです」とディアーヌは威厳さえそなえた調子で答えます。まるであの誇り高い女神の一人のようで、その横顔は清らかで美しい面持ちでした。「あなたは私のためにしてくださることを、決して今まで言ってくださったことはありません。それを知った今、安心しました。父は救われました。私の未来を安泰にしておくために父を絶望と悲惨に見捨てよ、と私にお勧めになることはできません」

「いいことだ」とドクターは言います。「でも私の現在はどうなる？　私の収入は？　つまり私の生活は？　じゃあ、明日から半分に減らさねばならないのかね？」

「もし私をお嫁に出されたとすれば、そうしてくださったのではないでしょうか？」

「いや、お前がお嫁にいっても、私の傍にいてくれると、そして家族として暮らすつもりだったのだ。こうすれば消費はごく少ない。それにその埋め合わせに家庭の幸福がある。ロール夫人に贅沢させるために、私が……」

「もちろん、そんなことは全然楽しくありません」とディアーヌは答えます。「私それを考えたんです。それで、私が家計の実権を持つようにしようと決めました。うまくいくと思います。貸していただくお金の利子はお払いします。信じてください。私は父を好きですが、先生も好きです。私にしてくださったご親切のどんなにわずかでも、そのために先生を苦しめたりしたくありません」

「さあ、考えておこう。もう寝なさい。よく寝るんだよ。どんなことがあっても、お父さんは救われる。お前が望むのだからね」とドクターは彼女にキスをして言いました。

事実、翌日競売に出された町の家と田舎の別荘はドクター・フェロンによって競り上げられ、買い取られました。しかしディアーヌの期待に反して彼はそのどちらも自分のものにしておきました。博士は自分のすることが分かっていました。ディアーヌを父親と争わせたり、また彼に剥ぎ取られたりするのを避けたのです。フロシャルデが妻に甘いのを知っているので、二人の間のいやな争いのもとになるのも避けたのです。

フロシャルデにも真実を打ち明けないでおきました。

「今度の破局に君を救えなくて残念だ」と博士は彼に言います。

「君は家、屋敷、全部なくしてしまったが、でも買い取ったのは私だから、以後は借金もないし安心して暮らせる。君は君の娘の家で住むことになる。私のものになった家をディアーヌに貸すのだから。パーティやダンスにしか使わなかった大きい家の大部分から、彼女は収益をあげるだろう。君たち二人に頼みに来るお客さんで日常の支出は大丈夫だろう。彼女は君の傍で働くつもりでいる。彼女は進歩していくから、君のアトリエに流行を取り入れるだろう。彼女の意気込みは理由のないことではない。評判のいいのは知っている。望めばもう注文もあり、成功していたと思う」

フロシャルデ氏はドクターに礼を言いましたが、でも妻が彼と一緒に住むと言えば、別の住まいを探さねばならなくなるだろうと反論します。

「もしそういうことになれば、奥さんは、私の家の借家人である娘が君たち二人に提供する家に住むことに同意するだろう」とフェロンがいいます。

「妻は絶対に同意しないでしょう。自尊心が高すぎます。私と完全に別居して生活するために、私が彼女に住まいを提供するように主張するでしょう。娘に頼るのは絶対に望みませんから」

「それはひどく悪い口実だろう。彼女にはまだいくらかのものが残っているし、自分の義理の娘に家賃を払うのは当然のことだ。共同生活の支出の分担の方法だよ。彼女は今まで怠りすぎていたが、これは義務だよ」

フロシャルデ氏は博士の言葉をもっともだと感じます。実を言えば、妻はあまりにも彼を不幸にしたので、彼女のいないことを惜しむ気持ちはありませんでした。

彼の性格は協調的でしたから、自分に提供された位置を恥ずかしいとは思わず受け入れます。柔和で誠実で、生まれつき人を信頼する性格だった彼は、自分の借財が解決したと人々に分かれば、依頼客も取り戻せるし、したがって自立した生活もできるようになるだろうと希望をもちました。

9　再びピクトルデュへ

事実、人々はフロシャルデ氏の方に帰ってきました。地方では不安定な状況を嫌うのです。それに、破産の怖れがあるかもしれないとなると、ほとんどの人は警戒します。それは誰でも多少とも自分がその巻き添えにならないかと心配するからです。

すべてが急速に解決し、誠実な画家が完全に無一文になりながらも、あえて陽気に画布を前に土地の人の親切な顔を描くのを待っているのを見た時、この親切な顔は微笑みながらやってきて、尊敬と関心のあることを多少とも繊細に表明した後フロシャルデに仕事をさせてくれるのでした。

彼の傍で、ディアーヌは自分の画架を前に、静かにこうした紳士淑女が子供を自分のところに連れてきてくれるのを待っているのでした。父親の領分を侵さないために、子供専門ということにしていました。町や周囲のお屋敷の子供たちが彼女のところへ連れてこられました。家族の希望、母親たちの自慢のたねなど、ほとんどすべて美しい顔だちの子供たちでした。つまりアルルは美人の産地だということを忘れないでください。

ディアーヌは異常なほどの落ち着きを示していましたが、それはあわれな子供が義務的に演じていたのです。心の底ではうまく描くために自分はまだ未熟だと信じていました。そしてもう大人になっているのに、まだ、母親、つまり美しい女神の助力を願っているのでした。母親と女神、この二つは彼女の思いの中では一つのものでしたから。

思いきって仕事を始める日の前夜、長い間眺めていなかった古い遺物、ピクトルデュで見つけた少年のバッカスの小さい頭を、引き出しの中から探し出しました。あの時以来、このようなものの価値が分かるようになったのですが、その時に感じたよりもいっそう美しいと思いました。

『親愛な小さい神様、私に芸術の生命を明かしてくれたのはお前よ。今、私にインスピレーションを吹きこんでちょうだい。未知の芸術家がお前の中に吹きこんだ真実の秘密を私に教えてね。お前のように美しい何かを、もしその芸術家のように残すことができるなら、私も彼のように誰にも知られなくていいわ』

と彼女はバッカスに話しかけます。

ディアーヌはまだ泪絵は描こうとしませんでした。まず当時大変流行していたパステルから始めます。ところが始めるとすぐに、八十キロメートル四方に見事でかわいいと評判になりました。それで父親のところに来るのと同時に彼女のところにも客が来るようになります。貴族、あるいはブルジョワの家族は、父親と娘が共に働いているこのとてもつつましいアトリエで好んで会うようになりました。父親は長い間何年も離れていた仕事のせいで憂鬱だったのも忘れ、陽気に話し、娘の方は、慎ましく言葉少なに、自分の美しさのことなど思いもせず、人のためだけに気を使うという、そういうアトリエでした。

みんなロール夫人の高ぶったものの言い方、気狂いじみた衣装、軽薄な空気を覚えていました。そして今、夫人のいないことを残念だと思う人はいません。昔、下らないおしゃべりをしにきていた人は流行の話などしていましたが、いまは来て静かにいろいろのことを話すのでした。

一年後、フロシャルデと娘は極端な窮乏生活というわけではないのですが、大変慎ましく暮らした結果、ドクターに家賃を払えるほどになりました。博士はお金を受け取って、それをディアーヌの名義にしておきました。そして遺言状をかいて、その分はディアーヌのものと指定しておきました。しかしそれを言うのは控えます。フロシャルデの品位を守るためと、ディアーヌの勇気を鼓舞するため、そしてまた、ロール夫人を遠ざけておくためでもありました。

このように用心していたのに、負債を返し、仕事がうまくいっていると知るとロール夫人は家に戻ってきます。財産もなく節約家の自分の両親のところにいるのは面白くなかったのです。そこではほとんど来客もないので美しい衣装は役に立たなくて、それで帰ってきたのです。ディアーヌは義理の間ゆえ、快く迎えました。最初夫人はそれに心を動かされました。でもすぐに夫のアトリエを訪れる上流社会の人たちの中に入りこもうとします。しかし彼女はそこに冷たい風を吹きこむだけで、そのおしゃべりはもうサロンには向かないものになっていました。彼女の美しい衣装や宝石にも人々はほとんど感心しないばかりか、共通の借財から早く解放されるために売るべきだと考えます。

ロール夫人はあまりにも軽々しく振る舞いすぎると、またディアーヌとあまりにも親しい口の聞き方をするのはふさわしくないと人は思い、ロール夫人がいることにもう誰も楽しんでいないことを彼女に分からせようとします。夫人はそれを悔しく思い、アトリエから遠ざかり、家の外での交際を始めますが、それは無駄でした。もう光のない星で、その美しさも、喝采された時代と共に過ぎ去っていました。彼女に対して人々はとても厳しい態度をとり、どこでも冷たく迎えられます。思い切って訪問しても、それにたいしてほとんど人は訪ねてきませんでした。

それで今度は名誉回復のために、偽善者を装います。当時流行したシャンソン、マルボロウの歌の寡婦のようにピンクの衣装を脱いで（十八世紀末頃「マルボロウは戦に行く」という歌が流行した。その中に「ピンクの衣装は脱ぎなさい」という歌詞がある）、熱心な信心家のような衣装をつけてそういう態度をします。真面目な性格ではなかったので、この役を演じているうちにより悪くなりました。エゴイストで軽率だった彼女は、その上に妬み深く意地悪になります。悪口を言いふらし必要とあれば中傷もしました。すべてのものにけちをつけ、家族を不平、不満、怒りなど、つまりとげとげしい性格で掻き乱しました。

ディアーヌに変わらぬ優しさでそれを我慢しました。父親がまだこの軽薄な女に対して愛情を持っているのを見ると、夫人を何とか家族の生活に繋ぎとめておくために、できること、できないことすべて試みます。ただ一つディアーヌが反対したことがあります。それはロールが家を昔の状態にしたいという激しい欲望に対してでした。夫に再び収入があるのをあてにして借家人を出して、昔のようにお客をしようというのです。

ディアーヌはそれには反対し、よく耐えました。それ以来、義母は彼女を敵視して、人を見れば娘は暴君で、けちな女だと言いふらすのでした。

ディアーヌはこの迫害に大変苦しみます。平和に仕事をするためにドクターのところに何度も戻りかけますが、自分がいなければ父が不幸になることが分かっているので我慢しました。

ある日、若い婦人が訪ねてきました。ディアーヌはすぐに誰かというのが分かりました。顔については非常に優れた記憶力を持っていたのです。この婦人はブランシュ・ド・ピクトルデュ子爵夫人でした。近頃従兄と結婚したとのことで、相変わらず美しく、貧しくそしてまた自分の運命に不満でした。でも自分の名前には相変わらず誇りを持っていて、それを捨てないで保っていることに慰められていました。彼女は若い夫をディアーヌに紹介します。月並みの顔だちで、すこし知恵のないひどくつまらない男でした。でもこれは本家の正統なピクトルデュ家の一員でした。ブランシュにすれば別の男の方がふさわしかったろうなど思いも及ばぬことでした。

この考えについては頑固でしたが、それ以外はブランシュは前より社交的になっていて、すべての点で機転をきかして、ディアーヌにたいしてとても優雅に振る舞いました。彼女の才能を褒め、昔のように彼女の職業を軽蔑したりはしませんでした。ディアーヌは彼女に会ったことを喜びます。その名も人柄も子供時分の最も優しい思い出を生き生きとよみがえらせてくれました。

ぜひまた来てくれるように、そして肖像を描かせて欲しいとディアーヌは頼みます。ブランシュはむかしトルコ石のブローチをもらったときのように喜びで真っ赤になりました。彼女は自分が美しいことを知っていましたから、自分の顔を巧みな手で描いてもらうことは天にも上る心地でした。でも彼女は貧しかったのです。ディアーヌは彼女のためらいを理解して、私がお願いしているのはサービスです、と言います。非のうちどころのない顔を描くことは私にとって毎日出会えるような幸運ではないのです。それは難しい仕事ですから私の進歩に役立つのです、と。

実のところ、ディアーヌにはピクトルデュの思い出についての古い負い目を返す気持ちがありました。ブランシュにはこの深い繊細な心は理解できないで、自分に魅力があるからだろうと思っています。それで少し渋ってみせ、それから言葉通りにとられるのを心配しながらも、いろいろの障害を持ち出したりします。アルルにはほんの少しの間しかいられない、このように贅沢な町に滞在できるような身分ではない、夫は農業と狩猟に忙しく、生活することになっている田舎に早く帰ろうとせきたてる、などというのが理由でした。

「あなたの絵は三本の鉛筆で、つまり白と黒と赤だけど、軽いスケッチをするだけにしましょう。成功すればすばらしいものになるわ。午前中一度でいいからお願いできる？」とディアーヌは言います。

ブランシュは翌日来ることを承知しました。その日は空色の美しい洋服をきて、首のリボンにトルコ石のブローチをとめて訪れました。

ディアーヌはインスピレーションを受け、傑作中の傑作を仕上げます。子爵夫人は、ブルーの目のまわりの黒い長い睫毛に感謝の涙を浮かべたほどに自分の姿が美しいと感動します。ディアーヌにキスすると、お城を訪問して欲しいと懇願します。

「ピクトルデュのお城にですって?」と驚いてディアーヌは問い返します。「まだお父さまのところに住んでいらっしゃるようだけど、古い館を改築されたのですか?」

「全部ではないの。全部なんてとても私たちには不可能よ」と子爵夫人は答えます。「でも小さい離れだけ手を加えました。来月そこに私たちは移ります。泊まり客の部屋もありますよ。あなたがその部屋を初めて使ってくだされば、世界で最高のすばらしい方よ」

申し出は真面目で、その上ブランシュは、あなたやフロシャルデ氏に会えれば父はとても喜ぶでしょうと言い、父はいつも彼のことを懐かしく思い出していて、そのすばらしい作品の話がでると、私の親友のフロシャルデ、と言っているの、と付け加えます。

ディアーヌはピクトルデュをぜひ訪れてみたいと思います。それでできるだけ父と一緒か、あるいは一人で、来月行くことを約束しました。父は彼女に前から、気晴らしのためちょっとした旅行でもするようにと勧めていたのです。修道女の年取った伯母をマンドに訪ねるのもいいと言っていました。ピクトルデュはすぐその近くなので確かに少しの回り道で伯母も訪ねることができます。

ディアーヌが健康のために必要なちょっとした休息をとることを考えていることをロール夫人が知ると、彼女は機嫌が悪くなります。彼女が父親よりお金を稼ぐこと、画家としてより評価され愛されていることは認めないわけにはいかないことでしたが、彼女の不在は家の利益を冒す危険がありました。それを感じさせようとするので、さすがのディアーヌも我慢しきれないほどでした。一、二週間の自由を彼女に出し渋るとは！　二年来すべてを我慢し、この役に立たない有閑婦人のために、不幸の修復のため休みなく働いてきたというのに！

ディアーヌの立場はかなり苦しいものだったと言えるでしょう。ドクターの申し出を断るのに大変勇気が必要でした。イタリア、あるいはパリ見物に彼女を誘っていて、少しでもその気になればドクターはいつでも連れていく気でいたのです。彼女もとても行きたいと思いながら、それを言えないでいました。早すぎるとか、まだ父親が彼女なしで数カ月過ごすのは無理だとか言って誘惑に打ち勝っていました。

彼女の犠牲への感謝として数日留守にする権利も与えられないと知って、ディアーヌは努力するのもいやになり、旅行はやめてしまおうかとまで思います。でも我慢して、優しくすぐに帰ってきますと言って、義母のつまらない反対に何度も中断されながらもやっと荷造りをすませます。博士が中に入って、ディアーヌはジョフレットを連れて翌日出発すると取り決めます。博士は笑いながらかわいい子供に、もし妖精がお出ましになれば、昔のように愉快にその話を聞きたいから記録しておいて欲しいと言いました。

サン＝ジャン＝ガルドナンクに行くには二日かかります。ドクターの甥、マルスラン・フェロンは彼自身も立派な医者になっていましたが、この町まで二人を送ってくれることになりました。二人はここで泊まるのです。彼の方はここから近くに住む友人のところへ行きました。一方ディアーヌは勇敢な御者ロマネシュを見つけて喜んで馬車を雇い乳母とともにピクトルデュに向かいました。ひどい道も必要な修復がされていましたので、二人は事故もなく午後には城のテラスの下に着きました。

それはもう入り口ではありません。修理された離れは昔のディアーヌの浴場でしたが、入り口はあのときより下の方にあります。でもディアーヌは自分に話しかけたあの彫像に一人で再会したいと思います。もう見られないのではと心配しました。それでロマネシュとジョフレットを先にやり、最近作られた小さい柵を飛び越えて、大きい階段のでこぼこの崩れた石段を軽々と上りました。

午後の四時頃でした。太陽の光線は物を斜めに照らしはじめていました。彫像を彼女から隠そうとする木の枝を通して、あの親愛な立像を発見する前にその影がテラスの砂の上に映るのを見て、彼女は喜びで心臓が高鳴ります。

走りよってつくづく眺め、驚きます。思い出の中では像は巨大でしたが、実際にはごく普通の大人と同じ大きさでした。それはディアーヌの思考の中に守ってきたように美しく気高いものだったでしょうか？いいえ、そうではなかったのです。少し懲りすぎているようで、ドレスの襞は深すぎるし、きつすぎるようでした。でもそれは品がよくて優雅でした。彼女はその像を軽蔑したことを残念に思ったのか、ごく自然に優しいキスを送ります。像はそれにお返しのキスはしませんでした。

テラスは昔と同じ見捨てられた状態でした。背の高い雑草は踏まれてはいませんでした。ここを散歩する人は全然いないことを、ディアーヌは見てとります。後になってディアーヌは、ブランシュが蛇が大嫌いで、まったく無毒のものも毒蛇と同じように扱って、廃墟には決して足を踏み入れないし、また誰にも入らせなかったことを知ります。

でもブランシュはこの瓦礫の中に住んでいるのです。ディアーヌはこの孤独と荒れ放題の土地、昔彼女をとても引きつけた土地が、ブルジョワ風の改良、つまりどのような変化も受けていないことに驚き、同時に喜ぶのでした。

茂った木と枯れた木、大きい野性の植物と昔植えられた植物、そういったものが自由に、気ままに入り混じっているのを、苔《こけ》が自然の岩や人工の岩を被っているこの石の混乱を、ディアーヌはすばらしいと思いました。彼女はまたかつて水たまりと小さい滝に水を送っていた清水、草と小石の間を細々と流れていた清水も再び目にします。彼女は石に彫られたツタ飾りに、生きたツタが絡みついているルネッサンス様式の優雅な玄関を眺めます。細かい細工のされているいくつかの窓、小さい鐘楼《しょうろう》はおそらくいくつかなくなったのでしょう。ディアーヌはこまごましたことになると記憶もそれほど鮮明ではなくなっているのです。でも全体として、あの輝かしい時代の建造物は、それらの老朽化の中で、まだ陽気で高貴な様子を保っていました。

10　彫像の話

ディアーヌは廃墟の建物を通って自分で離れへの道を見つけようと思い、あまり迷わず行くことができました。ブランシュは馬車の到着で分かって彼女を迎えに走ってきて、迎え入れると何度もキスをし、それから浴室だった離れに連れていきました。ここは彼女が生涯忘れがたい一夜を過ごしたところです。でも残念ながら、ここはすっかり変わっていました。円形の大きい部屋はサロンになり、浴槽はなくなっていました。大理石はマントルピースをつくるために切られていて、花飾りのあった天井は鮮やかなブルーの空の色に変わっていました。ニンフたちは残念なことにもうまわりの壁の上で軽快で品位あるロンドを踊ってはいません。大きい花束模様のオレンジ色の壁布を廻らせたサロンは四角になっていて、残りの部分は小さい部屋になっていました。

アーケードの柱廊からは瓦礫や野性の植物が片付けられ、中は菜園になっています。泉はミントやコタニワタリ（シダの一種）が取り去られ、井戸の縁石の下に隠れて消えて見えなくなっています。メンドリが隣接する小さい中庭で堆肥《たいひ》をつついていました。その中庭は昔浴場で、まだ斑岩《はんがん》でタイルばりになっています。小道には最近クワの木が植えられたようで、木はまだ土地と気候に馴れることを決めかねているようでした。その小道は、昔の公園も、廃墟も通らないで新しい大通りの方に向かっています。ピクトルデュの城主たちは祖先の巣の片隅に滑りこんで、できるかぎり巣からはなれないようにしていました。

ブランシュがわずかに残った住まいの一部を改造したのをディアーヌはお世辞から褒めはしたのですが、自分だったらこのようではなく、よりよい違ったやり方をしただろうと思って溜息をつきます。しかしブランシュは模様変えにとても満足して得意でしたから、ディアーヌは大変用心して批評することは避けました。そのうち侯爵とその婿殿が夕食のために来ました。婿殿は日焼けして赤い顔をしていて、自分の犬たちを呼び続け、震えるような声で話し、何か言うたびに大声で笑うのです。何がおかしいのか人には分からないのでした。

侯爵は相変わらず丁寧で、温かく、控え目で、でも何か物さびしい様子でした。彼はディアーヌに対しては最大の優しさで接してくれて、最初の訪問の時のことを何ひとつ忘れてはいませんでした。それから彼は奇妙な質問を次々に浴びせるのでしたが、それに答えるのは、まるで子供に説明するようにしなければ答えられないものばかりでした。この誠実な人はそれほど世間から遠ざかって生活していたのです。彼の視野はとても狭くなっているのに、後れていると悟られないためにいろいろの話題を持ち出すのですが、かえって何を話しているのかもう何も分からなくなっていることを、知られてしまうのでした。

ブランシュの方はより繊細で外の空気によって少しは垢抜けしていたので、単純な父に心を痛めていましたが、さらに夫が、それに輪をかけて間違った考えを述べながら父をたしなめる横柄さには困っていました。彼女は軽蔑をあらわにして二人の男に反発します。

ディアーヌは昔のピクトルデュの静けさを懐かしく思い出しました。そしてこのように一緒にいて楽しむ価値さえない三人の味気ないおしゃべりを聞くために、父や博士との楽しい会話をなぜ離れてきたのかと思うのでした。

彼女は疲れたことを口実に、早くから、家の人たちが客間にしている狭い寝室に引き取ります。でも眠れませんでした。塗りたてのペンキの臭いで、頭痛から解放されるために窓をあけなければなりませんでした。

そのとき、彼女はこの窓が壁に斜めについている小さい外の階段に面していることが分かります。それは昔の建物の残された一部でした。手すりはまだ取り替えられていません。美しい月明かりの夜でした。

ディアーヌは短いケープを着ると、一人でいることに、そして昔のように夢に見たすばらしいお城を見て回るのが嬉しくて降りていきました。

彼女が親切な妖精とみなしていた美しいミューズは出てきてはくれませんでした。崩れた丸天井の上から来て、空中に立っている螺旋階段を手を引いて降ろしてくれようとはしませんでした。それで彼女は残骸の深淵を乗り越えようと試みましたが、アーケードの下を散歩することはできません。

でも彼女は思考の中でこの夢のように美しい別荘を再構成することができました。まだイタリアが芸術と趣味において事実わが国より先行していた時代に、イタリア風に砂漠の中につくられた別荘です。彼女は心の中に消え去ったたくさんのすばらしい祭典を思い浮かべます。それはもう、昔のそのままの形で再現することはできません。そして工業の力は未来からもそれらを追放しています。散歩の途中で彼女はどんな亡霊にも出会いませんでしたが、廃墟を照らす月の光のすばらしさを眺めてとても楽しい気分でした。城を見下ろす岩山のかなり高い所まで登って、小川が深い峡谷に映している青白い光を見ます。

あちこち、川床にある岩は、ダイヤモンドのように震える水の中で、黒い塊のようなものを描いています。フクロウは猫のような声で呼びあい、エニシダやシダのような植物が野性の香りを発散しています。深い静けさが大気を支配し、古木の枝は、テラスの石の飾りと同じく彫刻のように不動でした。

永遠の瞑想に浸っているかのようなこの自然の中で、ディアーヌは自分の短い生涯を要約しようという気持ちになります。彼女は幼少時代、真面目な好奇心でいっぱいの頃、病弱の頃の、神秘な理想に向かっての憧れ、挫折、無我夢中、苦悩、努力、成功そして希望などを、次々に思い起こします。でもそこで彼女は止《とど》まります。未来は、自分の過去のある面のように漠然として神秘に満ちています。

父親を救うために受け入れた犠牲、それを乗り越えるために自分に何が欠けているかを感じます。自立と威厳を保証してくれた仕事の先に取るべき大きい飛躍があることを彼女はよく感じていたのです。でもこの進歩の条件を満たすことができるのでしょうか？　旅をし、知識を広め、感受性を磨くことができるのでしょうか？　周辺を、習慣を、日々の義務を、払い落とすことができるのでしょうか？　父が越えられたかもしれないのにそこに止まったあの限界、芸術の中に利益しか見ない女の要求に従うためでしたが、その限界を。

ディアーヌは自分がこの同じ女に繋がれ、抑えられ、砕かれているのを感じます。父親の怠惰で揺れ動きやすい心をかばうために、いつもその女と争わねばならなかったのです。侮蔑を投げつける寸前までいったのはつい最近のことでした。彼女はそのとき我慢しました。父親には欠けている自制心があったからです。爆発しそうになると、彼女に密かな力が次のように言うのを感じるのです。『自分に勝たなければならないことをお前は知っているでしょう』

彼女はこの内面の闘いの時のことをあれこれ思い出し、同時にこの忍耐という貴重な、内に潜む力を自分に譲ってくれた母のことを考えるのでした。そしてこの自分の保護者である魂に、義務を自分に示してくれるように、彼女の魂の中に乗り移ってくれるように熱心に祈ります。かつて母の顔が彼女に美を示すために幻の中に入ってくれたように。

父を見捨てないために精神の高度の楽しみを知ることをまったく諦めなければならないのでしょうか？

芸術家が止《とど》まってはならないあの果てしない道を彼女に示してくれるために、美と真実の国にかつて彼女を運んでくれた母であるミューズの声にしたがえないのでしょうか？

このように歩きながら考えているうちに、あの顔のない立像、彼女の最初の導き手の傍に来ていました。彼女はその台座に寄りかかり、冷たい足の上に手を置きました。そのとき、何か声が聞こえたような気がします。声は像から出たのかもしれません。強く彼女の中に響きわたり、次のように言っていました。

「お前の未来のことは、いつもお前の中に、お前の上にいて見守っている母の魂に委ねなさい。私たち二人で理想の道を見つけよう。今は現在を一つの階段として受け入れることよ。休息しながら仕事もしなさい。義務と高貴な野心とのどちらかを選ばねばと思う必要はないのです。この二つは互いに助けあいながら共に歩むように作られているのです。

怒りを抑え苦痛を忍ぶことが才能を殺す敵だと思うのも間違いです。才能をだめにするどころかそういうものが才能をのばしてくれるのです。お前が探している顔を、涙の中に見つけたことを思い出しなさい。勇気を出して苦しみを忍べば知らないうちにお前の才能は力強くのびるのです。知性の健康は休息のなかにあるのではなく、勝利のなかだけにあるのです」

ディアーヌは心に受けた啓示を胸に留めて部屋に戻ると、窓を半分あけたまま今度はぐっすり眠りました。

翌日、彼女は全身に心地よい安らかさを感じます。人のいい侯爵の素朴さも、その婿の粗野な単純さも苛立つことなく受け入れました。その上その上機嫌をブランシュにも伝えて、昼間廃墟を探検するのに少しむりやり彼女を引っ張り出します。

博士は親愛なディアーヌに、芸術のなかにある美を示すだけではなく、自然の中にもそれをとらえさせていました。それで彼女の散歩は興味深いものになるのでした。博士は彼女に、セヴェンヌにある特別な、珍しいいくつかの植物を旅行から持ち帰ってくれるようにたのんでいました。それはレセダ・ヤキニ、サクシフラガ・クルシル、セネキオ・ラナトゥス、キナンキウム・コルダルン、アエトネム・サクサティル、などでした。ディアーヌはそれらを探し、そして見つけます。ディアーヌは老博士のために注意してそれらを摘み、またそれほど貴重なものではないが、とてもかわいい花を自分のために摘みます。岩場のキジムシロ、野原のブルーの美しいゼラニウム、優雅な節のあるゼラニウム、川の岩の多い切り立った崖を小さいバラ色の花で敷き詰めているサボン草、湿った場所の瓦礫の上に咲くアルプス・ゴマノハ草、テラスの芝生を黄金の星のように飾っているモンプリエのキンポウゲなどです。こうした花を探しながらディアーヌは厚い錆《さび》で被われたかなり変型した貨幣を見つけました。それをブランシュに渡しながら、こすらないように注意してきれいにすればいいと言います。

「そんなに古い貨幣になにか値打があると思われるなら、持っていってくださいな。私は何もわからないし、いろいろ持っているけれど、持ってるだけだもの」とブランシュは答えました。

「後でそれも見せてね。私もたいしたことは分からないけれど、値打のありそうなものを区別するくらいはできるでしょう。何でもよくご存じのドクター・フェロンが助けてくだされば、分かるかも……彼の言われるには、私は幸運を運ぶんですって。おそらくあなたは知らないで宝物を持っていられるかもしれませんよ」とディアーヌがいいました。

「まあ、ディアーヌ、差し上げますよ。みんな銅や、とても薄い金や、あるいは黒ずんだ銀のものですから」

「それは理由にはならないわ。何か貴重なものがあれば、後でお知らせしてお金もお支払いしますよ」

ディアーヌは昔侯爵が集めたというメダルを見せてもらいます。彼は住まいの片隅に投げ入れておいたので、見つけるのに少し骨が折れました。ディアーヌはそれらすべてを値打のないものではないと思い、有能な人に調べてもらうことを引き受けます。自分が拾ったのも錆を落としてきれいにしようとはしませんでした。その値打を損なう心配と、一方で自分が見つけたことに何か迷信的な考えを結びつけていたのです。彼女はそれを紙でくるみ、他のものと共にトランクにしまいました。

翌日、彼女は山の上に日の出を見にいきます。一人で足のむくままに歩きました。絹の房をつけたクレマチスと野バラの中に、見事な小さい滝が弾むように陽気に流れ落ちています。その前の岩の窪みにディアーヌは入っていきました。斜めにバラ色の光を送りこんでくる太陽は絵のようなすばらしい細部を照らし、ディアーヌは初めて色彩の美しさに陶酔しました。山は半面しか照らされていないので、反射に強弱のある魔術的な生命感を理解します。それは照り輝くと思うと静かな色になり、燃えるような調子から、冷たい調子へと、無数の調和を通して変わっていくのです。彼女の父はよく中間の調子、と言っていましたが、今彼女はまるで父がそばにいるように思わず叫びます。「お父さま！　中間色なんてありませんよ！　誓ってもいいけどそんなものはありませんよ！」

それから彼女は自分の逆上が恥ずかしくなって微笑すると、この啓示をゆっくり味わいます。それは天と地から、葉の茂みと水から、草と岩から、闇を追いはらう暁（あかつき）から、太陽が射しこんでくる透明のヴェールの下に優雅におとなしく引き取っていく夜からくる啓示です。　彼女はデッサンを続けながら油絵をかくことができると感じ、心は希望と喜びでいっぱいになりました。

帰りにもう一度像のそばで立ち止まり、前夜、心の中に作られたものを思い起こします。『私に話しかけたのがあなたなら、昨日はとてもすばらしいことを教えてくださいました。良い決心は良い旅行より価値があることを、あなたのおかげで分かったのです。義務の牢獄に微笑みながら帰るようにと言われ、私はそれをお約束しました。今日、私は芸術についてすばらしい収穫をしました。理解するよりもっといいこと、つまり私は感じ、見たのです。新しい能力を獲得しました。私の良心に意欲が戻るとすぐに、光が目の中に入ってきました。お母さま、私の妖精、ありがとう！　あなたのおかげで真実の生命の秘密を掴みました』

ディアーヌはマンドで二日過ごすためにピクトルデュを出ました。家に帰ると再び仕事にかかります。そして同時に誰にも何も言わないで油絵を描きはじめます。いい絵を借りていたので、毎朝二時間、模写します。父親の仕事も注意して眺めます。父は、ときどきは教会のために、いつもしなをつくった太りぎみの聖女を描いています。でも筆の扱いは大変上達しています。ディアーヌは父のすること、しないことを見て、長所、短所、両方から学びました。

あるお天気の良い日、ディアーヌは油絵で肖像画を描いてみました。子供を描いたのに天使になりました。また別の日、それから後のことですが、彼女がとても美しい油絵を描いていることに人は気づきます。

その評判は遠くまで広がりました。ロール夫人は、この義理の娘、自分に嫌われながら忍耐強く我慢するこの娘は金の卵を生むメンドリだと、そして殺してはならないと感じます。

夫人はおとなしくなり、娘に従うようになり、かわいがるような振りさえします。ロール夫人の心に真実の優しさはないとしても、娘を尊敬し丁重な態度で接するようになりました。娘を呪うことをやめ、自分のことを、何でも手に入れられる、少しの贅沢くらいはできる幸せ者だと思うようになりました。ディアーヌが母に、より美しいドレスを買うため、自分の分は喜んで我慢していたのです。結局ついに夫人は、人のいいフロシャルデをもう苦しめなくなりました。こちらの方は娘のおかげで、最初の妻といたときのように幸せで思慮深くなりました。

ある日、ピクトルデュ子爵夫人が再び訪ねてきました。そして何度も愛情ある言葉を繰り返したあとで、婉曲に、あのメダルは何か少しでも値打ちがあったかしら、とたずねます。浴場の離れの修復が予想していたより多くの金額になったので、それを払うのに夫はひどく困っているというのです。実際には些細な金額なのですが、彼にとっては借りなければならないほどの額だったのです。

彼女はまた、もしディアーヌが今でも芸術家としてピクトルデュの廃墟に愛着を持っているかどうかと尋ねました。自分はもうあれを手放す気になったので、古い公園の岩山をすべて安く譲ってもいいというのです。

ディアーヌは答えます。「いつか私がそういう気紛れができるような日がきても、私はあなたがご先祖のあのお城を心底嫌いになられるのを待つわ。でも、そんな犠牲を払って手放されなくてもいいのよ。あなたの古いお金のことは忘れてはいません。鑑定に時間がかかったのです。やっと終わったところです。その中の三つか四つは、ことに私の見つけたのは本当に値打があったとお知らせするのはとても嬉しいわ。ドクターが博物館や愛好家から受けたいろいろの申し込みをお伝えしようと手紙を書くところでした。でもここにあなたがいらっしゃるのだから、ご自分でドクターに聞かれるといいわ。でも今日の申し込みの買値はどうみても、あなたの必要な金額の二倍にはなるのですよ」

ブランシュは大喜びで、ディアーヌの首に飛びつき、彼女を守護の天使と呼びます。子爵夫人はドクターと話しあい、彼は万事好都合に取りはからい、代金もかなり早く手に入るように計らいました。ブランシュはディアーヌにぜひまた来て欲しいと頼んだ後、喜んで帰っていきました。

でもディアーヌはもうお城ですることは何もありません。物質的に自分のものにしたい望みもありません。いつでも望むときに出てきてくれる神聖で親しい幻影のように、記憶の中にいつもそのお城はあるのですから。そこで出会った妖精は彼女の傍にいてくれるために、お城を離れたのです。そして今はこの霊感を吹きこんでくれる人はいつも彼女と一緒に、どこにでもいつも一緒にいてくれるのです。

妖精は彼女のためにたくさんのお城を、すばらしいものがいっぱいつまった宮殿を建ててくれました。望むものはすべて、山も森も川も、空の星も花も鳥も、与えてくれました。すべては彼女の魂の中で笑い歌っています。そして真面目に仕事をした後で進歩したと、芸術の中にまた一歩進んだと感じるとき、すべては目の前で輝いていました。

ディアーヌのその後の生涯をお話しする必要があるでしょうか？　もう十分に推察なさることでしょ

う。それはとても高貴でとても幸せで、すばらしい作品をとても豊かに生み出す生涯でした。二十五歳でドクターの甥と結婚します。同じ養子であるこの優れた兄は立派な青年で、彼女以外の女性は眼中になかったのです。

それで彼女は財産もできました。その財産で多くの良いことをしました。若い貧しい女性のためにアトリエを建て、無料で教えます。夫とともに夢に見たすばらしい旅をします。旅から帰ると、自分の土地や、老先生、父や、そして義理の母にさえ再会できる喜びにいつも浸るのです。この母に対して多くのことに耐えているうちに、いつか本当に愛するようになったのです。これは性質のいい人間の一つの法則です。人は我慢したものに愛着を覚えるのです。犠牲を払ったものは捨てがたいのです。広い心の人は犠牲を好んでします。それは狭い心の人にとっては幸せなことなんです。大きい心の人があり、小さい心の人があるのです。表面から見れば、小さい心の人は大きい心の人の犠牲によって生きているようですが、実際には、与えたり許したりする人は最高の喜びを味わっているのです。というのは、妖精や守護神はそういう人たちが好きだからです。妖精や守護神は絶対に自由な目でものを見ていますから、自分で満足している人はそのままにしておきます。献身的な情熱を持った視野の広い目だけが、妖精や守護神を見ることができるのです。

ノアンにて、一八七三年二月一日

女王コアックス

オロール・サンド嬢へ

今、あなたはもう読むことができるのだから、今までに話して聞かせていたお話を、できるだけ楽しみながら、ほんの少しは勉強にもなるように書いてあげましょう。かわいい孫娘や。読みながら、新しい言葉や物事を学んでいくのです。他の子供たちも読めるように、お話の中の一つを刊行することにしました。その子供たちのご両親も喜んでくださるでしょう。

お前の祖母より

ノルマンディだったか、あるいはピカルディだったか、もうよく覚えていないけれど、大きくて古いお城に、背の高い老婦人が住んでいました。広い土地を持っていて大変善良で、高齢にもかかわらず分別のある人でした。城のまわりには大きい掘割《ほりわり》、あるいは溝がたくさんあって、イグサ、スイレン、カヤツリソウ、その他多くのとても美しい植物が自生していました。そこには多くの蛙たちも棲んでいました。そのうちのあるものはとても大きく、また年を取っていましたが、その見事な体と強い声には驚かされました。城の持ち主はヨランド夫人という名でした。蛙の騒ぎには慣れていて、そのために眠れないなどということはなかったので、彼女のまわりの誰も、それを気にしないですみました。

でも、ひどい旱魃《かんばつ》がやってきました。溝に水はなくなり、アシと他の植物も枯れました。多くの蛙、サンショウウオ、水生ヤモリ、また他の草の中で生きていた多くの小さい生き物もみんな死んでしまいました。そのため泥が毒を盛られたようになり、その臭いがあたり一面に広がって、城とその周辺に熱病をもたらします。この熱病はとても質の悪いもので、数人がそのために死に、ヨランド夫人は一緒に住んでいたほとんどすべての人と同じように病気になりました。

夫人には子供がいましたが、他の国で暮らしていて、傍らにはマルグリットという孫娘が一人いるだけでした。十五歳でしたがたいそう思慮深く、勇気もあり、また親切でしたので、美しい顔立ちではなかったのですが、皆から愛されていました。彼女は小柄でそれなりに敏捷で、かわいくもあったのですが、鼻は低すぎ、目は丸すぎて、その上、口は大きすぎました。若い頃美しかったヨランド夫人はときどき言っていたものです。「何て残念なことでしょう！　こんなに愛らしく、こんなに賢い子供が蛙のような顔をしているなんて！」

マルグリットが蛙を好きだったのは、そして水の涸《か》れた溝で飢えと乾きで蛙が死んでいくのを嘆いたのは、蛙に似ていたからでしょうか？　無垢の生き物を哀れみながらも、ある日マルグリットは考えました。もし溝が完全に干上がって、庭のように耕せられれば、霜から保護されておいしい果物がなるだろう、健康な土地にはもう悪い空気もなくなり、城やその周辺の人々に熱病はなくなるだろう、と。彼女は祖母とその古い使用人たちをとてもよく看病しましたので、みんなすっかり回復しました。そして冬が来た時、彼女はヨランド夫人に言いました。前にも言ったことのある考えでした。

「お祖母《ばあ》さま、溝にはもう全然水がありません。霜が生き物も草もみんなだめにしてしまいました。この沼地をすべて再生させ息を吹きこんでくれる春を待つのはやめましょう。働いてくれる人たちを呼び集めてごみを片づけ、排水用の水路を掘ってもらえば、そこを通って水は外へ流れていくでしょう。良い土を持ってこさせて、道には砂をしき、種を蒔《ま》き、何か植えましょう。来年、もう私たちは病気にはならないでしょう」

「お前の好きなようにおし、マルゴ。お前の意見はよいと思う。働き手すべてに命令する許可をお前にあげよう」とヨランド夫人が言いました。

マルゴ嬢は急いであらゆる命令を出します。二週間後、大きい溝はきれいに掃除されました。腐ってそのあと乾いた雑草には火が放たれ、美しい花壇が計画されました。小道には美しく砂がまかれて、三月には外壁に沿って果樹の小枝を這わせました。四角い土地には高価な灌木を、帯状の花壇には花を植えます。

五月になると、あの不衛生で危険な溝には葉が茂り花が咲き誇りました。これら各々の花壇のあいだに、大理石で囲った泉水が掘られ、雨水はそこにたまって美しく澄んでいました。火のように赤い金魚と、雪のように白い白鳥もそこに入れられます。マルグリットは緑に塗った美しい小屋を作ってもらい、そこに白鳥とクジャクを棲まわせます。ゴシキヒワやアトリが木の中に巣を作りにきます。大変な暑さも大変な寒さも避けられる新しい庭がマルグリットはとても気に入って、そこで時間を過ごしました。ヨランド夫人もときどき階段を通って降りてきました。この階段は孫娘が祖母のために、ゆるやかに作らせたものでした。

マルグリットがヨランド夫人にある日、尋ねます。夏が再び来て、誰も病気にならないから、満足かどうかと。「確かに私はお前に満足していますよ」と夫人は答えました。でも続けて、次のように言いました。「お前がとてもよくいろいろのことをしてくれたのはよくわかりますよ。でも一つだけ打ち明けておきたいことがあるの。それは、心ならずも惜しいと思うのは、お前が私たちのためにきれいにしてくれたいやな沼地ではなくて、水が豊富で澄んでいた、私の若かった時代ですよ。水がいっぱいの堀に囲まれた領主の館ほど、美しいものは見たことがありません。今の私たちの城はブルジョワの家のようですよ。周辺の夫人たちは私たちのことを笑っているのは確かです。お前が樹を植えたのを見て、あら、庭師になられたのかしら、リンゴを市場に出荷されるのかしら、などと言い合っていましたよ」

マルグリットは祖母の言葉にとても自尊心を傷つけられて、顔を赤らめ頭を垂れました。ヨランド夫人は彼女の額にキスをして慰めて言います。「今、一仕事終えたのだし、そこには好都合のこともありますよ。楽しいことより、有益なことを選ぶべきね。私たちはリンゴを食べましょう。言わせておけばいいわ。庭の世話を続けなさい。私がお前に同意しているのだから、安心なさい」

マルグリットは一人になって考えこみます。彼女は水がいっぱいで澄みきった掘割を見たことはありませんでした。おそらく祖母の想像ほど掘割は澄んでいて水がいっぱいではなかったのでしょう。しかしマルグリットは、それらの堀の表面がアオウキグサで一面に覆われているのを見たのを思い出します。それは細かく刺繍《ししゅう》をした絹のじゅうたんのようでした。褐色のビロードの花をつけた大きいアシの塊もありました。彼女は思い出します。白や赤の小バラをたばねた大きい花束に似たハナイ、くすんだ銀色の多くの花をつけたキンポウゲ、水に揺れるサジオモダカ、空色のミズクワガタソウ、そして彼女が遊びで巣のように丸めたすばらしいミズゴケ、ベルトにした長いコタニワタリ、羽飾りをつくった優雅なシダなどです。そしてそのとき、奇妙な後悔にとらわれるのを感じて、美しい庭が悲しく醜いものに思えるのでした。

『私は壊してしまったのだわ』とマルグリットは独り言を言います。『私の気に入っていたもの、お祖母さまが懐かしいと思われるもの、美しかったもの、今年も秋に雨が降れば美しくなるはずのもの、それを私は壊してしまった』彼女は大理石の池を、金魚を、美しい白鳥を眺めましたが、急に泣きはじめました。これらのものはみんな、あの大きい蛙たち、サンショウウオ、ミズカマキリ、昔コケや泥の中で跳ねまわっていた小さい無数の虫たちに比べると価値がないと思われてきて、目を涙でいっぱいにして澄んだ水の上を眺めます。その水はとても清潔な排水溝、つまり溝の放水口から、外に運ばれていきます。彼女は無意識にこの小さな水の流れについていきました。水は野原に出ていきます。

緩やかな小川が、大きい牧場の中に消えていました。マルグリットは川の方に向かって湿った草の中を歩きます。するとそこにあの水が音もなく、ひっそりと隠れて芝の中に滑りこんでいました。こうして彼女は、自由になった水の流れが川岸でかなり広い沼を作っているところにきました。これは昔はなかったものです。川は大きくはなくて、嵐に倒された木々がこの場所で流れを止めていましたので、牧場からきた水をその先に運ぶのは大変だったのです。それで、昔溝に茂っていた大きいアシが昔の仲間、ハナイ、サジオモダカ、カヤツリグサ、アイリス、白いキンポウゲ、ブルーのクワガタソウ、などと共に狂ったように生え茂っていました。そしてこうした植物のまわりに無数の虫が遊びふけっていました。大小のトンボ、トビケラ、イトトンボ、珊瑚《さんご》のように赤いのや、緑、ブルー、またダイヤモンドのように輝くトンボ、軽快なカワゲラ、透明な、または黒い斑点のあるカゲロウ、エメラルド色の糸で織ったピンクの半透明の艶のある衣装をつけた、すばらしいクサカゲロウなどが、シダの王さま、ゼンマイの優雅な葉陰を通して集まったり、散らばったり、あるいは追いかけっこをしたりしています。この小さい処女林の木々の幹の間には金色の、青灰色の、あるいは火にかざしたように赤いブロンズの服を着たテントウムシの世界がひしめいていました。地上のネクイムシやミズスマシはその輝きを金属から借り、チョウチョウのような空中のものはそれを花々から借り、ウスバカゲロウのようなものは太陽光線からその輝きを借りているようでした。より暗い色をまとった重いゲンゴロウは驚くほどの敏捷さで水の中を泳いでいました。そしてその水に蚊、ガガンボ、イエカなどが金粉をまき散らしたようにかすめ飛んでいます。

マルグリットはこれらすべての生き物が遊ぶのを眺めたり、蛙が泳ぐのを見たりして楽しんだ時代を思い出しました。でもこの水の中に何でもいましたが、大きくても小さくても蛙だけは探しても無駄でした。『もう地上にたった一匹の蛙もいないのだろうか？』と彼女は考えます。『そしてあのかわいそうな生き物たちがいなくなったのは、私のせいかしら？』

太陽は地平線の上に広がるスミレ色の大きい雲の中に沈んでいきます。そのとき、突然牧場の上に赤い光が射し、眩《まぶ》しいほどで、彼女は一瞬目を閉じなければならないほどでした。目を開けた時、彼女はもう沼のふちではなく、木の枝や根でできた小島の真ん中にいました。周囲は水で、その水は深く澄んでいて、その上を無数の輝きが飛び跳ねています。濡れないでどうしてそこまで来られたのか、溺れることなくどうしてそこから出られるのか、などは全然考えませんでした。太陽の光があまりに美しいので、沼の中もすべてがとても美しく見えるほどでした。水は溶けた黄金のようでしたし、アシはエメラルドとルビーの果実で被われたヤシのようでした。岸に垂れている柳の古木からは、銀色のおなかをした空色の昆虫が雨のように落ちてきてリラ色のヒヨドリバナの花を急いで吸っています。

そのとき、マルグリットは水の下で弱々しい不明瞭な歌のようなものを聞きました。歌はそのうちすぐに草の中にのぼってきて、わけのわからない小さい言葉をつぶやきます。それから歌声は少しずつ高くなり、言葉ははっきりしてきました。マルグリットは自分の名を何度も何度も小さい声が繰り返すのを聞きました。「マルゴ、マルゴ、マルゴ！」マルグリットはそれに答えないではいられませんでした。「どうしたの？　どうして欲しいの？」

そのとき、すべての虫、トカゲやサンショウウオ、アメンボ、マツムシ、カワセミやトンボがみんな一緒に狂ったようにマルゴ、マルゴ、と繰り返しはじめました。そしてその間も飛び跳ねたり、すべったり、潜ったり、飛んだり、踊ったりと狂ったように続けます。ありとあらゆる調子でした。マルグリットは耳が聞こえなくなるほどでした。「さあ、話したいことがあるなら、一度に一つだけ話してちょうだい。そして、何を頼みたいのか、私にわからせてね」と彼女は言います。

そのとき、一面静かになって、すべての生き物は動くのを止めました。太陽は再びヴェールで被われ、アシはまるで人の歩いた後のように開いて、マルグリットは自分の前に黒い斑点のある緑のすばらしい蛙が現れるのを見ました。でも大きくて、今まで見たこともないほど大きくて怖くなるほどでした。

「悪気がないなら、何も恐れることはないよ」と蛙は洗濯棒のように響く声で言いました。「もしあんたがこの土地でかなり有力なお嬢さんでも、私の方は、この川とこの草の中で絶対的な力を持つ偉大な女王、コアックス女王なんだよ。あんたのことはよく知っている。長い間、古い館の窓の下の溝の中に住んでいたから。あの頃、私は女親分でたくさんの子分を持っていた。私たちはあんたが好きだった。あんたも私たちを好きだったもの。あんたが私たちに似ていることにも気がついていたよ。だから、姉妹のように思っていたよ。毎日私たちを見にきたね。私たちの優雅で魅力的な動きと歌うような声とは共にあんたの退屈を取り除いたね。決して私たちをいじめなかったから、私も一族の不幸をあんたのせいにはしなかったよ。旱魃が私の子分たちを滅ぼしてしまった。残念なことだ。私だけが不運から生き延び、この原っぱを横切って逃げていく水の雫についてきた。ここに落ち着いて新しく結婚をして家庭を持つことが許されるのを待っている。だからよく聞いて欲しい。私の住まいのあったあの館の沼を干してしまったように、この新しい帝国を乾かそうなどとは決して思わないで欲しい。この原っぱで同じようなことをすれば、あんたにも家族にも大きい不幸がやってくるよ」

「からかっていらっしゃるのですか」とマルゴははっきりと言います。「あなたが妖精でいらっしゃるのはよく分かっています。あなたに危害を加えたりするつもりは絶対になかったことをお分かりください。それに何かお役に立つことでもあれば、何でもいたします、お苦しみはよく分かりますし、悪い心は全然ありませんから」

「ではね、お嬢さん、私も心を開いて話しましょう」と蛙が言います。「そして私の苦痛を打ち明けます。さあ、私のクリスタルの宮殿についていらっしゃい。今までどんな人間の耳も聞いたことのないすばらしいことを教えてあげましょう」

こう言いながら、コアックス女王は、水の一番深いところに潜っていきます。マルグリットはその後についていこうとしたそのとき、スカートの裾を取って止められたように感じたので、振り返ると後ろに美しいネヴェが見えました。彼女の白鳥の中で最も大きく、一番よく飼い慣らされているものです。彼女のお気に入りで、金の首輪をつけていました。すぐに蛙が彼女の上に投げかけていた魔力は消えてしまい、彼女は真夜中に水の中にいる自分を見て恐くなりました。太陽はもう沈み、空は厚い雲に被われていたのです。沼から出るために、どこに足を置けばいいのか、分からなくなっていました。「ああ！　ネヴェ」と白鳥を撫でながら言います。「ここで私を見つけるために、どんな風にしたの？　出るにはどうすればいいかしら？」

白鳥は彼女のスカートの裾をくわえて全力で引っ張りはじめました。マルグリットはあらゆる危険を冒して白鳥についていって、やっと足の下に砂と石を見つけました。それで沼から出ることができたのですが、出たとたんにもう白鳥の姿は見えなくなっていました。呼んでみましたが、無駄でした。一周して再び島に来てしまったので、白鳥の行方を聞こうと蛙の加護を祈ります。あたりは何の音もなく、夜はますます暗くなっていきます。

「私は夢を見ていたのかしら？ それともネヴェは私より先に館に着いているのかしら？」と彼女は独り言を言いました。

マルグリットは走って館に帰る決心をしました。祖母に会うとすぐにネヴェを見にいきます。でも小屋にも庭にも城の中庭にも農園にもいません。それでとても心配になりました。

祖母の方はマルグリットより心配していました。それで彼女は祖母を安心させるために、川の淵で夢想にふけって我を忘れていたなどと話しましたが、その他に起こった不思議なことはあえて話さないでいました。笑われはしないかと心配だったのです。自分でも夢の中で見たり聞いたりしたことに確信がなかったのです。彼女にとってただ一つの心配なこと、それは、白鳥がいなくなったことです。いくら探しても見つからなくて、みんな寝てしまいました。彼女は眠るかわりに窓を開けて、あたりを見ながら、静かに口笛を吹きました。いつも白鳥を呼ぶためにしていることです。結局吹き荒れる嵐と、風見《かざみ》をぎいぎいならせる風のほかには何も見えず、何も聞こえないので、疲れてしまって、辛い思いを抱きかかえながら寝てしまいました。

そのとき、彼女は優しい声を聞きます。嵐の風の中を通って遠くの音楽のようにやってきて、彼女に言いました。「何も恐れることはない。お前を見守ってあげる。でもコアックス女王を信頼してはいけないよ。用心深い娘は知らない蛙などとは話をしたりしてはいけない」

目を覚ました時、この声とこの言葉は夢にちがいないと判断しました。そしてすぐに昨夜の出来事も想像上のことだったと確信します。堀端に降りていって最初に見たものは、泉水に泳いでいる美しい白鳥だったからです。彼女は白鳥を呼び、パンを与え、何度も撫でてやりました。白鳥はいつものようによく食べ、相変わらず無頓着に撫でてもらいました。美しくてよく慣れていても、だからといって他の白鳥より機智に富んでいると言うわけではなかったのです。マルグリットは話をしようと試みましたが、鳥は全然注意もしません。お腹がいっぱいになると、太陽に向かって羽を広げ、その羽を撫でさすり、お腹を掻き、やがて片足を立てて何も考えないで眠ってしまいました。

マルグリットはそれで、なぜあんな夢を見たのだろうと思いながら、ふと子供の頃にお祖母さまがしてくださったお話を聞いてとても嬉しかったことを思い出しました。それは彼女を寝かせるためのものでしたが、その中の一つに、妖精の蛙がいろいろの不思議なことをするのがあったのを思い出しました。その話を思い出そうとしても、最後までなかなかわかりません。「私の頭を駆けめぐっていたのはあの話だわ。もう考えないために、お祖母さまに話していただくようにお願いに行こう。そうすれば一緒に笑えるわ」

彼女はサロンでヨランド夫人を見つけましたが、そのとき、夫人の傍に人がいるのを見て蛙のことも妖精のことも忘れてしまいました。その人の衣装と様子に、彼女は目がくらんでしまったのです。背の高い若い青年で、色は白く頰はピンク、髪は縮れていて、当代流行の粉を振っていました。銀モールの縁飾りがある空色の美しい将校の制服をつけたその人は立ち上がり、まるでメヌエットでも踊りたいように優雅に歩いてきてマルグリットの手にキスをします。そしてフルートのような小さい声で言いました。「じゃあ、あなたが親愛な従妹のマルグリットですか？　大きくなったね。でも顔は少しも変わっていない」

マルグリットは顔を赤らめました。お世辞《せじ》にどう答えればいいのかわからなかったのです。自分を従妹と呼ぶ人をまったく覚えていませんでした。

「じゃあお前は従兄のメリドール・ド・ピュイペルセを思い出せないの？」とヨランド夫人が言いました。「彼が一士官として出ていった時、お前はごく小さかったね。今彼は二十歳になって、両親は彼に一個連隊を与えています。だから今、お前の前にいるのは竜騎兵の連隊長ですよ。さあ、子供たち、お互いにキスなさい。そして昔のように良い友達になりなさい」

そのとき、マルグリットは決して我慢ならなかったこの従兄のことを思い出しました。彼が暇を持て余してからかってばかりいたからです。でも彼女は恨みを持つような性格ではなかったので、彼に頰を差し出しました。彼はそれを唇の先で少し触れましたが、そのからかうような仕草が彼女を苦しめます。彼のことを感じのよくない人だと思い、謝らなければならないたくさんの意地悪をみんな忘れてしまったのかしら、などとも思います。

けれども彼が話を始めると、彼女は口をあいたままそれを聞いていました。それはパリのすばらしい話、芝居、お祭り、彼がひときわ目立った舞踏会のことなどでしたから。彼はまた流行や化粧のことも話し、女性の装いにも詳しく、目が肥えているようでした。マルグリットは赤い花模様のインド更紗の小さいドレス、美しい髪を留めていた緑の細いリボンが恥ずかしくなります。彼の方では自分が引き起こした気分などにはまったくお構いなしでした。ヨランド夫人も青年の軽々しさなどには無頓着のようです。夫人は彼のおしゃべりを聞きながら微笑んでいましたが、自分もかつて社交界で花形だった時代を懐かしんでいるようでした。食事になります。ド・ピュイペルセ氏にはどのお料理も平凡でした。家の来客が皆褒めてくれる、マルグリット手製の、とてもおいしいケーキでさえも同じでした。土地のおいしいリンゴ酒をまったくばかにして、シャンペン酒を遠慮もなく求め、大伯母さまが出してあげると、こくがないと言います。でもそれを酔っぱらうほど飲みました。

ヨランド夫人はそれで彼のよくない調子に気づいて言います。「さあ、もうお休みなさい。明日になればたぶん自分の言ったことが分かるでしょう。あなたがお作法を習ったと私は信じたいし、良識をお持ちなら、心を込めて出されるものをあのように無礼なやり方でけなしたりはしないでしょう」

マルグリットは彼がお叱りを受けたので満足して、もう彼のことは考えないで寝にいきました。でもどんなに理性的な心にも、わずかな虚栄心がいつも巣くっているものです。翌朝、洋服を着るときに、部屋女中に、いつもあまり趣味のよくない洋服ばかり持ってくると文句を言いました。洋服ダンスの中にはかなりきれいなのも持っていたのです。

そこで女中は、ヨランド夫人にいただいた黄色い絹のかなり高価な洋服を出します。それは緋色のリボン飾りが全体に施されていました。ヨランド夫人は貧乏でもけちでもなかったのですが、もう長い間田舎に住んで、衣装に関しては何も知りませんでした。マルグリットもそういうことに全然気を留めなかったので、走ったり庭仕事をしたりするために、短いスカートや丈夫な生地のものばかり身につけていました。哀れな子供の様子でしたから、無理に着飾ったりすると、晴れ着をつけた小さい老女のようでした。若いピュイペルセにとって彼女をからかう絶好の機会でしたが、彼はそれにまったく注意もしないでいました。ヨランド夫人のお叱りの効果でしょうか。それでマルグリットのほうは彼がとても礼儀正しいのと、とてもやさしいのに驚いていました。昨夜はかなりの頭痛のために失礼したと彼が謝ったので、マルグリットは満足します。それから彼は嫌なことをすべて忘れさせるように話したので、彼女も彼を愉快な気分にさせるように努めました。昼食の後、彼女は新しい庭園に彼を誘いました。そこに案内して、彼がすべてを楽しみ、いろいろのことを質問し、もうなにもばかにしたりしないのを見て喜びます。金魚を見ると、彼はたべるとおいしいかとたずねました。キンポウゲを見て、チューリップと言ったり、白鳥の泳ぐのを見て、狩では猟銃の良い的になるなどと言うのです。

ただ一つ、マルグリットが心配したのはネヴェでした。まるでピュイペルセの言葉が分かったように、怒り狂って嘴《くちばし》と羽を大きく広げ、彼を追いかけました。自分がこのように攻撃されては、竜騎兵の連隊長も防衛のため哀れな白鳥を殺してしまうことも考えて、彼女は不安でした。でも何事もなく、美男の連隊長は最初従妹の傍に身を寄せました。でもネヴェがふくらはぎを攻撃してくるので一歩も前に出られないのを見ると逃げていって、庭の柵の後ろに身を隠し、それから注意しながら白鳥と自分の間の柵をしめました。マルグリットは興奮している白鳥をやっと押し戻し、従兄に追いつきました。ところが従兄があまりに恐れているので驚いてしまいました。彼の方は、自分が怒りのために身を護って彼女の好きな鳥を殺しかねなかったと言って立場を正当化します。

彼女はすべてを許すつもりになったので、彼を許し、野原に連れていきました。その野原でウサギの繁殖地を取り囲んでいるきれいな大木を見せます。「木はいくらくらいになるの？」とピュイペルセは彼女にたずねました。

「私ほんとうに知らないんです。木を売るつもりは少しもないので」とマルグリットは答えます。

「でも木があなたのものになれば？　お祖母さまは今朝、言われましたよ。私が死ねばこの土地で持っているものはすべてあなたにあげるつもりだと」

「私、そういうこと話していただいたことがないわ。でもお願い。メリドール、お祖母さまの亡くなられることなんてお話しにならないで」

「でもそのことを考えなくてはならない時が来るでしょう。もう大分お年を召してられるし、あなたが結婚されるのを望んでいられますよ」

「私、結婚なんて全然したくないわ」とマルグリットは叫びました。「私、お祖母さまと別れなければならなくなるなんて、そのようなことには絶対になりたくないわ。お祖母さまは私を育ててくださったし、世界じゅうで一番好きな方ですもの」

「そのような考えはとてもやさしいけれど、ヨランド大伯母はそのうち亡くなるでしょう。あなたがいい夫をみつければ悪い気はしないと思いますよ。彼はあなたが生きながら葬られているようなこの古い城と、これらすべての畑、草原を売ってあなたを豊かにしてくれますよ。マルグリット、そうなればあなたは、最新流行の立派な洋服を着て、宮廷にも出入りするし、立派な四輪馬車、大勢の従僕、ダイヤモンド、オペラ座のボックス席、パリのホテル、つまり幸せな女になれるあらゆるものを手にするのです」

最初マルグリットは従兄がこのように話すのを聞いて大変心を痛めました。ところが彼の方は、彼女と森や、畑、牧場などを廻りながら、吟味したり、価値の値踏みをしたりします。そしてしばしば彼女がとてもお金持ちになり、そのうち思い通りの結婚をするという考えに戻るのです。彼女の方もいつのまにか、そのことを考えはじめていることに、そして今まで決してそのことを考えたこともなかったことに驚きます。

二人はどこともなく歩きながら、沼の縁に着きました。そこで突然ピュイペルセが叫びます。「ああ、何て美しい蛙だ！　こんなに大きいのを見たことがない。蛙は食べればおいしいんだ。さあ、ぼくはこいつを殺さねばならない」蛙は疑いもなく、太陽にあたりながら、眠っていましたので、彼は杖を振り上げました。

「待って！」と彼の腕を摑んでマルグリットが叫びました。「この蛙に痛い思いをさせないで！　私が苦しくなるの」

「それはなぜ？」と従兄はひどく驚いてたずねます。そして不思議そうな様子で彼女を見ながら、振り向きました。

この視線に彼女はどぎまぎします。何を言ったかよく分からないながらも、ここでかつて見たことを思い出しながら心を乱していました。傘の端で静かに蛙を押してやりながら言いました。「目を覚ましなさい。蛙さん。そしてお逃げなさい」

蛙は水の底に潜ります。連隊長はお腹を抱えて笑いました。「どうしてそのように笑われるのですか？　動物がいじめられるのは見ていられないのです」とマルグリットが言いますと、「蛙はまた特別だね」と彼は相変わらず目が赤らむほど笑いながら言いました。

「あなたは蛙たちを守っている。丁寧に蛙たちと話をするし、この上なくいい関係だ」

「そうだとして、それほどおかしく面白いことでしょうか？」気分を害したマルグリットは言いました。

「いや、全然そのようなことはありません」とピュイペルセは急に真面目になって、言いました。「蛙に優雅で機智もありますから何にでも慣れていくものです。この生き物もまた別のものも同じです。ところで、あなたに約束します。あなたのお友達をいじめたりは絶対にしませんよ。さあ、他の話をしましょう。あなたをからかったりする気は全然ありません。あなたは愛らしい。社交界に出ていれば、大変もてたことでしょう」

社交界って、じゃあすばらしいところなのかしら、とマルグリットは従兄の腕に寄りかかって館に戻りながら考えました。何かとても大きい好奇心にとらわれているのを感じました。夜になるとついにヨランド夫人に、なぜ田舎を決して離れようとしないのかと聞かずにはいられませんでした。

「おやおや、マルゴ、田舎にいることに退屈してきたね？」と夫人は言いました。「もう少しの我慢ですよ。私はとても年を取っているからね。すぐにお前は自由に好きなところで暮らせるのですよ」

マルグリットは泣きくずれました。お祖母さまの首に抱きついて一言も言えません。ヨランド夫人には彼女の優しい心と大きい愛情がよく分かりました。夫人はピュイペルセの方に向かって言います。「お前の方が思い違いだったよ。マルゴは私と暮らして退屈してはいない。そして私とは離れたくないのだよ。お前は自分の連隊へ、あるいはお楽しみにお戻りなさい」

「帰るようにとおっしゃるのですから、お暇《いとま》をいただきます。大伯母さま、明朝早く出発いたします。さようなら、マルグリット。考えておいてください」こう言うと彼は丁寧に挨拶をして引きとりました。

彼が部屋を出るやいなや、マルグリットは叫びます。「お祖母さま、これはいったいどういうことなんですか？」

「それはね。もしお前が従兄のピュイペルセと結婚したいと思えば、お前しだいということです」

「えっ！　何ですって！　あの方は私と結婚するためにこられたのですか？」

「いえいえ、彼はそのようなことは全然考えてはいなかったのです。今朝、そのような考えが浮かんだのでしょう」

「それはまたなぜ？」

「おそらくお前のことを美しいと思ったのでしょう」とヨランド夫人が言いました。

「お祖母さま、からかわないでください。私はきれいではありません。自分でそれをよく知っています。お祖母さまもよくおっしゃったではないですか。お前は蛙だって」

「だからって、私はお前が好きですよ。小さい蛙のままで、愛情を受けることができるのよ」

「従兄が私を好きだなんて！　そんなことはないわ。彼は私のことなどほとんど知らないのよ。お祖母さま、本当のことを聞かせてください。彼が私を好きだなんて考えられませんもの」

「私がどう考えるべきか、むしろお前に聞きたいくらいですよ。午後ずっと一緒に散歩していたでしょう。私はそこにいなかったけど、彼はいろいろいい話をたくさんしたでしょう？　お前の方は社交界を見てすばらしい婦人になるために結婚したいと言わなかったの？」

「いいえ、お祖母さま、彼は嘘を言っているわ。私、そのようなこと、何も言わなかった」

「でも考えもしなかったかしら？　彼はとても抜け目がなくて、お前の胸の内も見抜いてしまうのよ」

マルグリットは嘘をつくことができませんでした。困ってしまい、答えることができなくなりました。

ヨランド夫人は心の繊細な人でしたから、彼女の心の内がよく分かりました。

「よくお聞き、マルグリット、お前は年とった私の世話をよくしてくれて、私は幸せでした。今度は幸せで輝くお前の青春のために働かねばなりません。お前を豊かにしてあげる。それをお前の従兄は知っているる。彼のことはよくも悪くも言いたくない。お前には理性もあり、十分の機智もある。判断は自分でするのね。彼はお前に、よく考えるように、と言っていたね。さあ、休みなさい。彼に残って欲しければ明日の朝、そのことを彼に知らせればいいのです」

マルグリットは驚きと不安で心が騒ぎ、眠ることなど考えられません。従兄にたいしては何の好意も感じていませんでした。でもおそらく彼の方は彼女が気に入ったのでしょう。彼女は自分が愛嬌があって全然ばかなどではないということを知っていました。ピュイペルセは最初面白みのない不愉快な人だと彼女は思いました。でもこの青年が彼女の醜さを忘れてその機智を評価したとすれば、彼もまた明らかにそれを持っていたと言うことになります。彼には欠点があり、軽々しいところもあり、お金をつかうのが好きで美食家です。でもたぶん優しい心の持ち主なのでしょう。彼女が動物を保護するのを見て彼女に譲りましたし、また頑固者には見えませんでした。『私はとても醜いわ』と彼女は考えます。『たぶんどんな人にも気に入られたりしないだろうし、そんなことがあるならおそらく私と同じくらい醜い男の子だろう。そして皆が言うだろう。あの子はあれ以上の相手は見つけられなかったって。美男の腕を取って、散歩するなど、そして、マルゴは蛙のような顔だがそれでもあの素敵な紳士に、つまりあの、いい衣装をつけて、髪には粉を振った連隊長のお気に入りになった、どんな美しい女性の中からでも選べるのに、などと言われるのを聞くなど、そんなうぬぼれは持っていないわ。私はお祖母さまの傍を離れたくない。そう、もし彼が私のことを好きなら、私をお祖母さまのところにおいてくれて、彼の方が私たちに会いにしばしば来てくれるでしょう。とにかく私に自由が与えられているのだから、明日の朝までに、決めなければならない。彼を出発させてしまえば、怒ってもう来ないだろう。手紙を彼に書こうかしら。夜が明ければすぐに渡してもらうのはどうだろう？　でもできないわ。彼は私の白鳥をなぜあんなに怖がったのだろう？なぜ白鳥は彼にあれほど怒ったのかしら？　でも彼ってとても変わった人だわ。それになぜ私が蛙にものを言ったとき、あんなに笑ったのかしら？……』

マルグリットは疲れていましたので、椅子の上でうとうとしました。眠らないようにと立ち上がろうとした時、突然、どのようにかわからないままに掘割の中にいました。大理石の池の一つで月に照らされていました。今までに決して見たことのない大きいアシがまわり一面、水の中にまで生えているのを見て彼女は驚いてしまいます。疲れているし、眠くもなって芝生のベンチに坐ろうとしたとき、コアックス女王が傍に飛んできて話しかけました。「マルゴ、あなたは良い人だ。私が命をとられそうになった時、助けてくれた。それであなたに良い意見をしてあげたい。そのために私は野原の私の宮殿を出てあなたを見つけるために、掘割まで来たのだよ。ここは自分の領域のようによく知っているからね。あなたは従兄と結婚するのがいい。そうすれば幸福になり栄光もえられるよ、マルゴ」

「彼が杖であなたを打とうとしたのに恨んではいないの？」

「あの人は私が誰か分からなかったのですよ。ただの蛙と思ったのでしょう。私もこれからは用心して王冠や宝石をつけているほうが安全だと考えている。今夜は身分にふさわしい衣装をつけるつもりだよ」

「王冠や宝石ですって？　どこにあるの？」マルグリットは驚いて尋ねます。

「お前のところにあるから、それをもらいに来たんだよ」

「いったいどういうこと？」

「私の話をよく聞いておくれ。先日、お前に話そうとした時、あの恐ろしい白鳥、お前がネヴェと呼んでいた不幸の鳥が来て私の打ち明け話の邪魔をした。あれはロランド王子に間違いないよ。ほら、聞いてごらん。あの鳥が板張りの小屋の中でいらいらしている。私を食べてしまいたいのだろう。でもあの鳥はしっかり閉じこめられているから私は安心だよ。それに、彼をおとなしくさせる魔法の言葉も知っているし。ところで聞いておくれ。これからお前に明かすことをお前は利用するのよ」蛙は話しはじめました。

「私は直系ではないがお前の先祖の一人だ。お前の伯母、ド・ピュイペルセ夫人、つまり従兄の連隊長の母親だけど、その人の高祖母のまた高祖母だ。だから彼とお前のことには関心がある。今は妖精になって光栄なことだが、もとはお前のように人間だった。この城で生まれたんだよ。ラナイドと呼ばれていた。太陽のように美しかったよ。今蛙として美しいが、女性としても同じように美しかった。父は魔法に専念していた。そして私に神秘学を教えた。私はとても超自然的な霊気を持っていたから、最も珍しい秘密、つまり変身の秘密を身につけた。私は外から見てどんな姿にもなれて、またある準備と魔法で、もとの自分に戻れるようになった。この方法で、地上や水中で起こることや話されることはすべて知っていた。でも慎重に自分の能力は隠しておいた。愚かで迷信に溢れた時代だったから、告げ口や裁判沙汰のもとになるし、その上魔法使いだと火あぶりの刑にもなりかねないからね。

ロランド王子が私と結婚したとき、私は二十歳だった。彼は若くて、豊かで、美しかった。私は夢中で彼を愛した。そしてみるみるうちに数人の子供ができた。私たちはこの城で世界一の幸せものだった。この城は当時、国の貴族たちが訪れるすばらしいところでね。当時私は侍女たちの一人に嫉妬していた。メラジという名で、マントで身を隠した男と連れだって、夜になると堀の周辺をぶらぶらするのを見たんだ。その男が夫ではないかと疑って、私は蛙に変身した。近くで二人を見て声の調子で彼かどうか確かめようとした。堀の手すりの上の二つの石の間に張りついて、男がすぐ傍を通るのを見たよ。ところが男は夫ではなかった。夫の家来だった。彼は自分のことを話していた。私は嬉しくなってすぐに自分の部屋に上がっていった。もうひどく遅かったのでベッドに潜ると、もとの姿に戻る薬を飲むことなど、考えもしないで、喜びながらぐっすり眠ってしまった。

いつも私を起こす時間に、メラジが入ってきて、ベッドに私と同じくらい大きい蛙を見たので、あまり驚いて物を言うことも叫び声を上げることもできないほどだった。それで私は目が覚めなかったんだ。

彼女は少し落ち着くと部屋のドアを音もなくしめて、ロランド王子を起こしに走った。私がどこにいるのか尋ね、私の代わりに見た驚くようなもののことを話しに行ったのだ。王子は飛んできた。侍女が気でも狂ったかと思ったが、私を見ると恐怖と気味悪さにとらわれた。でも蛙が私だとは分からず、刀を抜くと一撃で私の前足の一つを切り捨てた。魔法のため私は死を免れた。魔法の姿に隠れている限り二百年の間はどのような破滅も逃れるようにできているのだ。傷はついても死は免れたので、私は窓に飛び上がり、そこから堀の中に飛び下りた。そこで足は今のように、お前も見て分かるだろうが、すぐに元どおりになったよ。私は城の中で消えた女主人を探す物音を聞いた。至るところで私を探し、夫は死ぬような苦痛を味わっていた。夜になるのを待って、私は館の中に入る。階段を一つ一つ飛びながら、自分の部屋に上っていった。前のように女に、そして美しい女に戻してくれるはずの飲み物を急いで飲んだ。さらに飲み物だけでなく、最も神秘な魔法の言葉を唱えたり、最も強力な軟膏を塗ったりしても無駄だった。あの不幸な手は生えなかった。それは蛙の足のままだった。そのとき、苦しみのため死にたいと言いながら、悲しみでいっぱいの夫が部屋に近づいてきたので、私はこの不幸な足を隠すためにビロードのマントで体の半分を隠すのがやっとだった。

私を見て、夫は喜びで息がつまりそうになったよ。涙を流しながら私を腕に抱きしめ、いろいろの質問をした。意地悪な悪魔がそのやさしさから私を奪っていったと思っていた。だからどのように私が戻ってこられたのかを知りたがった。私は作り話をして彼の抱擁から無理をして逃れた。足を見られるのを恐れたから。でも苦しみながらも考えた。秘密を隠そうとしても無駄だろう、いずれ忌わしい事実は見つかるだろうと。私は最後の決心をしなければならなかった。命よりも愛している人を消滅させてしまうという恐ろしい決心を」

マルグリットは恐ろしくなって、立ち上がり、この嫌なラナイドから遠くに逃げようとします。でも何か不思議な力に引き止められるのを感じました。蛙はふたたび次のように話を始めました。

「他にどうする方法もなかったことを、分かって欲しい。どうしても消すことのできない誓約があった。それは魔法の力を得た者はそれを見つけられてしまったとき、誰であろうと消してしまわねばならないというものだ。夫は、私の足を見ればその日から、私の主であり支配者である精霊によって深淵に運び去られる運命だったのだ。

私は彼が何かに感づく前に、隠してしまって、精霊の力から彼を守ろうと決心した。それでこの効果を得るために彼のワインに薬を入れた。すぐに彼には白い羽と大きい翼が生えて、十五分もしないうちに雪のように白く、美しくて大きい白鳥になった。もう人間にはなれないが、二百年の間は死と精霊の力は彼には及ばなかった。

ところがね。その二百年が今夜、曙《あけぼの》に終わりを告げる。私が人間に戻り美しい青春を見い出すのはお前しだいなんだ」

「じゃあ、あなたはネヴェに、というのはつまりロランド王子に、私があなたにして差し上げる同じことをしてくださるのですね」とマルグリットは言います。

「もちろん。それは私の一番の願いだ」と蛙は答えました。

「それじゃあ、大丈夫です。さあ、どうすればいいのか早く言ってください」

「ではそのために、話の残りの部分を分かってもらう必要がある。ロランド王子は自分が鳥に変わったのを知ると、私に対して恐ろしく怒って、私を殺したいと思った。王子にはまだ人間的な知性がかなり残っていたのだろう。自分が引きずりこまれた不幸が分かったのだから。彼はただ自分の種族の新しい本能に従っていたのか、彼は私を食べてしまうことだけを考えていた。互いの立場を分からせようとしたが無駄だった。彼は何も聞かなかった。それで仕方なく魔法の言葉を唱えた、二百年の間、お互いに見知らぬものになるというものだった。白鳥は大きい叫び声をあげて、空に飛びたった。彼が昨日、私が最後に住まいにした沼にお前を探しにきて、私はふたたび彼に会った」

「なぜ、二百年もの間、蛙のままでいられたのですか？　足を人の視線から隠して人間のままでいられたのに？」

「残酷な精霊たちがそれを望んだからよ。マルグリット。夫を鳥にして彼らから奪ったことに腹を立てた彼らは、私の子供たちを見捨てて、蛙の王、コアックスと結婚させた。私は彼と共に、長い間沼を治めてきた。結局彼に先立たれ寡婦になった。城は時と共にお前の祖母の手に移り、苦労して準備していた薬もすべてなくなったり、効果をなくしたりしてしまった。でもお前たちのところにはとても貴重な宝物がある。それは私に魅力を取り戻させてくれる。不思議な飾り物で、婚礼の時に身につけたものだ。それはヨランド夫人の部屋に大切にしまいこまれている。あんたたち家族の富の中で最も珍しい貴重なもので、スギの小箱に納められている。この小箱はお前のものだ。お前のお祖母さまは持っているものをすべてお前に譲るつもりだから。その箱を探してここに持ってきておくれ」

「いいえ、私はいまお祖母さまのものを盗んだりしたくはありません。お祖母さまが同意なさらないかぎりはね」とマルグリットは答えます。

「盗む、なんていうことじゃないよ」とラナイドはこたえました。「私の宝石を取り戻すことではないよ。少しの間飾りたいだけだよ。変身してしまえば、それを持っていても仕方がない。返してあげるよ。お前自身のために宝石は大切なものだ。さあ、決めなきゃならない。あの魔法の宝石はどんなに醜い女も美しくする力がある。お前がただの一時間だけ身につけていれば、私のような蛙ではなくて、昔の私、これからなろうとしている私、つまり最も美しい女になれるんだよ」

マルグリットは納得して小箱をさがしに走っていきました。祖母の飾り棚の中からそれを取った時、祖母が目を覚まし、彼女を見ているように思われました。彼女はベッドの傍にひざまずいてすべてを告白しようと思いましたが、ヨランド夫人は彼女を見たようでもなく、壁のほうに寝返りをしてしまいます。時間がありません。今にも朝日が昇るように、空がすこし明るくなってきました。マルグリットは外に駆け出し、すぐに泉水の傍に戻りました。コアックス女王が彼女を待っています。「ああ、間にあったけど！どうしよう」と彼女は小箱を差し出しながら叫びました。「かぎなんてなかったわ。開け方も分からない！」

蛙は喜びで飛び上がりながら言いました。「それは私が知っている。一度も嘘をついたことのない口で、ただこう言えばいいだけ。『小箱よ、開け』とね」

「じゃあ、あなたがそれを言ってください」

「私にはできない。昔魔法の秘密を隠すために嘘をつかなければならなかったから。言うのはお前だよ。さあ、お前の舌が、私が信じているように嘘をついたことがないかどうか見てみよう」

マルグリットは自信を持って、「小箱よ、開け！」と言いました。小箱は開きます。そこから赤い焔《ほのお》がでました。蛙は全然心配する様子もなく、そこに足を入れ、そこから小さい金縁の鏡を取り出しました。次に古風な飾りのついた輝くばかりのエメラルドのネックレスを、それからお揃いのイヤリング、エメラルドの留め金のついたベルトとヘアバンドなどを出します。彼女はこうした豪華な飾り物で身をかざり、奇妙な仕草をしながら鏡で姿を写していました。

マルグリットは不安そうにそれを見ていました。祖母の宝石を持って蛙が消えはしないかと心配していたのです。でもコアックスのほうは逃げることなど考えてもいません。自信と喜びに酔って、鏡の中を見て不規則な動きをしたり、変なしかめっつらをしたりしていました。丸い目には焔が出て、口からは緑がかった泡をふき、体は青緑色や鉛色になったりするのです。その一方で彼女の背丈はほとんど人間ほどになっていました。「マルゴ、マルゴ」と彼女は声を和らげることももう考えないで叫びます。「見てよ、褒めて！　何て大きくなったんだろう！　見て。変わっただろう、見て、何て美しくなったんだろう！　お前のスカーフをドレスにしてみるからちょっとこちらにちょうだい。早く、早く。私はきちんとした装いをしなければいけない。ああ、そうだ。まだ何かいる。その羽の扇子だ。お前、あれをどこに置いたの？　ああ、自分で持っていたよ。それから白い手袋、早くして。私の香水をつけた手袋を。ネックレスがうまく留まっていない。うまく留めて。不器用だね。おお、どうしよう？　婚礼の花束がない。小箱の中じゃないかな？　見てよ。箱を逆さにしてごらん。あら、私が持ってたよ。ベルトの所に飾ろうかな。見て。奇跡が起こるよ。ヴィーナスも私の傍では醜い女よ。波の中から生まれる本当の美の女神は私、この私よ。さあ、踊らなくては。ふくらはぎが痙攣《けいれん》する。変身が起ころうとしている。そうだ。そうだ。ダンスが私の自由を早めてくれる。私の動きで比べようのない優雅を取り戻すようだ。消えることのない青春の火が頭に上る。ハクション！　あれ、くしゃみだ。ハクション！　ハクション！」

このように話しながら、コアックス女王は狂ったように飛んだり跳ねたりします。でもどのようにしても、彼女は蛙のままでした。地平線は白んできます。蛙は笑ったり、叫んだり、泣いたり、泉水の大理石を後ろ足で打ったり、扇子を振り回したり、前足をバレエの踊り子のように伸ばしたり、体を反らせて目をエジプトの舞姫のようにぐるぐるまわしたりします。それを恐ろしそうに見ていたマルグリットは、蛙の身ぶりに驚いていましたが、突然狂ったように笑いだし、芝の上に坐りこんでしまいました。その時蛙は凄まじい勢いで怒りはじめました。

「お黙り！　お前の笑いは私のまじないの邪魔になる。お黙り！　でなければそれ相応に罰をあげるよ」

「ごめんなさい」とマルグリットは答えます。「でも笑わないではいられません。あなたはとてもおかしいし、笑うか、さもないと死ぬかしかないわ」

「悔しいけれど、お前を死なせるわけにはいかない」ラナイドはそう言うと彼女の上に飛びかかり冷たいべたべたする足の片方でその顔に触れた。「お前は私の受けた苦しみを受けるだろう。大目に見ようと思ったけれどお前は私の憐れみの気分を取り去ってしまった。もうお終いだ。私は苦しみすぎた。お前の醜さの上に私のも加えるといい。私の代わりにお前が醜くなれば私はより早く自由になれるはずだ。さあ、鏡がある。今笑ってごらん。まだ笑いたいならね」

マルグリットは妖精が差し出した鏡をとって自分の姿を見ると驚きの叫びをあげます。髪はなく緑の顔、真ん丸い目、「蛙、蛙だ！」彼女は絶望して叫びました。「私は蛙、蛙になってしまった！」彼女は鏡を投げ捨て、我にもなく一はねして沼に飛びこみました。

彼女は最初何も考えないで眠ったようにそこにじっとしていました。でも少しずつ生気を取り戻します。太陽が地平線から姿を見せはじめ火のような大きい広がりを投げて彼女の頭の上にあるアシの先を黄金色に染めていました。思いきって水面に出てみようとして、異様な光景を目にしました。不幸なコアックスが岸辺に横たわり、足を空中に上げて、体は動かず硬直していました。死んでいるのです。海草のような緑色の長い髪の毛をした、恐ろしい人間の頭でした。体の他の部分は普通の人間くらいの大きさで、艶のないざらざらした白色をしていて蛙の形のままでした。傍にロランド王子が、金の肩帯のついた銀の鎧をつけ、雪のように白い飾冠をつけた兜《かぶと》に、白鳥の大きい羽を肩においたまま、ラナイドが空しく身を飾った魔法の宝石を外していました。

「近くにいらっしゃい。そして早く宝石をつけなさい。もとの顔に戻れますから」と王子がマルグリットに言います。「でも魔法の力で美しくなろうとはしないで。賢くて良い子のままでいいのです。あるがまま

の君を好きな人とだけ暮らしなさい。さようなら。この罪深い魔女の死で、二百年もの間私が強いられていた隷属状態から永久に解放されたのです。女王の運命を嘆かないように。彼女は君に嘘をついていた。彼女の呪われた秘密を隠すために私を殺したかったのです。彼女が私に反対して助けを求めた精霊たちは逆に私の方を助けてくれました。私は精霊たちと帰ります。でも君がこの後、私が守護するにふさわしいなら守ってあげましょう」

彼は翼を広げて太陽の光の中に飛び立ちました。マルグリットは大空に舞う彼を見て、金の首飾りをつけたネヴェだと思い、次にはそれは朝の星のように思われました。彼の姿が見えなくなると、マルグリットは蛙の死骸を探しましたが、その場所には墨のように黒い不気味なアシが一本あるだけでした。そしてそれも風の一吹きでこなごなになってしまいました。

次に彼女は部屋の中で椅子に坐っていました。目は朝の太陽にまぶしいばかりでした。すぐに彼女は鏡のところに走ります。初めて彼女は自分がとても美しいと思いました。それはいつもの顔のままでしたが。ただ少し疲れていました。

「あれはみんな夢だったのかしら?」と彼女は独り言を言います。「でも私はお祖母さまが大切にしていられる宝石をつけている。どうして私はこれを身につけているのかしら?　夢の中で探しにいったのかしら?」

彼女は宝石を外して小箱の中にしまい、ヨランド夫人が目覚める前に夫人のところに持っていきます。それから、ネヴェが小屋にいるかどうかを見に沼に降りていきました。前にも一度いなくなった後で見つかったことがあったので。

「白鳥をお探しですか?」と庭師が言いました。「あれは行ってしまいました。夜明けに飛んでいくのを見ました。ちょうど飛んでいた野生の白鳥たちと合流して行ってしまいました。羽の端を切っておくようにと私はお嬢さまに言いましたが、そうなさりたくなかった。鳥はそれを利用して逃げていったのです。長い間考えていたんですね」

「そう、まあいいわ」とマルグリットは言います。「鳥はいま幸せで自由なんですから。でもあなたは鳥が飛んでいくのを見たときに、なにか沼に入るのを見なかった? ここに背の高いアシがなかったかしら?」

「アシですか? もちろん、いつでも沼の周囲には何本も生えてきて根をはろうとしますよ。でもまだ小さかったのです。用心はしていました。今朝、全部丁寧に抜きました。そこに砂をまいておいたので、もう今度はアシが生えないように願ってますよ」

マルグリットは砂の方を見ました。蛙の大きい足跡が髪を振り乱して踊った跡を残していないかと思ったのです。でもそれはクジャクたちが新しい土を引っ掻いた跡だと分かりました。

このとき、馬のひづめの音が彼女の頭の上で響きました。目を上げると供の者を連れて立ち去る従兄のピュイペルセが跳ね橋の上を通り過ぎるところでした。彼のことは完全に忘れていました。彼の出発を悲しむ気持ちもありません。呼び戻すには一言で十分でしたが、一瞬ためらった後、彼女は肩をすくめると、そのまま遠ざかる彼を眺めていました。

彼女が館に戻ると召使いたちが竜騎兵の連隊長が出発の時、彼らに与えたチップを分けているのを見ました。彼らのつぶやいているのを聞くと、各々一人一スーほどもないということでした。

「ともかく、彼は戻ってくるつもりだわ。でなければ、とても貧しいということだし、いずれにせよ彼のせいではない」

マルグリットがヨランド夫人にココアを持っていった時、「それで、お前は従兄に会ったの？　彼は私たちとここに残るのかね？」と夫人が聞きました。

「私、あの方が出られるのを見ました。お祖母さま。でも私は何も言いませんでした」

「なぜ？」

「分からないわ。見た夢のせいでしょう。で、その夢のお話をしたいんです。でもこの夢、あるいは幻想のようなものは私の知らないものですから、記憶のよみがえりのようなものでしょう。それで、昔、私を寝かせるためにしてくださった蛙のお話をもう一度していただきたいのですが……」

「そのお話って、ぼんやりとしか覚えていないけれど」とヨランド夫人は答えました。「それに自分流の話だったしね。話すたびに気分に応じていろいろと変えていった。でもさあ、思い出してみよう。昔、この城に美しい世継ぎがいて、その人の名は……」

「ラナイド」マルグリットは叫びます。

「その通り」とお祖母さまは答えました。「そして彼女は魔法使いだったのです」

「彼女は美しい王子さまと結婚しました。でしょう？　お祖母さま。そして王子さまの名は？」

「さて、待ってね。そうそう、ロランド王子だった」

「やっぱりそうね。そのお話、私まるで目の前で起こったようにすべて見たの」

「じゃあ、終りはどうなったの？」

「終わりは恐いのよ。蛙は人間の顔になりたいと思って……」

「破裂するくらい大きく膨らんでしまった」（ラ・フォンテーヌの中にある言葉）

「確かにそうよ」

「じゃあ、お前の話の最後は、私がお前に教えようとしていた思い出の寓話と同じね。というのはね。私は決して話を終わりまでしなくてもよかったのよ。お前はいつも終わる前に眠ってしまったからね」

　そのとき、強い風が吹いて枯れ葉やわらくずが部屋の中に舞いこんできました。マルグリットが窓を閉めにいきますと、手紙の下書きのような紙がありました。何か書いてありましたが、ちぎれていました。捨てようと拾いあげると、自分の名前が見えたので祖母のところに持っていきます。ヨランド夫人はそれを手に取り調べた後、マルグリットに渡して言いました。「これは従兄が母親にあてて書いた手紙の始めのほうだよ。この上にいたから、そこから風に運ばれてきたのだろう。私たちは精霊たちのことを信じかけているから、これを私たちに持ってきてくれたあのいたずら者に感謝しなければと思いますよ。まあ、読んでごらん。いいから」

『親愛なる母上様。ぼくのこれまでのばかげた行為をお許しください。それらを償いたいと思って豊かな結婚をすることを甘受することにしました。幼いマルゴは老伯母の全財産を相続することが分かりました。娘は醜くて蛙そっくりです、というか小さい緑のヒキガエルです。それでもコケットで、もうぼくに夢中です。でもぼくたちのように借金があれば……』

下書きはここまででしたが、マルグリットはこれで十分だと思いました。彼女は黙っていましたが、祖母が従兄の価値について判断をあやまり憤慨しているのを見て言いました。

「悔しがったりしないでいましょうよ。お祖母さま。笑ってすませましょう。私、従兄に夢中なんかじゃありません。彼のうぬぼれには全然腹を立てたりしていませんよ。おわかりでしょう。昨夜、よく考えなさいと言ってくださいました。私は考えたのか眠ってしまったのか、よく分からないけれど、夢の中で、今も目の前に見えるように教訓として残っていることがあるわ」

「何を見たの?」

「一匹の蛙がエメラルドで身を飾り、扇をつかい、サラバンドを踊り、自分を美しいと思って苦痛で破裂してしまうのを見たの。とても滑稽で今でも思い出すと笑ってしまいます。あのようにはなりたくないわ。素敵な白鳥が太陽の光の中に飛び立っていくのも見ました。その鳥は私に言ったわ。あるがままのお前を愛してくれる人と結婚しなさいって。私はこの鳥の言ったようにしたい」

ヨランド夫人はやさしく彼女にキスをして言いました。「あるがままの自分に自信をもつのね。美しくしてくれる何かがあるわ。それはね。それぞれの人にふさわしい幸福なのよ」

バラ色の雲

かわいい孫娘ガブリエル・サンドへ

かわいいガブリエル、お前のお姉さんにお話を一つ書いてあげたから、お前にもこのお話をしてあげましょう。来年にならなければ読めないだろうけれど、それまではお姉さんのオロールが読んでくれると思う。来年読めるようになっても、まだお前には分からない言葉が出てくるだろう。その時はお姉さんが説明してくれると思う。お前たちを楽しませるためにこうしてお話を書いているけれど、分からないことや言葉があれば、調べながら読んで欲しいという気もするのです。

二人が全部、何の助けもなく分かるようになる時、おそらく私はもういなくなっているでしょう。そのとき、お前たちを愛したお祖母さまのことを思い出して欲しい。

1

カトリーヌは三匹の雌羊の番をするのが仕事でした。まだ読み書きのできない少女でしたが、話すのはそんなに下手ではなく、それにとても善良な子供でした。ただ少し好奇心が旺盛で、気が変わりやすいところがありました。でもこのことは少なくとも頑固ではないということです。

クリスマスの後まもなく、カトリーヌの三匹の雌羊が三匹の子羊を生みました。その中の二匹は丈夫でしたが、三匹めの子羊はとても小さくて、子ウサギちゃんと呼ばれるほどでした。母親のシルヴェーヌはこの小さい子羊をばかにして、こんな小さいのは生まれてくることはなかった、おそらく育たないだろう、育ってもこんなに小さいままなら、草を食べさせる価値がない、などと言いました。

こうした言葉を聞いてカトリーヌは心を痛めます。この子羊を他の子羊よりかわいく思い、自分と同じようだととても気に入っていたからです。それで彼女はこの子羊を大切にすることを心に誓い、ビシェット（小さい雌鹿の呼び名だが、かわいいものを呼ぶのに使われる。子羊はアニエット）とよぶことにしました。雌の子羊でしたから。

彼女はこの子羊の世話をやきすぎて、何度も死なせてしまうところでした。絶え間なくなでてやり、いつも腕に抱いて、寝かせるのも膝の上です。とにかくかわいがりすぎでした。子犬や子猫は人間にかまってもらうのが大好きで、ちやほやされるがままになって甘えます。ところが、羊はたっぷり食べさせてもらいさえすれば、あとはそっとしておいて欲しいのです。眠りたいときに眠り、気に入ったところに行って寝転んだりするのが好きです。母のシルヴェーヌは、娘のカトリーヌに、そんなにビシェットの世話をしすぎると大きくならないと言うのですが、カトリーヌはビシェットが大きくなって欲しいなど願っていなくて、ポケットに入れられるくらいにもっと小さくなって欲しいと思うくらいでした。彼女は毎日、朝二時間と、昼三時間、親の羊たちを野原に連れていっていました。発育のいい方の二匹の子羊は、母羊のいない間おとなしく我慢していました。この二匹は、母羊が乳をつくるために野原で草を食べるのが必要だと分かっているようでした。ビシェットはそれほど聞き分けがよくなくて、ひもじがり、母羊が戻る音を聞きつけるととても悲しそうにメエメエと啼くのです。カトリーヌはそれを聞くとかわいそうになって、泣けそうになるのでした。

子羊たちを外に出すのは禁じられていました。まだあまりにも小さいので、草はよくないからです。でもカトリーヌがビシェットのためにあまり頼むので、シルヴェーヌはついに言いました。「じゃあ好きにおし。ビシェットがたとえ死んでもそれほど大きい損害でもないし、それどころかせいせいするくらいだろうから。あの子羊はお前の気を変にしてしまう。あれのことでお前の頭はいっぱいで、他のことは何にも考えなくなってしまった。羊たちを朝は遅すぎるくらいに連れだすし、夜入れてやるのは早すぎる。ビシェットを母羊から離しておく時間を短くするためだ。ビシェットを連れておゆき。でも何が起こっても知らないよ」

カトリーヌはビシェットを畑に連れていきました。そして畑にいる間ずっと、寒くないようにエプロンに包んで抱いてやっていました。二日間はよかったのですが、三日目になると動物の奴隷のような状態に

飽き飽きしてきて、前のように走ったり遊んだりしはじめました。かまわれなくてもビシェットは苦痛でもないようで、かといって心地よいというのでもないのでしょうが、相変わらずひ弱で小さいままでした。

ある日、カトリーヌは羊たちの番よりも樹の茂みの中に鳥の巣を探しにいこうと考えました。そしてその日の夕方、ツグミの巣を一つ見つけます。よく育ってもう羽毛も生えかけている三羽の雛《ひな》がいました。とても人なつっこくて、彼女が母鳥の叫び声を真似ながら指の先を近づけると雛たちは黄色い嘴《くちばし》を大きく開いてピンクの喉を見せるのです。

カトリーヌはとても嬉しくなって、羊たちを連れ帰る途中も雛たちに話しかけたり頬ずりしたりするほどでした。そして翌日の朝になって大きい不幸に気づきます。ビシェットが牧場にいなくなっていました。外に出して入れるのを忘れてしまったのです。美しい星空の下で寝ていておそらくオオカミに食べられてしまったのでしょう。カトリーヌはツグミを呪いました。その雛たちのおかげで羊たちをおろそかに扱ってしまい、こんな恐ろしい結果を引き起こしてしまったのです。ビシェットに対する愛情でいっぱいになり、さめざめと泣きながら、何が起こったかを確かめるために牧場に走りました。

それは三月のことでした。まだ太陽は上がらず、牧場の中央にある沼には白い厚い霧がたちこめています。カトリーヌはあちこち眺めまわし、すべての垣根、すべての窪みを調べましたが無駄でした。それで沼の方に行ってみました。かわいそうなビシェットが落ちたのではと思ったのです。そのとき、とても驚くようなものを見ました。というのは、こんなに朝早くここに来るのは初めてだったからです。霧は夜じゅうずっと水の上を薄く布のように覆って眠っていたのですが、その霧が太陽の昇るにしたがって引き裂かれ、小さい玉状になって転がりながら上っていきます。そのときいくつかは柳の枝にくっついてそこに落ち着くようです。他の水蒸気は、朝の風に揺られて砂の上に落ちるか、湿った草の上で寒さに震えているようでした。一瞬カトリーヌは白い羊の群を見たように思いました。でも探しているのは羊の群れではなく、ビシェットです。そしてビシェットはそこにはいませんでした。カトリーヌは再び頭を両膝で抱えてエプロンをかぶって、絶望した人のように涙を流しました。

幸せなことに、子供の頃にはいつまでも泣き続けたりできないものです。カトリーヌが立ち上がったとき、白い小さい玉はすべて樹の梢に上り消えてしまっていました。美しいバラ色の雲の形をしていて、太陽に引っ張られて連れていかれるようで、まるで太陽がそれを飲みたがっているようにも見えました。

カトリーヌは長い間、これらの玉がくだけて消えていくのを眺めていました。そしてふと視線を下げると、かなり遠くに――というのは沼は大きかったので――、ビシェットが眠っているのか死んでいるのか、とにかくじっとしているのが見えました。死んでいるなどとは考えもしないで走っていきました。子供というのはあまりに大きい苦痛は本能的に避けるようにできているのです。彼女は子羊をエプロンの中に抱き上げ、急いで家に連れ帰るために走りました。とても軽くて、まるで何も入っていないと思うほどでした。『かわいそうなビシェット！　苦しんで一晩でこんなに痩せたのね。エプロンの中は空っぽのようじゃないの？』彼女は独り言のように言ってエプロンをしっかり体に巻きつけましたが、あえて開けて見ることはしませんでした。開ければ小さい動物の体が冷えるからでした。少しでも温めてやりたかったのです。

突然、小道を歩いていて曲がるとき、彼女はピエールに出会いました。この少年は愉快な木靴つくりの息子です。腕に何か抱えていて駆けつけてくると、「何だと思う？　ビシェットだよ。生きてメエメエないている」と言いながら、「さあ、君の子羊だ。返すよ。昨夜君がツグミの巣を見せてくれて、帰る時、ぼくの羊たちのところに紛れこんだんだ。ぼくはとてもツグミの雛が欲しかったけれど、くれなかったね。でもぼくはやさしいから、ビシェットが間違えてぼくの羊小屋に入ってくるのを見たときも、好きなように乳を飲ませてやったし、夜中保護してやった。君が悲しんでいると思ってビシェットを連れてきてやったよ。いなくなったと思っていたんだろ？　ちがうか？」と言います。

カトリーヌはとても喜んでピエールにキスし、ツグミの雛をあげようと自分の家に連れて帰りました。彼はとても喜んで子ヤギのように飛び跳ねながら帰っていきました。

ビシェットが母羊を見て大喜びするのを見てから、やっとカトリーヌはエプロンにくるんでいたものを見ようと思いました。自分の子羊だと思って包んだ、あるいは包んだと思ったもの、それは何だったのか？　でも何もないのに手に取ったりできないわ。と彼女はつぶやきます。

恐怖に襲われる一方、好奇心も湧いてきました。彼女は羊小屋の屋根に上がります。屋根には地面までコケがびっしりついていて、そこには風に運ばれた種子から、たくさんの小さい花々の芽がいっぱい出ていました。緑の若い麦の穂もすでにありました。小さい屋根でしたが、古いわらぶき屋根が、昇る朝日をうけている様子は、とても美しく穏やかでした。夏の間何度もカトリーヌはここで牧場に行く時間を忘れ、短かすぎた夜の眠りの残りを補うことがありました。それでこの地方でテクトと呼ばれている家畜小屋の一番上に上がります。そして用心深くエプロンを開きました。さて中には何があるのでしょう？

2

エプロンはブルーの木綿《もめん》でした。母親シルヴェーヌのお古を利用して作ったものでしたから、きれいでも新しくもなかったのですが、この時ばかりはたくさんのお金とでもカトリーヌは交換しなかったでしょう。中に何があるかということで頭がいっぱいだったのです。ところがなんと！　中には全然何もありません。力いっぱい揺さぶってみましたが、何も落ちてきません。ところが、その時カトリーヌのまわりに白い煙のようなものができて、それが次に頭の上で雪のように白い球の形をした雲になりました。そしてその雲は上るに従って黄金色に輝く黄色になり、次に薄いバラ色になりました。最後にその雲は小屋を取り巻いているハシバミや、ニワトコの木々の上を過ぎるや、太陽の光をいっぱいに浴びてまたとない美しい見事なバラ色に輝きました。

カトリーヌは自分が雲を集めてそれを運んだりしたことに驚くことも忘れるほどでした。何と美しい雲だろうと思い、それが早々と去ってしまうのはとても残念だという気持ちで頭がいっぱいでした。それで雲に向かって叫びます。「まあ！　かわいい恩知らずさん！　空に返してもらったんだからもっとたくさんお礼を言うものよ」

その時バラ色の雲から、何か歌うような小さい声が聞こえました。でもいったい何と言って歌っているのか！

3

カトリーヌはその言葉が全然分からなくて、ただ雲を眺め続けました。雲は上にいくに従って大きくなりましたが、薄くなって、ちぎれてバラ色のたくさんの雲になりました。「何だって！　太陽にわざわざ呑みこまれにいくなんて！　ばかじゃない？　太陽は牧場の雲を全部呑みこんでしまったのよ。私ならエプロンの中にずっと入れておいてあげられたのにねえ。邪魔にはならなかったのに。私たちの家の庭の大きいリンゴの木の下においてあげることもできたのに。洗濯場の上でもよかったわ。お前は夜の間は水の上で眠るのが好きでしょう？　雲の世話をしたことはないけれど、習えば分かることでしょう。長くいられるようにしてあげられたのに。お前はこうして風さんにもっていかれたり、太陽さんに呑みこまれたりするんだもの！」カトリーヌは雲に向かって叫びます。

そして、雲の答えを聞くために耳を澄ましました。そのとき、小さい声の代わりにズグロムシクイという鳥が歌っているような小さいたくさんの声が聞こえました。けれど、何を言っているのかさっぱり分かりません。この声はだんだん遠くなり、弱くなって、それからもう何も聞こえなくなりました。

美しい澄んだ空にはもう何も、雲の通った跡さえも見えなくなってしまいました。

「ママ、一つだけ知りたいことがあるの」と昼食のため呼びにきた母親にカトリーヌは言います。

「どんなこと？」

「雲が歌を歌うときはどんなことを言っているのか知りたいの」

「雲は歌ったりしませんよ。おばかさんね。雷を中に包んでいるときだけうなったり耳障りな音をだすけれど」

「あっ！　どうしよう？　考えてもいなかったわ。雷さんが私の小さいバラ色の雲の中に入らないでいてくれますように！」とカトリーヌが言います。

「バラ色の雲って？」と驚いた母のシルヴェーヌが聞き返しました。

「私がエプロンの中に入れてやった雲のことよ」

「お黙り。意味のないばかなおしゃべりは好きじゃないことくらい、よく知っているだろう？　一、二歳の赤ん坊なら仕方ないけれど、お前はもうそんなばかげたこと言う年ではないのだから」母のシルヴェーヌが言います。

カトリーヌはもう何も言わないで昼食をすませると、畑に出ました。もう一羽だけになったツグミの雛と一、二時間遊んでいましたが、朝早く起きたので眠くなり牧場で眠ってしまいました。ビシェットを他の二匹の子羊と一緒に小屋においてきたので、いなくなる心配はなかったのです。

目を覚ましたとき、仰向けに寝ていたので空しか見えませんでした。その空の一番高いところに、頭の真上に小さい雲の塊がまたできていました。昼の美しい青い大空に、たった一つ、キラキラ輝くバラ色の塊のように輝いていました。

『それにしても何てきれいだこと！』まだ完全に眠りから醒《さ》めていないカトリーヌは考えました。『まだ歌っていても、もうとても遠いから私には聞こえないわ。雲のいる所にいきたいなあ！　あそこからなら地球を全部見渡せるし、空中を歩いても疲れないわ。雲が恩知らずでなければ、私を高い所へ連れていってくれたのに！　そうすれば羽根布団のような雲の上で太陽をごく近くから眺めたり、太陽が何でできているか見られたのに！』

カトリーヌがこのように支離滅裂のことを言っている間に、樹の茂みではロワトレ、またはキクイタダキともいう小さい鳥が彼女のことをばかにして笑いながら、「もの好きさん、もの好きさん」と叫んでいるようでした。ところがまもなく鳥たちは静かになり、恐怖に震えるように葉の蔭に逃げていきました。一羽の大きいハイタカが空をよぎり、輪を描いてバラ色の雲の真下に飛んでいきました。『ああ！』とカトリーヌはさらに独り言を言います。『あの鳥たちにばかにされても、物好きと呼ばれてもいいわ。あの大きい恐い鳥の背中でもいい、乗りたいな。もっと近くから私のバラ色の雲を見られるかもしれないし、雲のところまで飛べるかもしれない』ここでカトリーヌは完全に目を醒まし、ばかなことを言ってはいけないこと、気狂いじみたことを考えてもいけないことを思い出しました。彼女は糸巻き棒を手にとると、何も考えないようにつとめながら、一心に糸を紡ぎました。でも、ふと気がつくと絶えず頭を上げて空を眺めているのでした。ハイタカはもうそこにいなくなっていましたが、バラ色の雲は依然同じところにありました。

「お前はずうっと上ばかり見ているが、いったい何を見ている？」と牧場の小道を通りかかった人が聞きました。

それはバタイユおじさんでした。隣の牧場の枯れ木を倒しにきたので、肩に枝を背負っていました。重いのでちょっと一休みするため柳の木に寄りかかっていたのです。

「上の雲を見ているの」とカトリーヌは答えます。「おじさんはあちこち旅行していろいろのこと知っているから、教えていただきたいことがあるの。なぜあの雲はたった一つだけでじっと動かないでいるの？」

「ああ、あれはね、小舟で海を走っていたときから、はやてと呼んでいたものだ。これは悪い兆候だよ」とおじさんは答えます。

「悪いって、どんな悪い兆候なの？　バタイユおじさん」

4

「大きい嵐がくる前兆だよ。カトリーヌ、海であのような雲を見ると、皆が言うよ。『やってくるなあ！それもひどいやつだ』とね。最初は何の変わった様子もない。時には羊のように白くて丸々と太って抱えられるくらいの大きさだが、ところがだんだん大きく黒くなって空いっぱいに広がってくる。その時になって、人はうろたえ逃げまわる。稲光、雷、突風が来る。悪魔の店開きだよ。航海が続けられるように大奮闘する。うまくいけば抜け出せるがね。うまくいけばだが……」

「ああ、神様！」と恐くなったカトリーヌは言いました。「私のバラ色の雲はそんなに意地悪なのかしら？」

「この土地では今のような季節に突風なんて、まず滅多にないよ。それに地上にいれば、それほど深刻な危険なんて全然ないと思うよ。だが、お前のそのバラ色の雲というのはちと変だな。奇妙だ」

「なぜ奇妙なの？　おじさん？」

「それはあの雲が奇妙な顔つきをしているからさ。さて、急いで仕事を終えよう。まだ三束も運ばなきゃならないからな」

おじさんは再び道を歩きはじめ、カトリーヌは糸紡ぎの仕事を始めようとしました。でも相変わらず上を眺めないではいられないので、仕事ははかどらず糸巻き棒は膨らんできませんでした。カトリーヌはバラ色の雲が大きくなり、色を変えたように思いましたが、その通りでした。雲はブルーになり、それから青灰色になり、次に黒くなったと思うと、少しずつ空の片側一面に広がっていきました。あたりが暗く陰気になり、その上雷がゴロゴロと鳴りはじめました。

カトリーヌは最初のうちは、自分の雲が大きく膨れて強くなるのを見て満足でした。「素敵！」と彼女は言います。「やはり他の雲と同じではないことがよくわかったわ。太陽に呑みこまれるどころか、逆に雲に太陽が食べられそう。今朝、エプロンにあの雲を包んでいたなんて！」と彼女はそれをとても誇りに思いました。ところが、この恐ろしい雲の一番厚いところから、稲光がしたとき、恐くなりました。それで羊たちを急いで家に連れ帰りました。

「お前のことを心配していたよ」と母親が言いました。「でもおかしなことだ。嵐がこんなに早くやってきてその上こんなにすごくなるなんて、今まで見たことがなかったよ」

嵐は事実とても恐ろしいものでした。雹《ひょう》が家のガラスを砕き風は屋根の瓦を吹き飛ばしてしまい、雷は庭の大きいリンゴの木の上に落ちました。カトリーヌは勇敢ではなかったので、ベッドの下に隠れて大声で叫ばずにはいられませんでした。「意地悪いバラ色の雲、もしお前が意地悪だと知っていたら、エプロンの中になど入れてやらなかったのに！」これを聞いてシルヴェーヌは娘を叱りはじめましたが、子供はもう話をやめることはできません。「ああ、娘は気狂いになってしまったわ」とシルヴェーヌは近所の人たちに言いました。「何でもないことですよ。嵐に怖じけづいただけですよ。明日はよくなるでしょう」とその人たちは言いました。

翌日になると、事実嵐は過ぎ去りました。太陽は晴れやかに昇り、カトリーヌも太陽と同じように晴れやかに起きて太陽と一緒に牧場の小屋の屋根にのぼりました。家は被害を受けましたが、牧場は低かったので難を逃れていて無事でした。屋根の小さい花々は雨のために少し倒れていましたが、美しい黄色いクサノオウ、ヨーロッパマンネングサ、ヤネハンタイソウなどは太陽の方に小さい顔をまわして言っているようでした。「太陽のおじさん、戻ってきてくれたのね。こんにちは。もう行かないでくださいよ。私たちはお前さんが隠れてしまうとどうなるかと心配になるんです」

カトリーヌも太陽おじさんに、こんにちは、と言いたい気がしました。でも前の晩、太陽とさんざん争った雲をエプロンから離してしまったので、とても怒っているだろうと心配でした。ちょうど、庭を通りかかった母に、太陽を怒らせたりなだめたりできるかどうか聞いてみる勇気もありませんでした。シルヴェーヌは夢想などというものが好きではなかったからです。カトリーヌは従順だったので、夢のようなことは、もう考えないようにしようと決めました。

そしてその通りにしました。その後熱心にツグミの雛の世話にかかりきりましたが、雛は白いチーズをつけた摺り餌《すえ》を食べすぎて死んでしまいました。カトリーヌは悲しくて今度は一羽のスズメを育てましたが、それは猫に食べられてしまいました。また悲しいことが重なったのです。もう生き物を飼うのはいやになって、学校に行きたくなりました。次にまた糸をつむぐことに興味を持ち、やがて成長するとかわいい少女になり、とても上手な紡ぎ手になりました。

5

カトリーヌが十二歳になったとき、母親は娘に言いました。「少し旅をしてみない？　知らない国々を見られるよ」

「あら素敵！　私はずっと青い国々に行ってみたかったの」とカトリーヌは答えました。

「何ですって。青い国々なんてないよ」

「いいえ、あるわ。いつも小屋の屋根から見ているの。私たちの緑の国のまわりに大きいブルーの国があるの」

「ああ、お前の言いたいことが分かったよ。お前にそう見えるのは遠いからだよ。いいだろう。望みを叶えてあげるよ。お前のコレット大伯母さんはここから遠くの山の中に住んでおいでだ。三十年以上も私たちのところに来たことがないから、お前は知らないけれど、会いにくるようにと言ってこられたの。もうかなりのお年だし、結婚しなかったから、ただ一人なんだよ。お金持ちというのではないから、おねだりなんかしないように気をつけなくちゃいけないよ。それどころか、大伯母さんが欲しいものでもあれば、差し上げなきゃいけない。世話する人がいないから、気分がめいって亡くなられでもしたら、と心配しているのよ。一緒に会いにいこう。ここに来たいなら連れてきてあげるつもり。それは私の義務だからね」

カトリーヌは両親がときどきこのコレット大伯母のことを話しあっていたのを思い出しました。聞いていて分からないことばかりでしたが、今もこれ以上分かろうとは思いませんでした。そんなことより、違う所に行けることや、目にしたこともないものを見られることに浮き足だっていました。好奇心が旺盛な子だとよく言われる通り、もの好きな子でした。これは悪いことではありません。彼女は学ぶことが大好きだったのです。

カトリーヌは母と一緒に出かけます。二人は一昼夜旅をして、山の中に着きました。驚くことばかりです。シルヴェーヌはとても居心地の悪いところだと思いましたが、カトリーヌはいいところだと思いました。でもそれを母に言うのは控えました。

二人が馬車から降りてコレット夫人の住んでいる村を訪ねると、そこに行く道を示してくれましたが、それはカトリーヌの羊小屋の屋根と同じくらい急勾配の坂でした。でも「この道しかありません。これを行きなさい」と言われました。

「あーあ、こんな変な道だけど、行くしかないね。こんな所を歩くにはヤギのように四本の足がいるよ。カトリーヌ、お前の言っていた青い国はここだね。気に入った？」と母のシルヴェーヌは言いました。

「ここは確かにブルーだわ。山の高いところを見てよ。ママ。ブルーだってことわかるでしょ！」とカトリーヌが言います。

「お前の見ているのは雪だよ、近くで見ると白いよ」

「夏に雪があるの？」

「そう、高い所はとても寒くて雪がとけないから」

カトリーヌは母が間違っていると思いましたが、あえて反対はしませんでした。でも真実を確かめたくて我慢できなくなり、四本の足はなくても子ヤギのように這い上がりました。

二人はやっと村に着きます。シルヴェーヌはとても疲れ、カトリーヌは少し息切れしていました。ところが、コレット伯母は夏はそこに住んでいないというのです。でも同じ教区にはいるとのこと、そしてその家はそれほど遠くなくて、大きい石の載ったスレート屋根の小さい家を指さしてくれました。そのぐりにはモミの木があります。「あの家ですよ、歩いてあと一時間もかからないくらいでゆきますよ」と教えてくれました。一時間と聞いてシルヴェーヌはしゃがみこんでしまいそうでした。あの家に行くにはここまで上ってきたのと同じくらいまだ上らなければならないし、道はより急で厳しいのです。

母親はカトリーヌがあの家までたどり着けるかどうか心配しました。あまりにも急で木や草の生い茂ったところをかき分けていかなければならないので、ここまで来たことは伯母に黙って、山を降りて家に引き返そうかと思ったほどでした。でもカトリーヌは全然疲れてはいないし、道を怖がってもいないで、逆に母親を勇気づけるのでした。それで二人は昼食の後また道を上りはじめます。一本しかない道ですから、よい道を選ぶわけにもいかないし、案内人もないのです。だから案内人と話しながら気晴らしをすることもできなかったのです。この地方の人は、正しいフランス語は数語しか知りませんでした。方言で話すので、カトリーヌも母も、話していることが分かりませんでした。

小さい道は危険でしたが、やっと無事に二人はスレートぶきの家に着きました。まわりはとても美しいモミの森でしたが、ゆるやかな坂になった牧場のようなところだけは木がなくて、真ん中の窪んだ所が見えました。溝も柵もないのにとても大きい岩で雪崩《なだれ》を防ぐようになっていました。すぐ上に雪があります。黒い岩に支えられて白い階段で空まで上るように見えながら、それは美しい緑がかったブルーの氷の水晶になって、雪の中に消えていくようでした。

『やっと青い国に来たわ！』とカトリーヌは浮き浮きして考えました。もう少し上れば空にいけそう！この時彼女は長い間忘れていた一つのことを思い出しました。雲の中まで上っていけるんだわ、と。いつかの夢のようなバラ色の雲を思い出してカトリーヌは独り言を言います。少女は氷河に有頂天になっていて、最初はコレット伯母に気がつかないほどでした。伯母のことは興味があったし、旅の間何度か、どんな伯母さんだろうと思っていたのに。

6

この女性は背が高く顔色は青白くて、髪は銀色、かなり美しい婦人でした。彼女はシルヴェーヌに会ってもそれほど驚く様子もなく、キスしながら、「待っていたよ。お前や娘のことを夢に見たよ。さあ、娘は私が夢で会った娘と同じかどうか……」と言いました。

カトリーヌは傍によります。コレット伯母は魂の奥まで見通すような明るく大きい目でカトリーヌを見ました。それからキスをして「いい子だ。いい子だ。この子が生まれてきたのはとても嬉しいよ」と言いました。

旅をしてきた二人が少し休養したあと、伯母さんは住まいを全部見せてくれました。

遠くから見て小さく見えた家は近くで見ると大きく、木造で、それもすばらしいモミの木でしっかりと建てられていました。屋根の上の大きい石は、風のために木組みが揺れたり飛んだりするのを防ぐためでした。家の中はとても掃除がゆきとどいていて、よく磨かれた光沢のある家具は目を楽しませてくれました。たくさんの食器と銅のお鍋類がありました。羊毛と馬の毛を詰めた木の箱がベッド代わりで、その上にきれいな白いシーツと上質の毛布がおかれていました。こういうところでは、決して暑くないのです。夏じゅう暖炉に火があります。くべる木は十分ありました。牧場の周囲の木は大部分、牧場同様コレット伯母さんのものでした。とても広いこの牧場で、伯母さんは、見事な乳牛と数頭の雌ヤギと、物を運ぶための一頭の小さいロバを養っていました。動物の世話のため若い男を一人、そして家事と買い物などのため若い娘を一人やとっていました。コレット伯母は快適に暮らすのが好きで、週に二度肉とパンを買いにやります。一言で言うと、彼女は裕福なんです。田舎の農場の女主人にしては、とてもお金持ちでした。そういうことを思ってもいなかったので、というのは必要なら伯母を助けるくらいの気持ちで来たのですから、シルヴェーヌは大きく目を見開いてずいぶん目上の婦人の前にいるように、おずおずしていました。カトリーヌの方は少し面喰《めんく》らっていました。大伯母より貧乏だとか、そうでないということのためではなく、この女性がとても学があるという点でした。でも大伯母さんはとてもいい人で親切だと分かると、気分は落ち着いてずっと前から知っていた人のような親しみを覚えました。

それで、一日目から、カトリーヌは遠慮もなく質問を始めます。そしていろいろのことを知りました。伯母がかつて一人の老婦人から全幅の信頼をされて、最期の日まで看取ったということ、この人が亡くなるとき、いくらかの遺産を伯母に残したこと、などです。

「でもこの老婦人は大金持ちではなかったのよ」と伯母は付け加えます。「だから、あの方からお金をいただいたために、あなたたちが見ているような快適な暮らしをすることができるのではないのよ。それは私の仕事熱心と巧みな頭の使い方です」

「飼ってられる動物たちがいるからでしょう？」とシルヴェーヌが言いますと、

「動物たちは私の仕事を支えてくれるけれど、その食べ物や住まいのために土地を買うのはどうしたと思う？　カトリーヌ、当ててごらん」とコレットは言いました。

「いいえ、伯母さま、分からないわ」

「お前、糸を紡ぐことはできるの？」

「もちろんよ、私の年で糸を紡げなければ、おばかさんよ」

「とても細い糸でも紡げるかね？」

「まあね。かなり細いのもできるわ」

二人の会話を聞いていたシルヴェーヌが、誇らしげに割ってはいります。「この子は私たちの土地で、紡ぎ手では一番です。紡いで欲しいって何でも持ってくるのをカトリーヌは全部紡ぎますすよ」

「この子はクモの巣でもうまく紡げるかい？」とコレット伯母が言いました。

カトリーヌは伯母が冗談を言っていると思い笑いながら、「まあ、そんなこと！　してみたこともありません」と答えます。

「さあ、お前がどんなふうに紡ぐのか見せてもらおう」と大伯母はカトリーヌの傍に黒檀《こくたん》の糸巻き棒をおき、銀がたくさん使ってある小さい錘《つむ》を渡しました。

「何てきれいな道具でしょう！」とカトリーヌは感心して言いました。糸巻き棒はアシのようにまっすぐで繊細で、錘はまるで羽のように軽いのです。「でもね、伯母さま。錘《つむ》の上に何か置かないと紡げませんわ」

伯母さんはそれを聞くと言いました。「いつでも何か見つかるものですよ。考えれば何か思いつくものです」

「でもここに紡ぐようなものは何も見当たりません。伯母さんはクモの巣の話をされましたが、この家はとてもきれいに掃除されていて、それさえ一本もありません」とカトリーヌは言いました。

「じゃ、外には？　今お前はドアの傍にいて錘竿に置くものが全然見当たらないかい？」

「ええ、何も。木の皮は砕く必要があるし、羊の毛は梳《す》いていないとだめですもの。あの山の上の氷の上の雲くらいです。綿の大きいボールのように見えますけれど」

「そう、それですよ。雲が紡げないなんて聞いたことがありませんよ」

「ごめんなさい。知りませんでした」カトリーヌは面喰らう一方、考え深くなって言いました。

7

「分かるだろう？　大伯母さんはお前をからかっていられるのよ」と母親のシルヴェーヌが言います。

「けれど、お前たち、私のことをこの土地で何て言ってるか知っているかい？」と伯母さんが反論します。

「それは知りません。私たち山の言葉が分かりませんもの。だからあなたはお好きなだけ、私たちのことおからかいになるのですわ」とシルヴェーヌが答えました。

「全然からかってなんかいないよ。ブノワを呼んでおくれ。今アーケードの下で夕食の準備をしている少年だよ。あの子はフランス語を話すから聞いてごらん。私が何という名前か」

シルヴェーヌはブノワを呼んでとても丁重に質問します。

「この土地で伯母のコレット夫人のことを人は何て呼んでいるの？」

「ああ、それは、雲の紡ぎ名人、と呼ばれておいでです」とブノワは答えました。

使用人の少女にも同じ質問をすると、彼女もためらわないで同じ答をしました。

「まあ、驚いた！　雲を紡ぐなんて！」とカトリーヌは母に言います。「でもね、伯母さま」と今度は伯母に向かって、「前から不思議だったことを教えてくださったわ。それは雲のようなものを手で操作することができるということなんです。小さい時、一度……」とここまで言いかけて、母親を見てちょっと口をつぐみました。母親の大きい目が、ばかな話をまたここで始めるんじゃないよ、とでもいうように彼女を制したからです。

コレット夫人が最後まで知りたがるので、母親のシルヴェーヌが言います。「子供の言うことですからごめんなさい。伯母さま。まだ年がいかないからで、あなたをからかう気はないのです。あなたがおからかいになっても、この子は自分がそんなことができないことくらいよく分かっています」

「そんなことはいいよ。この子が言いたいことは何だね？」

「やさしい大伯母さま」とカトリーヌは目に涙をためて言いました。「からかうなんて、私にはできないことです。でもママは私が嘘をついていると信じこんでいます。小さい時、一度だけ、エプロンの中に白い小さい雲を包んだことがあるのです」

「ああ、そう」と伯母さんは驚くでもなく怒るでもなく、「そしてその雲をどうしたの？　紡いでみようとはしなかったの？」と言いました。

「いいえ、伯母さま、私はそれを空に飛んでいかせました。それはすっかりバラ色になってまるで歌うように行ってしまいました」

「歌いながら、言ったことが分かったかい？」

「一言も分かりませんでした。とても幼かったので……」

「行ってしまった後、その雲は雷に変わらなかったかい？」

「まあ！　おっしゃるとおりになりました。雷は私たちの家の屋根を壊し、花ざかりのリンゴの木を折りました」

「恩知らずには用心しないといけないよ」と伯母さんはずっと真面目な顔で言います。「変わりやすいものには、みんな用心が必要だよ。雲はこの世で一番移り気だ。でも、お腹がすいたろう？　食事の準備ができている。スープをつぐのを手伝っておくれ。テーブルにつこう」

夕食はとてもおいしくて、カトリーヌはそれを十分証明してたくさん食べました。チーズとクリームはすばらしい味でした。その上デザートもありました。伯母さんは手づくりのクッキーを広口壜にいれていましたが、とてもおいしいもので、シルヴェーヌもカトリーヌも今までこんなにおいしい食事をしたことがありませんでした。

食事を終えると夜になり、コレット夫人はランプをつけると、小さい箱を持ってきてテーブルの上に置きました。そしてカトリーヌに言います。「さあ、おいで。なぜ私が雲を紡ぐ人と呼ばれているか知らないとだめよ。シルヴェーヌも近くにおいで。お前は私がちょっとした財産をどんな風に作ったかが分かるだろう」

コレット伯母さんが鍵を持っているこの箱にはいったい何があるのでしょう？　カトリーヌは早く知りたくて待ちきれない思いでした。

8

中には白くて柔らかくてふわふわしたものが入っていました。あまりに雲に似ていたので、カトリーヌは驚いて叫び声をあげました。シルヴェーヌはというと、伯母のことを魔法使いか妖精だと思い、恐怖で真っ青になりました。

ところがこれは雲ではなく、細い糸で編んだ大きい織物でした。細くて細くてこんなに細いものを作るには、髪の毛一本を十にわけてつくらねばと思うほどでした。触るのも気がひけるほど真っ白で、その上、あまり細いので上で息をしただけでももつれそうでした。

「ああ、大伯母さま！　これを紡がれたのが大伯母さまでしたら、世界一の紡ぎ手です。そして他の人はみな縄をなっているようなものだと人は言うでしょう」カトリーヌは嬉しくなって叫びます。

「これを紡いだのは私ですよ。毎年このような箱を数個売ります。ここに来る時、女の人がとても細いレースをつくっているのに気がつかなかったかい？　これはとても高く売れるんだよ。全部私が紡いだのではなくて、とても上手に操作する紡ぎ女がたくさんいる。でも私のようには誰も紡げない。それで私には他の人より十倍高く払ってくれるの。私がこの世にいなくなっても、私のつくる糸で仕事ができるから私の糸を欲しがるの。もう年をとったしね。私の秘術が失われるのはとても残念だと思うの。そうでしょう？　カトリーヌ」

「ああ、伯母さま！　その秘術を私に授けてくだされればどんなにいいでしょう！　それはお金のためではなく、伯母さまのように働けるのはとても誇りだからです。秘術をお授けください。お願いします」カトリーヌは叫びました。

「すぐに習いたいの？」と伯母は笑いながら言いました。「じゃあ、教えてあげよう。さっきも言ったけれど、雲を紡ぐことを習うのだよ」

彼女は自分の小箱に蓋をすると母子にキスをして部屋に引き上げていきました。残った二人はその部屋で寝ることになりましたが、そこにはもう一つ、使用人の少女、ルネのベッドがありました。

このベッドはカトリーヌのベッドの傍にあったので、二人は眠る前に低い声でおしゃべりをしました。シルヴェーヌは疲れていたので二人のおしゃべりを聞く時間がないほど、すぐに眠ってしまいました。カトリーヌは自分とほとんど同年輩のルネにたくさん質問をします。カトリーヌの頭は一つのことでいっぱいでした。ルネが雲を紡ぐ伯母の秘密を知っているかどうか、これを知りたかったのです。ところがルネは簡単に答えます。「別に秘密なんてないわ。とても巧みな技術をお持ちだと言うこと、そして忍耐強いこと、これが秘訣ですよ」

「でも、雲を捕まえてそれを紡錘竿にのせて、指の中で溶けないようにしてそこから糸を引き出すなんて……」

「難しいことではないわ。雲を作ること、それだけですよ」

「雲を作るなんて、どんな風に？」

「それはね。雲を梳くんです」

「えっ！　雲を梳くって？　何で？」

ルネの答えはありませんでした。眠りかけていたのです。

カトリーヌも眠ろうとしましたが、あまりにも心が騒いで眠れませんでした。ローソクが消えて暖炉には少しの燃えかすがあるだけでした。でも部屋の上の方に小さい明かりがもれているのを見ました。ベッドから頭を出すと、コレット伯母が立ち去った階段の上に、ドアに沿って一筋の光を見ました。彼女は我慢できなくなり、用心深く裸足で歩いて階段までいきました。階段は木製でしたから、カトリーヌは、ぎしぎしと音が出るのを恐れました。幸い身軽だったので、音をたてないで一番上まで上がり、ドアの小さい隙間から伯母の部屋を眺めることができました。何を見たでしょう。あててみてください。

9

カトリーヌが見たのは、とても清潔な小さい部屋だけで、暖炉には小さいランプがかかっていました。部屋には誰もいませんでした。カトリーヌはうろたえてすぐに部屋にかえりました。秘密を盗むなど悪いことをしたように感じて、もう自分は秘密を教えてもらうに価しないと思います。自分を非難しながらベッドに戻りましたが、そのため悪い夢を見ました。目を覚ますともう好奇心にとらわれないことを心に誓い、伯母さんが教える気分になってくれるまで待つことにしました。ルネは雌牛の乳搾りにカトリーヌを誘い、

二人は牛たちを牧場に連れ出します。それは牧場とは名ばかり、耕されていない、自然に草の生えた山のでこぼこしたところでした。でもそれはとても美しい場所でした。氷河から出てくる冷たい水もきれいで、岩に沿ってあちこちしながら、草原の外れに滝となって落ちていきます。水車の水門の中でしか滝というものを見たことのないカトリーヌは、太陽に向かって水が運ぶダイヤモンドのような水滴をながめて目がくらむほど美しいと思いました。でもルネのように石から石へと飛びながら流れを横切ることはできませんでしたがすぐに慣れて、二時間もすると、遊び気分でできるようになりました。

カトリーヌは氷河の上に少しだけ上がってみたいと思います。ルネは割れ目を避けて行ける所をしめし、滑らないで歩く方法も教えました。一日でカトリーヌはすっかり大胆になり、山の方言もいくつか分かるようにさえなりました。

彼女にとって、すべてが新しいことばかりでした。とても楽しく、山はとても良い友達になってくれたので、母に明日家に戻ると言われた時、別れが悲しいと思います。それにコレット伯母はとても優しく寛大だったので、山よりもっと伯母さんを好きになっていたのです。

「じゃ、カトリーヌ、お前がここに残りたいなら、方法があるわ。ここに一人で残ればいい。伯母さんはお前を残しておきたいのだし、伯母さんと同じくらい上手に梳いたり紡いだりすることができるように教えてくださるという約束をしてくださってるから。でもそんなに急に上手になれるものでもないから、辛抱強く習わないとね。お前は少しせっかちで、それに気が変わりやすいのを知ってるから、お断りしたけど、もし伯母さんほどうまく紡ぐことを習えると思うなら、お前は私くらい上手になることができたのだから、伯母さんのようにお金持ちになって幸福になるのに反対はしないよ。決めるのはお前だよ」母親のシルヴェーヌが言います。

最初カトリーヌは母親に、離れたくないと言いながらキスしようと思いましたが、翌日、母親から、勉強できるこんなに良い機会を逃すのは、とんでもないと言われると、また迷いました。次の日、シルヴェーヌは言います。「私たちはお金持ちではない。お前の姉さんはもう三人の子供がいるし、兄さんには五人もいる。私は独り者だから、年とってからのことを考えると不安なんだよ。お前がお金持ちになって、技術を身につけてくれれば、家族みんなが救われるだろう。ここにお残り。伯母さんはとてもお前を気に入っているし、お前の欠点は見逃してくださるらしいよ。お前を甘えさせてくださるような気がするよ。この場所が気に入ってるんだろ？　三カ月したら迎えにきてあげる。家に帰りたければ、その時一緒に帰ろう。ずっとここにいるのがよければいればいい。伯母さんが全財産をいつかお前にくださる、というようなことも夢じゃないし……」

カトリーヌは母親と別れるのが寂しくて再び泣きはじめました。「私とここにいてよ」と言います。「必ず梳いたり紡いだりするのをしっかり習うから」

でもシルヴェーヌは既に家のことを思って胸を痛めていました。「もしここに残れば、私は気が狂って死んでしまうよ。シルヴェーヌはそんなことになって欲しくないだろう。お金持ちになれるのに、それを拒否しようなんて思うかい？」

カトリーヌは泣きながら、母親が言ったようにすると約束しながらベッドに行きました。

翌日、ルネは彼女を起こさなかったので、九時まで寝ていました。そのとき、ベッドの傍にコレット伯母がいるのが見えます。伯母は彼女にキスして言いました。「カトリーヌや、勇気をお出し。そしてよく考えるんだよ。お母さんは朝早く発っていった。お前が眠っている間に、心の中でお別れのキスをしてね。三カ月すれば来るとお前につたえてくれと頼んでいったよ。お前を起こしたくなかったのよ。それに出ていくのを見れば余計辛くなっただろうからね」カトリーヌが伯母さんに、悲しくなるのを許してといいながら、なおも激しく泣くので、コレット伯母は言いました。「お母さんを懐かしがるのは悪いことじゃないよ。当然のことだ。お母さんと別れても悲しくなければ良い娘ではないだろう。でもお願いだから、できるかぎり勇気を出してね。私もできるだけお前がここにいて幸せになれるように努力するのを約束するよ。お母さんもとても辛い思いをしているのはわかるだろう。お母さんを慰めてあげる一つのことはお前も喜んでお母さんの望み通りにしたいのだ、と知らせてあげることだよ」

カトリーヌは伯母さんに努力してよく働くと約束してキスをします。

「今日は気晴らしをして散歩でもしなさい。明日から一緒に始めよう」と伯母は言いました。

10

翌日、カトリーヌは第一回の教えを受けましたが、それは期待していたようなものではありませんでした。秘術のようなものを授かることはなく、伯母は亜麻《あま》をのせた紡錘竿をカトリーヌに渡して「できるだけ細い糸を作ってごらん」と言っただけです。最初にしては十分厳しい授業でした。カトリーヌの国では強い布を作るために大麻《たいま》だけを使うからです。カトリーヌはそれほど苦労しないでできたのですが、自分で思ったものとはほど遠いできばえでしたので、できたものを見せるのをためらいました。伯母から、だめね、と言われるのを覚悟していましたのに、伯母さんは思いがけず褒めてくれて、最初にしては上できだ、明日はこれよりうまくできるだろう、と言ってくれたのです。カトリーヌは家の中に残っていたいと頼んでみました。伯母さんが仕事をするのを見たかったのです。ところが、伯母さんはだめと言いました。部屋の中でしか仕事をしないし、人が見ていては仕事ができないと言うのです。「お前のような年頃では閉じこもっていることはできないものよ。散歩をしたり、好きなら牛たちの番をしたりしながら仕事をすればいい。お前は怠け者ではないし、精一杯良い仕事をしようとしているのはよく分かっているから、義務のようなことは何も課さないよ」と言うのでした。

確かにカトリーヌは怠け者ではありませんでしたが、辛抱強い方でもありませんでした。たった一人で学ぶというこの方法は、甘いコップ一杯のミルクをゴクリと飲みこむように、大きい秘訣を一呑みにしたいという考えとはまったく相容れないものでした。彼女は毎日少しずつ進歩していきます。夕方になると、前の晩より細くなった糸をまきつけた紡錘を見せにいくのですが、彼女にはこのくらいでは大した進歩に思えなかったのです。一週間たつと、仕事に飽きてきて、伯母に対しても親近感をなくしてきます。伯母さんが勇気づけてくれるのにもいらいらするようになりました。やさしいルネのやさしさにも腹立たしさを覚えるのです。ルネの仕事は動物の世話と乳搾りでした。その他のことにはまったく興味を示しません。

ブノワはほとんど家にいなくて、森の中で暮らしていました。時間ができると狩をしているので、犬以外の仲間はいらなかったのです。カトリーヌはしばしば一人でいて、食事の時間以外には伯母にも会わないのでした。夕方、コレット夫人は早くから自分の部屋に仕事のため引き上げていきます。ルネは枕に頭をのせると、とたんにいびきです。カトリーヌは考えごとをしたり、夢を見たり、そしてときには泣いていました。彼女は思います。コレット夫人が仕事をしている間にカトリーヌは独り言を言います。「自分は伯母さんのように上手に糸を紡げるようになる前に、髪が白くなってしまうのではないか」と。そして母親のことを思い、三カ月たったとき、最初の日から全然進歩していなければ彼女のことをばかにしないかと心配しました。

ある朝、カトリーヌは早くから外に出ました。この日こそ上手に糸を紡いで、伯母がその秘密を明かさないではいられないようにしようと決心していました。何も見ないように、気を散らされないように、岩の間に坐ります。でも人は何も眺めないでいられるでしょうか？　彼女はふと何気なく目を上にあげ、高くの氷河と、むき出しになっていく山を見ました。それまでいつも霧がかかっていたので、このような山は見たことがなかったのです。空はとても澄んでいて、青い大気の中の白いレースのような美しい雪はすばらしいと思います。そしてあの高みまで行ってみたいと思いました。でもそれはとても危険なことでした。ルネがそれを言っていましたし、伯母もそういうことを試みるのを固く禁じていました。男の子のすることだと言うのです。

カトリーヌは触れてみたいほど美しいもの、とても遠くなのにすぐ近くに見えるものを、溜息をついて眺めるだけで満足していました。そのとき、今までこの土地の空に、見たことのないものを見ました。それは氷河の一番高い所に集まって、大きい真珠の首飾りのようなものを作っている小さい雲の小片でした。何てきれいなんだろう！　と彼女は思います。あれほど軽い真珠を通すくらい細い糸をつくれればいいけれど。

このようなことを思い巡らせているとき、氷河の尖峰の上に何か小さいもの、でも輝いているものを見ました。小さい雲の首飾りのちょうど真上で、太陽の光に動いている赤い点です。あれは何だろう？　花か？　鳥か？　あるいは星だろうか？

11

『もし私が大伯母さんの銀の眼鏡を持っていれば、あれが何かはっきり見ることができるのに。だってあの方は言われた、この眼鏡があれば目で見えないもの何でも見えるって』

でも今彼女は、自分の目で満足しなければなりません。ずっと見続けていると、赤い小さい点は、金色の小さい雲をすべて引き寄せているのです。が、やがてそれは雲に包まれて見えなくなってしまいました。集まったすべての雲は、大きい一つの雲になって、鐘楼の風見鶏《かざみどり》のように一番高い頂きで黄金の玉のように廻り輝いていました。

すると今度は、この玉はだんだん小さくなりながらさらに上に上にとのぼり、やがてバラ色になっていきました。そしてカトリーヌは、水晶のように透明な声で、世界で一番美しい曲で歌う歌を聞きます。「おはよう、カトリーヌさん！　私を覚えていますか？　カトリーヌさん」

「ええ、ええ、覚えているわ」とカトリーヌは叫びます。「あなたをエプロンの中に入れてあげたわ！　私のいいお友達よねえ。バラ色の雲さん！　あなたは話している、そして今私にはそれが分かるわ。親しい雲さん、あなたは少しおかしいよ。家の立派な花の咲いたリンゴの木を折ったでしょ？　でも、許してあげるわ。あなたのバラ色はとてもきれいだし、私はとても気にいっているんですもの！」

雲が答えます。「あれは私ではないのよ。カトリーヌ。あの花の咲いたリンゴの木を折ったのは、あれは雷なの。意地の悪い奴だけれど私の胸の中にいて、私を気狂いのようにするの。でも、ごらん、あんたが親しみを持って私を眺める時、私はやさしくておとなしいでしょう？　いつか氷河の上にこない？　聞いていているほど難しくないのよ。それどころかとても簡単よ。望みさえすればいいのだから。それに、いつも私がいるわ。落ちても私の上に落ちるのだから、痛くないように私が支えてあげる。明日おいで。カトリーヌ。陽が昇ったらすぐにおいで。夜の間ずっと待っているからね。来なければ、大粒の涙を流して溶けてしまうほど悲しいよ。その時は一日じゅう雨が降るよ」

「行くわよ。きっと行くわ」とカトリーヌは叫びました。

この答えが終わるとまもなく、大砲のような音がして砲弾の破裂音がそれに続きました。彼女は驚いて逃げます。意地の悪い雲が自分を裏切り悪いことをしにきたのだと思いながら。大慌てで家に向かう道でブノワに出会いました。彼は犬を連れてゆうゆうと出ていくところでした。「鉄砲で雷のような音をさせたのはあんたなの？」

「先刻の音かい？」彼は笑いながら答えます。

「あれは雷でも、ぼくの鉄砲でもないよ。雪崩さ」

「それは何のこと？」

「太陽に溶ける氷だよ。石や土を引きずりながら、割れて転がっていく。ときには木も引きずっていく。通り道に人がいれば、人もさらわれるよ。身を護れなくて不幸に見舞われればね。でもいつも悪いことばかりじゃない。滅多にないことだよ。こういう事故には慣れていく必要がある。今いい季節になってきたから、こんなことは毎日あるよ。いや、毎時間かも」

「そのうち慣れるでしょう。ところで、ブノワ、ちょうど会ったから聞いてみるけど、あの氷河の高い峰の上にあんたは登れる？　男の子だし、何も恐いものはないのでしょう？」

「いや、誰もあの峰の上には登らないよ」とブノワは言います。「でもぼくはごく傍まで行ったよ。そして峰の足下に触れた。今そんなことで遊んでいる季節ではない。暑すぎるから、いつでも氷河には割れ目ができる可能性がある」

「でも大きい峰の先にときどき見える赤いもの、あれは何かしら？」

「じゃあ、君はあの赤い点を見たの？　いい目だね。あれは一カ月ほど前に山の一番高い所に旅行者が立てた旗だよ。あそこまで登るのに成功したことを、下から見る者に知らせるためなんだ。強い風が急にきたので、登山家たちは急いで旗を残して降りることになった。そのとき突風が旗を氷河の尾根に運んでいったのだ。またいつか嵐がきてあの旗を引っこ抜くまであそこにあるだろう」

カトリーヌはブノワの説明に満足でした。でもコレット伯母さんが氷河の下を頭と肩に真っ赤なウールのフード付きマントをきて散歩をしているのを遠くから見たとき、ある気紛れな思いがふと頭をよぎりました。遠くからでしたが、伯母さんと分かるほどでしたから、カトリーヌは糸をいっぱい巻いた糸巻き棒と空《から》の紡錘を手に持ったままで、伯母さんの方へ駆けていきました。その日は三オーヌ（主に布を計るのに使った昔の単位。一オーヌ＝一・二メートル）くらいの糸しか紡いでいなかったのですが……。

12

カトリーヌは自分が伯母のすぐ傍に来てから、ふと伯母の放心したような状態に気づきます。でももうしりごみはしていられないので、決心して近づいて聞いてみました。氷河の上をそんなに歩いて疲れませんか、と。

「私の年ではもう疲れるということはないの。意志で歩くから、足はあるのか、ないのか、など頓着しないで歩いていくの。でも私は氷河から来たのではないよ。この頃、あちらは心地よくないからね。私に小さい小道をきたの。道を知っていればとてもいいものですよ」

「じゃあ、大伯母さま、一時間ほど前にあの高い所におられたのは大伯母さまでした？　その赤いケープを見ました」

「高いところって、カトリーヌ、高いところってどこのこと？」

「分からないけれど、雲の上の空にいられるのが見えたように思うのです」と少しうろたえて彼女が答えます。

「私がそんなに高いところまで行けるなんて、誰がそんなことを言ったの？　お前は私を妖精だとでも思ってるの？」

「まあ、伯母さま、伯母さまが妖精でも別に驚くことはありませんわ。ご気分を損ねたくはありませんが、良い妖精と悪い妖精とがいるんですって。でも伯母さまは良い妖精に決まっています。ここまで登ってくる村の人たちが、私も少し言葉が分かりかけましたが、言ってました。妖精のようにお働きになるって。本当にそうだと思います」

「それは私もときどき言われますよ。でも、それは一つの話し方です。だからと言って私が妖精だというわけではないのよ」と伯母さんは答えました。「私にはよくわかるけれど、お前の小さい頭は奇妙な空想でいっぱいになっている。お前の年では仕方ないこと。私のように思慮分別をそなえて欲しいとは言わない。早すぎるからね。でも少しくらい理屈が分かっても害にはならないよ。ところでお前、今日は糸紡ぎをあまりしなかったね」

「ごめんなさい、伯母さま、全然しなかったね、と言われて当然なんです」

「泣くんじゃないよ。いつかできるようになるよ。時間と辛抱があればできるようになるよ」

「ああ！　いつも大伯母さまはそうおっしゃる。大伯母さまには辛抱がありすぎるほどおありです。私

を子供扱いされて、早く習うことができないと思っていられる。でも伯母さまが望んでくださりさえすれば」カトリーヌが叫ぶと、

「さあさあ、お前は意志や辛抱強さに代わる秘密のようなものがあると私を非難しているようね。そのようなものを私は知らないよ。それに誰からも教わったことがない。お前はちょっと不満のようね。分からないけど何か考えてるね？　私に心を開いて、読ませてちょうだい。本を読むようにね」と伯母さんが言います。

「私もそうしたいわ」と、コレット夫人の傍のコケの生えた大きい石の上に坐ってカトリーヌが言いました。「全部お話しましょう。だって、私も間違っていることがあると思うの。そのために少しおかしくなることがあるから」

カトリーヌはそれで、自分の好奇心のことを、また伯母の部屋のドアの隙間から覗いたことなども話しました。「私は何も見なかったし、何にも驚かなかったわ。大伯母さまはそこにいらっしゃらなかった。もしいらっしゃれば、仕事をしてられるのを見ることができたはずだし、秘密を盗めたと思うわ」

「お前は全然何も盗めなかった」とコレット夫人が答えました。「繰り返すけど、私は秘密なんて持っていないのよ。私の部屋に入ったら、アトリエに上がっていけたのよ。雲、と人の言うものを梳いているのは、そこなのよ。鼻や肺に小さい繊維が入るから、家の中で梳くのは健康に良くないからね。私はこの仕事を山荘の一番高い所でしている。そこは風が自由に通るし、見えないような小さい繊維も遠くへ運んでくれる。お前にも、そして他の人々にもよくないものよ。でもカトリーヌ、お前はまだ全部話してはいな

いね。空の雲と、私が亜麻から作る白くて、細かいものとを混同しているのではないの？　この土地では、上手な紡ぎ女はとても軽いものを、雲、とよんでいるけれど」

カトリーヌは一つの言葉の意味を愚かにも間違えたこと、そして自分がごく簡単な例えの上に数々の幻影を作ったことを恥じました。すべて彼女自身の幻影を説明してくれるものはありません。はっきりとその真髄を摑むために、彼女は再び自分のバラ色の雲に立ち戻り、そのことをすべて物語りました。

コレット夫人は彼女を非難もせず、笑いもしないで聞いていました。母親のシルヴェーヌがしたように叱ったり、黙らせたりする代わりに、この小さい頭の中にあるすべての夢想を知ろうとしました。すべてを聞き終わると、じっと考えこみ、しばらく黙っていました。そしてやっと次のように言いました。「お前が不思議なものを好むのがよく分かる。それに注意しなければいけないこともね。私もやはり子供のときバラ色の雲を夢みたよ。娘になってから、雲に出会った。衣服に黄金の飾りをつけ、大きくて白い羽も……」

「何ですって？　伯母さま、あなたの雲は洋服をきて、羽飾りまでつけていましたの？」

「話の仕方ですよ、これも。雲は輝いていた。とても輝いていましたよ。でもそれ以上には何もなかった。それは不安定なもの、それは夢だったの。そしてこれも嵐をもたらしたよ。そしてこの雲も言ったよ、これは自分のしたことではない、自分の中に雷がいるからだ、とね。ある日、その日はいいお天気だったけれど、私には悪い日になった日、お前の家の、花の咲いたリンゴの木のように、私も折られそうになったよ。でもそれで雲を信じることから解放された。そして雲を見ることをやめたよ。通りすぎる雲には気をつけるのよ。カトリーヌ、特にバラ色の雲にはね。それは晴天を約束するけれど、中に嵐をかくしているから！」ここまで言うと、伯母さんは気分をかえて、「さあ、糸巻き棒で少し紡いでみるかい？　それとも昼寝でもするかい？　昼寝の後はいっそうよく糸を紡げるよ。勇気をお出し。夢なんて吹っ飛んでいくよ。そして仕事は残る」と言いました。

カトリーヌは伯母と話しながら紡ごうとしました。でも目が閉じてしまい、紡錘は指から落ちました。

13

突然、カトリーヌは地震のようなものに体を揺すぶられました。見ると傍にコレット伯母が立っています。そして初めて伯母さんは怒っていました。赤いケープは肩の上に滑り落ち、真っ白な髪の毛が青白い美しい顔のまわりに後光のように揺れていました。「お前は眠っているね。怠け者！」と、伯母は怒った様子で言います。「私はお前に選ぶようにいった。そしてお前は選んだ。ところがお前は何もしないで夢ばかり見ている。さあ、お立ち！　そしてついておいで。私の秘伝をお前に伝えておくべきだ。それを習っておくれ」

カトリーヌは立ち上がりました。そしてまだ半ば眠りながらコレット伯母についていきます。でもついていくのはとても苦しい思いでした。というのは、伯母は風より早く歩き、サファイアとエメラルドの大きい階段を驚くほどの身軽さで上るのです。カトリーヌはやがてダイヤモンドのすばらしい宮殿にいました。そこではクリスタルの柱の間に、テンの敷物が敷いてあり、その上を人が歩いていました。それから彼女はすぐにすばらしい建物の屋上にいました。「私たちは今氷河の上にいるのよ」とその時伯母が恐ろしい笑い声をたてて言います。「大きい峰の上を、勇気を出して私についておいで。私の洋服につかまるといい。怖がることはないよ。バラ色の雲がお前を待っている。雲に約束をしたんだろう？」

カトリーヌは伯母のスカートにつかまります。でも滑って、上れません。その時伯母が彼女に言います。

「綱につかまりなさい。何も恐れないで」

とても細い糸の端が渡されました。でもあまり細くて目に見るのも苦労でした。でもカトリーヌはそれを手に取ります。とても強くその糸を引っ張ったのに、そして歩くたびに滑りましたが、糸は切れませんでした。

こうして彼女は氷の針の先端に着きます。そして伯母は彼女から錘竿を取り上げ、恐ろしい声でこう言いながら、それを雪のなかに埋めました。「お前はこれを使えないから、ここにちょうどいい道具がある！」そして彼女の手に大きいモミの木と同じくらいの長さで枝のついたほうきを渡します。彼女はしっかりとそれを握ると、それはひどく軽くて驚きました。

「さあ、今、掃くんですよ」伯母はそう言うとカトリーヌをすごい手つきで空間に突き出しました。

14

カトリーヌは山の麓《ふもと》に突き落とされたように思いましたが、何事もなかったようです。彼女は伯母が腕のまわりに縛りつけた糸で空中にぶら下がっていました。そしてまるで牧場を歩くように楽々と雲の上を歩くことができました。「さあ、掃くんだよ。全部の雲をここに集めるんだよ。全部だ。一つ残してもだめだよ」

カトリーヌは掃きました。掃きました。でも伯母の望むように良くも早くもできないのです。伯母は相変わらず叫び続けます。「もっと早く、もっとうまく。遠くのほうからも集めるのよ。もっと遠くから。雲を全部集めるのに荷車や牛がいるのかい」

カトリーヌは空をくまなく駆けまわり、大きいほうきが集めた雲を大きくまとめました。たちまち彼女は空全体をきれいに掃いてしまいました。「固めたものを私の方に持っておいで。もっと、もっと、そして一つにして私の手にちょうだい」カトリーヌは掃いて、集めます。コレット伯母はそれで大きい巨大なわらの塚のようなものをつくり、それで氷河の峰をすっぽりと包みました。

「さあ、もう戻っておいで。そして私の手助けをしてちょうだい」伯母さんはこう言うと、「でもちょっと待って、眼鏡をかけるからね」と言って、銀の大きい眼鏡をとがった鼻にかけました。「あれは何だろう?」と急に彼女は叫びます。「お前、バラ色の雲を忘れたの? あのいい友達を私がそのままにしておくと思うの? さあ、早く連れておいで。逃がさないようにね」

バラ色の雲はカトリーヌを走り廻らせたすえに、風に吹き流されて消えようとしました。カトリーヌはその雲に糸を投げ空中につなぎとめ、すぐにエプロンの中に閉じこめました。と、その雲はやさしい嘆かわしい声で歌いはじめました。「前に私を救ってくれたエプロンさん、もう一度救っておくれ。カトリーヌさん、良い子のカトリーヌさん、私を哀れんでちょうだい。糸紡ぎさんに渡さないでね」

カトリーヌは伯母さまのところに戻ると、エプロンを上げて結びます。コレット夫人が気づかぬように用心していました。実際伯母はとても忙しく、雲の山を平らにしたり梳いたりしていました。それからとても細かい梳き櫛をもって、雲を梳きはじめました。そして一瞬で仕事は終わります。カトリーヌがこの巨大な綿の荷を取り上げようとして、身を屈めたとき、エプロンの結び目が解けてバラ色の雲は塊の中に転げ落ちました。「あっ！　なんてお前は嘘つきなの」と伯母は言って雲を自分の梳き櫛で捕まえます。

「お前は私がこの雲を見つけないとでも思ったの？　さあ！　積み上げなさい。バラ色の雲を他の雲同様積み上げなさい！」

「伯母さま、伯母さま。この雲にお慈悲を！　私の小さい雲にお慈悲を！」

「お前の錘竿にかけなさい。さあ、梳いた後は糸をつくる、早く、早くしなさい」とコレット夫人が急がせます。

カトリーヌは錘竿をとり、哀れな雲の苦痛を見ないように目を閉じてそれを回しました。微《かす》かな嘆きの声を聞いたようでした。錘竿を投げ出して逃げようとしましたが、手がしびれ目が廻りそうになります。そして気がつくとコケのはえた石の上に横になっていました。傍に伯母さまもいて、彼女も寝ていました。

15

彼女は立ち上がると、夫人を起こします。「あら、私たちは今日、二人とも怠けてしまったわね。一緒に寝てしまったもの。ところでお前、何か夢をみなかった?」と伯母さんは彼女にキスしながら言います。

「ええ、見ました。伯母さま。私が伯母さまと同じくらい上手に糸を紡いだ夢です。でも私が紡いだのは、残念ながら、私のバラ色の雲でした」

「そう、カトリーヌ、私もずっと前、自分の雲を紡いだことがあるのだよ。バラ色の雲だった。それは私の気紛れ、幻想、そして悪い宿命だった。私はそれを錘にかけた。そして仕事、すばらしい良い仕事をしたの。するとその仕事が私の敵を、つまり雲を軽い軽い糸にしてくれた。私がもう感じられないくらい軽い糸にね。お前も私のようにすればいい。雲が通り過ぎるのを防ぐことはできないだろうけれど、勇気をたくさん貯えておくことはできる。雲をつかまえ、それを梳いて、それを糸に紡ぐ。うまく紡いで、もう自分の周囲にも、自分の中にも嵐がないようにするのよ」

カトリーヌにはよくこの教えが理解できなかったのですが、それ以来、バラ色の雲を見ないようになりました。三カ月たって母親が会いに来てくれた時、彼女はもう最初より十倍も上手に糸を紡ぐようになっていました。そして四、五年後、伯母さまと同じくらい上手になり、その豊かな財産の相続人になりました。

勇気の翼

オロールとガブリエル・サンドへ

愛するお前たち、今度のお話は長くなりそうです。お前たちが長いお話を望んだでしょう。聞きながら眠ってしまったら、お終いはまた別の日にしましょうね。でもお話の始まりを覚えていることが条件ですよ。オロールは、物語の舞台が旅行中に気に入った場所で、と望みましたね。選択の余地はあまりないので、お前たちをノルマンディに連れていくことにしました。ここではもう「女王コアックス」（同名の短編、参照）の花の咲いている沼をお前たちは知っているはずです。でも私たちはこの静かな水辺を出て、ここから遠くないバラ色と青い海を見に行きましょう。この海が好きになるでしょう。編み物か、その縁飾りをしていてもいいですよ。お利口にしていらっしゃい。でも分からないところがあったら、いつでも言いなさい。分かりやすく説明してあげましょう。書く言葉より、話す言葉のほうが易しいからね。私の話のなかに不思議なことがあればいいと思っているのでしょう。少しはありますよ。不思議なことの中にも本当のことがあるのです。誰も知らない——お前たちも、お前たちのもう大きい従兄たちも知らないけれど、知ればそうかと思うような本当の話もあるのです。それを分かってくれるのが大切です。自然は不思議なことの宝庫です。親愛なお前たち、自然に少しでも近づけば、いろいろのことが分かって驚くことばかりです。

ノアンにて、一八七二年十月

1

サン＝ピエール＝ダズイフの傍のオージュ地方の、海から三里のところに、善良な農夫とその妻が住んでいました。よく働いたおかげで二人は裕福になっていました。この頃、つまり今から百年ほど前、この地方はあまりよく開墾されていませんでした。牧草地に続く牧草地で、あるのはリンゴの木ばかりでした。見渡す限り平地で、そのなかにところどころクルミの木の小さい森があり、そこには小さい庭と荒壁《あらかべ》の家がありました。石造りは稀だったのです。ここで良い牛が育ち、有名なバターとチーズが作られています。でも当時は、大きい道も、鉄道も、また今日見られるような別荘もなかったので、百姓たちはこれら大地の産物を増やしたり、変化をつけたりしようなどとは考えもしませんでした。

私がこれからお前たちに話す男はドゥシという名で、その妻はドゥセットおばさんとよばれていました。二人には数人の子供がいて、みんな両親のように働き者でしたが、何かを考えだそうなどとは思いもせず、何ひとつ不平も言わないのでした。みんなとても善良で、とても優しく、何事にも平然としていて、いつもゆっくりと、でも何かをしていました。いつかは土地を買いたいと、それでもわずかなお金をためているのでした。

子供たちのなかの一人だけ、クロピネという子はまったく働かないか、あるいはほとんど働きませんでした。虚弱体質でもなければ、病気でもなく、すこし片足をひきずっていましたが頑健で溌溂としていました。顔はとてもかわいく、リンゴのようにバラ色でした。わがままでも怠け者でもなく、どんな悪意もなく骨折りも厭《いと》いません。ただ彼には一つの考えがありました。それは船乗りになるということです。でも、船乗りになるというのはどういうことかと聞かれれば、彼は答えに困ったでしょう。というのはこれを考えたとき、彼はまだ十歳にもなっていないのですから。ではどうしてそれを考えるようになったか、これからお話しましょう。

彼には母親の兄になる伯父がいました。ごく若いころ、商船に乗って、たくさんの国々を見ました。この伯父はトゥルーヴィルの海岸に住んでいて、時たまドゥシ家を訪れ、たくさんの不思議なことを話すのでした。それらはおそらくすべてが本当の話ではなかったでしょう。でもクロピネはそれを何ひとつ疑いませんでした。それほどそれらの話はすばらしかったのです。そういうわけで、彼は旅をしたいと思い、まだ海を見たこともなく、海とはどんなものかも正確には知らないのに、海に行きたいというとても大きい望みを持つようになったのです。

とはいっても、海はそんなに遠いわけではないのです。それまでに歩いてでもいけたでしょう。足が不自由だといっても支障はなかったはずです。でも父親は、彼が旅行に興味をもつのを認めようとはしませんでした。必要もないのに住んでいる場所を離れるようなことは、当時の百姓たちのならわしではなかったのです。

兄たちは必要に応じて市にいき、取り引きをしました。その間年のいかない者たちは牛の番をし、世話をするのです。動きまわりたいのにクロピネには決してその番がまわってこないのです。彼はそれで憂鬱になり、海を夢見るようになります。牛を牧場に連れていくとき、い草で篭《かご》をつくるとか、木の枝と土で小さい家をつくるなどという楽しみを創り出すかわりに、彼は雲を眺めているのです。とくに海にいくか、あるいは海から帰ってくる渡り鳥を眺めて、思うのです。「あの鳥たちはなんて幸せなんだろう！　翼を持っていてどこにでも好きなところにいけるのだ。世界がどのようにつくられているかを見ることもできるから、決して退屈することはないだろう」と。

彼は鳥を眺めてばかりいるので、どんなに高く飛んでいても、その鳥を見分けることができるようになりました。鳥たちの旅をするならわしを知っていたのです。ツルは空気を切って進むために、どうして縦一列になるのか、ムクドリはどうしてかたまった群れになって飛ぶのか、猛禽類はどのように滑翔するのか、ガンはどうして等間隔に整列して飛ぶのか、などです。彼はいつも渡り鳥がくるととても嬉しいのです。それで鳥が飛ぶのと同じ早さで走ってみることがたびたびありましたが、無駄な努力でした。彼が十歩も行かないうちに、鳥は一里もいって、視界から消えてしまうのでした。

足が不自由なためか、生まれつき勇敢でなかったのか、クロピネはほとんど家から離れることなく、好奇心と勇気を結びつけて行動を起こすことは、まったくしませんでした。ある日、船乗りの伯父が家族に会いに来た日、クロピネは父が許してくれれば、伯父と一緒に海を見に行きたいといいます。

「お前が？」と、笑いながら父のドゥシは続けます。「黙っていろ。お前は歩くことができない。何でも怖がる。兄さん、この子のことなど気にかけないでくださいよ。この子はひ弱《よわ》で臆病だ。去年、かなり汚れた煙突掃除夫が通るのを見て、悪魔だと思い、一日じゅう柴の束のなかに隠れていたんです。洋服を作りにくる仕立て屋がくれば、彼に瘤《こぶ》があると言って叫び声をあげないではいられない。唸る犬、彼を見る牛、落ちるリンゴ、みんな彼の逃げ出す理由になる。まるで肩に恐怖の翼をつけて生まれてきた子供とでもいうようだ」

「そのうち変わりますよ。子供のときは恐怖の翼、あとで他の翼が生えてきますよ」と伯父のラキルが答えました。これが船乗りの名です。

この言葉にクロピネはたいへん驚きました。そして言います。

「ぼくは翼なんて持ってないよ。パパはからかってるんだ。でも海に行けば生えるかもしれない」

「ではお前の伯父さんには翼があるのかね？　じゃあそれを見せてもらってごらん」と父のドゥシがいいました。

「ぼくに必要になれば生えてきますよ。でもそれは、危険を逃れるための勇気の翼です」船乗りは控え目にいいます。

クロピネはこの言葉をとてもすばらしいと思い、決して忘れませんでした。でも父のドゥシはこういって義理の兄の高慢の鼻を折りました。

「君が義務を果たさねばならないときに、翼を持たないとは言わないが、家に帰ればもうそんなことで自慢できないね。君の奥さんがそれを切ってしまうから」

ドゥシはラキルの妻が家の中のことを取り仕切っているのでこう言ったのです。一方まったく反対に、妻のドウセット（ドゥスにはやさしいという意味がある）は、優しいという名のとおり、夫にまったく従順でした。

それでこの善良な妻は、クロピネの考えをあえて後押ししようとはしませんでした。でも父はこの話を聞きたくありません。水夫の仕事は他の人より足の弱い少年にとってあまりにも厳しいというのです。また健康ではあっても土地を耕すほど頑丈な大人には決してなれないだろうから、仕立て屋の仕事を身につけさせねばならないとも言います。仕立て屋はこの地方ではいい職業だったのです。

それで毎年来ることになっている仕立て屋がきたとき、ドゥシは彼に言います。

「ティール＝ア＝ゴーシュさん」（フランス語で左に引く、という意味）仕立て屋は左利きで、針を人とは逆に引っ張るのでこう呼ばれていました。「今年はお願いするものがないのだが。でも君の仕事を習いたがっている子供がいる。きちんと教えてもらって、君も私の申し出に満足なら、いくらかでもお支払いしよう。いまから一年、彼は君を助け、使い走りをし、最後には使用人になって、君のところで食いぶちを稼ぐようになるだろう」

「それでどのくらいくださるんで？」仕立て屋はクロピネをジロリとみながら、少し軽蔑したようにいいました。まるで商品の値段を前もって下げるためのようでした。

百姓と仕立て屋が低い声で商取り引きをして、二リーヴルの差にこだわっている間、クロピネは裁断をしたり縫ったりしたいなどとは全然思ってもいなかったので、呆然として自分が売られようとしている主人を静かに眺めます。これは両肩の間に瘤のある、斜視の、両足ともひきずっている小男でした。もしかれをまっすぐにテーブルの上に伸ばせば大男だったかもしれません。でも腰は曲って、関節は癒着しているので、歩くときは、当時十二歳で年の割には大きくないクロピネより低いくらいでした。

ティール＝ア＝ゴーシュは五十代くらいでした。縦長の頭は黄色くて禿げていて大きい胡瓜《きゅうり》に似ていました。かれは汚いボロボロの衣服を着ていました。それは仕立て屋の着る衣服とはとても見えない、黙っていれば掃きだめに捨てられそうな代物です。でももっと恐ろしいものは彼の手と足でした。とてつもなく長くて、しかも敏捷に動くのです。ほっそりした腕と直角に折れる脚とで彼は誰よりも早く歩き、また仕事もするのです。

縫う時の大きい針のきらめきと、地面すれすれに走るときに舞い上がる埃とを片目はやっと捉えるのです。クロピネはティール＝ア＝ゴーシュに何度か会っていますが、そのたびに彼をひどく醜いと思っていました。でもこの日、彼を恐ろしいと思います。この恐怖はそのうち非常に強くなり、肩にあるのだろうと非難されたあの恐怖の翼のことを考えなければ逃げ出したいほどでした。

取り引きが成立すると、ドゥシと仕立て屋は手を打ち、半リットルのシードルで祝杯をあげました。ドゥセットは事の次第を知らされると、何も言わないで別の部屋にいき、仕立て屋が三年間預かることになるかわいそうな子供のために荷物を作ってやるのでした。

この時まで、クロピネは何が起こるのか分かりませんでした。一度か二度、足の弱い子供に何か手仕事を身につけさせることを考えるべきだと、誰かが父に言うのを聞いたことはありました。でもこんなに早く、それも自分の意に反して決められるとは思わなかったのです。

父に反対し、反抗する、それは彼には考えることさえできないことでした。優しくて従順な子でしたから。それで、しばらくの間、自分の同意がないのだからまだ何も決まってはいないのだと信じました。でも母親がまるで彼の前で泣くのを怖れてでもいるように、彼をみないようにして部屋から出てきたとき、自分の不幸を理解しました。彼は助けてくれるように懇願するため彼女に飛びつきます。

　でも時間がありません。仕立て屋は腕をのばすと、クモがハエをとるように、彼を捕まえて、後ろの瘤の上に乗せると、前の瘤の上にまわした彼の両足を締めつけて、父のドゥシにこういいながら立ち上がりました。

「これでよし。承知しました。お母さんは泣いているけれど、子供が見えなくなれば、泣き止むでしょう。彼女はもう一時間もあの子のがらくたをつめるのにかかっている。明日ディーヴの私のところまでそれを送ってください。そこで三日間過ごすつもりです。さあ、ちび君、じっとしているんだよ。叫ばないでいてくれよ。でないと、ほら、このベルトにさげているのが見えるだろ？　この立派な鋏《はさみ》で君の舌をきるよ」

「この子には優しくしてやってくれよ。いい子だし、言うことはなんでも聞きますよ」と父親がいいました。

　仕立て屋は続けて、「はい、はい、分かりました。心配しないでください。お引き受けしたんですから。さあ、出かけます。弱気にならないでくださいよ。それともこの子を引き受けるのを止めてもいいのですよ」と言います。

「せめてこの子にキスさせてください。お別れに。子供は行ってしまうのですから……」と父のドゥシが言いました。

「また会えるのですよ。ここへ私と仕事をしにくることがあるでしょう。さあ、さあ。大騒ぎもお涙もいただけません。でないと子供をおいていきますよ。払っていただいたお金にそれほど執着しているわけではないのです」

こう言うと、ティール＝ア＝ゴーシュは家のドアの外に出て、クロピネを背中にのせたままリンゴ畑を横切って走り出しました。子供は叫ぼうとしましたが、喉が締めつけられ、恐くて歯がガチガチなりました。彼は苦しげに家の方を振り返ります。自分を苦しめる人に従っていくことよりもっと辛かったのは、両親にさようならを言ってお別れのキスができなかったことです。これは彼に理解できないほど非情なことでした。母親がドアのところまで走ってきて彼のほうに腕をさしだしているのを見ました。涙で息がつまりそうになりながら、「ママ」と叫びます。母親は彼をつかまえようとでもするように数歩進みました。でも父親がそれをとめ、彼女はまるで死人のように長男フランソワの腕のなかに倒れました。兄は苦痛の表情で、仕立て屋に威嚇するように拳を振り上げます。ティール＝ア＝ゴーシュは恐ろしい顔で笑うばかりでしたが、その笑いは石を引く鋸《のこぎり》の音に似ていました。そして並外れた大きい歩幅で、ついて行けないほど、倍くらいの早さで走っていきました。

クロピネは母親が死んでしまったと思い、救われる道はないのを見て、死にたいと思い、仕立て屋の怪物のような肩に頭をぶっつけ、気を失ってしまいました。

仕立て屋は子供があまりにも重いので眠っているのだと思いロバに乗せました。このロバは牧場で草を食べさせていたのです。このロバもまた小さくて、醜く、仕立て屋と同じように足をひきずっていました。仕立て屋はロバを足で蹴って歩かせ、そこから三里の砂丘につくまで休みをとらせませんでした。

そこで彼は一眠りしようと、横になります。子供は本当に眠っているのか、病気ではないだろうかなど、気にもかけないのです。クロピネは目を開けると、自分は一人でいると思い、どこにいるのかも分からないであたりを見回します。そこは今まで見たこともない、他のどこにも似ていない奇妙な場所でした。

彼は荒々しく茂った芝の窪みに落ちこんだと思います。芝はでこぼこした土地に巨大な茂みをつくって生い茂り、あちこち先端は鉤《かぎ》形に彎曲して持ち上がっています。それはヴィレールとブーズヴァルの間の海岸に広がる灰色の大きい泥灰岩の裂け目です。そしてその裂け目は生い茂った芝のなかを行くと、視界から海を隠してしまうのです。少し驚いたあとで、クロピネは記憶をとり戻し、自分が仕立て屋にさらわれたことを思い出して心臓が締めつけられそうになりました。でも自分をさらったものが自分を見捨て、少し探せば家に帰る道が分かるかもしれないと思うと、今度はひどく嬉しくなりました。

考えるとすぐに実行するのがクロピネです。立ち上がると自分の前に広がるかなり広い小道に数歩足を踏み出しました。しかしティール＝ア＝ゴーシュがすぐそばにいるのを見て恐怖に凍りつきます。彼の片目は眠っていましたが、もう一方の目は子供の動きをすべて監視していたのです。ロバは少し離れたところで草を食べていました。

クロピネはすぐに再び横になり、静かにしていました。でも心臓はどきどき打っています。突然、彼ははっきりと何かの鳴き声を聞きました。近くでからすが鳴いたようななり声です。振り返ると仕立て屋がいびきをかいて、片目は開いたまま、まさに眠りこんでいました。これは彼の習慣で、この潰れた目はもう閉じられることはないのです。でも彼は眠っていました。暑かったので疲れていたのです。

クロピネは自分を見つめているこの醜い目におびえながらも、仕立て屋の傍まで膝でにじり寄ります。片手を目の上で動かしてみましたが、目は動かず、見ていないようでした。それで子供は体を引きずりながら窪みから出て道に沿っていき、より大きい別の窪みを見つけます。そこにも道が通っていました。彼は早く走るために木靴を脱いで、捨てます。そして突然草むらに飛びこむと、小道を離れて高台に登り、今度は野ウサギのような素早さで灌木と草むらの茂みに滑り降りていきました。そこは頭の上まで草に覆われ体は見えないのでした。こうして子供は長い間走りました。それからもし仕立て屋が探しにくれば、草むらや木の葉が動くのを見るだろうと思い、動くのをやめて、草の茂みに身をひそめ、息もとめてじっとしていました。

これはすべて彼にとって有利に働きました。ティール＝ア＝ゴーシュはかなり長い間眠った後、目を覚まし、自分の囚人が逃げたことを知ります。木靴を見つけますがそれを拾いもせず、しばらく裸足の足跡をたどってせせら笑いながらこの道を続けました。というのはこの道は今夜泊まることになっているディーヴに続いているのです。あのばかな子はこの道を行けば自分の家にいけると思ったのだろうと想像しました。子供が彼に背をむけたことを知らなかったのです。四歩で捕まえることができるだろうと思いました。

仕立て屋はロバを叩き、追い立てながら、大きい曲がった足を地面すれすれに引きずりはじめました。足は二本の鎌のように動き、まるで二枚の翼のように早く進むのです。でも子供が反対の方向に進むということを考えついたおかげで、仕立て屋は行けばゆくほど子供から遠ざかることになったのでした。

2

クロピネが隠れているところを出てももう安心だと思ったとき、夜になっていました。静かで曇った、春のおだやかな夕暮れでした。体を動かそうとしたとき、奇妙な音を聞いて驚いてしまいます。仕立て屋の恐ろしい足音で、足許で砂を踏みつけているのだと想像します。その音はときに布を引き裂くようでした。再び仕立て屋が、あのぞっとするような鋏を入れる前に、布を引き裂く姿を想像しました。でもその音は強さや早さを増大することも、減少することもなく、近づくことも止まることもないのです。それは砂浜で砕ける海でした。クロピネはこの音を知らなかったのです。この暗闇のなかで、自分以外にこの砂浜には誰もいないことをできるかぎりよく見て確かめます。ここは彼にとってまったく不可解な場所でした。頭を茂みから出すと、大きい半円形の砂丘が見えましたが、その突起や起伏を見分けることはできませんでした。それは虚空に向かって崩れ落ちようとする縁のない巨大な壁のように思えました。その虚空、それは海だったのです。でも海についてどんな考えも持っていなかったのと、夕暮れの霧が水平線を彼から隠していたので、海と空との区別ができず、ただ高いところの星と下のほうの奇妙な明るさを見て驚いていたのです。これは遠くの稲光だったのでしょうか？　でもなぜ足下で光るのだろうか？　何も見えないのに、大きい川も小さい山さえも見えないのに、これをすべてどのように理解すればいいのでしょう？　クロピネは下のほうへ降りていくことはしないで、大きい茂みのなかを少し歩きました。恐くてお腹も空いていました。眠る場所を探さなければ、と思います。夜が明けるとすぐ家に帰る道を尋ねなければ、そしてお母さんが死んでいないかどうか確かめねば……ここまで考えて、彼は涙がでそうになりました。でも仕立て屋の背中の上で自分も死にそうになったことを思い出し、お母さんも元気になっていて欲しいと願います。

彼は最初に来た場所で眠る勇気はありません。いつも自分を探して走り回っている恐ろしい主人に掴まるのを怖れていました。実際、仕立て屋のいる道からそんなに離れてはいなかったのです。それで用心して下の方に降りていきます。でもそれは思っていたより困難だと分かりました。砂丘の縁は滑って降りられるようなものではなかったのです。そこは切り立っていて亀裂があり、突出していて、その先はもろくて掴まろうとすると崩れてしまいます。次に彼は草と棘のなかに隠された大きい割れ目を見つけます。そこに落ちないかと心配しましたが、やはり何度か足をすべらせます。その底には水がありましたが、幸い深くはありませんでした。でも夜になるとこの険悪な土地の危険と孤独は、平地に住む者にとって未経験であり、片足ではひどく困難で、大きい悲しみと恐怖のもとになりました。彼は降りるのを諦め、また上に登ろうとしましたが、ますます悪くなります。土地の上のほうは太陽によって乾燥していて、厚い草のために少し固くなっていても、見たところ岩のように見える側面は湿っていて滑りやすかったのです。足の支えになるものがなく、厚い泥灰土の大きいかたまりがはがれて、まるで空から落ちたように多量の小石を滑り落としていました。子供は疲れ果てて、もうだめだ、と思います。オオカミに食べられるだろうと思ったのです。

彼はちょうど傍にあった厚い苔《こけ》の上にすっかり落胆して身を投げだし、空腹を紛らすために眠ろうとしました。でも滑り落ちる夢を見ます。自分の上を何かが走って通りすぎました。おそらくキツネか野ウサギか——彼は恐くて逃げだします。裂け目に落ちてそこで溺れてしまう危険も考えませんでした。判断力がなくなってしまい、昼間見たものの見分けがつかなくなっていました。彼は窪地から窪地へと、まるで走る代わりに地面の上を飛んでいるようだと想像しながらさまよいます。彼は砂丘の大きい尾根道にでくわし、驚きます。それはまるで頭を振りながら彼をみつめる巨人のようでした。暗い灌木の茂みは自分に飛びかかろうとかまえている獣のようでした。ばかげた考えや、忘れていた思い出などが浮かびます。船乗りの伯父が一度、彼のまえで言ったことがありました。

「海の精に身を捧げると、大地の精はもうその人を欲しくない」

この象徴的な言葉が一種の脅しのように蘇ってきます。

「海のことを考えすぎたから、大地はぼくを追い出し嫌っているんだ。大地は引き裂かれていて、ぼくの足許であらゆる方向に割れている。割れた、いくつもの先端は、ぼくを押しつぶしたいようだ。もう分からない。海がどこにあるのか分からなくなった。おそらく海はぼくにとって大地よりいいものだろうに。ぼくの住んでいたところがどの方向なのか分からなくなった。家がみつかるだろうか。おそらく大地はぼくの両親にも腹を立てたのだ。彼らはもういないのだ」と考えました。

こんなことを考えていたとき、何か驚くようなものが頭の上を通り過ぎるのを聞きます。それはたくさんの嘆くような小さい声で、助けを求めているようでした。鳥の鳴き声ではなく、小さい子供の声です。

とても優しく悲しそうなので、クロピネの苦しさと悩みも大きくなり、ついに叫びました。

「ここだ。ここだ。小さい精霊さん。来てぼくと一緒に泣いて欲しい。あるいはそれができないならぼくを君たちのところに、一緒に泣くために連れていっておくれ。君たちはすくなくとも皆一緒に嘆いている。そしてぼく、ぼくはたった一人なんだよ」

小さい声はずっと続いて彼の傍を通り過ぎていきます。あまりにたくさんの声だったので、通り過ぎるのに十五分もかかりました。彼のほうでは、この優しい嘆きに自分の声も合わせていましたのに、それには何の注意もしないで通り過ぎていったのです。ついに、声は少なくなり、大きい一団は遠ざかっていきます。かすかな声だけが、待ってほしい、と苦しそうに叫ぶだけでした。相変わらず走り続けながらもついていくことができないでいたクロピネは、最後の声に違いないと思えるのが通りすぎるのを聞きました。彼は絶望します。というのは、これら不幸の仲間たちは彼の苦痛を和らげてくれていたからです。再び恐ろしい孤独のなかに陥《お》ちて、叫びました。

「夜の精霊たち、また海の精霊たち、ぼくを憐れんでください。ぼくを連れ去ってください」

同時に彼は翼を広げるために、走りながら非常な努力をします。翼が欲しいという望みからにせよ、情熱と空腹から生まれた夢のしたことにせよ、彼は自分が地上を離れ、旅をする精霊たちがいく方向に飛んでいくのを感じました。灰色の大気のなかに運ばれて、自分の前を飛んでいる黒い小さい矢の形をしたものをはっきりと見たように思いました。でもすぐに、もう霧のほかには何も見えなくなります。それで彼は待って欲しいと呼ぶのですが無駄でした。声はみんな一緒に泣きながらどんどん進みます。早くいくので、雲の彼方に消えてしまいました。そのとき彼は翼が疲れて、飛び方が緩慢になっているのを感じます。彼は降りていきました。落ちるのではなく、どんどん降りていきます。止まることができなくて、ついに砂丘の麓《ふもと》まできてしまいました。かれは地面に触れるとすぐに腕を動かします。そして腕は翼なんだと、疲れがとれれば、またその翼で飛び立てると思うのです。悩むひまはありませんでした。見たことが、もう自分のことは考えてはいられないほど頭をいっぱいにしていました。

夜は相変わらず曇っていました。でもそれほど遠くでなければ見分けることができました。花の咲いたリンゴの木だと最初思っていた大きく丸い白っぽい玉のなかで、細かい柔らかい砂の上に坐っていました。近くにあるものをよく見て触れて、これは砂丘の上で見たものに似た大きい岩だとわかります。それはおそらくずっと前に浜まで滑ってきたものでしょう。

美しい海岸でした。というのは泥灰土の山からおちる泥を、砂丘の麓で毎日この場所で海はきれいにしているのです。砂は淡水の細い流れであちこちで洗われています。その流れは高みに沿ってわき出し、音もなく泡立ちもなく塩水のなかに消えていくのです。けれども潮はまだ完全に満ちていなかったので、近づく波の音を聞きながらクロピネは、まだこの長い青白い湿った砂の帯だけを見ていました。その砂の帯には多くの黒い塊が点在しています。それはある程度大きく、丸いのです。クロピネはもう恐くはありませんでした。これら動かない塊を驚いて眺めていました。まるで、目の前で眠っている巨大な獣の群れのようでした。もっと近くで見たいと思い、砂の上を進んでその一つに触れそうなところまでいきます。それはいま離れてきたばかりのものに似た岩でした。でもなぜ浜辺の岩は白かったのに、これは黒いのだろ

う？　さらに触ってみます。そして何か黒い葡萄の房のようなものを、自分のほうに引き寄せます。お腹が空いていたので嚙《か》んでみました。かなり固い貝のようなものが歯にあたります。歯は丈夫でしたので小さくておいしいムール貝を食べはじめます。すぐにナイフで貝をあけ、空腹をいやしました。ムール貝はたくさんあったのです。そしてこれらの貝の厚い外皮が、砂丘の脇や頂上から落ちる白い小石を黒くしていたのです。

十分に食べると活力が蘇るのを感じ、思慮分別が戻ってきます。翼を持っていたことなど思い出さず、自分では雲の中を飛んでいるのだと思いながら、泥灰岩に沿って走っていたのだと考えました。

それで彼は一番大きい黒い岩の一つに登り、彼方にあるものを眺めます。それから長い青白い稲光をまた見ます。上ですでに見たものでした。地面をかすめているように見えました。いったい何でしょう？海の水が夜の間、白い火のように輝くと伯父が言ったことがあるのを思い出しました。それで目の前に見ているものは海に違いないと思いました。海はすぐ近くにあり、岩の方に進んでいます。でもとてもゆっくりと、また規則的な動きと単調な音なので、子供には海がどこで地面に接しているのかわからないのです。それで岩の上でじっとしていました。海を眺めていたのです。行ったり来たり、進んだりさがったり、大きい波の襞《ひだ》をつくるかと思うと、高く上がりたちまち崩れる。それは引きつけられるような乾いた涼しい音とともに、静かな夜、砂浜に平たくなるまで続きます。そして海辺にいるだけでその音は眠気を誘うのです。

クロピネは睡魔に逆らえなくなります。たぶん夜の十時ごろでしょう。こんなに遅くまでおきていたことはありませんでした。岩と貝のベッドはたしかに柔らかくはありませんでしたが、疲れているときに眠れないところなどあるでしょうか？　彼はこの銀色の薄い広がりを、眠気で重くなった目でみつめます。それは砂の上に柔らかく広がり、波が引いていく瞬間にはもう前進し、繰り返されて、つぎにくるときにはより前に押し出されるのです。この穏やかながら陰険な上げ潮ほど恐ろしいものはないでしょう。

クロピネは砂の帯が自分の前で狭くなったり、小さい波が岩の裾を洗いはじめるのを見ていました。その小さい波は細かい泡とともにとても美しいので、何の心配もしませんでした。それは海でした。ついに海を見て、海に触れたのです。海はあまり大きくはなかった。というのは五つ六つの波の彼方は霧の中に消えていく黒い帯以外には何も見えなかったのです。海は全然意地悪ではなく、クロピネがいつも海と共に暮らしたいと願っていたのを知っていたはずです。海は思慮深いのでしょう。船乗りの伯父が、海は尊敬すべき厳《いかめ》めしい人物のようだと話していましたから。これを思い出すとクロピネは、自分がまだ海に挨拶をしていなかったことに気がついて、それは失礼なことだったと思います。それで襲ってきた睡魔にすっかり鈍くなりながらも毛織りの帽子を丁寧に少し持ちあげて挨拶すると、伸ばした左腕の上に頭をのせて、右手にはずっと帽子を持ったまま眠ってしまいました。

3

けれども二時間後、彼は奇妙な音に目を覚ましました。海がすごい力で岩を叩いています。岩はまるで揺れているようでした。それにクロピネにはもう岩が見えないのです。自分の周囲を大きい泡が取り巻いています。満ち潮でした。ところが子供には何が起こったのかさっぱり分かりません。来た方向に逃げたいと思いましたが、前も後ろも水で、黒い岩はすべて消えてしまっていました。波は白い岩の根元まで満ちていて、まだもっと上までのぼりそうでした。クロピネは脚を水につけて海が深いかどうかを確かめようとします。底には触れませんでした。でも岩を離れれば波にさらわれると思います。かれはもうだめだと観念して、母親のことを思い、自分の死ぬのを見ないように目を閉じました。

突然砂丘の上から彼を呼ぶ小さい声を聞いて勇気が出てきました。すでに砂丘の上から飛んで降りたことがあります。そこに戻るために飛ぶことができるはずです。彼は見えない精霊の声を真似て叫んでみました。すると精霊たちがまるで彼を呼び、彼を待っているように上の方で旋回しているのが聞こえました。再び腕で非常な努力をします。すると腕は翼のように彼を支えて、空中に浮かべます。でも彼はそれほど高く飛んでいないのを感じ、海の上を旋回します。行ったり来たり、波に触れそうになったり、岩の上で休んだり、また飛び回ったり泳いだり、そうしながらこの上ない喜びを感じるのでした。

海の水は彼には生温かく感じられました。生まれてからずっとそうしていたかのように、何の努力もなく海の上にじっとしていました。それから海の中を見てみたいと思います。翼を閉じ、頭を海の中に沈めます。水は燃えていない白い火のようでした。ついに彼は疲れを感じ、岩に戻って、波の心地よい音と、精霊の優しい声に揺られてぐっすり眠りました。精霊の声は空中に小さく子供の叫びをあげ続けていました。

目を覚ましたとき、太陽は銀色の霧に包まれて昇ろうとするところでした。霧は水平線のまわりに大きい筋になって消えていこうとしていました。涼しい風が緑色の海に襞をつけ、その海には日の昇る側から、バラ色とライラック色の波がたっていました。水平線は急速に姿を見せてきて、クロピネが眠っていた岩はかなり高かったので、海がどれほど広いかが見えました。それは前夜ほど静かではなかったのですが、もっと遥かに広がっていました。彼は昼間に近くで海を見たいと思います。海が残した大きい水たまりで足が濡れるのも気にしないで砂の中を走ります。膝まで水に漬かってやっと満足しました。いろいろの貝をたくさん集めます。どれもこれもすばらしくきれいな貝でした。それから砂丘の下に戻り、少し塩気があるけれど、前に飲んだことのある海の水ほどではない水を、小さい泉で飲みます。あれほど見たいと願っていたこの偉大なものを見て、とても満足だったので、もう家に帰ることは考えませんでした。前夜起こったことをほとんど忘れてしまっていました。すべてを納得しようと試みて浜辺を行ったり来たりしてあらゆるものを眺めかつそれに触れました。遠くに通る小舟を見て、それに乗っている人間と、風を孕《はら》む帆がはっきり区別できたので、それが何であるかが分かりました。また水平線に一艘《そう》の船舶も見えましたが、彼はそれを教会だと思います。でもそれは小舟のように進んでいくので彼は心臓がドキドキしました。まさに大型船艦、伯父がそれに乗って旅行をしている、あの海に浮かぶ動く家でした。クロピネはできればこの建物のように大きい船に乗ってみたい、海と空を分けている灰色の線の彼方のどこで海が終わっているかを見たいと思います。

彼は遠くに人の姿を見て恐怖心が戻ってきたときも、仕立て屋のことはもう考えていませんでした。でもこれが他の人と同じ人間と分かり、すぐに安心します。その人は兄のフランソワのようでした。兄は前夜、仕立て屋に拳《こぶし》を振り上げたのです。仕立て屋が嫌いで、幼いクロピネをかわいがっていましたから。確かにそれは兄でした。確かに彼です。クロピネは兄と分かると、その腕に飛びこむため駆け寄ります。

「お前、どこからきたんだ？　どこから出てきた？」

と、兄は弟にキスしながら叫びます。

「まだ朝の七時だよ。ディーヴからじゃないね。じゃあ夜はどこで過ごしたんだ？」

「あそこ。あの大きい黒い岩の上だよ」とクロピネが言います。

「何だって！　グロス＝ヴァシュ（太った牛）の上だって？」

「あれは牛じゃないよ。フランソワ、あれは本当に石だよ」

「ああ、分かってるよ。お前、あの石がヴァシュ＝ノワール（黒い牛）と呼ばれてるのを、知らないのか？

でも満潮のときはどこにいたんだ？」

「兄さんが何のことを言ってるのか分からないよ」

「海がここまで、つまりこのヴァシュ＝ブランシュ（白い牛）とよばれている石まできたときだよ」

「ああ、そう、ぼくそれを見たよ。でも海の精霊が溺れないようにしてくれたよ」

「ばかなことを言うものじゃない。クロピネ！　海に精霊はいないよ。陸なら分からないが……」

「陸だろうと、海だろうと精霊はいるよ。ぼくは精霊に助けてもらったと言っただろ」とクロピネは元気に続けます。

「お前、見たのか？」

「いや、聞いたんだよ。とにかくいまぼくはここにいる。それに水の真ん中でよく眠った」

「すばらしい幸運に恵まれたというんだね。あのグロス＝ヴァシュという岩は一番高くて、海が静かなときは満潮が完全には覆い隠さない。でも少しでも風が吹けば、水は上まであがるよ。そうなりゃお前も終わりさ」

「まさか！　ぼくは泳ぐことも、潜ることも、波の上を飛ぶこともできるんだ。とても面白いよ！」

「さあ、さあ、お前はばかなことばかり言ってるよ。お前の洋服は濡れてないじゃないか。恐くて、お腹が空いて、寒かったんだ。だけど体の具合は悪いようじゃないね。パンを持ってきてやったからお食べ。水筒に入れてきたシードルもたっぷり飲んでいいよ。それから筋道たてて、どんな風にあの仕立て屋野郎から逃げたのか、話してごらん。お前があの毒牙を逃れたことはよく分かったから」

クロピネは起こったことをすべて話しました。「そういうことか！」とフランソワは答えます。「それにしても彼がお前を苦しめる暇がなかったのはよかった。あれは悪い奴だから。ぼくはあいつが弟子たちをいじめたり、食べ物をやらなかったりして殺してしまったのを知ってるよ。父さんはぼくの言うことを信じたくなかった。そしてぼくがあの男を恨んでいるんだと母さんを納得させて、本当のことは全然言わなかった。母さんは父さんが恐いし、父さんの望むようにしたいんだよ。それは知ってるだろ？　昨日母さんはひどく泣いていたよ。晩ごはんも食べなかった。でも今朝は父さんの言うことを聞いて、お前の苦しみは二人の苦しみと同じように過ぎ去ったと、そしてお前はもう主人に馴れていると思っている。二人にまったく反対のことを考えさせる方法はない。もしいまお前が家に戻れば、父さんはお前を叱り、今夜彼は自分でお前をディーヴに連れていくのは確実だ。決まった住処《すみか》のない仕立て屋は、彼の言うところによると二日間そこで過ごすことになっている。母さんはお前を守ることはできない。泣くだけだろう。ぼくのいうことを信じられれば、トゥルーヴィルに住んでいるラキル伯父さんのところに行くのがいい。ぼくがお前を見習い水夫にしてくれるようにたのんでやる。これはお前が考えていたことだから嬉しいだろう?」

「でもぼくが水夫になんかなれないと言われればどうする? パパがぼくのことを一人前の人間じゃないと言ったもの。仕立て屋になるしかないんだって」とクロピネはしょげかえって答えました。

「お前はそれほど足がわるいことはないよ。砂漠と言われているこのいやな場所を、木靴もなく夜中走りまわったというじゃないか。どこか痛かったかい?」

「全然」とクロピネは言います。「ただね。左足より右足のほうが疲れたよ」

「それは何でもない。話す必要はないよ。ところでお前はどうしたいんだ? もし父さんが家にいればお前をともかく仕立て屋に連れていくように指図するだろう。ぼくはそんなこと決して喜ばないよ。彼のところで何が待っているか知っているから。彼がそこにいなかったことにしよう。お前が望むなら、トゥルーヴィルに連れていこう。ここから遠くはない。ぼくは今夜戻ってこれるだろう」

クロピネは叫びます。「トゥルーヴィルに行こう。ああ! ぼくのフランソワ、ぼくの命を救ってくれた。母さんは苦しみのあまり病気になるわけではないし、父さんにはまったく苦しみはない。ぼくは海に行くことだけを願っている。海もぼくを望んでいるし、意地悪ではなかった」

二人は三時間後にトゥルーヴィルに着きます。当時、ここは貧しい漁村でした。そこでラキル伯父は砂浜の上に住み、小さい家と小舟を持ち、妻と七人の子供とを養っていました。彼はクロピネを優しく迎え、仕立て屋のような卑しい仕事に身を落としたくないという彼を褒めます。そしてグロス＝ヴァシュの上で過ごした夜の話を感心しながら聞きました。それからクロピネを最もすばらしい冒険のために生まれてきた男だと、大地と海を、あらゆる言葉を使って褒めたたえながら断言します。そして翌日から商船か海軍かに入れるように努力をすると約束してくれました。

それから伯父はフランソワに向かって付け加えます。

「君は両親のところに戻っていい。ドゥシさんの頭が固いのは知っているから、君はこの坊やが仕立て屋のところにいると父さんには信じさせておくといい。あの蟹《かに》のような仕立て屋を知っているが、あれはたちの悪い変人だ。けちで、弱い人には残酷、強い人には臆病だ。私はあんなにひどい男に育てられる甥を持てば恥ずかしい思いをするだろうと白状するよ。行きなさい、フランソワ、そして安心していい。私がすべて責任をおう。これは家族の誇りになるだろう。この子はディーヴにいるとみんなに信じさせておけばいい。ティール＝ア＝ゴーシュが君たちのところにくるのは二、三カ月あとだろう。父さんがこの子の逃げたことを知るときは、もう海の上にいる、そこで打たれるのは高貴な手、つまり人間の手、水夫の手からだけだと言えるときだ。恥の中の最低のものは、仕立て屋に打たれることだよ」

フランソワは、すべてこれをとても正しいと思います。クロピネも同じでした。咎められることなく、叱られもしないのは予測しないことでした。仕立て屋だけが何もこうむることなく、残酷なことができました。フランソワはそれで伯父のところから戻ると、言われたようにします。帰るとき、兄は弟に、母親のドゥセットがつぎをあてた古着の包みと新しい靴、わずかなお金を渡しました。彼はそこに自分のポケットから、二つの美しい大きいエキュ金貨六リーヴル分と、リアール銅貨の入った小さい袋を加えます。クロピネが困ったときにそのお金を使うことができるように。彼は弟の両頬にキスをすると、お行儀よくしているようにといいました。

ラキル伯父はすばらしい人でした。興奮しやすくて、少し変わり者のところがありましたが、苦労をかさね、忍耐して耐えてきた人のような優しさがありました。旅行をしてかなりのことを知っています。それらを思い出の中で美化し、偉大化し、また醜くし、あるいは奇妙なものと見ていました。特にシードルをたっぷり飲んだときは、見たものをそのまま言えなくなるのでした。クロピネは彼の話を熱心に聞いていたくさんの質問をしました。夕食の時間にラキル夫人が帰ってきたので、クロピネが紹介されました。背の高いやせぎすの女性で、古い汚れたズボンをはき、この地方で流行の木綿《もめん》のふちなし帽子をかぶっていました。彼女は夫よりもどっしりかまえていて、夫に従う習慣はなさそうです。彼女はクロピネを歓迎しないので、夫のラキルは慌てて、彼がこの家にいるのは長い間ではないと言い訳をします。彼女はしぶしぶクロピネに夕食を出しますが、彼ががさつな男のようにガツガツ食べるのを見て、不機嫌になるのでした。

翌日、ラキルは約束したことを実行します。クロピネをいろいろな船長のところに連れていきますが、彼の足が不自由なのを見て、拒否されました。フランス海軍のため募集の任にある人物にも紹介しましたが、結果は同じでした。かわいそうにクロピネは恥ずかしい思いで伯父の家に帰ってきました。伯父は二人の努力がまったく実らなかったことを妻に白状しなければなりません。クロピネは足が弱く、海辺で育っていないため、船乗りにふさわしい大胆な外見と敏捷な体つきをしていないのが原因のようです。

「そんなことは分かっていましたよ」と妻は答えました。「あの子は何をしてもだめですよ。頭が鈍くてもできる百姓の仕事さえできないんですから。あの子を引き受けたのは間違いでしたよ。私がいないとばかなことばかりするわね。この子は仕立て屋か両親のところに連れていくべきですよ。子供はもう十分いるのだから、家にこれ以上無駄なものを背負いたくないんです」

「もう少し我慢してくれ。お前。鱈《たら》漁に行くのに、誰かこの子を欲しがるかもしれないから」とラキルが答えます。

ラキル夫人は肩をすくめました。村には漁師のしつけをされた子供がたくさんいましたから、何も知らないクロピネを誰も欲しがらず、関心も持ちませんでした。ラキルは翌日からまた執拗に試みましたが、失敗します。与える仕事より以上の子供を皆持っていたのです。

ラキル夫人は、もう子供は十分だし、これ以上一人も養うつもりはないとわめきます。ラキルはあと数日だけ我慢して欲しいと頼み、クロピネを漁にいくとき連れていきました。自分の大好きな大海原でやっと激しく揺すぶられるのを感じ、子供はすべての苦しみを忘れて大変喜びます。

「これはみかけによらず頑丈な子だ」と家に帰るなりラキルがいいます。「この子は何もこわがらない。船酔いもしないし、船の上で平衡を保てる。この子をここにおいておければ、何かできるような気がする」

ラキル夫人は何も答えませんでした。夜になって子供たちがみんな寝てしまっても、クロピネは眠れません。不安のためしっかり目を開けていて、木綿のふちなし帽をかぶった夫人が、夫に話すことを聞いてしまいます。

「もうたくさんですよ！　明日の朝、仕立て屋がここを通ってオンフルールへ商売をしに行くはずです。もともと彼の弟子になるはずだった子を、返しておやり。この子を仕立て屋なら言うとおりにさせられる。子供をおとなしくさせるのは血が出るほど鞭で打つしかないのよ」

ラキルは頭を下げ、溜息をついて何も答えませんでした。クロピネは自分の運命は決まったと、母親同様伯父も仕立て屋から自分を守ってくれることはできないことがわかります。それで逃げる決心をすると、みんなが寝静まるのを待って、静かに起き上がりました。洋服を着て、枕にしていた荷物を持ち、お金がポケットにあるのを確かめ、ベッドを離れる決心をします。言っておかねばならないけれど、これはベッドとはいうものの、奇妙なものでした。この家の子供たちは、家に二台しかない簡易ベッドに両親とくっついて寝ていました。クロピネのためには、天窓に面した小さい納戸に、海草を一束与えていました。そこには梯子で上らねばならないので、彼は暗闇で梯子の桟《さん》を探します。ところが何も感じません。そのときラキル夫人が部屋のもう一方の端の正面にある屋根裏に上るため梯子を取り外したのを思い出しました。クロピネは天窓のカーテン代わりだった小さいボロ切れを持ち上げ、明るい夜だと確かめます。梯子は手に入らないこと、このように高いところから寝室に飛び下りれば首の骨を折るのは間違いないとはっきり分かりました。

不思議なことに彼は翼のことを全然考えませんでした。兄にこのことでからかわれたので、以後誰にもこのことは話しませんでした。そしてあれはおそらく夢だったと思います。でも夜の明けるのを待たないで出発しなければなりません。彼は天窓を開け自分の体が通れることを確かめます。でも頭を外にだすと、飛び下りるには高すぎることがわかりました。海はまだ遠くです。前日の夜、潮が家を支えている杭を打っているのに気がつきました。でも潮はいつ戻ってくるのでしょう？　二十三時間に一度だといつか聞いたことがありました。でもクロピネは計算するための数え方を十分に知りませんでした。

「それにしても、もし海がぼくを迎えにきてくれれば、海に飛びこもう。海は恐くない。海はぼくにはやさしいんだから」と彼は独り言をいいます。

長い間こんなことを考えていました。自分の荷物は持ったまま、あるときは思わず寝てしまったり、あるときは伯父さんの小舟に乗っている夢を見たりしていました。そのとき、うまく閉めなかった天窓を突風が開けてくれました。彼はすっかり目を覚まして、夜の小さい精霊たちの子供らしい声が通りすぎるのを聞きます。

今度はその歌を理解します。精霊たちは次のように言っていました。

「おいで、おいで、海へ、海へ。さあ、もう眠ってはだめよ。お前の翼を広げて、私たちと一緒においで」

クロピネは心臓がドキドキしたと思うと、翼が開くのを感じました。彼は天窓から飛び出し、そこから家に繋がれて鳩のねぐらになっている古い支柱の上に降ります。それから滑りおりて、考えて操縦しているように飛びながら、ついに伯父さんの小舟の中に乗っていました。

小舟はしっかりと鎖で繋がれ、南京錠がかかっていました。この舟を使う方法はないのです。でも水は岸をなめているだけで深くはなかったので、クロピネは鳥のように泳いだり、風に運ばれたりしながら、体を濡らすこともなく大きい平原に着きました。そこはとても乾燥した砂と海のい草の原っぱで、早く歩くのは大変でした。それにもう眠る時間でした。クロピネは体力の限界を越えて起きていたので、この温かくてきれいな砂の上に横になりぐっすり眠ります。十分によく休息し、自分が自由だと感じてとても満足して、太陽が昇るまで目を覚ましませんでした。その喜びはすぐに厄介なことを発見して乱されます。彼はオンフルールの方に飛び、歩いて、その灯台を見ていると思っていたのですが、間違いでした。自分のいる位置の見当をつけると、それは前々日、兄のフランソワと過ごしたところでした。ヴィレールとヴァシュ＝ノワールから戻るとき、通ったところです。そこに戻ったのです。仕立て屋はディーヴからここを通って帰るはずなので、彼に出会う危険がありました。トゥルーヴィルに引き返すことも安全ではないでしょう。そこで彼に会うかもしれない。敵に自分の足跡を明かしてしまうようなものです。

クロピネは砂地を横切っている、より高い道から離れて、砂浜に沿って砂丘に向かう道を続けることに決めました。伯父から仕立て屋が海を嫌っていると教えられたことがあります。彼は顔が真っ青になるくらい海が恐くて、舟に足をおくだけで死にそうになるほど船酔いをするというのです。波を見るだけで吐き気がし、海岸を歩くときは浜を行くのは用心して、一番高いところ、一番遠いところをいくというのです。

クロピネはこうしてヴィレールに着きました。自分のまわりをよく眺めた後、急いで大きいパンを買います。そしてすぐに砂丘に沿ってヴァシュ＝ノワールまでの道を続けました。一人で、砂漠のなかにいると、まるで自分の家、自分の庭にきたように嬉しいのでした。

彼はもう両親の家に戻りたいとは思いません。兄が言ったことは、父親の同情を誘い、母親ドゥセットの庇護を見い出すという希望をすべて彼から奪ってしまったのです。海岸を眺めながらパンを食べました。伯父と過ごしたわずかの日々はこの地方についての多少の基礎知識を彼に与えました。昼間の空気は澄んでいました。セーヌの河口が遠くにあること、オンフルールに行くには平らで、森林の少ない地方を通っていかなければならないことが分かります。今彼のいる砂丘は、周辺では唯一の、隠れることができ、身を守り、一人で生きていける場所でした。哀れな子供はすべての人が恐かったのです。ラキル夫人は彼に人間の良さを理解させてはくれませんでした。それに彼は孤独に馴れていました。というのは人ひとり通ることのない地方で牛の番しかしたことがないのですから。精霊と交流しはじめて以来、原始的な生活に何の恐怖も感じなくなっていました。

こうしたことをいろいろ考えた末に、彼はこの砂丘の裏側を歩き回ってみて、ここにいつまでも住みつこうと決心します。いつまでも！　なんてそんなことは不可能だ、というでしょうね。冬がやってくるし、クロピネの二、三エキュのお金はすぐになくなってしまう、とね。また彼がたくさんのお金を持っていたとしても、動物の群れでさえ欲しがらない草だけが生えているこの砂漠で、どうして食べたり着たりできるでしょうか？　海があり、そこには限りなく貝があります。でもそれには飽きてくるでしょう。とりわけおいしくない水しか飲めないときはね。ここで言っておかねばなりません。クロピネは読み書きのできる十二歳の子供ではないのです。彼はまったく何も知らないのです。何の見通しもないのです。反省したりしたことも一度もありません。おそらく考える習慣さえなかったでしょう。母親がいつも彼のためにすべて考えてくれました。彼が望もうと望むまいと彼女はいつもすぐ傍にいて、スープを持ってきてくれたり、ベッドを整えてくれたりしてくれるものと思っていたのです。ごくたまに、いつまでも一人きりなんだと思うのですが、この言葉を何度繰り返しても、何も分からないのです。そして結局、未来というのは彼にとってただ一つのことだけだと分かります。それは仕立て屋から逃げるということでした。

彼は砂丘の裂け目に身を潜めました。ヴァシュ＝ノワールの近くで、高さは百メートル以上あります。垂直に切り立っていて、内側の壁面は赤と灰色とオリーヴ色がかった茶色とで、色とりどりのためとても美しく、また暗くて、非常に固い岩のような外観をあたえていました。彼はそこに身を隠したいと思いますが、そこまでとてもいけそうにありません。でもどこかに通路があるはずです。兄は彼にヴァシュ＝ノワールの上で寝てはいけないよ、と何度も念をおしたので、そんな危険はもうおかさないと約束していました。それに昼間は少し臆病になって、夜見たことをもう信じないようになっていました。それで彼は砂丘の通行可能な場所に登り、考えていたほど恐ろしいところでも、困難なところでもないとわかります。まもなく砂丘の固い場所をすべて知り、何種類かの植物の生えている部分をたどれば、地崩れした場所も危険を避けて通過できることに気づきました。間違いやすい部分も分かり、ついに大きい砂丘の中に入りこみました。そしてある裂け目には芝生が生えていて、あまり滑らないで、また沈みこんだりしないでそこなら歩けることを見てとりました。

長い間、とても長い間、少しは固まった地崩れの場所をあてもなくさまよったあと、岩のようなところに着き、すぐ前に洞窟の形をした窪みを見つけます。一部はレンガ造りでした。彼はそこに入って、住むために掘った小さい家のようだと思いました。石のベンチと、まるで火をつけたように黒くなった場所がありました。でももうずっと長い間、そこに人は住んでいないようです。入り口のまわりの美しい細い芝生には踏まれた跡がありませんから。通路の前に垂れ下がっている藪を切りはらう苦労も、いまは誰もしないようでした。

クロピネは、まわりの土地の崩壊のため、もう何年も見捨てられているこの隠れ家を占領しました。ここに荷物を置くと、石のベンチをベッドにするために乾燥した草を切ります。

今、仕立て屋もラキルおばさんもぼくを見つけることは絶対にできないだろう。――と彼は思います。ぼくはこれでいい。ただ仲間に、家の牛たちの一頭でもいてくれれば、退屈しないのに……。

彼は牛たちを懐かしく思い出しました。とはいうものの、牛をそんなにかわいがったわけではないのです。それから悲しみが襲ってきます。彼は眠ることにしました。二日分としては十分のパンを持っていましたから。仕立て屋がこの周辺にいるかもしれないかぎり、姿を見せない決心をしていました。彼はぐっすり眠ります。夕方になるまで、堪能するほど眠りました。それから闇に勇気を得て、たくさん花が咲いているので気に入って自分の庭と呼ぶようにしたところを歩きまわりました。それは奇妙な庭でした。まっすぐの斜面の間の緑の溝のように作られています。そこからはわずかの空しか見えませんでした。穴の中にいるのですが、この穴は砂丘のはるか上の方にあって、登るにも、下りるにも道がありません。クロピネはどうしてここまでたどり着いたのか思い出せないのです。出る方法があるかどうか考えました。

彼はかなり冷静な精神の持ち主でしたから、空腹にも疲労にももう苦しまないで、初めて真剣に行く先のことを考えました。無理にでもそうする以外なかったのです。彼は考えます。ここに誰か住んでいたとして、その人は自分がどこにいるのか分かっていたはずです。またさらに考えます。自分は海の近くにいるはずだ。砂丘のほぼ中央にある小さい道から遠い砂丘の奥にいるのだから。でもそれは彼が仕立て屋から逃げた同じ道でした。あのときなぜ海を見なかったのだろう？　彼がいた小峡谷は少し右の方に曲っていました。そして左には自然の道のようなものがあります。その道を行くと、すぐに確かに人間の手で作られた小さい壁のようなもののところに着きます。穴があいていたので、そこから彼は眺めます。下の方、百フィートのところに海と、黒い大きい雲のなかに昇る月をみました。大好きな海を思う存分見て満足でした。上ってくる海の声を聞きます。それはグロス＝ヴァシュの周辺よりも優しく彼をあやしてくれると約束してくれました。砂丘のその場所は本当の断崖のように固く、垂直で到達できそうになかったのです。ここに彼より前に住んでいた人は、だからその人もまた隠れなければならない理由があったのです。こんなに険しく、また荒涼とした場所でその人は見張りをしていたのですから。

そこでクロピネは自分が閉じこめられた形の、この曲りくねった小峡谷のもう一方の端を見たいと思います。それで来た道を戻ってそこに向かいました。でもすぐに深い裂け目と、まっすぐな自然の壁に阻まれました。結局、あまり明るくない月明かりに、この隠れ家に来るとき、通った場所を調査しようとします。山崩れで行かれなくなっているいくつかの割れ目を手探りで進みますが、危険なのでそれ以上はあえて進むのを止め、昼間確かめることにしました。月にはますますヴェールがかかってきましたが、頭の上の空のわずかの部分はまだ明るく、それを利用して洞窟《どうくつ》に帰りました。彼の自然のままの庭は平坦ではなく、歩き回るのは困難でした。眠くはないのに何も見えなくて退屈してしまい、悲しくなります。小さい精霊たちが来てくれて仲間になってくれればいいのにと思います。海の轟《とどろ》きを被うように上がってくる雷鳴の轟きだけが聞こえました。それから眠りましたが、浅い眠りなのでときどき遮られるのでした。

彼は決して夢をみませんでした。それほどぐっすり眠る習慣だったのです。あるいは、夢を見たとしても、目が覚めたときにはまったく覚えていませんでした。その夜、たくさんの夢を見ました――砂丘でまた道に迷い、そこから出られなくなっている自分を見ます。それから突然自分の生まれ故郷、自分の家に運ばれ、父親が、十八《ディズウィ》、十八、十八、と同じ数を休みなく繰り返しお金を数えているのを聞きます。それは弟子入りの最初の年に仕立て屋に定められていた十八リーヴルでした。仕立て屋は二十リーヴルを要求しましたが父のドゥシはあくまで頑張って十八《ディズウィ》を繰り返し、ついに承知させたのです。そのときクロピネは、自分に襲いかかる仕立て屋の、鉤形に曲がった恐ろしい手を感じたように思います。大きい叫び声を上げて目が覚めました。どこにいるのだろう？　竈《かまど》の中のように洞窟は真っ暗でした。彼は記憶を取り戻し安心しました。でもすぐにわけが分からなくなります。すっかり目が覚めてはっきりと、すぐ傍で、あの声を、十八《ディズウィ》、十八、十八、と繰り返す声を聞いたのです。

クロピネの体中に冷たい汗が流れます。それは父親の強い露骨な声ではなく、仕立て屋の細いが鋭い、割れた声に、彼が十八《ディズウィ》、十八、十八、で手を打とう！　と言ったときの、あの声に似ていました。では仕立て屋はここにいるのか？　彼は弟子の隠れ家を見つけて連れにきたのか？　クロピネは驚いて岩のベッドから飛び起きます。何かが彼のまわりで騒がしく飛びまわり、洞窟から出ていきます。鋭い声で十八、十八、と繰り返しながら、やがて遠ざかっていきました。

仕立て屋はやはり嵐を避けるためにここに来ていたのだろうか？　クロピネが寝ているのを見なかったのだ。それで彼が目を覚ましたとき、逃げたのだから、恐かったのだ。仕立て屋が臆病だという考え、おそらく彼より臆病だという考えは、奇妙にクロピネを大胆にします。彼は敵が戻ってくれば力いっぱい打ってやろうと決心して、傍に杖をおいて再び眠りました。

しばらく眠って、目を覚ましたとき、雷雨は過ぎ去っていました。月が洞窟の入り口の芝生の上で輝いています。雨が降ったのです。それで開口部の前に垂れ下がっている葉の茂みが緑のダイヤモンドのように光っていました。そのとき、クロピネは夜の静けさのなかで、牛の鳴き声、ヤギのメエメエなく声、犬の吼《ほ》え声などが、ごく近くでするのを聞いて驚きます。耳をすまして聞きました。あまりにもしばしば繰り返されるので、目を閉じると、自分の家にいて、家の動物たちの鳴き声を聞いているようでした。でも彼は砂浜の洞窟の中にいるのです。どうしてこんなに近くに家があり動物がいるのでしょう？

最初これらの音は彼に心地よく感じられました。孤独の寂しさを和らげてくれたのです。けれども十八《ディズウィ》という声がなおも聞こえてきて、あちこち違う方向から、いくつもの声でうんざりするほど繰り返されるので、クロピネは眠れなくなりました。それは砂丘のあらゆる場所に散らばった仕立て屋たちの群れが、彼をからかって脅迫しているようでした。彼は身動きもせず朝になるのをまちます。ところがもう何も聞こえません。洞窟を出てあちこち眺めましたが、誰も見えませんでした。ただたくさんの海や浜の鳥がいて、砂丘の上で眠っていましたが、彼の上を飛んでいきました。エメラルド色の羽をしたタゲリを見ます。それは空中で優雅に何度も宙返りをしながら飛んでいました。さまざまの種類のオグロシギと、背中に首をうずめて、脚をのばして悲しそうに飛んでいく大きいヨシゴイなどがいました。彼はこれらの鳥の名前を知りません。近くで見たこともなかったのです。彼の住んでいたところには池も川もありませんでしたし、渡り鳥もこの地方はとおらなかったのです。鳥たちを見るのは楽しかったのですが、それはかつて彼を驚かした音を説明することにはなりませんでした。周辺に住む場所はないかどうか調べてみようと思います。

穴からまずは出なければなりません。昼間なら、通路が狭くて、棘のある茂みが重なっていても、ごく簡単なことでした。彼は穴をよく確かめ、夜でも迷わないことを確信すると、高いところに登り、そこから周辺をみわたします。目の届く限り遠くまで、砂浜ばかりで畑や人の住むようなどんな痕跡もありませんでした。

そのとき、夜の悪魔が彼を怖がらせようとしたのだと想像します。兄のフランソワが言っていました。

「海に精霊などはいないよ。陸には分からないけどな」

両親は良いのも悪いのも、あらゆる種類の妖精がいると信じていました。その妖精たちが、自分たちの動物を病気にしたり元気にしたりするのだと。クロピネは妖精に関しては彼らより詳しいと自慢することは控えました。外で夜を過ごすまではどんな精霊にも用がなかったのです。でもこのとき以来、彼は海に精霊はいると信じました。それで、陸にも精霊がいると信じることができたのです。心配にもなってきました。というのは、精霊たちが彼に好感を持っていないと信じたのです。断崖に住む彼の邪魔をしたいのか、あるいは仕立て屋が魔法使いで、夜の間、彼を悩ませに来たのでしょうか。すべてこのようなことが頭のなかを雑然と駆けめぐります。けれどもいずれにしろ、十八《ディズウィ》と言っていた幽霊は彼の前から姿を消していました。他の精霊もあえて現れようとはしません。彼らは動物の鳴き声を真似ることで満足していました。たぶん彼を避難所から出して、夜の間、さまよわせようとしたのでしょう。

「今度出てくれば、彼らはどうして欲しいのかを言うだろう。ぼくはじっと動かないでいよう。砂丘でもう道に迷わないぞ。今では砂丘のことをよく知っているし、洞窟に妖精が入ってくれば、打ってやる。伯父さんが言っていた。ぼくには勇気の翼が生えてくるんだ」と彼は考えました。

4

彼は飲み水を探しはじめます。水はあらゆるところから出ていて、少なくはなかったのです。ただ登れば登るほど水は淡水になることに気づきました。でもそれは土の味がしておいしくありません。やっと岩場から出てくる小さい流れを見つけます。それは野生のタイムの香りがしました。でもこのおいしい水は、一滴ずつ落ちてくるのです。まるで頭を下げて、お水をください、お願いします、と言わせたいようでした。それをためるには壜《びん》が必要だったでしょう。またあちらこちらに、貝殻の大きい牡蠣《かき》が、泥灰岩にうまっているのをみつけます。それらはほとんどすべて毀《こわ》れていました。海は昔この辺まで満ちてきて、それらの貝殻を運んできたのでしょう。もっとよく探してみると、とても幅が広くて、無傷のものがいくつか見つかりました。それらを上手に、水の流れの通り道に、次々に重なるように並べます。それがみんないっぱいになって、いつも新しい水の貯えがあり、いつでも飲めるようになりました。いっぱいになるのを待ち、庭で昼食をとるために運んでいきます。乾燥したパンしかなかったのですが、ジャムをつける習慣がなかったので、それなしでおいしくすませることができました。

彼は一日が長いとは思いません。すばらしいお天気でした。芝生に生える植物を眺めて楽しみます。それらは平野の牧草地のものとは似ていませんでした。なかには棘や小枝がいっぱいついていてかわいげのないものもありましたが、大目にみます。うるさい訪問者から彼を守る任務をおびた監視人のようでした。なかにはとても美しく、気に入った植物もあります。その上には坐らないように、歩かないようにと気を配りました。それらは彼の隠れ家の周囲を明るくしてくれるので、傷めたりすれば叱られそうでしたから。

その日、断崖の横の古い壁の面に開けられた穴から、クロピネは海を堪能するまで眺めます。この穴は、ぼくの窓と呼んでいるものでした。彼は海をいままで見た以上に美しいと思います。遠くにさまざまの大きさの舟が浮かんでいます。そのどれ一つとして、あの大きい岩、ヴァシュ＝ノワールには近づきません。危険な場所として有名だったのです。今ではあちこちからムール貝をとりに来ますが、この頃、海岸は砂漠のようで人っ子一人いませんでした。

この人気のないことで、彼は大胆になり、夕方、夕食のために海岸に貝をとりに行きます。そして外から「ぼくの窓」が見えるかどうかをよく確かめました。見るのは不可能でした。窓はあまりにも高く、あまりにも小さくて、壁は植物にいい具合に隠されています。自分の目で窓を見ることはできませんでした。この夜、彼は安心してよく眠ります。砂丘をくまなく知るために、たくさん歩いたり、よじ登ったりしたので、寝かしつけてもらう必要はなかったのです。妖精たちが前晩のように叫んだり、話したりして楽しんでも、聞こえなかったでしょう。

三日目は砂丘の下の方を探検することにしました。海岸で思いがけないことが起こったときの隠れ場所を見つけるためでした。一つでいいのに十も見つけます。それらすべてをよく調え、いつでも逃げこめるようにしておいたので、自分の散歩の場所や巣穴を知っている野性の小動物のような自由を彼は感じるのでした。

また食事の度ごとに、海に降りていきたくないので、洞窟に、昼や夜の食事のため、貝を貯蔵することも考えました。海岸にはたくさんのい草、エニシダ、小型の柳、しなやかな灌木があります。彼はそれらの小枝を持ち帰り、家で（もう家と呼んでいるのです）かなり丈夫な美しくて大きい篭をつくりました。また海岸に打ち寄せられた海草ですばらしいベッドもつくります。

最後に彼は狩をしようかと考えます。石を投げるのがとても上手だったので、砂浜で走ったり遊んだりするのを見ていたウミウズラを、長い間窺ったあとで、仕留めます。それは美しくてまるまると太った鳥でした。焼く必要がありました。クロピネは火をつけるのは平気でした。荷物の中に、当時火打ち式小銃と呼ばれていたものを持っていました。誰でも旅行には持って歩いたものです。これは鉄の輪と火口《ほぐち》の一かけらです。小石で今と同じくらい早く火をつくれたのです。葉っぱと乾いた小枝を積み上げて鳥を焼くのに成功します。その鳥がとてもおいしくて煙りの匂いもしなかったとは私は請け合いませんが、彼はとてもおいしいと思い、母親には翼のところを、兄には腿をあげることができないのを残念に思いました。ウミウズラはヤマウズラとはまったく違う鳥で、むしろツバメに近いのです。この鳥は貝を食べて生きていて、穀類は食べません。嘴《くちばし》と首の輪がとても美しく、この点ではヤマウズラに似ています。大きさはほとんどツグミくらいです。ウミウズラを食べたクロピネはもう少しで消化不良をおこしそうでしたが、無事でした。

ウズラの狩をしながら、心引かれるたくさんの鳥を見ました。イソシギ、チドリ、ウミヒバリなどです。ウミヒバリはヒバリではなく、一種のヤマシギです。それからチドリ、あるいは海のカササギ、アイサ、キョウジョシギ、ワキアカツグミ、アビ、それから名を知らない羽をつけたたくさんの鳥が、夕方になると砂の上でやかましい鳴き声でばたばたしに来るのを見ました。

またとても大きい鳥に注目しました。それは沖の方で泳いでいて、日暮れにはまるで海の上で眠る習慣でもあるように、さらに遠くにいってしまうのです。他の鳥は陸地に戻って、砂丘の割れ目に滑りこむのもありました。またその他、飛びたって、高く昇り、朝、バラ色の空に波のようにただよい、小さい白い雲の中に消えていくような鳥もいました。夕方になると、鳥たちは岩の上や砂浜に夕食のため戻ってくるようでした。クロピネは最初、鳥たちは昼間、空で過ごしていると想像していました。でもとても大きい鳥が、砂丘の一番高い所にとまっていたのに、空中で一回転するためにその場を離れ、また釣り場に降りてくるのです。この鳥に続いて砂丘の頂から飛びたって、また同じような鳥が同じ動作をします。続いてまた一羽、とクロピネは結局二十羽まで数えました。これを見て彼は、これらの鳥たちは高いところに巣をつくっていて、フクロウのように夜行性だと判断しました。

自分の窓から、多くの観察をし、気づかれることなく、鳥をごく近くから見たクロピネは、一つのことを学びます。それは彼を大変楽しませてくれました。自分のまわりに大きい輪を描いて飛ぶウミツバメは嘴から貝か小魚のような何かをよく落とします。鳥たちは鳴き声をあげて同時に体を揺するので、そういう動作をわざとしているのか、あるいは何か警告をしているような様子です。彼は特別に目で追っていって下のほうを見ました。すると何か動くものが見えます。それは母鳥たちが空中高くから彼らに投げてやる食べ物を集めにくるひな鳥たちのようでした。海岸に戻ってみて、それが間違っていないことがわかりました。でもひな鳥たちを捕まえようと近づくと、ひな鳥はまだ飛べないので、母鳥のツバメが別の叫びをあげます。その叫びはひな鳥たちを海岸の方に呼ぶ代わりに、陸地の方に逃げさせました。クロピネが草の下を探すと、ひな鳥たちは隠れてじっとしていました。彼は見つけはしましたが、母鳥を悲しませないために捕まえようとはしませんでした。母鳥はたぶんそれを知っていたのでしょう。

鳥たちがどのようにして魚をとるのかを見て、彼自身魚のとり方を学びました。浜には貝しかいません。潮が引くと、とてもきれいでとてもおいしそうな小魚がたくさんいました。魚を運んできた波がまたそれらを持ち去るまえに魚を捕まえるには、ずっと浜にいなければならないのです。鳥たちがいかに巧妙に、策をねって魚をとるかを学びます。鳥に習ってしてみますが、潮は急にくるのです。潮は恐くないのですが、翼がなければ波の上を飛べないこと、鳥になるためには気紛れだけでは十分ではないことなど、初めてつくづくわかりました。大変な危険あるいは絶望のときだけ、彼はこの鳥になる能力を使うことができたのです。あまりそれを利用したくありません。自分で泳げるほうがいいと思います。彼は海を信用していましたので、一日でカモメのように泳げるようになりました。どうしてそんなにうまく泳げるようになったのか、自分でもわからないのでした。人間は生まれつき、すべての動物と同じように泳げるのだと、それを妨げるのは恐怖だけだということを信じるべきです。

しかし鳥たちは長い間、疲れないで泳ぎ、水中では彼よりもよく目が見えるので、彼は鳥たちと同じくらい魚をとるのはとても無理でした。それで潜るのがうまい鳥たちと競争するのは諦めて、他の鳥たちを観察します。彼らは水に潜らず、長い嘴でまだ濡れている砂を掘り返していました。それで彼も自分で作った小さいシャベルで砂を掘り返し、好きなだけイカナゴをとりました。イカナゴはおいしい小さいウナギで、この海岸にたくさんいるのです。彼は夕食にそのイカナゴを煮ます。パンがあれば王さまのような食事だと思ったことでしょう。パンはなくなっていたのですが、ヴィレールまでパンを買いに行く気には、まだなれなかったのです。

彼はできるだけ長くパンなしで過ごそうと決め、まずは卵を見つけることにしました。巣作りの時期でした。大部分の海鳥は巣を作らないということを、そして砂の上か、あるいは岩の中に、直接、またはほとんど直接卵を産むことを彼は知りませんでした。それで探してもいないところで偶然卵を見つけましたが、数えられないほど小さいものでした。大きい卵を生むはずの大きい鳥は、おそらく断崖の上の方で卵を産んでいたのです。そこまでいくのは誰にもできないことのようでした。というのは砂丘の側の高さは、海の側の半分くらいだったとしても、それはとても急な斜面で、もろい土の層で、下からそれを眺めただけで、あなたならめまいがしたでしょう。

でも日が経つにつれて、クロピネはそれほど臆病ではなくなります。慎重になること、つまり冷静を伴った勇敢と、盲目的に危険を避けるよりも危険を考察することを学びました。また大きい断崖のまわりや、曲りくねった洞穴をよく調べて、事故もなくほとんど頂上まで登れるようになりました。苦労は報われたのです。というのは穴の中に緑色のきれいな卵を四つもみつけたのですから。彼は底に海草を敷いた篭にそれをいれます。そこで美しい羽も見つけました。三本の羽を集めて、自分の帽子にさします。それは三本の長くて薄く細い羽で、雪のように白く、同じ鳥の頭か尾のもののようでした。母鳥が卵を生んだばかりか、あるいは毎夜、卵を抱いていたのか、とても温かでした。彼は卵をとろうとしましたが、一羽か二羽の鳥をおそえば、他のすべての鳥を驚かし、そうすればこの住処を見捨てさせることになると考えました。好きなときにここに来て、そっと卵を見つけるほうを選びます。それで卵はそっとそこに残しておきました。

クロピネが海岸でも砂丘でも誰にも会わないでいるうちに、すでに八日たちました。退屈する時間もないくらい、とても忙しかったのです。でも食糧もほぼ確保して落ち着いたとき、砂丘も海岸も、探検して調べていないところは片隅もなくなったとき、休息を必要としなくなり、一日を長いと感じるようになります。住んでいる周辺のすべての動物の習慣はもうほとんど知っていました。今度は彼らの名や原産地を知り、自分のした観察のことを話したり、結局誰かとおしゃべりをしたくなったのです。

いいお天気でした。砂丘の泥だらけの麓は五月の太陽で乾き、潮の引いたときには浜辺は歩ける道になります。それで何人かの通行人をみました。その人たちに話しかけたくて、そう思うと心臓がドキドキします。「いいお天気ですね。歩くのは楽しいですね」というだけでいいのです。でも彼は勇気がありません

でした。というのは、もし君は誰だ？　とか、ここで何をしているのだ？　などと聞かれれば、どう答えればいいのでしょう。浮浪者は咎められ、ときには狩り出されて刑務所に送られるのを知っていました。彼はあまりにも正直で率直すぎて、名前を偽ったり嘘の話をしたりできなかったのです。それで姿を見せない方を選びました。

ところがある朝、東風が鐘の音を運んできたので、日曜日だと分かりました。いつものように、一番いい洋服を着て、白い三本の羽を帽子につけて、よく磨いた靴をはくと、髪をよくとかし、顔を洗って、どこに行くというあてもなく歩きはじめました。彼は日曜日にはミサに行く習慣がありました。教区の若い仲間たち、親戚、あるいは友達に会って、おしゃべりをする日でした。ボーリングをしたり、ときにはダンスもしました。鐘の音は共同生活への呼び声です。クロピネは日曜日にたった独りで過ごすなどできないことでした。

兄のフランソワにだけはどうしても会いたいと思います。両親の消息を知るためには、今までずいぶん危険をおかしてきました。それで今、危険をおかすことにしました。仕立て屋はオンフルールから遠いところにいるはずでした。彼は鳥のような早さで砂漠を突っ走り、すぐにヴィレールの近くに着きます。ここで彼は誰も知らないし、誰にも知られていないので、気づかれないで通り過ぎたいと思います。誰にも注意を払われないで、人間の声を聞き、キリスト信者の顔を見たかったのです。この場所は二度通ったことがありましたから、初めてではなかったのですが、今度は皆が彼を見て、振り向いて目で彼を追う人さえいるので、とても驚いてしまいました。

5

それでクロピネは不安になり、戻ろうかと思いました。でもパン屋の前を通ったとき、パンを食べたいという思いがとても強くてそれを買おうと戸口に立ち止まります。

「坊や、いくついるの？」驚いて彼を観察しながらも、陽気にパン屋がたずねます。

「とても大きいのを欲しいんだけど……」数日分買っておこうと思ってクロピネが言いました。

「いいよ。二つでも三つでも持って帰れるなら」とパン屋が答えます。

「じゃあ、三つください。持てるから」とクロピネが言いました。

「たくさんの家族だね」

「まあね」嘘を言いたくないので少年は曖昧な返事をします。

「大家族ってすばらしいことだよ。お前はあんまりおしゃべりしたくないんだろ？　どこに住んでいるとか、名前とか言いたくないんだね。全然君を知らないから、たぶんこの土地の者ではないね？」

「そう。この土地の者ではありません。でもおしゃべりしている暇はないのです。その大きいのを三つください。いくらですか？」とクロピネは答えました。

「ああ、君が帽子にさしている三本の羽、それはお金になるよ。それをくれれば、毎週日曜日に今日と同じだけのパンを一カ月、お金はなしであげるよ。パンは高いよ。私が良心的なのは分かるだろう？　喜んでもらえるはずだけどなあ」

クロピネは最初パン屋が自分をからかっているのだと思いました。でもこの人がとても執拗なので、突然かなりの分別が戻ってきます。この三本の羽は何かとても珍しいもので、人が眺めていたのは自分ではなく、この羽だったと気づいたのです。彼はすぐに羽を帽子から引き抜きます。パン屋はもうそれを受け取ろうと手を差し出しています。そのとき、クロピネはこの美しい羽を渡すのを拒否しました。命の危険をおかして、高いところまで探しにいってやっと手に入れた羽です。一方彼はお金には執着がなかったのです。二枚の大きいエキュ金貨でずっと生きていけるほどお金持ちだと思っていたのですから。

彼は言いました。「ぼくはこの羽はとっておきたいから、三つのパンのお金をとってください。お金は持っています」

「週に一度でなく、二度パンが欲しくないかい？」

「いえ、結構です。お金を払う方がいいのです」

「二カ月の間、週に四つのパンではどうかい？」

「ぼくは要らないと言っているでしょう。羽の方が好きなんです」と、クロピネが答えました。

パン屋はパンを三つクロピネに与えます。彼はお金を払い、店を離れました。でも砂漠への道を行くためには通りを曲らなければならなくて、パン屋の家のちょうど後ろにきたとき、あの男が次のように言うのが聞こえました。

「四十八リーヴルものパンと交換しようというのに、あの子は羽を譲りたくなかった！」

書名		読者カード

●本書のご感想および今後の出版へのご意見・ご希望など、お書きください。
（小社PR誌『機』に「読者の声」として掲載させて戴く場合もございます。）

■本書をお求めの動機。広告・書評には新聞・雑誌名もお書き添えください。
□店頭でみて　□広告　□書評・紹介記事　□その他
□小社の案内で　（　　）　（　　）　（　　）

■ご購読の新聞・雑誌名

■小社の出版案内を送って欲しい友人・知人のお名前・ご住所

お名前　　ご住所 〒

□購入申込書（小社刊行物のご注文にご利用ください。その際書店名を必ずご記入ください。）

書名	冊	書名	冊
書名	冊	書名	冊

ご指定書店名　　住所

都道府県　　市区郡町

郵便はがき

料金受取人払

牛込局承認

3522

差出有効期間
平成18年6月
30日まで

162-8790

東京都新宿区
早稲田鶴巻町五二三番地

株式会社 藤原書店 行

（受取人）

ご購入ありがとうございました。このカードは小社の今後の刊行計画および新刊等のご案内の資料といたします。ご記入のうえ、ご投函ください。

お名前	年齢
ご住所　〒 TEL　　E-mail	
ご職業（または学校・学年、できるだけくわしくお書き下さい）	
所属グループ・団体名　　連絡先	
本書をお買い求めの書店 市区 郡町　　書店	■新刊案内のご希望　□ある　□ない ■図書目録のご希望　□ある　□ない ■小社主催の催し物案内のご希望　□ある　□ない

クロピネは窓の下に立ち止まって、彼の妻の声を聞きました。

「ルポの羽ってそんなにいいの？」

「そうだ。あれは本物だ。今まで見たなかで最高に美しい！」

「へえーっ！　ルポが少なくなっているからね。ルポはもう海岸に巣を作らないから、今じゃ冠羽一枚が一ルイするって話だから。三ルイになるところだった！　あの子を追っかけて、羽一枚ごとに、三リーヴルする金貨一エキュをあげると言ってごらんよ。パンの信用取り引きより、お金の方が好きだよ」と妻が言います。

前にも言ったように、クロピネはお金には執着していませんでした。それで歩く速度を倍にしたので、パン屋が一方の側を探している間に、もう一方の道から逃げて砂浜に向かいました。

この意外な出来事で彼は大いに考えさせられます。「じゃあなぜルポの羽は、あんなに高価なんだろう？　ルポはまだいるのに」とクロピネは独り言を言います。「なぜ鳥の羽が一つで金貨一ルイもするなんてことがあるんだろう？　頭に飾って気晴らしするくらいしか役に立たないと思っていた。そうだ。あのパン屋に一年養ってくれるようにたのめば、ぼくの三つの羽と交換するのを承知するだろう」

貧しさをまだ知らないクロピネですから欲得がらみで考えたのではありません。謎のすばらしい未知の力があるらしい珍しいものを持っている喜びに有頂天になっていたのです。彼はこうした考えに夢中になってあまり用心もしないで、砂丘の真ん中の道を通りましたが、背後でとげとげしいわめきたてるような声が聞こえました。その声は次のように言っています。

「子供はこの道を通ったのですね。安心してください。必ず捕まえます。彼が羽を売りたがらなければもぎ取ってやりましょう。そうすれば羽はただで手に入るのですから、これは取り引きの最良の方法です」

この声はまだ遠くでしたが、とても鋭い声でしたから、よく聞こえました。この声は忘れられない声でしたから、クロピネには仕立て屋が追ってきているのが分かりました。すぐに恐怖の翼が彼を道から遠く離れた茂みの中に運びます。でもそこに着いたとき、あの小さい仕立て屋を前にして、自分は臆病だったと恥ずかしくなります。自分は高い砂丘にも登り、海の中も泳いだけれど、この二つのことはティール＝ア＝ゴーシュにはそれをするだけの勇気は決してありません。彼は考えます。『ぼくは大人になって、他人を怖がらないようにならなければいけない。そうしなければいつも不幸だし、好きなところに行くこともできないだろう。あの小さい仕立て屋とぼくは背丈も力も同じくらいだ。ラキル伯父さんは、この仕立て屋は弱虫の前でだけ勇敢になると断言していた。さあ！　彼と対決しよう！　海の精霊がぼくを守ってくれますように！』

彼は誇らかに三本の羽を帽子にさし、三つの大きいパンを草の上に置いて、丈夫で先に金具のついた棒を持つと、仕立て屋の前にまっすぐ進んでいきます。彼に襲いかかって、後をつけられるのは気にいらない、というつもりでした。でも正面に彼を見ると、勇気がくじけ、再び逃げ出しそうになりました。でもすぐに、自分の二本の腕は勇気の翼だと心の中で言い聞かせ、両腕をバタバタさせます。そしてすばやく棒を一回転させました。仕立て屋は不意に立ち止まり、後ろに少し下がると、にやにや笑いながら表向きはおとなしく言いました。

「おや！　これはこれは私のかわいい弟子だね。そうだ。クロピネ坊や、私を覚えているか？　お前の友達だよ。悪いことをする気はないよ」

「嘘だ！　あんたはぼくの三本の羽を盗もうとしている。知っているよ」とクロピネは答えます。

「何だって！　誰がそんなことをお前に言ったのだ？」と仕立て屋は驚いて言いました。

「たぶん精霊だよ」とクロピネは、道の端にある大きい石の上に坐って答えます。常に自分の宝物と自由をまもる態勢をとっていました。彼が精霊という言葉をだすやいなや、ティール＝ア＝ゴーシュは青くなり震えはじめたのをクロピネは見ました。この小男は誰よりも精霊の存在を信じていたからです。

「さあ、坊や。聞き分けがよくないね。お前にそんなに立派な冠羽をくれたルポはどこに巣をつくっているのか、教えておくれ。他のことは何も頼まないよ」

「あの鳥はね。鳥と精霊だけが登れる場所に巣をつくっているんだ」とクロピネは答えました。「言っておくけど、ぼくはあんたを怖がったりしていないよ。まだ何かしようとするなら、ルポがカニを運ぶように、ぼくもあんたを海の底にほうりこんでしまうよ」

　クロピネが怒りと誇りの交ざったどのような感情に押されてかは、私にもよく分からないけれど、ともかくクロピネはこのように話しました。仕立て屋は彼が妖精に取りつかれていると本気で信じ、踵《きびす》を返して、何やらわけの分からぬ言葉をブツブツ言いながら急いでヴィレールに帰っていきました。クロピネは自分の勝利にうっとりして、パンをまとめると、急いで洞窟に運び、砂丘のわが家に帰りました。

　砂丘に帰ると彼は大声で自分自身に話しかけます。ぜひとも話す必要があったのです。

「さあ、終わった」と彼は言いました。「もう何も恐くない。誰も決してぼくが行きたくないところには連れていかないだろう。今、ぼくは解放された。勇気を与えてくれたのが海の精なら、与えられたものをもう決して失いたくない。今このすばらしい鳥の他の羽を探しにいこう」さらに彼は言います。「なぜか分からないが、その冠羽は皆が欲しがっている。たくさん集めたらそれを売ろう。そして父さんに言おう。『ぼくは仕立て屋になる必要はないよ。足がこんなでも兄さんが一年で稼ぐお金よりたくさん稼げるんだ』とね。そうすれば父さんは満足だろう。そしてぼくの考え通りに生きさせてくれるだろう」

それで彼は喜んで自分の孤独の中に戻ります。パンがあるのでとても嬉しく、それに買ってきたパンはとてもおいしくて、その日は他のものは何も食べませんでした。食べ物がないことの不安や、食事のたびに魚をとることを考えるのは気苦労なことでした。以後は不安なく出て歩けるし、欲しいものを買うことができるので、食事のために小鳥や小魚をとりたいという気持ちからはもう自由になりました。贅沢なもの、つまり冠羽を手にいれて、土地のすべての人々を羨ましがらせ、あのあさましい仕立て屋に怒りで死ぬばかりの思いをさせたいと思います。

翌日、危険で困難なことをします。断崖の尖《とが》った山頂に、夜明けを待たずに登りはじめます。上手に軽々と登れたので一羽の鳥も起こさないですみました。どんな動きもしないようにしながら、よく見えるように横になって静かに体を横たえます。そのときまで、危険を冒したことはなかったのです。彼はそこに廃墟を見つけて驚きます。ごく傍にいって初めてわかるもので、その用途も説明のつくものでした。

その場所は、高いところにとまるのを好む鳥たちにとっての隠れ場所として、よく選ばれた場所でした。

昔ここに見張り所がありました。今、沿岸信号所と呼ばれているものです。この同じ砂丘の他のところにその一つが見られますよ。それは海を通るすべてのものを記録し、それについての意見を述べる役目をしています。昔は塩の盗難を防ぐための粗末な監視小屋でした。塩の盗難が多かったのは、旧体制下で塩の密売《フォ・ソルナージュ》という名で密貿易が横行していたのです。

この監視小屋は大きい断崖の斜面とともに毀《こわ》れてしまいました。はがれた板やその骨組みは一部立ったまま残っていて、割れ目に食いこんでいます。ルポは樹木が好きな鳥なのに、その冠羽が貴重品になったため、森や湖沼に追いこまれて、結局外からは見えないこの廃墟に群棲し、長い間忘れられているのです。小さな沼地がこの地崩れの傍にできていって、たくさんの海鳥がルポの住処の近くに移ってきます。

この小屋は、下の方にあって見捨てられていますが、観察用の窓によって監視小屋だと分かります。おそらくこれは見張り番の避難場所だったのでしょう。危険な任務にやむなくついていた人たちは、嵐をうまく避けるために、上司たちに叱責されないように密かに穴を掘って建てたのでしょう。

クロピネはトゥルーヴィルでの短い滞在で、以前より少しはっきりした知識を得ていたので、自分とルポの住まいの秘密を知っているのは自分一人だけと分かり、嬉しくなります。彼はルポの巣を観察しました。枝で大雑把につくられ、すべては骨組みの木の二股に分かれたところに置かれています。そこには邪魔されることなく卵を温めている雌鳥だけがいました。でも少しずつ夜の狩の後、休みに雄鳥が戻ってきます。こうした習慣と、その鳴き声のため、昔の博物学者はこの鳥を、ニクチコラックス、つまり夜のカラスと呼んでいました。ルポはサギの種族で、本当の名はゴイサギです。羽は密生していて、夜行性の鳥のように音をたてないで飛びます。雛を育てるときは昼間も狩をしますが、群棲地にまだ雛のいないときは、雄鳥さんたちは奥さんたちに食べさせた後、寝るために帰ってくるのです。まず最初、ルポを下から見ていたクロピネは、それが全体白い鳥だと思っていましたが、白いのは首とお腹だけとわかります。翼は真珠母のような灰色です。濃い緑色の美しいコートを背中にまとい、やはり緑色の頭から、背中にかけて、長く細い冠羽が相変わらず三本流れていました。雄鳥だけがこの贅沢な羽飾りを持っているようです。でもクロピネは、なかの何羽かはまだその羽を持っているが、もうそれを持っていないのも見ます。それは換毛の時期でした。貴重な羽の多くは岩の上に散乱し、風の玩具になっていました。でもクロピネはその羽を集めようと動くことはしません。夜の徘徊者の習慣をみたかったのです。この鳥たちは彼に注意することもなく、卵を温めている雌鳥たちに、取ってきた魚や貝、昆虫などを運びました。食事を終えてはじめて鳥は異邦人の存在に気づきます。ほとんど同時に一声か二声叫んで仲間にそれを知らせ、頭を彼の方に向けました。

まずクロピネは自分を見つめる二つの大きい赤い目をみて少し感動しました。雄鳥はそこに五十羽くらいいました。若いシチメンチョウくらいの大きさで、長い嘴と尖った爪で武装しています。好奇心旺盛なこの子供の侵入者を鳥たちがいっせいに攻撃すれば、ひどい目にあわせたことでしょう。でも鳥たちは彼をびっくりして眺め、動かないのを見ると、翼をばたばたさせたりして互いにつつき合うだけでした。それから、体を引っ掻いたり、横になったり、疲れた人のように伸びをしたりします。最後におのおの適当な場所をさがし、日の出のときには一本足で眠ります。そのときクロピネは起き上がり、鳥の邪魔をしないで羽を集め、降りていきました。鳥たちが住まいを放棄しないように、もう雌鳥の卵はとらないと賢明にも決心しました。

彼は次の夜、雄の鳥が夜の狩からかえる前に、またルポの住処に行きました。卵を抱いている雌鳥たちの目を覚まさせぬようにして、巣の前にパンをおきます。雌鳥たちが彼をいい人だと思い、感謝するだろうと思ったのです。子供の考えではありましたが、その通りでした。鳥の食べ物はいくらか違うのですが、ほとんどの鳥はパンが好きです。次の朝、彼はパンが食べられているのを見ます。彼はこれを続けました。すぐにすべてのゴイサギ、雄も雌も彼に馴れてきて、近づいても遠くに逃げなくなり、そのうち全然逃げていかなくなりました。それから雛が生まれます。雛は人間を恐れる前に彼を知ったので、とてもよく馴れて、彼の方に来てその膝で眠り、その手から食べ、帰っていくときは、砂丘の端まで送ってくるようになりました。

クロピネはもう退屈することなどないくらいに、鳥に食べ物を運ぶのが楽しくなりました。自分の家の鳩《はと》や鶏《にわとり》を好きになれなかったのに、この野生の鳥は好きになります。動物に対するありきたりの友情は軽蔑していたのですが、用心深い動物を馴らすことができたのは誇りでした。土地の人たちは鳥の隠れ場所を探しましたが無駄でした。近づくことさえもできません。彼は他のすべての鳥もかわいくなります。散歩のときにあちこちにパンを撒き、静かに音をたてないで歩き、どんな鳥も攻撃したり脅かしたりしないので、鳥はもう逃げたりせず、彼の傍で休息したり、飛び回ったり、じゃれあったりするようになります。彼はウミウズラを殺したことを後悔します。それで自分の孤独を慰めてくれる仲間をもう殺さないためにチーズと肉を買いに行きます。

彼はヴィレールに買い物をしに行こうとは思いませんでした。その町で顔を覚えられたり、悩まされたり、またパン屋に跡をつけられたりするのを怖れたのです。ヴィレールより近くに小さい集落があるのに気づいていました。それは砂丘が固い土地の方に下がっている側の、砂丘の上にあります。この集落はオーベルヴィル（ヴィレールから一・五キロメートルのところの海岸にある集落）と呼ばれているはずです。そこには彼の欲しいものがすべて揃っていました。保存状態のいいリンゴさえありましたが、これは高価でした。十分に考え深くなかったので、たまにはばかげたこともします。ここで彼は水差し一杯分のシードルを飲みます。とても好きだったのです。冠羽を身につけないよう、無駄なおしゃべりはしないよう十分に注意しました。彼には守らねばならない二つの秘密がありました——両親の所へ力ずくで連れ戻されないために、名前と出身地を言わないこと。もう一つは、好奇心の強い子供や、冠羽を欲しがる愛好家を引き寄せないために自分の断崖の住処を言わないことでした。でも人のおしゃべりを聞きながら、土地のことをいくつか知ります。この村の若者たちはかなりよく海岸の鳥の習慣を知っていることが分かりました。彼らは貴重な二種類の鳥のことだけを話します。二種類のゴイサギがいること、これはもう取ることはできない。鳥はうまく隠れている。あるいはもう巣作りはこの土地ではしていない。小さいカイツブリは通過するだけだったのに、あまりにも捕獲されたため、少なくなり、人を警戒するようになったということなどです。クロピネはカイツブリについていくつか質問をした結果、この鳥のお腹の輝くような密生した羽は、羽毛商人に装飾用の毛皮のように売ることができることを知ります。このような商人は年に二回この土地を通るのです。もう一ダースもの冠羽を持っていましたので、これらの商人と取り引きするために、彼らが通る日と時間を知りたいものだと思いました。でもあまりに質問しすぎることを怖れて、別の日に情報を得るほうがよいだろうと、そうすることに決めました。

6

クロピネがゴイサギを見つけた場所に、人はもうこの鳥を探しにいかないので彼は驚きます。またこのことに関して少し不安になることを聞きました。人が言うには、昔この鳥が高い断崖の木の上にいるのを見たといいます。でも海に断崖の大きい塊が落ちてから、土を支えるための木がもうないので、誰もうそこには行かないというのです。人ひとりの重みで十分残りの部分が崩壊するというのです。クロピネは少し心配になってきました。彼はまさにその断崖に住んでいましたし、ほとんど毎朝頂上まで登っていたのですから。

夜、彼は恐くなります。波が高くて、海の音が突風に乗ってか、彼のところまで届いてきました。そのたびに目を覚まして、これは断崖が崩れているのだと思いこみました。とてもよく場所をしらべたので、ヴァシュ＝ノワールとかヴァシュ＝ブランシュと呼ばれている大きい石と絶対に同じ地質のものだということを確信しました。大きい石はかつて土に混ざって運ばれてきて、その土と一緒に崩れ落ちたのです。海は砂丘の裾を侵食し続け、毎年冬に大きい塊を呑みこみます。クロピネの隠れ家の安全を保証してくれているようなこの大きい石は、それを被っている土と同じように脆い土地の上にあるようです。だからその土が彼の下で崩れないにしても、上の土が崩れて、通路を塞ぎ、生きたまま彼を洞窟に閉じこめてしまうかもしれないのです。彼はほとんど眠れませんでした。というのは、考えれば考えるほど、それは悲しいことであり、多くの不安のもとにもなるだろうと思うのです。幸いこの子供の頭の中には、危険を恐れるよりも強い情熱がありました。それは、自然の中で自由に生きることと、自分自身の支配者となることでした。彼は自然という言葉は知らなかったのですが、自分が野性的な生活に憧れていること、家族の優しさや田園の安らぎに戻りたい気持ちに抵抗するのを誇りに感じます。それで彼は自分の巣に止《とど》まりました。鳥は自分の上で巣を作っているのだから、人間より詳しく物事を知っていて、山は強固だということを本能で知っているのだと想像したからです。

彼は夏の間ずっとそこで過ごしました。場所をあちこち変えて食料を補給し、誰にも知られることなく、また空腹の奴隷になることを避けるために海の生き物と野生の果物だけで生きていく習慣を徐々に身につけるようにしました。とてもわずかな食べ物で生きていけるようになってきて、田舎のご馳走にはもう引きつけられなくなりました。巡回する羽毛細工商人にうまく会えて、目撃者のいないところで彼らと渡りをつけることができました。将来の良い関係をつくるために、あまり過大な要求をしないだけの考えも十分にありました。羽一枚に一グロ・エキュで満足でした。それで五十エキュ集まります。それは美しいルイ金貨で三百リーヴルになります。これは当時かなりの金額で、彼の年頃の百姓には決して稼げない額でした。

このような財産を手中にしたとき、それを両親のところに持っていこうと決めます。でもその前にラキル伯父に会いたいと思いました。それで冬が近づくと、トゥルーヴィルに向かいました。伯父の家族にはきちんとした身なりで会いたいと思います。絶えずよじ登ったり、手入れを怠ったので、いい洋服でさえ、大変傷んでいました。それで彼は、何度かいったことのあるディーヴに立ち寄り、新しい衣服と、下着と、上等の靴を注文します。きちんと代金を支払い、手に棒を、ポケットにお金を入れて、トゥルーヴィルに向かいます。道で教会から帰ってくる伯父に出会いました。目は涙でいっぱいでした。伯父は妻を葬ったところだったのです。彼女は彼を精一杯不幸にしたのに、このかわいそうな男は、まるで天使でもなくしたように彼女のことを嘆き悲しんでいるのでした。伯父はクロピネを見て驚きます。両親のところに戻っているものと信じこんでいたからです。彼ははじめクロピネだとわかりませんでした。それほど彼は変わっていたのです。クロピネは自分で気がついていないのですが、大きくなり、海の空気で顔は日焼けしていました。よじ登ったり動き回ったりしたので体力もつき、弱い方の足も、もう一方の足と同じようによくなり、もうまったく足を引きずってはいません。顔つきもすっかり変わって、視線は生き生きしていて鋭く、言うこともはっきりして真面目です。着ているものも、ティール＝ア＝ゴーシュが農民用に型通りに作るものより上手に作られていて、以前より外観も顔つきもずっと良くなっていました。ラキルはすぐに、それをみて驚きます。

「お前、どこから来たんだ？　両親のところにいたのではないのか？」と、伯父が叫びました。

「そう、両親のところではありません。両親の消息を早く教えてください。ぼくのことはその後で話しましょう」とクロピネは言いました。

「それはできないよ。お前が夜、私たちのところを出ていったときから、……もうやがて六カ月になるが……私が思うには……」と伯父が言いかけます。

「そうですよ。伯父さん。ぼくはお月さまを数えていました」

「そうか。私はお前のことを心配して、できるかぎり探した。ところが、十二日たったとき、仕立て屋がここに立ち寄り、ヴィレールの近くで元気なお前を見たという。彼はお前をむりやり連れていきたくなかったそうだ。お前の家族がその場所にお前をよこしたと思ったらしい。それでもう私はお前のことを心配するのをやめた。妻がかわいそうに病気になり、私は必要なとき海に行く以外は、この土地を離れないようになった。だからお前の家族のことは何も知らない。確かに家族はお前が船にのっていると信じているよ。兄さんのフランソワはお前が船にのるのを承知していたようだし、そう信じてそう言っていたようだから。今お前は仕立て屋にまた送られるという心配なく家に帰ることができると思うよ。仕立て屋に会ったとき、お前が彼に何を言ったかしらないが、仕立て屋はきっぱり言ったそうだよ。お前のように風変わりで気難しい若者よりも、弟子にするなら悪魔を雇うほうがましだ、とね。お前が彼に反抗したらしい、と思ったが、それを責める気はなかったよ」

「ぼくは仕立て屋に棒を振り上げたんです。ところで伯父さん、以前伯父さんが予言されたように、ぼく、勇気の翼が生えたんですよ」とクロピネはここで自分に起こったことを話し、百エキュを見せて、水夫を驚かせます。

「すばらしい！」と伯父は叫びます。「今お前は金持ちだ。人生は望むままだ。お前が役にたつ人間になれるなら、誰も船にのることを拒まないよ。お前は遠くの国々にゆける。そこにはルポより珍しくてすばらしい鳥がいる。ネッタイチョウ、アメリカシラサギ、ゴクラクチョウ、灰から再生するフェニックス、牛を攫《さら》うコンドル、その他お前が考えてもみなかったようなたくさんの鳥が……」

「そうなんです。それですよ。ぼくは何も知らない。知ることが必要なんです」と子供は言います。

「旅をしながら学ぶのだよ」

伯父のこのすばらしい言葉に、甥を納得させる力はあまりありませんでした。ラキルは世界を一周しましたが、読むことは学びませんでした。クロピネは彼と話すうちに、彼が最も単純なことに、最も間違った考えを持っていることに気づきはじめます。たとえば、ある鳥は何も食べないで時代の空気を糧にして生きている、とか、また他の鳥は、繁殖しないで船底に絡みつく、隆起のある軟体動物、エボシガイから生まれる、などというものです。クロピネはとても空想にふけりやすい心の持ち主でしたから、鳥の妖精、つまり、鳥の形と声を持った精霊の存在を心から信じていました。でも命の法則をあまりにも観察してきたので、伯父の偏見と間違いは共有できなかったのです。

でも旅をする、という考えは彼を駆りたてます。一人で気晴らしをするために、長期間の旅行を夢見ていました。ラキルは彼に、オンフルールにいって、そこから、毎日出ているイギリス行きの船に乗るようにすすめます。カイツブリはそこで巣作りをしていて、クロピネは好きなだけその鳥をとることができるだろうというのです。でも羽を手に入れるためには、鳥を殺して、皮をはがなければならないと知って、クロピネはぞっとして頭を振りました。

夕食の後、伯父と海岸を散歩しました。二人はこの問題にまた戻ります。翌日の朝、オンフルールに向けて出発準備をしている大きい船を見て、クロピネは動揺し動転しました。これらの舟の一艘の船主と手はずが調えられて、ほとんど決まります。そのとき彼は暗い夜のなかを、よく知っている小さい子供の声が通り過ぎるのを聞きます。

「あの声だ！ あの声がぼくを探しに来ている！」と彼が叫びます。

伯父は彼が何を言っているのか分からなくて、口を開けたまま説明を待ちます。クロピネは説明はしないで、腕をひろげ、走り出し、絶えず彼を呼んでいる目に見えない精霊の飛翔についていきました。最初は乗船場の方に向かっているように浜辺に沿って行っていましたが、突然方向を変えて砂浜を離れ、畑を横切ります。クロピネはできるかぎりついていったのですが、飛ぶことができなくて、息をきらしながら伯父のところに戻ってきました。伯父は彼が気が狂ったと思いました。

「いいかい。坊や。本気で精霊のためにダイシャクシギを取るのか？」

「ダイシャクシギって？ それ何のこと？ 伯父さん」

「この鳥を知らないんだね？ 真っ暗な夜しか飛ばないで、絶対に姿が見えないというのは本当だ。ごく稀なことだが、群れのなかで偶然射止めても、殺さねば知ることはできないだろう。この鳥は鉄砲の弾より速く飛ぶそうだ。特別の不思議な鳥だと認められている。この鳥は雲のなかに卵を生んで、それを孵化するのは風だそうだ」

「違いますよ。伯父さん」クロピネは勢いよく反発します。「伯父さんが言われるようにあの鳥がダイシャクシギなら、雲のなかに卵を生んだりしませんよ。あれが鳥でなくて、そして、ぼくが確信しているように、あの声が精霊のものなら、卵は全然生みませんよ。あの鳴き声がダイシャクシギに似ているのは、ありうることです。ぼくも最初それを聞いたとき、言いました――夜行性の鳥が飛んでいる、って。でもよく聞いていて、その言葉が分かりました。ぼくを呼んでいたのです。ぼくに翼をくれました。グロス＝ヴァシュ＝ノワールで過ごした夜、海の上を濡れないで走ることも教えてくれました。伯父さんの家の天窓から飛び出すときもぼくを助けて、慰めてくれたんですよ。ぼくは精霊がいると信じていますし、大好きです。精霊が行くようにというところにはぼくはどこにでも行くつもりです」

「けれども、さっきはついていかなかったね？」と伯父が言いました。

「精霊が望まなかったからです。でも海岸を離れるときぼくに、今夜は船に乗ってはいけないと、示してくれました。彼らはここから南の方に飛んでいきました。伯父さん。ぼくの村があるのはその方向ですか？」

「確かにその方向だ。直線で海から三里のところだ」

「よし。明日の朝からそちらの方に向かって出かけねばならない。両親にキスをして、ぼくが手にしたお金をあげるんだ」

「それはいいことだ。でも両親はお前のためにそのお金はとっておくだろう。ところでお前はもう旅はできなくなるよ」

「ぼくはいつでも断崖のぼくの穴に戻って、新しい羽を貯えることができる。時がくれば両親から、船乗りになる許可をもらえるだろう」

クロピネは自分の考え通りにします。道を教えてもらうと、翌日からそちらに向かい、昼頃、自分の家の戸口に立っていました。

7

最初に会ったのは母親でした。彼がとても変わっていたにもかかわらず、母は遠くからすぐに分かって、彼を両腕に抱きしめると、嬉しくて死にそうになりました。クロピネはそれにすっかり感動します。自分は母からそんなに愛されていないと想像して悲しく思っていたのですから。彼が出発するとき母は自分の気持ちを抑えただけにいっそう母が自分をとても愛してくれていることがよく分かりました。父親のドゥシ、兄のフランソワ、そして他の人たちも駆けつけて、喜んで彼を迎えます。身なりも良く、とても元気そうで、足もよくなっているのは、彼が旅行中に苦労しなかったことの証しでしたから。みんな彼が遠くから来たと思います。フランソワ自身もそう信じていました。ラキル伯父にもう長く会っていないので、本当のところが分からなかったのです。父のドゥシはしかし、クロピネが家族の意志に反して勝手な振舞いをしたことを少し叱ります。そして生活費を少しも稼げなければ家族のお荷物になるんだぞ、と付け加えるのも忘れませんでした。クロピネは控え目に例のものを取り出し、ごく自然に父親に財布を差し出して、言いました。

「ぼくは人間にも動物にも迷惑をかけないで正直に生計を立てていきたいと思っています。これはぼくの六カ月の骨折りに対して支払われたものです。これが必要なら、あるいはただ気に入ってもらえれば、どうか受け取ってください。お父さん。来年はもっとたくさんもってくるつもりです」

家族の者は全員、クロピネのルイ金貨を見て目を丸くしました。でも父のドウシには疑念が残ります。

「お前はそのお金をどこで手に入れたんだね？　それを説明してくれなきゃね。私は百姓だし、海も町にも行ったことはない。でもお前の年で生活費を稼ぐには、見習いの水夫か、またはまったく別のことだということくらいはよく知っている」

クロピネは父が、何か悪いことをしたのではないかと疑っているのがわかり、お金を得るようになった真相を話します。父の疑いは晴れました。この土地では、ある鳥の羽が羽毛細工商人に求められていることをみんな知っているのです。ただ父は、ゴイサギがもうオージェ地方では見られないと思っているので、おそらくクロピネはそれを遠くで見つけたのだろうと信じこんでいます。クロピネが夏の間に大きい旅行をしたと、どうしても信じたいのです。クロピネはラキル伯父の質問に、彼が夏を過ごした場所をはっきり言うのを拒否しましたが、両親にもこの点では慎重でした。彼がヴァシュ＝ノワールや大きい断崖のことを話せば、家族の誰も、そのような名だたる危険な場所に生活するために戻っていくのを許さないでしょう。それで彼は両親に、自分がスコットランドから戻ったと、そしてそこで狩で成果をあげたと信じさせておきました。――伯父が彼の前でこの国の名を言ったことがあったのです。

最初の日の自分に向けられたたくさんの質問はかなりうまく切り抜けました。彼の家では何事であれ、外国のことは知らなかったので、彼は長い物語を作り出す必要はなかったのです。スコットランドでは、他のところと同じように、パン、野菜、肉を食べている、木は根を空中に向かってのばさない、そして他のところ同様、何も不思議なことはなかったと彼は答えます。

「よかった。よかった」と夕食が終わると父が言います。「お前のいいところは、ラキル伯父さんのように嘘やばかげたことを言わないところだ。いつもよく考えて行動するんだよ。そうすればすべてうまくいくだろう。お前には売り物を持って商売をする才能があるのだから、私はお前からお金を取り上げたくない。これはお前のものだ。お前のものになるいい土地に投資しよう。これはお前の財産つくりの第一歩になるだろう」

「もし父さんがお金をいらないなら、ぼくはそれを旅行のために使いたいのです。そして別の掘り出し物をしたいのです」とクロピネは答えました。

ラキルが予言していたことが起きます。父のドゥシは息子の言うことを信じたくありませんでした。彼には、草とリンゴの木が生えて、その中に牛のいる、四角の土地以外の投資は考えられなかったのです。自由にできるこのような大金を子供が持つのはよくないと判断しました。クロピネが家にお金を持って帰ったことは賢明だったと褒めたのですが、それを彼に返せば何かばかげたことをするかもしれないと思ったのです。クロピネは譲歩しなければなりませんでした。翼が切られたような思いでした。将来の旅行が延期になったことをとても悲しく思いながら寝にいきます。でも精霊が次のように言いながら話しかける夢を見ました。

「希望を持ちなさい。私たちがついていますよ。お前は私たちの望むようにしてくれたから、私たちもそのご恩返しをしますよ」

それで彼は諦めました。でも、とても温かくて心地よい羽根布団の上で眠る快適さには無頓着ではなかったことも、認めておくことが必要でしょう。この二週間くらい、冷気を感じるようになってから洞窟はそれほど快適ではなくなっていました。そこではじめじめする湿気と吹きこんでくる風を防ぐことはできなかったのです。父親のところではみんな快適に暮らし、貧しくもなければ、出し惜しみもせず、おいしいパン、おいしいシードルには節約しないのです。それにドゥセット母さんはラード入りのスープの達人です。そしてクロピネを特別かわいがってくれます。彼に優しくて、甘やかすので、寒い季節を家で過ごそうかと考えるほど、家族の生活に引かれて柔弱になっていくのでした。彼は渡り鳥の群れがすべて、海から来て内陸に向かうのを見ていました。沼地で越冬するためか、より暖かい海を探すためかは分かりませんでした。彼は考えます。今、北の方に巣がある季節ではない。彼はある鳥が寒さを求めて反対の方向に飛んでいくことをまだ知らなかったのです。

あまり嘘をつきたくないと思い、彼は父親に言います。

「どんなにぼくをとどめても、海には出ていくことになりますよ」

でも両親が、彼を自由にし、気持ちよく出発させてくれるように努力しました。何もしないで家にいることもできないので、また牛の番と世話をすることになります。彼にはとても退屈な仕事でした。大きくて行動がのんびりしたこの動物を、ますます嫌いになります。平坦で眺めもない牧場には気分が滅入り、心はいつも海と断崖に飛んでいくのでした。

ある日、父は彼を薬剤師《アポティケール》のところに薬を買いにディーヴに行かせました。この頃、薬剤師のことをファルマシアンとは言わないで、アポティケールと言っていたのです。同じ薬剤師のことですが、もっと幅広く仕事をこなしていたようです。薬物治療は複雑なので、薬を作ったり売ったりする人たちは、よりさまざまの薬を提供するために詳細を知る必要がありました。

ディーヴはとても古い町で（ノートルダム教会は十四―十五世紀の建物で、中央市場はノルマンディ地方最古のものである）、田園地帯はとても美しいところですが、クロピネは骨董《こっとう》の趣味もないので、汚い町だと思います。彼はいつも海のある側しか見ていないので、平たくて砂ばかりの丘を見て、うんざりします。そのとき、大きい港の代わりをしている狭い水路に、彼は大きいボートを見ました。昔、ギヨーム征服王の船団がここからイギリスに向けて、出発した港です。今このボートはオンフルールと小さい取り引きをしています。クロピネはせめてオンフルールまででも行きたいと、あまり熱心に思ったので、もう少しで用事を忘れそうになりました。彼は自分の気持ちを抑え、薬剤師の家を教えてもらいます。そこで薬を調合してもらっている間、薬を両親のところへ持って帰らなければならないことをまた忘れそうになりました。というのは彼の注意を引いて、今までになく彼を引きつけたのはエリマキシギ、別名海の孔雀でした。それはショウウインドウの中で、棒にとまり、動かないでいました。薬剤師は彼が驚いているのを面白がって、鳥を出してくれました。まるで生きているようです。目は輝いていて、嘴は開いています。彼は触らせてもらいました。それは剥製《はくせい》です。このような人工のものがあるとは、思いもよらないことでしたから、説明してもらいました。それから、ごく普通の少年としては突然薬剤師を驚かしたほどの激しさときっぱりした態度で、剥製の作り方と保存の仕方を教えてもらえるかどうかを尋ねます。

「君がこの仕事の手助けをしてくれるなら、嬉しいことだよ。決心の強さと同じくらいの器用さを持っていればだが」と薬剤師は答えます。それからクロピネにこの地域の司祭と、隣の城の領主は、鳥類学の大の愛好家だと教えます。薬剤師もこの人たちから鳥についての知識、科、属、種の分類についての知識を学んだのです。この二人はできるかぎりのことをして鳥を集めています。領主はお金に糸目をつけないし、司祭もそれに使えるだけのお金を注ぎこんでいます。この地方は海と海岸の鳥がとても多いが、それは海岸の広大な砂州《さす》と、ディーヴ川によってできた沼地のせいです。猟師たちはお城に持っていくために獲物をねらうのです。お城では領主が剥製のコレクションをしていて、その準備を薬剤師が担当しているのです。彼はとても上手に剥製つくりをしますが、助手がいないので時間が足りません。注意深くて頭の良い弟子がいれば、仕事を覚えしだい給料を払うつもりだと言いました。

「ぼくを雇ってください。ぼくは、早く上手に覚えられる自信があります」とクロピネが言いました。そして続けて、「それに、気を悪くなさらなければ言いたいのですが、鳥のことはあなたよりぼくのほうが知っています。あなたが海孔雀とよばれたこの鳥、ぼくはその名を知りませんでしたが、この鳥が自由に飛び回っているのを百回も見ました。どのように育ち、どのように木にとまるかを知っています。あなたはこの鳥に闘うときの様子をさせたいと思っておられますが、それはこうではありません。これが直せるものなら、本当はどのようにとまるのか、してみましょう」と言いました。

薬剤師は知性のある人でしたから、人の知性にも敏感でした。クロピネの批評に少しも怒らないで、言いました。

「やってごらん。これは直すことができるから。つまり骨と筋肉の代わりをしている針金を調整して鳥の動きを変えることができるのだ。やってごらん。もし台なしになっても仕方ないよ！　海孔雀はそれほど珍しい鳥ではない」

クロピネは一瞬ためらい、青くなり、少し体が震えます。それから鮮明に記憶を呼び戻すためしばらく考えました。そして突然、非常に慎重に、でも決心して鳥を摑むと、鳥本来の姿勢にし、誇り高い様子に仕上げました。一本の羽も損ないませんでした。薬剤師はとても驚いて、言います。

「ありのままに言えば、君の動きは私のものより自然だ。でも前のほうが力強い」

「そうでしょうか？」とクロピネがいいました。

「私の作った方は、もっと敵意のある様子をしているということだ。この鳥はとても獰猛《どうもう》な鳥なんだよ」

「あなたが間違っているのはその点です」とクロピネははっきり言います。「鳥は、お腹が空いてどうしても争いをしなきゃならないとき以外は争いません。争って怪我をさせたりしないのです。争うことはほとんどないのです。争っているようでも、それは見られているとき自尊心からする遊びのようなものです。鳥たちは、雌と雄が子供の鳥を真ん中にして飛んでいきます。砂の山を選んで、雄鳥はそこで列になり、雌鳥はもう一方の砂山で子供たちを見張ります。そのとき、年とった鳥が若い鳥にいいます。『さあ、子供たち、お前たちがどんなふうに闘えるか見せなさい』そこで二羽の子供が出てきて、疲れて倒れるまで闘います。次にまた別の二羽がきます。ときには二組が同時に闘うこともあります。でも必ず一羽と一羽です。グループで一羽に向かうことはないのです。また雌鳥や、食べ物を取りあって争ったりはしません。この遊びの時間が終わると、一緒に散歩したり、食べたりして、みんなよい友達です」

「そうかもしれないね。君は鳥をとてもよく見ているから、私よりずっと鳥のことを知っている。今のように格好よくまっすぐに立っている雄のエリマキシギは前のより私は好きだよ。君はよい観察者で、おそらく生まれつきの芸術家だね」と薬剤師は笑いながら言いました。

クロピネは意味が分からないながら、薬剤師が、「明日、また来なさい」と言ってくれたとき、嬉しくて心臓がドキドキしました。薬屋は続けて言います。

「仕事を教えてあげよう。とても簡単だし、君は自然の賜物《たまもの》である感受性を持っているから、お城のご領主のところに助手として入れよう。君は鳥類の博物学を学んで、いつか彼のところか、あるいは誰かのところでコレクションの管理人になるだろう。学者になるために生まれてきたかもしれないんだよ」

クロピネには一つのことしか分かりませんでした。それは、彼の知らない鳥を見にいけること、彼が外観や鳴き声、羽や習慣を知っている鳥の名前や地方を教えてもらえることです。父親のところに走るというより飛ぶように帰り、鳥に囲まれて働く許可を難なくもらいました。

「これは薬屋さんが考えたことだし、彼はとても真面目な人だから、母さん、少しも悲しむことはないよ。この子が働くのは遠い土地ではないし、私たちはたびたび彼に会いにいけるんだよ」と父のドゥシが妻を見ながら微笑を浮かべて言います。

母親のドゥセットには、子供が自分の傍を離れないでいてくれる方がよかったのですが、夫が微笑しながら子供のことを誉めて話しているのに、満面笑みをうかべて承知するしかありません。これは些細なことではありませんでした。それに彼女はクロピネがスコットランドという国へ帰るかもしれないと思うと、いつも体が震えるのです。彼女にとってスコットランドは世界のはてのような国でした。でもクロピネはそのような国には行ったこともないのに。

一カ月たつと、クロピネはヒ素の調合をとても上手にできるようになりました。ヒ素を使って鳥を腐敗とダニから守ることができるのです。一枚の羽も汚したり傷めたりしないで、まるで手袋を裏返すように鳥の皮をうらがえして実にきれいに皮を剥ぐことができました。針金を固定するために保存しておく小さい骨、切らねばならない骨を見分けたり、少し太い針金で動物の骨組みを替える方法などを覚えます。各種の鳥に適当な目を、種々のガラスの目を蓄《たくわ》えているところから選び出すことができるようにもなりました。鳥の正確な形を保ちながら麻くずを詰めていって、縫い目がまったく見えないような巧みさで、お腹を縫い合わせたり、またそれを脚で立たせ、翼を自由に閉じたり開いたりもできました。鳥に優雅な感じを与えたり、あるいは生まれつきの奇妙なポーズをとらせたりすることにかけては彼は最初から熟練していました。

薬剤師は自分の調合薬を売ることと、調剤室から剥製の仕事を除くことを考えていたので、すぐにクロピネをプラトコート男爵のところに入れようと思います。『鳥類学に夢中の男爵のために、子供は働くだろう。まだ司祭はこの子供の才能のことを知らない。でも司祭は男爵と研究の交換もしたりするので、この子供のことを知れば、殿様に少し嫉妬するかもしれない。自分のためにクロピネを一人占めしたいと思うだろうか』

薬剤師は機智もあり、誠実な人間でした。彼はクロピネに興味を持ちます。この子供の優しさと判断力は普通ではないと思いました。それでクロピネを男爵の城に連れていきます。有能で、仕事に精通した働き者として、彼は自分でクロピネを紹介しました。

「その通りだろう。でも子供だ。清潔でおとなしいが、でも何も知らない百姓の子供だ」と男爵は丁寧に答えました。

「何でもご存じの男爵さま。あなたがお好きなようにこの子に教えてやってください。男爵さまにはお子さまがいらっしゃいません。この子をお引き受けくだされば、忠実で良い召使いになりましょう。この子をすぐにお雇いになることを強くお勧めします。といいますのは、司祭さんがこの子のできる調整の能力を知れば放さないでしょうから」と薬剤師は丁重に言いました。

そこで薬屋は持ってきた箱を開け、テーブルの上に三つの剥製をおきました。そのそれぞれに、クロピネがふさわしい独自の外観を与えていました。鳥に精通している男爵は、驚きと讃嘆の声をあげました。

「薬屋さん。このすばらしい仕事をしたのは、それはあなたでないのは分かる。これが本当に、ここにいるこの子供の作だと誓えるかね？」

「誓いますよ。男爵さま」

「彼一人でか？」

「彼一人でです」

「決まった！　彼を雇おう。私に任せてくれ。私に仕えることを後悔することはないだろう」

8

その日から、クロピネはプラトコートの古い館の、屋根裏にある小さい部屋に住みます。部屋、それは心地よい部屋でしたが、その部屋を眺めるよりまっ先にしたことは、窓から頭を出してこの地方を知ることでした。城は最高に美しいものでした。高い丘の上に建っていましたし、そこからオージュの谷、ディーヴ川とオルヌ川の流れ、その岸の森と起伏のある草原、もう一方の側には遠くに海と海岸が見えます。クロピネはすぐに大きい断崖のギザギザの先端が分かりました。城の見晴らし台に据えつけられている望遠鏡で見ると、よりよく見えます。望遠鏡は彼の部屋より上にあったのです。波の上に背を向けているヴァシュ＝ノワールを、田野の側に両親の家をはっきり見分けられて嬉しくて夢中になります。両親の家の藁《わら》屋根は、黄色い葉をつけたリンゴの木を越えて見えます。彼はこのように高いところに住み、良い眺めにさらにすばらしいレンズの力を加えることができる喜びに陶酔します。このレンズは鳥の目と同じ視力をくれました。曲がりくねったすべての海岸線、丘陵の小部落や村を見て確認します。トゥルーヴィルが見え、オンフルールが後に隠れている岬も見つけました。

もう一つの喜びは、翌日から仕事場として与えられた部屋に住めることです。そこにはすでに薬剤師が

ガラスの小びん、材料や道具などを、彼の使用のため備えていました。この部屋から、同じフロアの男爵の博物館に入れます。そこにクロピネは、ガラス張りの大きい棚の中にたくさんの外国の鳥と、貴重な土地固有の鳥を見ます。その名前や分類を習おうとするものには、どれもみんな興味がありました。

男爵が彼に会いに来て、どのような仕事をしてもらうかを説明します。クロピネは心が単純なので単刀直入に言います。

「殿様。あなたの鳥のコレクションの並べ方はよくありません。小さい鳥を小さいという理由で他の鳥と一緒においていますが、それでは全然釣り合いがとれません。この小さい鳥はあの大きい鳥の傍においてやるべきです。同じ種族ですから。請け合っていいですよ。同じ嘴《くちばし》と脚を持っているし、同じように育っているのです。ぼくは知っているし、はっきり見てきました。同じ種族でないとしても、似ているから従兄か甥くらいですよ」

男爵はクロピネをしゃべらせておきました。クロピネはおしゃべりではないのですが、鳥のこととなるといつも言いたいことがたくさんあるのです。男爵は彼の正しい考察と、確かな観察を賞《ほ》め、また記憶力もひとしお優れていると感心しました。というのは、ある朝男爵が言おうとした鳥の名をすべて知っていて、全然間違わないで言ったからです。でも突然男爵が欠伸をし、かぎ煙草をたくさん手にとり、無学なものを教えることに退屈しているのを見て、彼は男爵に言いました。

「殿様。あなたのお仕事をするには、ぼくは旦すぎたようです。ぼくを教えることに、あなたは楽しんでいらっしゃらない。ぼくのほうは一人で勉強したいのです。そのためには読むことが必要ですから、ぼくを神父さんのところにやってください。忍耐するのは神父さんのお仕事ですから、我慢して教えてくださるでしょう。読めるようになって、ここに戻ってきます」

「いや、いや。神父のところにいくべきではない。私のところにいる下男はかなり教育があるから、彼が君に教えるだろう」と男爵が言いました。

下男は流暢《りゅうちょう》に読み、字も上手で、男爵の手紙の口述を書き取るため、かなりのフランス語を知っていました。男爵は学識があり才人でもあったのですが、生まれが良すぎて正書法は学んでいませんでした。当時上流社会の人々には字を書く風習がなかったのです。

ド・ラ・フルール氏、つまりこれは下男の名前ですが、彼は百姓の子供たちの先生になりました。この先生は少し無愛想で、我慢というものはほとんどしない先生でした。大部分の子供たちは先生に忍耐を強いるものです。でもクロピネのように、勉強にたいして情熱を持ち、好機を逃したくないと思うものにとっては、ものぐさで怒りっぽい先生はかなり適しています。クロピネはド・ラ・フルール氏の凡庸な意欲を退屈させないように、より大きい意欲で応じました。それで一年後、読むことも、書くことも、計算することも彼同様にできるようになります。

それだけで彼には十分ではありませんでした。鳥の学名はラテン語で、自然科学を扱う多くの論文もラテン語で書かれていました。クロピネは日曜日は自由なので、司祭のところに剥製を作りに行きます。仕事をしている間に司祭がラテン語を教えてくれるという条件でした。一年たつと、自分の仕事に必要な俗ラテン語はすべて習得しました。

こうして勉強しながら、男爵の代理人や、取り引き業者から送られてくるもの、持ってこられるもの、すべて剥製にしました。この土地のものも、外国からのものもありました。コレクションの中で調整の悪いものや、損傷しているものも、修理したりやり直したりします。またときには主人と激しい討論をして、より良い並べ方に替えたりもします。というのは、男爵は鳥に関しては詳しく知っていると信じていて、自分が間違っているなどとは容易に認めない人でしたから。でもクロピネは強い性格と、生まれつきの公正さでいつも男爵を納得させることができました。男爵は愚かではないので、そういうときは肩をすくめて気配りをしているように言うのでした。

「じゃあ、好きなようにするがいい。わずかなことで、君を怒らせたり、私自身怒ったりしたくない」それは男爵のいうようにわずかなことではありません。標本の数では劣るが男爵より賢明で教育もあった司祭は、クロピネをとても高く評価し、もしビュフォン氏が彼を知れば、出世させるだろうと明言しました。

クロピネはそれで、自信を持ちました。ビュフォン氏のすばらしい著作を熱心に読んでいましたので、彼が尊敬されていることをよく知っていました。でも彼は、自然に関すること以外、世界の何ものにも引かれることのない、成熟した心を持っていましたから、お金も名声も気にしていないのです。彼は旅のこと、自分で、それも一人でする発見や観察のことを夢に見つづけていました。

それで絶えず大きい断崖の隠れ家のことを考えていました。快適な城の生活に浸ればに浸るほど、岩のベッド、野生の花々、自由な鳥の歌、そして何よりもそれらに芽生えさせた友情を懐かしく思うのでした。

この奇妙な親しさの思い出は、ときに彼の心を締めつけます。――いま、孤独のときのあのかわいい小さい仲間はどこにいるのだろう？　ぼくのオグロシギはどこだろう？　ヤギの鳴き声や犬の吠える声をとても上手に真似していたが……。牛のように唸る、大きい寂しがりやのヨシゴイはどこだろう？　仕立て屋の声を真似て十八、十八《ディズウィ》、と耳許で叫んでいたかわいいいたずらなタゲリはどこだろう？　そしてあのダイシャクシギはどこだろう？　子供のようなやさしい声で、暗い夜、ぼくを呼んでいた。あの鳥が魔法の翼、勇気の翼をくれたのだ、と彼は思うのでした。

クロピネはもう夜の精霊の存在を信じていないようです。彼はそれに満足ではなかったのです。暗い空のかわいい友達の言葉と、嵐のときの風の音を聞き分けたと信じていた頃を懐かしく思います。彼が移り住んだこの場所は、何のすばらしいものももたらしませんでした。この頃、誰でも自分は哲学者だと誇っていました。司祭でさえそうでしたし、とくにド・ラ・フルール氏は読んだこともないヴォルテールのことを大いに話し、素朴な迷信をすすんで軽蔑するふりをするのでした。

クロピネが十五歳から十六歳で、努力して男爵に仕えていたとき、鳥類に関して、城とその周辺で受ける教育に疲れ果てていました。書物では得られない秘密を自然から得たいという抑えがたい欲望に取りつかれます。自分で病気になったと思い、人も彼の顔色が青白いのに気がつきました。それで彼は真面目に仕事から離れることを考えはじめます。仕えているご主人はいい方だと思っていたし、愛着もあったのですが、旅行に出る決心を宣言し、男爵の博物館のために、興味のあるものをできるかぎり蒐集して持ち帰ると約束しました。でも男爵は彼が仕事、受けた教育などを放棄すること、受けた好意にたいして感謝の念の足りないことなどを咎めます。また彼を引き止めるために、給料をラ・フルールと同じ額にすること、食事はもう台所でしなくてもいい、などと提案しました。クロピネは、給料は十分いただいていると、また台所で食事をすることを全然みじめだと思っていないといって、感謝したうえで、それを辞退しました。

「たぶんお前は召使いの制服を着たくないのだろう。薬剤師と同じ黒い衣服の小さいのをお前のためにつくらせよう」と男爵がいいましたが、クロピネはこれも辞退しました。自分の洋服を贅沢すぎるとさえ思っていたのです。男爵は怒ってしまいました。彼を恩知らず、偏執狂と言い、もうお前のことは知らない、書いておいた年金を遺言から削除するとおどします。すべて無駄でした。クロピネは男爵の手にキスをしながらいうのでした——年金があってもなくても、あなたへの愛情に変わりはないし、献身的であることにかわりがないこと、でも、この三年来のようにずっと閉じこめられていれば、死んでしまいそうだと、自分は鳥のようなもので、空間と自由が必要だと、どんな悲惨な目にあってもこれは手にいれなければならないというのでした。

男爵は何もできないことが分かると、諦めて、給料ときれいな贈り物までそえて、やさしく暇を出してやりました。クロピネはお金の贈り物は辞退し、その代わり携帯用の望遠鏡と道具をいくつか欲しいと頼みます。男爵はそれらを与えたうえに、お金もとっておくようにと言いました。

クロピネは男爵があまりに親切なのを見て、自分はなんと恩知らずだと反省し、男爵の足許にひざまずいて、自分の夢はすべて諦めてしまいました。そしてただ一週間だけお休みをくださいと頼みます。必ず戻ってきて、男爵がこんなにやさしくしてくれる城の生活に慣れるために、できるかぎり尽くすことを誓いました。男爵もほろりとして、彼にキスをし、一週間の旅に必要なものをすべて持たせました。

春の美しい朝、クロピネは両親のところで一日過ごしたあと、一人で大きい断崖に向かって出発します。男爵に頼まれた仕事にとても熱心でしたし、司祭と学んだことに熱中していたので、散歩をして楽しむなどということには一時間も費やしたくなかったのです。

彼はそれでヴァシュ＝ノワールも見ていませんでした。自分のいない間に海が与えたはずの荒廃の様子を近くで確かめたい思いがしきりにしました。男爵と薬剤師のところで、かなりの山崩れがあったらしいということを聞いていたのです。でもクロピネは、大きい断崖のギザギザの頂上が変わりないことを確かめていたので、人のいうことは半分しか信じていませんでした。

村びとの着るような丈夫な上っ張りを着て、布製の上等のゲートルを巻き、大きい靴をはいて、頭には風に強いウールの帽子をかぶり、旅行用の頑丈なリュックを背負って彼は出かけます。リュックにはいくつかの道具と、二、三冊の目録《カタログ》、望遠鏡、それに食糧が少し入っていました。彼は急いで砂丘に向かいます。でも海岸に沿っていくことはできませんでした。山からすべってきた泥灰土で、あちこち塞がれていたのです。中腹に寄りかかりながら進んでいくと、これら大きい割れ目のなかに顕著な変化があるのに気づきます。前に植物があったところには、もう泥土だけで、そこは、横切ろうとすれば、体が埋まりそうになるほど危険です。柔らかだったところは、固くなっていて、植物に被われていました。クロピネはもうどこにいるのか分かりません。昔の小道、彼が跡をつけ、彼だけが知っていた小道は消えてしまっていました。割れ目や絶壁を避けて前に進むためには、実地にいろいろあたってみたり、新たに計算したりしなければなりません。ついに彼は大きい断崖にたどり着きます。でもそのむき出しの切り立った中腹から、彼の隠れ家まで登ることはもう不可能でした。

9

彼は隠れ家にいくことを諦めかけたのですが、あまりにも楽しみにしていたので、新しい通り道をなんとか見つけようとします。それは困難なことでしたが、やっと歩けるところを、それほどの危険もなく探し出すことに成功しました。そこを進んで、岩だらけの部分に着きます。そこには庭も、回廊も、天窓も、そして洞窟もほとんど無傷のままでしたから、彼は本当に満足でした。すぐに自分のいる場所を作りはじめます。干し草のベッドは切って立てておきます。いろいろの鳥が彼の住まいに痕跡を残していましたので、大掃除をします。たくさんのイグサを刈って洞窟を清潔にするために、それに火をつけます。香りをつけるためにセイヨウネズの実さえ燃やしました。ここで質素な食事をとると、そのあとで、自然の庭の草の上に横になります。そこにはかれの好きな花が今までみたこともないほど美しく咲いていました。彼はぐっすり眠ります。朝早く起きて、形の変わってしまっていた砂丘を横切るためにすっかり疲れてしまっていましたから。

一休みしてから、大きい断崖に登ってみようと思います。まだ同じ鳥が住んでいるかどうか知りたかったのです。そこまでいくには大変な骨折りをし、危険も伴いました。ところがそこには巣の跡はなく、一本の羽も集められませんでした。ゴイサギはもうこの場所を見捨ててしまったのです。それはここが崩壊の危機にある前兆でした。鳥の本能がそれを予感したのでしょう。ではどこに避難しているのか？　クロピネはかなり豊かになっていたので、もう冠羽でお金を得ようという気はなかったのですが、昔の友達に再会したかったのです。そしてこんなに長い間見ないでいても、鳥が自分を覚えてくれているかどうか知りたかったのです。ほとんどありえないことでしたが。

目で探すと、彼は断崖の斜面に大きい割れ目が開いているのを見つけました。注意深く近づくと、それはまるで、人のいない町に掘ってつくられた新しい道のようでした。その道をいくと、彼は下の空間に導かれ、驚いたことに、それは隠れ家のすぐ近くでした。それに、岩が鳥の糞で真っ白になっているのです。巣を見つける大きい手がかりでした。巣には太陽に温められた卵が、孵化《ふか》するために夜を待っていました。そのまわりのたくさんの羽が、雄鳥のいたことを証明しています。このようにゴイサギは引越していたのです。鳥が洞窟のすぐ近くに越してきたことは、洞窟がまだ断崖の襞《ひだ》のなかにあってしっかりしているということの証しです。これを見つけてクロピネは嬉しくなり、地面の小さい起伏を難なく乗り越えながら自分の家に帰ります。昔の友達がこんなに身近にいるのは嬉しいことでした。

確かにクロピネは孤独が好きでした。人のいないこの土地での一日は、彼にとって、勇敢にも離れて耐えてきた長い生活のあとのご褒美のようでした。砂丘がどこまで延びたのかも分かり、新しい位置関係も確認します。彼は親愛なヴァシュ＝ノワールが貝に被われているのを嬉しく見ました。海で気持ちよく水浴びをし、この海岸に住む鳥や、通りすがりに立ち寄る鳥に関する昔の観察を再びします。この点に関してはもう学ぶことはありませんでした。鳥が同じ鳥でないか、あるいは鳥が過去の記憶をなくしてしまっている場合を除けばですが。というのは、鳥は彼のことを全然覚えていないようですし、彼が与えるパンに近づこうともしないのです。でもパンは鳥にとって大好物ですから、彼が少し遠ざかると、パンくずにとびかかって、大声で啼《な》きながら奪い合うのです。彼は断崖で過ごす短い間に再び鳥を飼いならそうとします。諦めきれないのです。休みの間ずっとこの断崖で過ごそうと思っているのですから。とはいうものの、なぜこんなにもここが好きなのか、自分でも分からないのでした。

若い時には、大して確信もないのに、自分の思うままに行動することがあるというのは確かです。クロピネはしかし、ここで六カ月を過ごしたときと、同じ子供ではありません。今はかなり知識も豊富で、かつて持っていた物事への疑問も解決していました。彼はかつて、海や岩、鳥、花、雲などが好きでしたが、それはこれらが何からできているかを知るより前のことでした。学問と比較によって、美とは、恐怖とは、優雅とは何かを教わりました。それで、楽しみは倍加します。自然を理解する前に、自然を愛したことを何かに感謝する思いでした。でも彼もまた、綿密な観察と賛美を糧として生きていくすべての人たちのように控え目でした。誰の助けも借りないで自分の前に姿を現わしてくれたことを、彼は自然に感謝するのでした。

まるで自然という力強いお方に、歓迎されているように、三年前に楽しませてくれた光景が再現します。それは断崖に今回落ち着いた最初のEの夕暮れのことでした。真っ赤な火の色で縁どられた巨大な黒雲が出て、同時に海が燐光を放ったのです。彼が洞窟に戻ると、風が立ち、歓迎の宴は少し乱暴になってきます。嵐のような雨が隠れ家の周囲に流れ落ちます。でも優しく魅力的な月はそれでも、入り口を飾っている葉の茂みに、緑のダイヤモンドをおいてくれるのです。クロピネはこの騒がしい嵐の最中に眠り、ときどき雷の大音響で目を醒まして、それでも楽しんでいました。

でも雷の閃光があまりにも激しくて、衝撃を受け、なぜか分からずベッドの脇に立ちました。無数の悲しげな叫びが彼の上でいっぱいに広がり、その一瞬後、たくさんの翼で、文字通り叩きつけられるのを感じます。翼は洞窟の中で、彼の周囲で音もなく羽ばたいているのです。そこは雷に打たれた隣の鳥たちの仮住まいになっていました。雌鳥は半狂乱で、毀《こわ》れた卵を捨て、風に押されてクロピネの庭に落ち、恐怖と悲嘆の激しい鳴き声をあげて、彼の住まいに避難してきたのです。彼は鳥に同情して、彼らを追い返さないように用心しながら、横になって、哀れな鳥たちのなかで再び眠りました。何羽かの鳥は瀕死の状態で彼のベッドに横たわっていました。

夜が明けると、翼のある鳥は飛んでいきましたが、何羽かの鳥の翼は破れ、ある鳥は目が潰れ、他の鳥は死にそうか、あるいは死んでいました。クロピネは哀れな客人をできるかぎり世話して、そのあと群れの惨事を見に行きます。空しく卵を探す親鳥の嘆きの叫びを目にします。いくつかの巣を修復しようとしますが、電流が、毀れていない部分まで焼いてしまっています。もはや希望がないとわかると、鳥たちは苦悩の叫びをあげて互いを呼び合い、会議でもするように岩の上に集まって、別れの号泣とともに海のほうに飛んでいって霧の中に消えました。鳥たちがその後どうなったかしるよしもありません。

クロピネは翌日も、また次の日々も、鳥たちが戻ってこないのを見て、このなじめない海岸に永久に別れを告げたと思いました。それで体をいためている鳥たちのところに戻ります。わずかの間に鳥たちは、すっかり馴れて、彼の手から食べ、撫でられたり、彼を引っ掻いたり、温めてもらったりするのでした。彼のまわりを歩きまわるものや、洞窟で眠るものや、庭で日の光をあびて生気を取り戻すものなどさまざまです。不思議なことに、鳥たちは、雛の災難を忘れたように見え、どうなったかを見にいく気配もないのです。そして飛び立っていく鳥たちの騒がしい鳴き声に、悲しい微《かす》かな細い音色で答えていました。抵抗しても無駄だと知っている新しい存在を受け入れるように、この鳥たちは、飼い馴らされることを受け入れているのです。

クロピネは常に関心のあった一つのことを学ぶことができたと思いました。それは動物が、自分たちの種の保存に、本能だけではもう十分ではなくなるとき、発達していくのは知性の段階だということでした。彼は、自分に身を預けている麻痺した回復期の鳥たちを観察したり、断崖のあちこちに倒れている、別の種類の羽飾りをつけた鳥を家に連れてきたりしてその日を過ごしました。今まで近くで見たことのない鳥たち、ヘラサギ、ウ、ヨシゴイなどが嵐に運ばれてきていました。夕方、洞窟は鳥たちでいっぱいになります。彼は残りのパンをすべて彼らに与え、自分は空腹を抱えて眠りました。

翌日の朝、彼はオーヴェルヴィルで食事をするため急ぎます。ここは昔、パンを買いこんだ村です。ここから、自分の病室に収容している怪我鳥や、麻痺鳥に与える必要なだけの食糧を持ち帰りました。その日のうちに死ぬものも、回復するものもいました。彼はさらに麻痺した鳥を探して、上のほうに登っていくと、自由に元気で飛べる鳥もいました。その鳥たちは、彼が落としていくパンくずを集めるために、彼の通る道を窺っています。数日でクロピネは昔のように鳥たちと仲良くなりました。一番早く馴れた鳥の中には、かつて馴染んだ同じ鳥がいると彼は確信するのでした。

でも鳥の性格の中に、つねに大きい違いがあることに彼は気づきます。それは、すっかり馴れて近づいてはくるのですが、束縛を嫌うものと、雷によって怪我をしたり、失神したりしたために、全面的に頼る鳥とがあることです。後者は執拗なまでに彼を信頼します。飛ぶことや、早く歩くことができなくなった鳥には、自己中心主義の感情と貪欲なまでの食欲とが発達するのです。一方前者、つまり束縛を嫌う鳥は誇り高く、活動的でした。クロピネはこちらの方が好きでした。彼を必要とする鳥たちの方を、優先して世話をするのですが、あまりにも容易に自己を捨ててしまう鳥たちを、少し軽蔑する気持ちは抑えきれないのでした。

でも傍で世話をしてやると、憐れみの気持ちから、この鳥たちすべてを、野生の生活ができる状態にしてやりたいと思うのです。解剖学を知っていたので、鳥たちの骨組みを修理するのは上手でした。それで鳥の折れた脚や翼をすばらしい技術で治療してやります。でも、こうして治してもらって、わずかの日々で、餌を取りにいくことができるようになった鳥たちは、自由な鳥たちから歓迎されないのです。それでクロピネの脚の間にしょんぼりして逃げ帰ってきます。彼は、この鳥たちの羽をむしったり、攻撃したりして侮辱する鳥たちを、追いはらったり、叱ったりしなければなりませんでした。この不思議な争いの中に巻き込まれた彼が、羽に被われたこの鳥たちの振る舞いや方法を興味津々で観察したかどうか、あとはお前たちに考えてもらいましょう。

ついに一週間が過ぎて、クロピネは、断崖を離れ、ご主人のところに帰ろうと考えます。いずれにせよ、帰ることを考えねばならない時でした。断崖は最近の雷雨で被害をうけていました。雷に打たれたゴイサギの巣の傍に、新しい裂け目ができていて、雨のために溶けて出た泥灰土がクロピネの庭まで流れはじめています。それは彼にとって悲しいことでした。この小さいくぼみには良い腐植土がいっぱいあって、そこで彼は周囲の土地の最も美しい植物、エニシダ、シャゼンムラサキ、鮮やかな黄色のエリトレ・マリティム、透き通るような紫色で、優雅な高さのうっとりするようなスターティス、白い鮮やかな縞《しま》のある、バラ色の花冠をつけ、厚い光沢のある葉をつけた美しいハマヒルガオなどを植えて楽しんでいました。これらの植物は、潮で濡れた砂の中まで優雅な花綱《はなつな》形をのばしています。

クロピネのいない間に、これらの植物は茂って洞窟の入り口までのびていました。それが重くて固い泥灰土の猛烈な侵入で、永遠に消えようとしています。泥灰土というのは、他の性格の土と混ぜたり組み合わせたりしなければ、それだけでは不毛で、また他をも不毛にしてしまう土です。少し時間がたてば、あるいはおそらくとても早く、雨とか雷のような外部の要因による作用によって、その土は庭や洞窟を塞いでしまうでしょう。クロピネは注意深いので、この泥灰土の滑りこんでくる状態を監視するのには馴れていましたから、突然この土に驚かされる恐れはなかったのですが、それでも、いわば片目でしか眠りませんでした。そして、着いてからの日々を数えて、考えていました。『もう一日お天気なら、この泥土は乾く。でも、明日雨がふれば、おそらくここをすぐに離れなければならないだろう。ぼくの小さい住まいはなくなるだろうから』と。

こう予想すると、不運な鳥たちを救うために、ディーヴの司祭のところに鳥を運ぶことにしました。司祭は生きている動物を保護するのが好きで、一方プラトコート男爵は死んだのを剥製にするのが好きなのを知っていたのです。司祭はより博物学愛好家で、男爵はより蒐集家です。クロピネは司祭がこれらの鳥たちの世話をしてくれると確信して、野原に木の枝を取りにいって、かなり大きい篭を作りはじめます。すべての鳥をいれても窒息しないように大きくしました。でも、とても大きい鳥もいましたので、一人では重すぎると思ってロバを借りてきました。彼はロバを庭の入り口までよじ登らせ、翌日の朝、ロバを連れて運ぶ準備を整えます。

10

その夜は天候が悪く、泥灰土は大変迫ってきました。クロピネは夜明け前に起きなければなりませんでした。すべての鳥たちを集め、食事をとらせると、草を敷いた篭に注意深く入れます。ロバにも食事をたっぷりとらせて、篭をその荷鞍にのせて、できるかぎり支えてやりながら、断崖を海岸まで降りていきます。引きはじめた潮が、ディーヴに着くために海岸に沿っていつまで歩かせてくれるか、彼はその時間を計ります。でもロバがこれほど近くで海の音を聞くと、震えて動けなくなるほど怖がりました。まだとても暗くて海が見えなかったのです。ロバは耳を後ろに寝かせ、前にも後ろにもいこうとしません。クロピネは辛抱強く、ロバを叩くかわりに優しく撫でてやり、波の音に慣れる時間を与えてやるのでした。

そのとき、大きいヴァシュ＝ノワール岩の上に、何かとても奇妙なものを見たように思います。岩は波の上に、こちらに背を向けて依然としてたっています。これが何かは十分明るくなっていないので、まだ見わけることはできません。動く長い足を持つ小さい体のようでもあり、巨大なタコかとクロピネは思いました。このような特殊な動物を見たいという好奇心に、彼はロバを見捨てて、海岸を進んでいきます。

それは相変わらず足を、また別の足をというふうに動いていました。でも体は岩に張りついているようでした。クロピネはこの不可解な動物を観察し、何かが分かる前に岩から離れてしまわないかと心配します。急いで着ているものを脱ぐと、それを動かないでいるロバの背に投げて、海に入ります。でも波のうねりはとても強く、前に進ませてくれないので、水の中のあちこちにある岩、でも彼が完璧に知っている岩に摑まっているしかありませんでした。やっとこのタコをかなり近くでみることのできるところにいけたのですが、なんと、それはグロス＝ヴァシュの上にしがみついている人間でした。苦境をしめすはっきりしたサインを送っています。でもなんと奇妙な人間でしょう！　恐ろしいほどの危険な状況にいるのでクロピネは一瞬動揺しますが、それでも子供時代に恐怖の的だったグロテスクな仕立て屋のことを思い出しました。この仕立て屋だけが醜く奇形の存在でした。濡れて体にくっついた衣服を通して長い痩せた四肢が見えます。クロピネは彼の方に泳いでいきます。そのとき彼のほうで叫ぶ声を聞いたように思いました。

「ここだ！　ここだ！」クロピネはグロス＝ヴァシュの前にそびえたって、水の上に出ている最後の岩に達しました。溺れたもののごく近くにきていました。急速に明るくなってきたおかげで、これがまさにあの唾棄《だき》すべき小男だと確信します。三年来会っていないにもかかわらず、彼が嫌悪と反感にみちた記憶を持ち続けている男です。彼はこの男に向かって叫びます。「動かないで！　ぼくを待っていてください」

これは無駄でした。ティール＝ア＝ゴーシュに聞こえなかったのか、あるいは引く潮が彼を運び去ったのか、最後の力を振り絞って長い腕をクロピネの方にのばしながら、放してしまいます。一瞬の間に、男は岩の周囲で渦巻いている波に押し流され消えました。クロピネは岩の上にたって、一息つくと、死の恐怖に凍りついたように、ぼんやりしていました。このようなとき、人はすぐにこんなことを考えます——必死の仕立て屋は、差し伸べられる救い手に、本当のタコのようにしがみつき、絡みつき、救い手を泳げなくしてしまって、海の底に引きずりこんでしまうだろう。

突然このように死ぬ。恐ろしい死。こんなに若く、人生にこんなに好奇心があるのに！　それも、あの腹黒い意地悪な、醜い生き物に、無駄な救いの手をさしのべようとして。これはばかげたことでした。クロピネは一瞬ためらいます。ほんの一瞬でした。というのは美しいメロディを聞き、すぐにそれが何かわかります。彼の小さい友達、海の翼のある精霊の優しい力強い歌でした。その優しい声は彼に言っています。「お前の翼を開くのよ。お前の翼を！　私たちはここにいますよ」

クロピネは自分の勇気の翼がとても大きく開くのを感じます。まるであの巨大な魚、エイのひれのように大きく開くのを。彼は猛り狂う波の中に飛びこみます。波の泡の中で、何も見えないのにどうして仕立て屋を捕まえることができたのか、まったくわかりませんでした。じたばたする仕立て屋を押さえ、沖の方に連れさろうとする大きい波を、不思議な力で打ち負かして、やっとグロス＝ヴァシュに戻ることができました。気を失っている遭難者の体の上に、力尽きて倒れます。すべてはまるで夢の中の出来事のようでした。でもこのとき、いろいろの学問を身につけていたにもかかわらず、クロピネはしっかり納得したのです。つまり昔、彼を助けてくれた精霊が、今回も関与しているのは確かだと。

彼はすぐに立ち上がると、精霊に向かって叫びます。「ありがとう。ぼくの大好きな精霊さん、ありがとう！」彼は仕立て屋の体をうつ伏せにして寝かせ、飲んだ水を出させるために頭を下げます。そして息をしはじめるまで、全力で体をさすりました。五分後、ティール＝ア＝ゴーシュは完全に意識を取り戻し、話そうとして大きい叫び声をあげます。呼吸困難の後の最初の声でした。早く陸地につこうと、また水の中に飛びこもうとします。まるで狂人のようでした。クロピネはうまく彼を捕まえ、手の平で強く打ちます。このとき彼はやっと正気を取り戻しました。

「ぼくを信頼してください」何か言って分かる状態だと見て、クロピネは言います。

「そのうち、この岩はすっかり水面に出てきます。私たちは足を濡らさないで海岸に帰れるでしょう。ぼくはあなたの体を少し温めることができましたが、今また冷やせばあなたは死んでしまうでしょう」

ティール＝ア＝ゴーシュは従います。十五分後、彼は海岸で、すっかり体を乾かし、暖かい火の前でクロピネのパンを食べていました。勇敢な子供が、潮のこない砂丘の岩棚の上で乾いた草でつくった火でした。

このとき、仕立て屋は、海が恐いのに、なぜはまって溺れたかをクロピネに話して聞かせます。

「一つ、お前に白状しなければならんがね」と彼は切り出しました。「私の暮らしは良くなかった。お前がゴイサギの三本の美しい羽を飾っているのを見て以来、この貴重な鳥の隠れ家を見つけたいという野心だけに取りつかれた。あの呪われた断崖のまわりや上であの鳥が飛ぶのをよくみたものだ。だがそこに行くことはあえてしなかった。上手に歩いたり、這い登ったりはできるが、勇気がなかったのだ。一人で危険をおかすことも、またお前のように悪魔に身を売ることもできなかったのだよ」

「仕立て屋さん」とクロピネは彼に水筒を渡しながらいいます。「少しお飲みなさい。あなたの考えを正しくする必要があります。悪魔の存在を信じるほど愚かなんですから。それに私が悪魔に身を売ったと言われますが、はっきり言っておきます。あなたを傷つけたくはありませんが、それは大変な嘘です」

喧嘩が好きで、喧嘩には強い仕立て屋でしたが、頭を下げ、遺憾の意を表します。いまや自分より上位にいるとクロピネを認めているのですから。

「親愛なクロピネさん。この世でまだ仕立ての仕事ができるのはあんたのおかげだ。感謝しているよ。婦人たちもあんたにお礼を言うだろう」と彼が言います。

「あなたは機智がおありだし、自分で分かっていて冗談をいってられるのだから、まあ、大目にみましょう」とクロピネが答えました。

でも、仕立て屋は少しも冗談で言ったのではなかったのです。彼は自分の人格を信頼していました。真面目に、婦人たちが自分のことを好ましく思い、関心をうるために争っていると確信していたのです。クロピネはそれが分かると、笑い出し、脇腹を押さえて、足を踏みならします。仕立て屋は、勇気があれば、大いに憤慨したでしょうが、それがなかったので、話を続けました。彼は言います。

「私を破滅させたのは恋愛事件だ。笑ってもいい。でも私と結婚するのを望んだ未亡人に従って、故郷を離れたのは事実だ。彼女は自分が裕福だと私に信じこませ、もう若くはなかったのだが、私はすべて受け入れるつもりだった。ところがそのとき、彼女が一スーも持っていないこと、居酒屋での私のわずかな借金も払ってくれるお金さえもないことがわかった。それで彼女を見捨て、ここに戻った。魂は死人同然で、ポケットは空っぽ、空きっ腹を抱えてだ。ヴィレールのパン屋に一切れのパンを恵んでもらいにも行った。ところが昨日の夜、いつも私の頭から離れなかった考えが浮かんだ。ゴイサギの羽を探しにいくことだ。パン屋はあなたがプラトコートの殿様に羽を三千エキュで売ったこと、殿様はあなたを雇い、相続人にもしたことなどを教えてくれた。つまりここではそのような噂があった。それで私は思った。たとえ死んでも、この辺を飛んでいるのを見たというゴイサギを見つけ、鳥が海岸を離れる夜明け前におそわねばと決心した。

私は真夜中にヴィレールを出発し、潮のくる前にヴァシュ＝ノワールに着くことを考えた。うまくいかなかったのはパン屋の鳩時計が後れていたか、あるいは彼が私に少し飲ませたか。このパン屋は機智のある男で、学のある人が好きで、その夜はおしゃべりをしながらシードルを振る舞ってくれた。あるいは悪魔が介入したのか。私は日の出前に潮が満ちてきたのに驚いた。岩の上に運ばれ、もしあなたが来てくれなければ死んでいただろう」

「もう少し冷静に考えて待っていれば、潮が引いて危険もなかっただろうということですよ。でも結局こうして無事なんですから、この二エキュをもって安心して立ち去ってください。私は一緒に行くのはごめんこうむります」とクロピネは答えました。

仕立て屋は恐縮して、感謝の言葉を繰り返しました。クロピネがさせるままにすれば、手にキスもしかねないほどです。潮は遠くまで引いて、ロバはすっかり安心して、司祭のところに届ける荷物を運ぶべく構えています。クロピネは薬剤師が持って帰って欲しいと頼んで指示したたくさんの植物も集めました。ロバの後部にその大きい束をぶらさげます。仕立て屋は立ち去るように言われながら、行かないで、篭と植物の束を、羨望の交ざった好奇の目で見ているのでした。

「あなたも、このような草を集めれば役にたつし、いくらかお金にもなりますよ。砂丘の鳥たちには、どんな鳥でも、罠をしかけたり、卵を抱くのを邪魔したりしないでください」とクロピネが言いました。

それを聞いて、注意深くて陰険な仕立て屋は、でも遠慮がちに言います。「だが、海岸の鳥は皆のものだよ。その篭の中にはすばらしいゴイサギもいるだろう？　あんたはそれを捕まえた。そしてあんたのものだ。でもゴイサギはまだいる。哀れな男に同情してくれるなら、ゴイサギが昼間はどこに隠れているか、そしてどうすれば危険なくそこにいけるか、言ってくれてもいいだろう？　結局あんたはそんなに金目の捕獲をしたんだもの」

「ティール＝ア＝ゴーシュさん。あなたはぼくがしてほしくないことをしたいのですね。ぼくがあれほどのことをしてあげたのに、そのぼくの気に入らないことを平気でするのですか？　いいでしょう。あなたが断崖をよじ登ったとき、何がおこるか、耳を澄まして聞いてごらんなさい」とクロピネが言いました。

「いったい、何のことかね？」といぶかるように仕立て屋が聞きます。

「何も聞こえませんか？」

「オンフルールの方で雷がなっているね」

「雷ではありません。断崖が崩れている音です。行きましょう」

クロピネはロバの速度を二倍に早め、仕立て屋は前を行きます。危険が遠のいたとき、恐ろしい音がしたので、驚いて立ち止まり、振り返ると、山の裾の主要部分が、巨大な岩の塊とともに崩れ落ちるのが見えました。岩は海の彼方に投げこまれ、そこで白い牛という名の巨大な岩が、前からいた黒い牛の名の岩と交ざっています。クロピネも立ち止まり、振り返りました。そして、この岩の塊とともに彼の隠れ家と展望台の壁の残骸も転げ落ちるのをみました。

「ティール＝ア＝ゴーシュさん」と、仕立て屋に追いついてクロピネが言います。「ぼくはあの場所に田舎の家と庭を持っていて、すぐ近くにゴイサギが自由に住んでいましたよ。お望みなら行って自分のものにされるといい」

仕立て屋はうろたえて頭を振ります。断崖をよじ登って海の鳥を捕まえようという幻想は永久になくなっていました。

クロピネは道を歩きながらも悲しい気分でした。人がある人を愛するように、彼はこの隠れ家が好きでした。そこで送った窮乏生活、勇敢に立ち向かった危険、そこで見た楽しい、あるいは恐ろしい夢、そうしたすべてのものが、まるで心のどこかで繋がっていたかのように、いまありありと目の前に現れます。でもその絆を、避けがたい、長い間予感していたような災害が断ち切ったのです。

『自然はいつも便利なご主人とはかぎらなくて、とても厳しい法則を持っている』とクロピネは考えます。『それを理解できないとき、気紛れな法則だ、と人はいう。でも自然は愛さなくてはいけない。というのはどこかで何か取り去っても、別のところで返してくれる。いつかぼくは田舎に小さい隠れ家を見つけよう。そこで自然と向き合って生きるんだ』

クロピネは学校をさぼって歩き回るように、海岸に沿って歩きまわります。最後の休みの日でした。夕方やっとディーヴに着きますが、それは鳥の荷物を見られないためにわざとしたことです。着くと彼は密かにそれを神父館に運び、この貴重なもののことを男爵にはいわないように司祭にたのみます。司祭は大喜びで、言いました。

「気をつけるよ。こんなかわいい生きている動物を、私から引き離してミイラにしてしまえば、彼は天国にいけないよ。彼には見せないようにするよ。安心おし」

クロピネは新しい客人たちを快適に住まわせるために、夕方まで司祭と召使いを走り回らせます。それから薬剤師に植物を届け、最後にプラトコートの館に、悲しい思いで、寝に帰るのでした。

11

翌日、男爵はクロピネが仕事場にいるのを見ました。顔色も良く、回復したようでした。でも二日後、かわいそうに子供は再び以前のように青白くなり、疲れ果てているようでした。次々に浴びせられる質問に、彼はついにご主人に打ち明けます。

「男爵さま。ぼくを行かせてください。ここではもう生きていけません。ぼくは、少し外気にあたって、散歩をすれば十分回復すると思っていました。それは間違いでした。もっと時間が必要なんです。一年か、あるいはそれ以上か……わかりません。ご親切にしていただきましたが、どうかもう何もしないでください。ぼくはそれにふさわしくありません。でもぼくを嫌わないでくださいね。そんなことになれば、悲しくて死んでしまいそうですし、せっかくいただいた自由が役にたたなくなってしまいそうですから」

男爵は、とても悲しそうなクロピネを見て、いさぎよいところを見せ、できるかぎりクロピネを慰め、いつまでも彼のことは忘れないと誓います。でも長い旅に、おそらくもう帰れないほど長い旅に出ていく彼を見送ることになる前に、心を開いて何もかも話してくれるように少年に頼みました。旅の生活は危険に満ちているので、彼は聞いておきたかったのです。クロピネに何か考えていることがありそうだと思うのですが、どうしてそれほど孤独が好きなのか、男爵にはどうしても分からないのでした。

「分かりました。ばかなやつだ、気は確かだろうか、などと思われるかもしれませんが、すべてお話ししましょう」クロピネは答えて、話しはじめます。

「ぼくは鳥が好きです。分かっていただかねばなりませんが、ぼくの言う鳥は生きた鳥です。そしてぼくは鳥と一緒に生きなければならないのです。絵に描かれた鳥を見るのは好きです。絵は生命を感じさせてくれるからです。いつか、生き物をゆっくり見て、よく理解できる時間が持てれば、デッサンをしたり、色をつけたりして、ぼくも表現できるかもしれないと思えるほどです。でも剥製をつくるのはいやになりました。死骸の真ん中で生活し、死んだ痛ましい肉体を解剖し、防腐処置をすること。ぼくにはもうできません。死を通りこして、自分がミイラになるように思えるのです。あなたはぼくが鳥に与えることのできた輝かしい外観をすばらしいとおっしゃいますが、ぼくにとってはそれは亡霊です。その亡霊は夢の中でぼくを追いかけ、命を返してくれと頼むのですが、ぼくにはそれができません。夜、ガラスのはまった陳列室を通ると、鳥たちが嘴でガラスを叩き、ぼくが鉄と真鍮の針金で固定した翼を自由にしてくれと、頼むのが聞こえるように思えるのです。ついに、この亡霊たちは恐怖のもとになり、剥製をつくることが、ぼく自身恐くなったのです。でもぼくはこの鳥たちの死にかんしては非難されることはないのです。ぼくは一羽の鳥しか殺していません。あまりにお腹が空いて、食べるためでした。それは絶対に許されるべきことだとは思いません。もう次からは殺さないと誓いました。でも、ぼくが剥製にする鳥の死が、ぼくの生活の糧になっているのは事実です。これを考えると、不安になり、良心の呵責《かしゃく》に耐えられなくなるのです。それから……それから……まだありますが、話す勇気がありません。言えそうもないのです」

「まだ何かあるのか？　一番親しい友達だと思って全部話してごらん」と男爵が言います。それでクロピネは続けました。

「海の上に、海岸に、ぼくに話しかける声があるのです。ぼく以外の誰にもそれは聞こえません。鳥は愛や恐怖、怒りや不安などの叫び声をあげるといわれ、信じられていますが、これは決して他の生き物に向けて発せられるものではなく、人間は理解する必要のないものだといいます。ありそうなことです。でもその中にはぼくの分かるものがあるのです。ぼくがしなければならないことを前にしてためらっていると、するべきことを言ってくれるのです。それで、ぼくたちのまわりには良い妖精がいるのだと思うのです。ある形をしていて、声も違う声を借りていますが、自分たちの友情を示したり、ぼくたちをいい方に導いたりしてくれるのです。妖精が奇跡を行うとはいいませんが、彼らの善意ある霊感によって、利己主義や卑怯と言った本能を、勇気や献身のほうに向けてくれるのは、やはり一種の奇跡です。驚かれましたか？

男爵さま。でもぼくは科学を勉強しているとき、あなたがよく美しい言葉で言われるのを聞いたことがあります。自然は私たちを野心や虚栄から遠ざけ、純粋でより良い方向にもっていってくれようとして、声をかぎりに叫んでいると。ぼくはあなたの言葉を胸におさめ、自然のこの声、それを聞きました。その声に魅せられました。もうそれを聞かないで生きることはできなくなりました。ここでは声は何も語りかけません。ぼくを発たせてください。かつて妖精は、両親のところに行ってその言葉に従うように、命じましたが、今回も必ず、ぼくの発見の結果をあなたに持ち帰ることを、声は命じるでしょう。ぼくは戻ってきます。声に従わせてください。というのは今、声はぼくを呼んでいるのです。ぼくが本当の学者に、つまり本当の自然の生徒になるようにと言っているのです」

男爵はクロピネがある点まで真実を話していること、でもその想像力は健全ではなく、旅行のような動きで気晴らしをさせるのも必要だと判断しました。船旅ができるだけ容易になるように彼と共にすべてを取り計らってやります。そして多くのお金、衣類、道具類を持たせて彼を大きい船にのせます。この船は年に二、三度、まだディーヴからオンフルールの間を行き来していました。そこからクロピネは自分でイギリスにいく船に乗船します。そして次々スコットランド、アイルランド、そして周辺の島々に渡るのです。最も野性状態の風景の中で自由に幸せいっぱいに、すべてを学び、自分で納得してから、帰ることを考えて、一年後に帰ってきました。新しい観察による宝物を男爵に持ち帰ります。これはしばしば博物学者の主張するところに反するものでしたが、真実で独創的なものでした。

翌年、家族のところで、あるいは友人のところで数週間過ごした後、クロピネはスイス、ドイツ、ポーランド、ロシア、トルコなどの地方に出かけます。また後になってロシアの北、アジアの一部なども訪れ、土地の人々が狩りで殺した鳥を、あちこちで買い、剝製にして男爵に送りました。このコレクションはフランスの最も美しいものの一つになっています。でもクロピネは、何も殺さない、自分のために何も殺させないという約束を自分に課していました。これはクロピネの執念です。このために科学はおそらくいくつかの貴重な標本をのがしてしまったかもしれません。彼がもう少し大胆であれば、手に入ったかもしれないものでした。でもその代わり、長い間正しいとされてきたが誤りであったものを、訂正するという、新しい正確な、多くの記録で科学を充実させます。男爵は満足でした。自分の弟子のあらゆる発見を長く自分の名誉に帰し、そのノートを学問的著作として、出版しました。そしてそこにクロピネの名を書くのは忘れました。でもクロピネはそれを別に意に介しませんでした。個人的な野心は全くなくて、自然に自分の情熱を捧げて満足することを無上の喜びと感じていたのですから。

男爵はある種の名声を得ますが、それはクロピネが必要とする費用、注文のためでしたから、男爵は彼に報いることは考えていたのです。男爵はその後クロピネを遺産受け取り人に指定して死にました。男爵の甥たちはそれに対して大げさな訴訟をおこします。彼らによれば、この哀れな教養もない弟子が、死者の好意を巧みに利用したというのです。遺言書は正式なものでしたから、クロピネは訴訟には勝つはずでしたが、争いは好きではありませんでした。彼は最初に提示された妥協案を受け入れます。城館と博物館、かなりの土地が彼に残されました。節約して旅行もしながら慎ましく生活するには十分です。

彼は自分が、財産にも運命にも恵まれたと思っています。世界一周旅行にも出かけることができました し、そのあいだ彼の家族とラキル伯父は城に住んでいました。クロピネはときどき城に帰ってきて恩人の コレクションを敬意に満ちて世話するのでした。こうして休みなく移動しながら、彼は年老いていきまし た。誰にも連絡のとれない、とても未開の土地に長く滞在したために、何年もの間、消息がまったくなかっ たりしたのですが、帰ってくるときは、いつも優しく、穏やかで、協調的で、分相応に寛大で丁重でした。

遠くの旅行先で彼に会った博物学者たち、特にルヴァイヤン氏（一七五三―一八二四年、博物学者、南アフリカで有益な調査をする。フランスにキリン第一号を持ち帰った）は彼について、非常に善意があり、また並外れて勇気ある人だと述べています。でも彼は何も決して話さないので、どういうことをしたのか、人には分からないのです。

彼は長い間身体に障害なく暮らしてきました。でもラップランドでケワタガモの習性を観察するときの、寒さと極度の疲労が、彼を子供の頃のように足を不自由にしてしまいました。激しい運動に馴れているのに、もうそれができなくなると、この先長く生きられないことをさとります。それであちこちの博物館に自分のコレクションの鳥と、多くのメモを無記名で送る仕事に没頭しました。学者たちに高く評価されましたが、その送り主は分からないのでした。

大部分の人は、自分の名が出ることと、自分のことが話題になることを好むものですが、クロピネはそれとは逆に、隠れているのが好きでした。それでも故里の人からは愛され尊敬されました。彼は人から男爵さまと呼ばれ、人は彼に喜んでもらえるなら、海にも飛びこみかねませんでした。彼はそれでとても幸福でした。晩年の楽しみはすばらしいデッサンをすることでした。それは彼の死後、高く売れ、大変賞賛されました。彼が弱ってきて、自分の最期が近づいたのを感じたとき、いろいろの体験をしたあとでもう一度大きい断崖を見たいと思います。たいして老人というわけではないので、家族は彼の説明にさほど心配しませんでした。ずっと忠実な友人であった薬剤師と司祭は、彼よりずっと年上でしたがまだとても元気でしたから、ついて行きたいと希望しました。彼は好意を感謝した上で、一人で行かせて欲しいと頼みます。海岸に沿って、それほど遠くまでは行かないと約束します。彼が孤独を好きなのは知っているので、人は邪魔をしないように一人で行かせました。

夕方になっても彼が帰ってこないので、兄弟や甥、友人たちが不安になり、松明《たいまつ》を手に探しに出かけました。司祭と薬剤師も他のことは投げ出して兄のフランソワに従いました。一晩中探し、翌日も海岸を探しまわりました。その後毎日問い合わせをしました。砂丘は何も話してくれず、海はどんな死体も運んできません。夜明け頃、浜でエビを採っていた老女が、今まで決して見たこともない、大きい海鳥が通り過ぎるのを見たと断言します。彼女の帽子に触れそうになりながら、この不思議な鳥はクロピネ男爵さまの声で言ったそうです。

「さようなら！　親切なみなさん。私のことは心配しないでください。私は再び翼を取り戻せたのです」

巨岩イエウス

私のかわいい孫娘ガブリエル・サンドへ

私のかわいいバラ色の子供よ、お前も人生の途上で、小さい手でたくさんの石を壊すだろう。お前はとても我慢強いから、上手に石を壊すだろう。巨岩イエウスの物語を聞けば、これがメタフォールだということがお前には分かるだろうね。

1

私がタルブというかわいい町に住んでいたとき、毎週ドアのところに、ミクロンと呼ばれていた哀れな体の不自由な男が来ていました。彼は小さいロバの上に斜めに坐って、妻と三人の子供を従えていました。私はいつも何かをあげていました。そして辛抱強くミクロンが私の部屋の窓の下で話す哀れな話を聞いていたものです。その話は物乞《ものご》いの常で、相も変わらず刺激的な暗示で終わるのでしたが。「善意の方々」と彼は言っていました。「かつて良い労働者で、このような不幸に会うはずのなかった哀れな男をお救いください。私は山の中に小屋と小さい土地を持っていました。一生懸命働いていましたのにある日、山が崩れて、今のようなありさまになってしまいました。巨岩が私の上に寝そべったのです」

タルブに住んでいた年の最後の頃に、私は数週間前からミクロンが施しを求めて来ていないのに気づきました。それで、病気なのかあるいは死んだのかと尋ねてみましたが、誰もそれについて何も知りませんでした。ミクロンは山の人間です。疑わしいことですが、どこかに住んでいるとしても遠くでしょう。私は情報を得るためにいくらか力を注ぎました。特にミクロンの子供たちに関心があったのです。三人揃って顔立ちが良く、長男はその時もう十二歳くらいでしたが、とても強くて誇り高く、賢い子供でした。もう彼が働くことができる頃だと思っていたので、私はそれを考えない両親を非難しました。ミクロンは自分の間違いに気づいて、学校の中でも最悪の物乞い学校はこれ以上続けないと約束しました。私はどこかの学校か、あるいは農家にこの子供を入れるについて、誰かに出資してもらうか、または出資の斡旋《あっせん》をしてもらうことを申し出ました。ミクロンは来なくなりました。

この美しい国を長く離れたあと、十五年たって、私はここを通りかかりました。数日間自由に使えたので、ぜひともピレネをすこしさまよってから、この地を離れたいと思い、昔私を魅惑した美しい景色を見て大変嬉しい思いをしていました。

こうしたある日、私は新しい道を通って、カンパンからアルジュレまで行きたくて、南フランスの山頂の支脈からモン＝テギュの山頂の支脈の間に挟まれた谷の中を歩いて冒険をしてみました。ガイドは必要だと思いませんでした。急流は足と目でその川床についていくしかありません。急流は私を峡谷の迷路に向かわせるアリアドネの糸のように思えました。私はまだ若かった。何も私を止めるものはありません。それでウスクアウのかわいい小さい湖まで這い登った時、岩の稜線を探検する誘惑に駆られてしまいます。その裏にもう一つ別の湖と急流、つまり、イザビの湖水と急流と、ヴィロングとピエールフィットに降りる小道があるはずでした。この方向にいく時間があると思って、私は右に向かい、狭いすべり溝の中に入りこんでしまいました。次々に切り立った一つの小道が上りながらそれに沿っていました。

そこで私は一人の立派な山男の前にいました。非常に清潔な茶色のウールを着て、体のまわりに赤いベルトをつけ、頭には白いベレ、足には麻のエスパドリーユ、つまり縄底のズック靴をはいていました。われわれの一人が消えなければ、この小道で二人が行き違うことができないので、岩の壁に少し背中をすぼめて私はこの男を通す位置につきました。しかし、丁寧に帽子を少し上げると、彼は通る代わりに立ち止まり奇妙な注意力で私を眺めました。私の方も、初めて出会うのではないと信じて彼をつぶさに見ましたが、どこで、またいつかを思い出せなくて彼の顔をじっと見つめました。

「ああ！　あなたでしたか！」と、突然彼は陽気な調子で叫びました。「あなたですね。よく覚えています。でもあなたはぼくを思い出されませんね。失礼！　前を通ります。行き違いに進んでも無駄です。ここからすぐの所にもっと便利な道があります。あなたにいろいろお聞きしたい。ぼくは嬉しい。あなたに会えてとても嬉しい！」

「でもいったいあなたはどなたですの？　私は存じませんが」と彼に言います。

「ここでは話はしないでいきましょう」と彼は言います。「あなたは悪い小道をこられた。あなたは山男ではない。どこに足を置くかを考えないといけないのです。私についてきてください。私といれば危険はありません」

実際、道は目がくらみそうになってきました。でも私は若くて自然主義者でした。助けの必要はありませんでした。五分後に小道は曲がって、荒れた溝の一つに入っていきました。その溝はモン＝テギュの山塊で星まで届いています。そこでは並んで歩くのにかなりの空間がありました。それで並んで歩きながら急いで仲間の名を聞きました。

「私はミケル・ミクロンです」と彼は言います。「哀れなミクロンの長男です。タルブで市場から毎日あなたの所へ物乞いにいっていたあのミクロンです。彼にあなたはいつも親しみをこめていろいろくださった。私はそれが嬉しかったのです。こういう不幸な仕事では、しばしば卑屈になるものです。それは拒絶されるより悪いことですが」

「何ですって！　あなたが、あの小さいミケル？　そう言われればあなたの目と美しい歯には見覚えがあります」

「でも、黒いひげはなかったでしょう？　どうぞ昔のように君、と呼んでください。あなたが私のために良かれといろいろ計らってくださったことは忘れていません。あなたはお金持ちではない。それは見て分かりました。それでもあなたは私を学校に入れるためにお金を払ってくださった。哀れな父はそのことを私に言い残して死にました。あれからたくさんのことが起こりました」

「みんな話してください。ミケル。君は悲惨な生活から抜け出たようで、とても嬉しいわ。でも私が何かしてあげられることがあるなら、いつでもその用意はありますよ」

「ありがとうございます！　ずいぶん苦労をしましたが、今はすべてうまくいっています。でもしていただければとても嬉しいことが一つあるのですが……」

「言ってごらん！」

「私の家に夕食に来てくださることです！」

「喜んで伺いましょう。ただここからあまり遠くなくて、今夜、アルジュレか、少なくともピエールフィットに着くことができればね」

「いや、それは考えなくてもいいのです。私の家はそんなに遠くない。だがすこし高い所にあるのです。もう四時だ。ここから日暮れ前に降りるのは……いや……それはあまりに危険だ。あなたは目もいいし、足も丈夫だ。でも私は安心できない。私のところで泊まってくださるといい。どうぞそうしてください。居心地は悪くないですよ。貧しいけれど清潔です。ああ！　私は子供の頃、汚い住まいにあまりにも苦しんだので、清潔好きになりました。それにあなたを空腹で死ぬような目にはあわせませんよ。一週間前にピレネーシャモア（野生のヤギ。この辺のをピレネーシャモアという）を撃ちとりました。肉は食べごろです。来てください。来てください。いやだと言われれば、言葉では言えないくらい苦しみますよ」

人のいいミケルはとても真面目で、楽しそうだったので、私は気持ちよく引き受けました。その上、山小屋の固いパンと酸っぱい牛乳で夜食をとり、小屋のベッドに寝ることさえも承諾しました。

歩きながら、私は彼に質問します。彼は答えません。こう言うのです。「われわれは山の最も厳しい所に来ています。しゃべってはだめです。慎重に黙っていましょう。家に着いてからぼくは全部お話します。かなり奇妙な話ですよ。お分かりになるでしょうが。今は、私が足を置く所に足を置いて来てください。あるいは……私は足が大きくないから……あなたの靴の上に私の縄底のズック靴をはいてください。あなたは山歩きに必要な靴をはいていないから」

「じゃ、君は何もはかないで行くの？」

「その方がうまく歩けるくらいです」

私は拒否しましたが、彼は強硬に主張します。私は固執しましたが、考えを少し変えて彼に従いました。でも私が事故もなくあの位置から抜け出ることができたのは、大したことだと白状するべきでしょう。私たちはすべりやすい峡谷から苦しい斜面の尖った頂上によじ登り、それから足の下で廻るつるつるした小石を隠していた雪の上を横切ったのです。一番辛かったのは穴ぼこでいっぱいの小道の上、それも泥炭質の斜面を行くことでした。つまり穴によってでこぼこした道です。

やっと私たちは突然、最もきびしい最後の登攀《とうはん》の後、美しい草地に出ました。それは大胆なばかりに輪郭のはっきりした支脈にかこまれた丘の間に蛇行した広い道になっていました。私たちは中心部に、あるいはより分かりやすく言えば、山の鎖骨の中、四方が大きい急斜面になっている奇妙な土地にいました。断崖の切りこみが右に氷河のギザギザを、あるいは左に恐ろしい深淵を見せなければ、ギリシャの静かなアルカディアの緩やかな谷間にいると思いこんだことでしょう。

「われわれは今、安全な町にいますから、話をすることができます。あなたはぼくの所有地におられるのです。この谷は全部ぼくのものなんです。広くはないが、かなり長い。そして良い土地です。草はおいしい。さあ、あちらで小屋と動物の群れをごらんになれるでしょう。われわれは一年の一部をあちらで過ごし、冬は谷に下ります」

「君はわれわれと言うけれど、じゃあ家族がいるの？」

「私は結婚していません。二人の妹と一緒です。彼女たちを片付けるまでは、妻や子供を持つほど気楽ではありません。おそらくそういう時はくるでしょう。何も急ぐことはありません。われわれは平和に暮らしています。あなたがとてもかわいそうだと思われた妹たちを紹介しましょう。そう、彼女たちも変わりましたよ。でもまずは道で立派な牛を見てください」

「もちろん。この牧草地に牛は満足しているのね。でも牛をここから降ろすのは容易なことではないわね？」

「ところが逆にとても楽なんです。小さい持ち家の反対側に小道があって、ぼくはそれをとても実用的なものにしました。あなたに出会った小道はよくありません。それに沿っていくか、あるいはあなたにとても大変な回り道をしていただくかです」

「偶然にあの道に行ってしまったのです。でも君は目的があったのでしょう？　それを果たせなかったわね？」

「そのためにとても喜んでいるのです。あなたに会うという喜びのために何かを犠牲にするのは望むところです。それにレスポンヌでの仕事は明日に回すことができるのです」

私たちは住まいの庭のような、柵に囲まれた土地に着きました。実を言うと、野菜は種類が少なくて、カブしかなかったでしょう。この地方で、この高度ではもう少し上手に野菜をつくろうとしても寒すぎます。その代わり、野生の植物は面白い。それで私は翌々日の朝、それらを調べてみることを約束しました。ミケルは彼の住まいに早く入るようにと私をいそがせます。それは動物のための板の小屋の中央にあって本当に家のようでした。すべて自然の赤みがかった大理石で覆われ、とても低い丈夫な骨組みで、屋根瓦は片岩《へんがん》の薄片で覆われています。それは冬の間閉じこめられる二メートルの雪にも耐えられるものでした。家の中にはモミ製の大型家具があり、よく暖められた二つの快適な部屋がありました。一つは妹たちが寝たり、食事をつくったりする部屋、もう一つにはミケルが自分のベッドをおいていました。本当に毛布もなく、ベッドだけでしたが、とても清潔なウールのシーツがかかっていました。後は棚、テーブル、三つの椅子、そして棚には一、二冊の本がありました。

「君が本を読めるのは嬉しいわ」と彼に言うと、

「私は少し教室に行って習いました。さらに一人でも勉強しましたよ。そういう気になった時には。だが失礼、妹たちを呼びに行ってきます」

彼は松の枝の一抱えを暖炉の中に投げ入れたあと、私を一人残していったので、以前の物乞いの本棚がどういう風にできているのかとても興味があったので、彼の本を眺めました。とても驚いたことに、そこにあったのは、第一級の選択による詩の訳、聖書、イリアス、オデュッセイア、ウズ・ルジアダス（十六世紀ポルトガルの詩人ルイス・デ・カモンイスの代表作）、狂えるオルランド（十六世紀イタリアの詩人アリオストの作。ルネサンスの有名な作品の一つ）、ドン・キホーテ、ロビンソン・クルーソーなど以外はありませんでした。実際にこれら作品のどれも傷だらけです。それらの傷みの状況は、長く奉仕したと言うことを証明しています。その上いくつか綴じて、エモンの四人の息子（十二世紀の武勲詩）、ローランの歌のテーマについてのスペイン語と、フランス語のさまざまの原文、最後に非常に擦り切れてはいるが完全な初歩の天文学の小論などがありました。

ミケルが妹たち、マグロンヌとミルチルを連れて戻ってきました。二十歳と十八歳の背の高い娘さんで、真紅のピレネー独特の頭巾をつけてすばらしく美しくて、私を迎えるために大変清潔に晴れ着をつけていました。牛たちを小屋にかえした後、彼女たちは私のために急いでこの衣装をつけたのです。色っぽいというでもなく、また奇抜なものでもありません。私たちは旧交を温めなおしました。年上の妹だけはおぼろげに私を覚えていました。彼女はピレネーシャモアのもも肉を串に急いで通します。その間にあとの一人はテーブルをつくりナフキンを並べました。すべてはとても清潔で、食事はすばらしく思えました。肉はちょうどよい具合に焼けていて、チーズはおいしく、きれいな水は味わいがあり、コーヒーはまあまあでした。というのはコーヒーが出たのです。主人が自分に許す唯一の興奮剤でした。彼は決してワインを飲まないのです。

私は妹たちを性格も良識も魅力的だと思いました。年上のマグロンヌは率直で決断力があり、より気の小さいミルチルは視線と声に心にしみる優しさがありました。注意を引くよりもサーヴィスの方に忙しくて、彼女たちにほとんど話をしないのですが、すべての答えは優雅で賢明でした。食事が終わると、ミケルは私に言いました。「疲れていらっしゃいますか？　お休みになる方がいいでしょうか？　あるいは私の話をお聞きになりたいですか？」

「疲れてはいませんよ。話してください。待ちきれない思いで待っていたのですから」

「ではそれをお話しましょう」と彼は言って、妹たちの方を振り向くと、「君たちはよく知っているね」と言う。

「私たちは十分には知りませんよ」とマグロンヌは答えます。

「つまり、私たちは私たちなりの方法で知ったけれど……でもお兄さんの側からは……つまり私たちが望んでいるようには、話してくれなかったわ」とミルチルが付け加えました。

私は驚いて、このとても難しい答えの説明をミケルに求めます。彼はマグロンヌに向かって、「お客さんにお前から説明しなさい」と言いました。「妹の方はうまく話せないだろう。でもお前はお姉さんだから話せるだろう」

「まあ、私は起こったことを説明したりできないわ」と顔を赤らめてマグロンヌが叫びました。

「できますよ」と私は彼女に言います。「説明してちょうだい。すぐに分からないときは、質問しますから」

「それじゃ、このようなことなんです」と少し当惑して彼女は答えました。「兄は、物事をあるがままに話すのは下手ではありません。でも彼が見たり聞いたりしたことを話すときはもっと面白く話します。何日聞いていても飽きないのです。信頼して聞きます、と兄に言ってください。おそらく彼は本で読んだことも交えながら、想像力も働かせて話すでしょう」

私はミケルに、想像力に身を委ねるように言いました。というのは、想像力は物語の中で一つの役割を演じるはずですから。彼は一瞬たじろいで、だが、火をかき立て、妹たちをやさしい繊細な微笑で眺めると、突然、目を輝かせ、生き生きして、次のように話しはじめました。

2

「モン＝テギュ山の脇の、われわれのいるところから上に百メートルの位置に、岩の壁に支えられた、そして溝のように掘られた台地があります。明日、そこにあなたをお連れしますが、雪が解けると美しい緑の草が生えて、今私たちがいるところのような台地です。そこはもっと寒く、冬はより長くて、ここは大分違います。この台地は奇妙な名を持っています。イエウスの台地、と呼ばれているのです。この名が何を意味しているのかご存じですか？」

一瞬考えた後、私は答えました。「ピレネーの多くの山が、ジュピター、あるいはゼウスの名を必要に応じてつけられているというのを聞いたことがあります。ゼウスという名の発音だと思います」と私は答えました。

彼は嬉しそうに言います。「まさにその通りです。妹たち、私がこの名を作ったのではないことが分かったろう？　教育のある人は私を正しいと言ってくれる。今でも、私の哀れな父が物乞いをするとき、いつも嘆きの調子で文章を終えていましたが覚えていらっしゃいますか？」

「とてもよく覚えているわ。巨岩が私の上で寝そべったのですよ、っていつも言ってられたわ」

「ではあなたはお分かりでしょう。父は詩人でした。彼は国境の高地の牧場にいたスペイン人の、年をとった牧人たちに育てられました。この人たちは思想、歴史、歌を持っていました。今私たちの生きている時代のものではもうないのですが。彼らはすべて字が読めました。中の数人は司祭になるために勉強して、ラテン語も知っていました。でも十分ではなかった。あるいは規則に合わないいくつかの間違いをしたり、あるいは政治の問題で身を危うくしたりしました。これはほとんどいなくなった種族で、われわれの国では彼らが教えたすべてのこと、彼らの秘密、彼らの学問を、人はもう信じません。父はまだ信じていました。彼はすばらしいものに向かう精神を持っていましたので、その考えのもとに私を育てました。ですからそれが残っていても驚かないでください」

「私はこの家で生まれました。つまりこの家が占めている敷地の中です。私が家畜を保護している家のような小屋の中です。父はこの小屋の一部の持ち主でした。彼はそれをわが掘立て小屋ランクリューズと呼んでいました。先にイエウスの掘立て小屋というのがあるのです。われわれは雪の状態によって、山の中での滞在を延ばすか、短くするかを見るために、ときどきそこで生活したことがあります。さて、われわれが巨岩の前で過ごすたびに、つまり遠くから見ると、巨大な彫像のように見える、切り立った大きい岩の前ですが、彼は十字をきりました。そして私に例を見せながら唾を吐くように命令しました。それは彼によると、巨岩イエウス、台地にその名を与えている彼は、異教の神、いわば、人間という種族の敵である悪魔であるから、それに唾を吐くことは良いキリスト教信者の行為になります。長い間、巨岩はこのように説明されていたので、ぼくは怖かった。しかし、父の意図によって空中に唾を吐いても、岩は動かないでこれらの無礼に耐えているのを見て、私は深く岩を軽蔑するようになりました」

「ある日、私はその時八歳でした。とてもよく覚えています。正午ごろでした。父は小さい庭で働いていました。妹たちの一人、マグロンヌはすでに牛の乳搾りも世話もできました。ミルチルはやっと一人で歩きはじめたばかりでした。母と妹二人は動物たちと、掘立て小屋の端《はし》にいました。私は家からすぐのところでバターを打つことに一生懸命でした。そのとき、短い雷のような音が私の頭上でして風がさっときて私を倒しました。目を回し、耳も聞こえなくなり、打ちのめされたようになりました。でも私は何の苦痛もなかった。自分に起こったことが何も分からなくて、しばらくの間、そこに動かないでいました。

恐ろしい叫びがぼくの目をさましました。ぼくは立ち上がり、自分が家の正面にいるのにもうそれが見えないのです。家は地面の上で巨大な岩の下に押しつぶされて崩壊していました。そして岩は他の岩に押されて、私の方に向かって揺れたり、廻ったりしはじめました。私は、これは雪崩のようなものだと分かりました。それでどこにいくかも分からないで、夢中で逃げました。絶望の叫びをあげて私を呼ぶ母と妹たちの傍にいきました。そのとき、振り向くと崩壊は止まっていました。巨岩イエウスはもう今までの場所にはなくて、われわれの家の上に叩きつけられ、そのねじ曲がった塊で、庭と小屋の大部分を覆っていました。それで母が言いました。『お前のお父さんは？　お父さんはどこ？』

『お父さんだって？　知らないよ』

『何て不幸なこと！　お父さんは押しつぶされた！　ここにいなさい。妹たちを見ていてね。私、私は行ってみます』こう言うと、哀れな母は、まだよくおさまっていない、そして危険な塊の方に駆けていきます。その後についていかないでいられるでしょうか。私は子供たちを地面の大きい窪地において、動くことを禁じてから、私も父を呼び、そして探しながら、地滑りを横切って走りました。私はこれら二人の娘たちの名誉にかけて言わねばなりませんが、彼女たちも私の言いつけをまもるように見せながら、一瞬の後には、残骸の中を走っていました。姉は妹の手を引いて、二人ともできるかぎり探したり、呼んだりしながら。ときどき私たちは聞き耳をたてて叫びを止めました。それはたっぷり一時間続きます。ついに私は弱いつぶやきを聞きます。飛んでいくと、哀れな父が大きい塊の下に横になって、抜けだせないでいるのを見出しました。彼は完全には押しつぶされていませんでした。ほとんど信じられないくらいの偶然でした。岩が頭と体の上で屋根代わりになったのです。衝撃が彼の右脚と右腕を砕いていました。それで立ち上がることもそこから出ることもできなくなったのです。力尽きるまで苦しい、そして無益な努力をしていましたが、われわれを見ると気を失ってしまいました。われわれは彼をやっと引き出しました。母は狂人のようでした。この寂しい場所で、半死の男を連れてどうなるのでしょう? 彼は避難所も、残骸のない一かけらの土地も、壊れていない一つの家具も、われわれに残していないのです。

マグロンヌの頭は動転していませんでした。彼女はランクリューズ、つまりわれわれの小屋の下にある野菜の土地の段を、このあたりのシャモアのように走りはじめました。私は彼女が助けを呼びに行くことが分かり、担架を作るために木の破片を集めはじめます。下の小屋の住民たちが走ってきてくれた時、彼らは安全を期して互いに紐でつなぎ、それからできるだけ早く父を彼らの所へ運んでくれました。医者が呼ばれ、父は治療には恵まれました。でも助けを呼ぶまでに時間がかかっていたので、腫れは進んでいました。腕の回復は非常に悪く、脚は切らねばならないほど裂けていました。これが、あの勇敢な男が悲惨の中に落ちこみ、仕事を見捨て、ロバを一頭買い、家族を連れて街頭で物乞いをしなければならなくなった理由です。われわれは谷の下のピエールフィットから遠くないところに冬のための小さい家を持っていました。われわれの収入の大部分は牛たちでした。ところがもう彼らを養うものが何もなかったので、残っていた二頭を売らなければなりませんでした。他の三頭は巨岩の墜落に驚いて断崖の中でいなくなり、死んでいました。

母は物乞いをとても嫌っていました。彼女は町で何か仕事を探したかった、そして父を火の傍に置いておきたかったのですが、父は家で静かにしているという考えに耐えることはできませんでした。自分の不幸を誇示することが、家族を養うために後にはひけない義務と心得ていたのです。休みなく、いつもいつも道にいることも、当然一種の仕事には違いありません。母にとっては、小さい娘を連れて身を引きずっていくことは、かなり辛いことでした。私はロバを引いて、その世話をするだけでしたから、暇もあり、怠け者の生活でした。悪いことをしようという誘惑、強盗になろうという可能性もありました。でもあなたに言ったように、父は詩人でした。私はこの詩人という言葉を使いますが、この時からまだ何を意味するかも知らないで、この言葉を使っていました。彼の言うこと、彼の思想を感心して聞いてくれた人たち、見たところきちんとした風采《ふうさい》の人々も詩人という言葉を使われたので。あなたはとても忙しかった。決して少しの質問もする時間がなかった。他の人たちと同じく彼の精神に驚かされていらっしゃいました。

父の精神が、私の行く手で支えとなりました。彼は彼流に話しながら、私を教えました。偉大なもの、美しいもの、すべてを見せました。それで、私は傍を悪いものが通っても、それを小さい、醜いものとみて、それに背中を向けました。それにしても父は、私に読むことを教えることができたはずです。でも彼はそれを考えませんでした。続く旅の人生の間、注意を向けなかった。私は学ぶという苦労をするのを望みませんでした。父は事故以来、非常に興奮しやすくなり、教えるために必要な穏やかさをもう持っていなかったことは、ご存じの通りです。彼はわれわれを、歴史、歌、比喩を通して教えました。いわば、われわれ妹たちと私は、AもBも知らないで多くの思考能力を持つようになっていました。哀れな母にはそれがなかった。

　われわれは雨の季節の間、山を駆けめぐります。バニェール＝ド＝ビゴールに、ルションに、サン＝ソヴールに、コトレに、バレージュに、オ＝ボヌに、お金持の外国人のいるところ（硫黄を含んだ水が出るので呼吸器、リウマチ関係の治療にきいた。第二帝政下には人気があった）にはどこにでもいきました。冬はタルブ、ポー、または大きい谷間で我慢しました。この仕事では多くを得て、ほとんど消費は少なくするように、みんなで節約したので、わずかの年でなくした以上のものを得ました。

　それで、高潔な心を持っていた母は、父に納得させました。つまり、もうわれわれは人から恩恵を受ける権利はないと、長男は稼ぐことのできる年だし、彼女は、体が丈夫だからマグロンヌに助けてもらって洗濯女の仕事で家族を養うというのです。父はそれを聞き入れませんでした。彼はこのさまよう生活が好きだったのです。お金が入ることもありましたが、何よりも彼にはそれが楽しく、また同時に自分の体の不自由を忘れることができたのです。私も母のように考えていましたが、われわれは譲りました。したがってこの生活はまだしばらく続くはずでした。父が肺炎になって急死しなければ。われわれにとって父の死はとても深い悲しみでした。彼はわれわれの願望を阻止しましたが、それにもかかわらずとても善人で、尊敬に価し、そして優しかったので、敬愛していたのです。

この不幸の後、われわれはピエールフィットに戻りました。母は小さいすみかをそこに作って、私を呼び、言いました。『私はお前に私たちの現況を説明しておかねばなりません。父が残してくれたものについてです。彼のように哀れな人たちは、遺言というようなものは全然残しません。彼は私を信頼して、子供たちの利益のために、私の計画するままに行動する自由を与えてくれました。われわれは今、三から四千フランくらいあることを知っていて欲しい。私はそれを等分に二つに分けて、一つは私と二人の姉妹たちに、一方をお前に渡します』私は言いました。『それは正しくない。私には四分の一の権利だけです』

彼女の返事は次のようでした。『権利が問題ではありません。お前に必要なものが大切なんです。それを考えました。私にはお前よりすぐれた判断力があります。私の仕事は安定しています。妹たちも助けてくれるでしょう。持っているわずかの貯えでうまく切り抜けていけます。でもお前は男です。正しく生活費を稼いでいかねばなりません。私はお前を養ったり、かまったりするつもりはありません。そんなことをすれば、お前を卑怯にしたり、怠け者にしたりします。何かになることを目指しなさい。仕事を探すか、うまく選ぶために百フランあげましょう。お前がわれわれの助けなく仕事を引き出せれば、妹たちより大きい分け前の埋め合わせができるから。それはとても正しいことです。二十一歳になればお前はここに千四百フランをとりに戻ってくることができる。私はそれをお前の名義にしておくし、妹たちはこのとき、物事を理解し、私のしたことに同意してくれるだろう』

私は母と妹たちに泣きながらキスをして、肩の上の棒に最上の衣服を担《かつ》いで、ポケットに百フランをいれて、家族との別れを大変悲しみながら、でも自分の義務を果たす決心をして出発しました」

3

ミケルは続けます。「今まで、私はあるがままを話してきました。今から、私に起こったことを、つまり世界にたった一人で、十五歳の自分自身の力だけを頼りに出発してからのことを、そのままお話することをお許しください。母はそれでも行く道の方向を示してくれました。彼女はわれわれに関心を持つ、そして必要に応じて助言もくれるだろう親戚や知り合いに会いにいくように言いました。でも私には考えがありました。子供らしい考えだと言われればそうですが、でもそれは頭にとても頑固にこびりついていました。私はあわれな見捨てられたランクリューズ、つまりわれわれの小屋をたずねたかった。破壊された小屋、父が岩の下に押しつぶされて不具になった場所を見たかった。彼はしばしばこの破局のことを私に話し、何度も何度も、聞き手たちの注意を引き、興味をそそるために細かいことを想像力豊かに話してくれました。私はそれを全部覚えています。頭の中でそれは膨れ上がり、今、聞いたこと以上のことが頭に浮かびます。それに、あなたはこの頭にあるものすべてをごらんになるでしょうから、前もって言う必要はないと思います。

私はまっすぐにモン＝テギュの上に向かって歩きました。物乞いの巡礼をして何度も何度も行ったり来たりしましたから、どこにいるのかよく分かりました。でも土地を離れていたので、すぐに道を間違えました。もう覚えていないのです。偶然に這い上ったり無駄な道をたくさん歩いたあと、やっとわれわれのランクリューズの跡を見つけました。それを覆っていたまだ生々しい跡の残っている崩壊によって、よくわかりました。これは依然としてわれわれの所有でした。それを売ることなどわれわれは考えませんでしたが、また人もそれを買うことなど思いもしなかったでしょう。つまりもう何の価値もないものでした。せいぜい瓦礫の間で数日草を食べさせることができたくらいです。それは新しい住まいをつくる何のたしにもならないものでした。

父が亡くなってまだ日が浅く、思い出すと悲しみが生き生きと蘇りました。いくつにも砕けているが、動かず、事もなげに、われわれの災害に勝利したかのような巨岩を見たとき、私はむごい怒りにとらえられました。『恐ろしい巨岩』と私は叫びます。愚鈍な獣イエウス！　私は父の報復をしたい。お前を罵倒し、お前を呪いたい。小さい時、何度も私はお前のために空中に唾を吐いた。今、大きくなった。そしてお前は私の足下に延びている。私はお前の顔に唾を吐く。心のなかでこう叫び、これらの残骸のなかに巨岩の頭らしいものを探しに行きます。それが見つかったと思いました。父が下に埋まった窪んだ岩に、土をかもうとしている大きい口のように開いた岩に、見覚えがあったのです。私は鉄の棒で力いっぱいそれを叩きつけました。そしてそのとき、まあ信じてください。私は地下で雷のように呻く微《かす》かな声を聞きました。その声は言っていました。『お前か？　私をどうしたいのか？』私は逃げていきたいほどの恐怖に

とらわれました。新しい雪崩《なだれ》だと思ったのです。でも一瞬の後に、我に返りました。私は巨岩の顔に唾を吐かなかったが、唾を吐きたいと思いました。岩は私を呑みこんでしまうに違いない。私は岩に気づかれないように岩をののしりました。『そうだ。お前はいつも卑怯だった。お前が完全に砕けるように急流の中に転がしたい』そして私はこの大きい岩を押して、全力投球してそれを揺り動かしました。

私はそこで時間をついやし、汗を流し、何も得たものはなかったと分かると、今度は石をたくさん投げつけて巨岩を砕こうと試みました。そして少なくとも岩がそれほど固くないこと、また私が傷か切り口と見ていた溝は、私が石を投げて作ったものだと見て少しは嬉しくなりました。でもとても疲れてしまいました。そこで私は小屋の残骸を近くで見たいと思い、そこに行ってみて驚きました。雨のときは身をよせることができるくらいの狭い片隅があったのです。さらにその狭い片隅は誰かヤギの番人が最近作った壁のようなもので覆われていました。でもどのくらいの間か、誰かいたにしても、今は見捨てられていました。というのは、残骸のまわりに生えている高い茂った草の上に、人の通った跡がなかったのです。日が沈みかけたので、私はそこで夜をあかすことにしました。いくつかの石で入り口を、オオカミに脅《おど》かされないようにふさぎます。床板の残っているところに坐って、布製のリュックサックに入れてきたパンの一切れを切りました。その後独りでいることに退屈して、またうんざりして、眠ろうと横になりました。でも歩きすぎ動きまわりすぎたのか、熱があるようでした。それに、私は山のこの静けさに慣れていませんでした。それは他のどんな静けさにも似ていないし、急流の絶え間ない音に断ち切られることもない静けさです。私は体を楽に横にできなかった。難しくはないのに、体を伸ばす方法がなくて、寝返りばかりうつていました。それほど避難場所は狭かったのです。私はしゃがみこむことにしました。身を護るために積み重ねた石の一つを押し、そして退屈を紛らすために外を見ました。

何という驚きでしょう！　月の光に照らされると、ランクリューズの中はすべてが変わっていました。それはすべて緑、草の生い茂った緑一色でした。あちこちにまだ岩がありましたが、それらは小さい羊の群れより多くも大きくもないのでした。あまり驚いたので、自分の足で、土や草に触れようと、避難所から飛び出しました。そしてもう地滑りの心配がないことを、かつての美しい牧場にいるのを、そしてこれは夢ではないことを確信しました。驚いたよりもっと嬉しかったのは突然振り向いたとき、後ろにピラミッドほどの背の高い巨岩を見たことです。その土台は、私の左にあるランクリューズの奥全体を占めていました。最初、私には昔のように岩がイエウスのランクリューズの淵に、立ち上がっていたときのように見えました。でも見ていると、それは様相を変えました。その土台はさやのように狭くなり、体は人間の形をして、頭はボールのようなものを描いています。岩には腕だけありません。ですがもっとよく眺めると、腕があるのが分かりました。ただ腕は体に張りついています。そしてそれはどれも動きません。まさに彫像でした。でもその顔は、私が見分けられないほど高い所にありました。

このようなものを前にして、私は恐いはずでした。ところが、何と言えばいいのか、私には怒りしかありません。私の最初の行動は石を集めることでした。それを巨岩に投げつけました。石は当たりません。二番目を投げます。それはすねに触れます。三番目はお腹の真ん中に命中し、まるで大きい金属の釣り鐘に打たれたような音を返してきました。同時にかすれた、怒った、野性的な叫びが、その胸から出たようです。それは山のこだまによって繰り返されました。私の怒りは大きくなり、閉じこもるために使ったすべての石を岩に浴びせました。投げるたびに強く巧みになって、ついに顔の真ん中に当てました。頭が落ちて私の足下に転がってきました。それを棒で砕こうと上に飛びつきました。が、私はその時手を休めました。この怪物のような頭から、歯のない小さい老人のたてるような乾いた笑い声がしたのです。『笑っているのか、泣いているのか分からないような滑稽な声を出すのはお前か？　野蛮な』と私は言います。『お前を黙らせるぞ。少し待て』そして打撃を倍加しました。そのとき、頭が消えて巨岩の肩の上にまたそれが置かれていました。どういう行動が取られたのか、まったく見当もつきません。私は怒りに燃えます。石で再び攻撃を開始しました。石が左の腕に当たりました。腕が落ちます。ところが私が右の腕に触れて落としたその瞬間に、またその左腕はもとの位置に置かれていました。それで、今度は脚を、くっついたままの嫌な脚を襲います。ついに巨像は土台から崩れました。そして地面にこなごなに砕けて長く広がりました。そのとき私は、世界で最もばかげたことをしたのだと分かりました。というのは、美しい牧場は再び廃墟の下に消えて、朝日は灰に呑みこまれたままの悲しいランクリューズを、昨夜着いたときに見たままの姿を見せていました。

　私は夜の間続いたこの争いの激しさにへとへとに疲れて、いた場所にそのまま倒れて石になってしまったように深く眠りました。太陽が既に高く上がり、温かくなった時、目を覚ましました。恐ろしい夢を見たと思い、パンの残りを食べ、黒い漿果《しょうか》、われわれの所では『熊の葡萄』（サンドの思い違いではないか。熊の葡萄は赤くて食べられない。スノキ、コケモモ等と混同したのだろう）と呼んでいるのを煮ながら考えはじめました。私の夢、あれが夢なら、何かを意味しているに違いない。でも何だろう？　探しましたが、見つかりません。でも疑うことのできないことが一つだけありました。それは巨岩が、望めば私の前に現れることができるということです。私は彼が恐くなかったし、決して恐くはないでしょう。岩が父にした悪のために憎んでいるのです。私には一つの考えしかなかった。岩に復讐すること、できるかぎり岩を侮辱することでした。

昼間になって、私は、まわりのすべてのものが八年前、われわれが置いたままの状態にあること、家は壊れて使えないこと、牧場は岩や、石、砂の山に押しつぶされている、そしてそれを使うどんな方法もないということを確信しました。その上、イエウスの盆地の氷は、昔はわれわれの所まで下りてきませんでしたが、前の冬に通行路が開いています。岩に沿って跡が見えました。巨岩の墜落は広い溝を作り、それを通って氷が雪と共にわれわれの土地に滑りこんだのです。この状況は新しい破壊の原因となりました。

落胆することがたくさんあったにもかかわらず、固定観念が私の頭を燃えたたせました。所有地を取り戻し巨岩を外に出したかった。どのように？　どんな方法で？　予想はできませんでしたが、それを望みました。

夢想にふけりながら、私は石を集め、それを次々に投げました。私の体ほどしかない一隅を片付けようとします。昔の豊かな土地が深く砂で覆われているかどうか見たいと思いました。そして石がべったりとくっついていない場所では草がとてもよく茂っているのを見て驚きました。なぜならこれらの草は元気すぎるくらいです。水がもう流れなくて、あちこちで小さい沼や水たまりをつくっているところでは、草は湿気のため腐っています。土は湿っていて、私は手を深く入れることができました。それでこれは良い土だと、うまく溝を作って回復させれば生産も可能になるだろうと確信しました。

一時間で私は約一メートル位整地をしました。しばらく体を休め、再び前よりいっそう激しく仕事を始めます。夕方、自分の仕事を計りました。ほぼ六メートルたっぷりの長さをきれいにしていました。それは草も一番薄く、小さい石の所だったのは事実です。でも結局同じことだ、と私は考えます。『私が時間をかければ何ができるか誰が知ろう？』

空腹が私を襲ってきました。私はモーリ家のランクリューズに降りていきました。そこはちょうど下にあり、ほとんど一年じゅう人が住んでいました。仮小屋の持ち主は変わった人でした。そこでは誰も私を知っている人はなく、私も誰も知りませんでした。でも私はお金を持っていました。私に夜食をくれて、後は何も尋ねないので、食べたものは支払わねばといいました。数日ここに滞在するつもりでしたので、迷惑にならないようにと気を使ったのです。

このランクリューズの羊の群れの親方、ブラダ爺さんは、大変親切に私を迎えてくれました。年をとった誠実な人でしたが、私の考えを聞くと驚きました。私が心の奥にしまっていたことを言うとますます驚いて、『じゃあ、君はわれわれの所で仕事を探しているのかね？　残念だが私は必要な人はいるのだよ。お前を雇うわけにはいかない』と言いました。

私は彼に言います。『さしあたり仕事を探してはいないのです。仕事は今のところあるし、待つ間のお金も持っています。あなたはおそらく私のことを、何かばかなことをしでかして、隠れるために山の中にきた放浪者と思っていられるのでしょう。私がどういう者かすぐにお話しましょう。あなたはミクロンのことを聞かれたことがおありですか？』

『ああ、知っているよ。ここでは知られた名だ。われわれの上にあった台地が、そう、ヴェルドゥレットという名だったが、ミクロンのランクリューズとも呼ばれていた。この哀れな男に事故が起こってからだがね。私は四年前にここに来たばかりだが、その話を聞いたよ』

『そう、その哀れな人は私の父なんです。そしてこの哀れなランクリューズは私の所有です。私はここで育ちました。八歳からここに来ていません。来てみて、悲しいながら嬉しいのです。昨夜、ここで過ごしました。明日、また来たいのです。明後日もたぶん』

『ああ、そういうことか。君はこの家に今週ずっといてもいいよ。その後もいたければいてもいい。支払いはしなくていい。私は君に借金があるから』と老人は言いました。

『何ですって？』

『それはこうだ。私はたびたび私のヤギたちに君のランクリューズで草を食べさせた。私はこの場所の所有者ではない。ただそこは見捨てられていたので、そこに生えているわずかの草を食べさせることは、誰にも間違ったことではないと思っていた。わずかだったが、でも結局それは誰かの草だ。誰かが要求すれば、獣たちの消費したものは、わずかでも支払うつもりだった。お前がきた。ここにいなさい。お金は大事にとっておきなさい。義務を果たせて私はうれしいよ』

私は承諾しました。彼は私を息子たちの真ん中において、藁《わら》と夜食をくれました。私は疲れていたので、ぐっすり眠りました。夜明けに、昼のパンとラード一切れを持って自分の小屋の方に道を急ぎます。

この日の仕事は頭脳労働でした。計算したかったのです。とても不可能なことでした。自分の領地を地ならしするのにどのくらいの時間が必要だろう。現在の私のように、次々に数字を重ねて紙の上で計算できれば、計画は絶対にうまくいったでしょう。でも、私は頭の中に数字を次々に並べることしかできませんでした。長い間そういう状態でしたが、あまり苦痛ではなく、根気よく棒で土地の表面を計り、数字を小刀の先で柔らかい岩の上に書きつけていきました。数字に代わる私流の印《しるし》を作り出していました。例えば、百は一つの十字、二百は二つの十字、というように。こうして昼間のうちに、あまり大きい間違いもなく長さと幅で何メートルの土地があるかを、知るのではなく推定することができました。次の日々、簡単な仕事のために要する日数を計算することでした。雪のために一年に五カ月仕事をして、二年とみました。続いて、難しい仕事の期間を見積らねばなりませんでした。そのためにはそれを計画する必要がありました。

私は主人から鉄のハンマーを借ります。そして大きいかけらから始めました。それはあまり固くない石灰岩の岩でした。疲れをいとわず、道路工夫のこの仕事をしました。巨岩の大きいお腹をこなごなにすることに誇りを感じ、幸せでした。昼の間に一メートルでもしておきたかった。そしてそれは達成しました。その時とても疲れを覚え、モーリ家に降りていくことは考えないで、夜、自分のところで過ごすことにしました。翌日通ってくる手間を省くために。

納屋の端でやっと眠った時、巨岩に起こされました。岩は今度は静かに部屋の中を縦、横に散歩していました。それを確かめる前に私は地面を見ました。私は地面が完全に整地されて、美しい緑に覆われているのを見ました。まだ少し光が射して、夕日が赤みがかっていました。山の上の雪は青い空にばら色でした。私は怪物を観察しはじめました。その歩行は地面を揺すっています。岩は私に注意しているようには見えませんでした。私は岩の習性のような動きを断ち切るためにじっとうかがっていました。最初の時のように狂人のような行動はしないように決めました。岩が自ら立ち去ってくれるかどうか……。というのは今岩は歩くことができるのです。昼間、私が岩になげた打撃に閉口しているはずなのに……。

事実、岩は立ち去りたかったのでしょう。そしてイエウスの台地をまた上って行こうと試みました。しかし、ひどく不器用で回り道をする代わりに、できるだけ早くよじ上ろうとして、降りるとき昔とった同じ道を行こうとしているのです。急斜面に沿って大きく二歩も行かないうちに、膝をつき、鼻を地面について恐ろしい声で呻き叫びながら、倒れました。『誰も私を助けに上ってきてくれないのか？』一飛びで私は岩の傍へ飛んでいって、岩の先にへばりついたその恐ろしい手を摑みました。『さあ、私がお前の主人だ。よく知っているだろう。私に従え。他の道を通って立ち去ってくれ！』と岩に言いました。

『いいだろう。起こしてくれ。私を肩に担いで、上に運んでくれ』と岩が答えます。

『わけの分からないことを言うね。私はお前の指の一本も持ち上げられないのに。でも私はお前を苦しめるだろう。もし……』

『私を静かにしておいてくれないか？　チビさん。私はここがいい。ここにいる。ただ上を向いて眠りたい。手を貸してくれ』

私は岩の腰を足で一撃しました。岩は振り返る時、白っぽいコケで覆われた大きい嫌な顔を私に向けました。こうして岩が私の意のままになるのを見て、嫌悪感がまた燃えあがるのを感じます。それで岩の大口のなかに棒を差しこみたい欲望に抗しきれないでいました。岩はそれに気がつかないようでしたが、聞きとれないほどの小さい声がこの口の役をしている洞窟からでてきます。耳を貸すと、声はこう言っていました。

『ああ、意地の悪い子供が私の巣を引き裂こうとする。押しつぶされるところだった』

『お前は誰だ？』私は棒を用心して引き出しながら、そして巨岩の口の上に耳を当てて言います。

『私はコケにいる小さいクモだ』と声は答えます。『生まれてからずっとここに住んでいる。私は働いている。糸を織り、獲物をとる。なぜ私の邪魔をするのか？』

『立ち去って、他の所で糸を織ったり狩をしたりして欲しい。世界はお前にはかなり広いよ』

『私もお前と同じことが言えるよ』とクモは続けます。『どうして私のいるこの岩を苦しめるのだ？　お前には他の場所がないのか？』

このとき、私が太い棒でくすぐりはじめていた巨岩はくしゃみをしてクモを遠くに追い出しました。一方嵐のように押された私は岩の下に墜落しました。

その場所で私は我に返って考えます。この小さいクモは生きている間ずっと巨岩の口の中で、その気まぐれに心配もしないで、生きてきた。私が邪魔をしなければ、ずっとそこで生きていたはずだ。もっと遠くにいくことを要求したりしないで、私の敵の傍で生活させてやればいいじゃないか。クモは岩の背中でのびのびして、その台石の岩の上に足を寄りかからせて、体は雪の滑りを止めるようにしている。ひどく心地よいことではないだろうか？　私は岩の方にまた上り、その広い耳の一つに向かって大声で言いました。私の声は岩にはクモの声ほどに小さいだろうから。『お前はそこにいるのが心地よいと、そしてそこにいたいというのか？』

『そうだ』お腹の底から出たような恐ろしい声で彼は答えます。『お前がベッドを作ってくれればここにいるよ』

『ああそうか。本当にベッドがいるのだね！　おそらく羽のベッドだろう』私は大笑いをしながら答えます。

『いい砂のベッドで満足だが、頭をおくための窪みが必要だ。四肢の各々にも窪みが一つずつ、特に腰のためには大きい窪みがいる。滑らないで眠れるために必要なんだ。さあ、早くそれを作ってくれ。快適な状態でいられるように。でなければお前の野原で横になるよ。そこでは私を働かせようとときどきお前が私をくすぐることさえなければ全然悪い気分ではないのだから』

そのとき、すぐ私の傍で人間の声がしました。『しなければならない最も正しいことは、その石をそこに置いて、うまく坐らせることだ。上の氷に土手の役をさせるのだ。石がお前の邪魔にならない場所は私には分からない。それを昔の場所にもっていくことはお前にはできないだろう。お前のランクリューズから他の所に石を出す権利は、お前にはない』と、その声は言います。

その声の主は誰かを知ることはさておいて、『なぜ権利がないのです？』と、私は聞きました。『それならこの岩は私の土地を占領する権利があるのですか？』

『岩にはより強い権力がある。でもお前にはそれがない。法は人間より強いからだ。お前がその敵を隣人たちのところに回して厄介払いすれば、そのために自分が困るか、あるいは罰せられる』と声が言いました。

『もし岩を深淵に突き落とせば？』

『深淵は必ず誰かの所有物だ。それに、深淵の底には流れる水がある。それはすべての人の所有物だから、お前にはその流れを止めたり、迂回させたりする権利はない。だからお前は巨岩を自分のところにおいてやらねばならないのだ。それにこの山の裏はお前のものだから、お前は少しずつその岩をそこに運んでいくのだ。こうすれば、お前は害をこうむるどころか、役に立つことになるだろう』

私は岩をそこに運ぶのは必要ではないと答えようとしました。岩は自分でそこにいたから。そのとき、私は目の前が明るくなって、自分が老人の小屋の暖炉の前に坐っているのがわかります。私と話しているのは彼でした。『さあ、お前は目を覚ましているのに、夢を見ている少年のように話している。でも物事を滑稽に言うから、そこにかなり良いアイデアがあったりする。夜食をとりなさい。お前は遅く帰ってきたけれど、私は待っていたよ。眠る前にわれわれはもっとおしゃべりをしよう』

私はもうどこにいるのか分かりません。あまりにも恥ずかしくて何も言えなくなりました。この住まいに来る時、巨岩に摑まったこと、小さいクモが私に話したこと、岩が私に条件をだしたことなどは夢だったのか？　そしてそれをすべてブラダさんに愚かにも話したのか？　あるいはすべてこれらのことは太陽の沈んでいる間に起こったことなのか？　巨岩はたしかに魔法使いだ。この岩は何も知らないうちにブラダさんの小屋に私を運んだのだから？

私は少し食べてから、『われわれは先刻何の話をしていたのですか？』と老羊飼いに聞きました。

『え？　お前、まだ眠っているの？』と彼は答えます。『もう覚えていないの？　あの岩のことを考えすぎてあまりに疲れている。あんなに大きい仕事を一人でするには若すぎる』

『その仕事を最後までするのに、何人くらいの人がいると思われますか？』

『それはお前がどのくらいの期間で終えたいかにかかっている。二つの季節で十二人くらいのよい労働者がきてくれれば、何とかなるだろう』

『十二人ですって？　確かですか？　私は一人でと思っていました』

『お前は夢を見ていたのだよ。確かに十二人必要だ。たくさんの場所で、巨大な岩を爆発させるための地雷をしかけねばならない』

『地雷をしかける？』と私は叫びます。『それこそ望むところだ。そう、そう、あのお腹に火をつける。……まさに岩は行ってしまうことになる』

『もちろん。岩は一人では行かないだろうからな』

『岩は行ってしまうだろうと言っているのですよ。岩は助けあうことなどしたくない怠け者か、あるいはどうすればいいかが分からないばか者です。でも岩が火薬を感じたら……』

『あれは岩なんだよ。岩は割れるだろう。でも小さい石で堤防のようなものをつくることが必要だろう。そのためにはたくさんのお金がいる。お前は金持ちか？』

『私は百フラン持っています』

ブラダさんは笑いはじめた。『それは十分ではない。少なくともその十倍必要だろう』と彼は言いました。

『いつかそのくらい持てるでしょう』

『いいだろう。その日を待つんだな』

『じゃあ、あなたはあの巨大な岩から私の所有地を取りかえすのをばかげたことではないと思われるのですね？』

『もちろん！　土地は良くて神聖なものだ。それを持っているとき、諦めてはいけない。それを氷と石から護ることができるかぎり、見捨てるのは神の喜ばれぬことだ』

『つまり邪悪なものからですね！　それなら私はあの残酷な悪魔と闘いましょう。私の家を破壊した上に、父を殺そうとした悪魔と闘いましょう。子供の頃、粗野でばかなあの岩がわれわれの牧場でぐっすり眠っているあいだ、道をさまよって物乞いしなければならないようにしたのもあの岩です。岩を出ていかせると、はっきり言っておきます。そこに岩をおいたまま苦しめることはできません。もうすぐ一人前の大人ですし、あまりにも岩を嫌悪しています。持っているもの、持つはずのものを食べ尽くして、私の財産が何の価値もなくなれば、その時は、仕方がない！　この巨岩を七年前には呪いました。必要なら、岩を追いはらい罰するのに七年かけましょう』

『お前は面白い少年だ』と老羊飼いは言います。『頭に血が上っているね。でも嫌いじゃない。お前が父を愛していること、誇りと勇気を持っていることがわかる。お前の考えをもう少し話しあおう。もし私がお前を助けられれば……でも私はとても貧しく、そしてあまりにも年を取りすぎている』

『あなたは私を助けてくださることができます。あなたの鉄のハンマーを私に売ってください』

『それをお前に貸してあげるよ。何もいらない。私にはもういらないものだ。それは重い。それをお前のランクリューズに置いておきなさい。夜のあいだ、誰もそれを盗みには行かないよ。岩が恐いからね』

『恐いのですか？　それは知らなかった。では岩が夜、起きて歩くことを知っているのですね？』

『そう言われている。私は全然それを信じていないがね。私はアフリカで兵役について、戦争をした。大砲を少しも恐れない習慣がついているから、石を恐れて楽しんだりはしないよ』

『でも私も恐くありませんよ。ブラダさん！　あの巨大な岩が悪魔なのは確かです。それだから私はその悪魔岩に闘いを挑むことに決めたのです。あなたがベドゥアン族にそれをなさったように』

『いいだろう。お前の好きなようにすればいい。ところでもう遅い。眠らなきゃあ』と年老いた羊飼いが言いました。

次の日、私がランクリューズに上っていこうとした時、彼が私を呼ぶのを聞きました。

『そんなに早くいかないで』と彼が言います。『お前と一緒に行きたいから。私はゆっくり歩いていく。が、それでもちゃんと着くよ。その有名な巨岩を見たい。私は上にはそんなにたびたびは行かないから、砂利道《じゃり》にはたいした注意をはらわなかった。おそらくお前に良い意見をしてあげられるだろう』

彼はすべてを調べ終わると言いました。『思ったより仕事は十倍も多い。十人の良い労働者がそれを地ならしするのに二つの季節ではだめだ。それに相当量の火薬がいる。私の言うことを信じるなら、諦めた方がよいだろう。お前は持っているものをすべて食べてしまうだろう。そして苦労は報われないよ』

『でもブラダさん、あなたはこの牧場の草は山の最高の水準だと言われているのを聞かれませんでしたか？　父は何度も何度も私にそれを繰り返したので、私はそれを信じています』

『それはそうだ。そこに生えるわずかの草でも、今でもまだ最高のものだよ。でもお前が整地を終える時、堆肥《たいひ》が必要だ。堆肥のためには動物の群れが要る。それも急いで強力な群れを使う必要がある。昔の肥料はすべてなくなっているから、処女地に牧場を作らなければならない。もしお前が金持ちなら、もしお前が例えば四千フラン持っていれば……』

『私はその半分も持っていません』

『じゃあ、その計画はやめるんだな。お前は破産してしまうだろう。岩の上の変な数字は何だ？』

『計算するために私が数字を作りだしたのです』

『ああ、分かった。じゃあお前は書くことができないのか？』

『読むこともできません』

『それは不幸だ。習うべきだな。岩に塊を投げるよりお前には役に立つよ』

『それは否定しません。もしあなたが教えてくだされば……』

『私は大したことは知らない。でも何も知らないよりいいだろう。いつでも好きな時に……』

私はその夕方から、ブラダさんの小屋に帰るのを一時間早くしました。老人に奉仕している少年たちの一番大きいのが、意向を知って、私に教えてくれました。彼は老人より辛抱強くなかったが、彼より学がありました。このようにして私は一人で仕事することができるために必要なことを十分理解できるようになりました。

私はすぐに本を一冊持っていって、正午の一時間の休みに大変注意深く、ランクリューズの仕事に注いだのと同じ固い執念で勉強しました。

ブラダさんは彼の慎重な忠告に私が見向きもしないのを見て、もう気を変えさせようとするのは止めました。ただ意地悪な悪魔のことをいうように巨岩のことを話すと、少し私をばかにしました。そのことは私を用心深くさせました。それで、私の考えや憎しみはそのままにして、ただ石のことしか話さないようにします。ただ他の少年たちはそれでも少し私のように呪われた岩の中に魔法があると考えていました。山の他の牧場で、川をせき止めようとして起こったある地崩れについて、悪魔が毎夜来て最も優秀な働き手の仕事をだめにしてしまうと話すのを聞いていました。彼らはときどき私が働くのを見にきました。というのは私は猛烈な仕事ぶりでしたから。彼らは私への友情から、拍手してくれました。でもすこし恐怖心もありました。もうそれに触りたくないと、巨岩の夢をみて誓う者もありました。私はこだわりませんでした。日曜日に彼らのためにワインをふるまえば、彼らは日曜日も働いてくれたでしょうが、私は彼らが義務を怠るのは望まなかった。それはブラダさんが私にしてくれた親切に対して、よい報い方ではないからです。

それでも一人、また一人と、仲間ができました。ブラダさんは私をまもり、彼のヤギが私の所に生える草を少し食べるのと引き替えに私を養うことに同意してくれました。ヤギを連れていくことが仕事の少年は、私がつるはしで掘る間、雨を避けて、とても上手にたくさんの石と木の葉でかなりしっかりしたバラックをつくって楽しんでいました。それで私は夜の避難所ができたので、仕事をはかどらせるために何度かそれを使いました」

4

「そこで眠るたびに私は巨岩を見ました。そして見るたびに岩はより動き、より行動するのです。私は岩が気をもんで、軽くなり、立ち去りたいと望んでいるのが確実に分かりました。しかし、一方岩は常により愚かになっていくようにも思われます。私がすすめる所に寝ないで、落ち着いていられない場所ばかり選ぶのです。岩はあらゆる種類の居座りを試みているようにも見えました。私の目の届くところにいてくれればそっとしておくことを約束して、岩と私の利益について、正しく考えさせるように努めました。ところが岩は何も理解しなかった。あるいは岩は私が思わず岩を打ってしまうほどの不作法で私に答えました。そして岩は再び私の牧場を荒らしはじめます。この野蛮人と話す方法はないことを見て、私はそれを諦めました。岩が非常に常軌を逸したことをするにまかせました。それは別に大したことにはならないからです。巨岩の不揃いな歩調の小さい足音を聞きながら、しばしば眠りました。岩はますます足が悪くなっていきました。私は、最も賢明なことは岩の足を壊しつづけることだということ、こなごなにするしか、この岩を立ち去らせられないことが分かりました。

私はそこに三カ月いました。そして若い牛のように元気になります。読んでいるものを理解する十分な

読解力をとても早く身につけました。書物のあらゆる思想とあらゆる語を理解しなかったブラダさんは、彼に私がそれらを説明するのを見て驚きます。父は私に何の教育も受けさせませんでしたが、多くのことを教えたということです。小屋の住人はすぐに私を、自分の能力を隠している学者のようにみなしはじめました。彼らはもう私の計画を変えさせようとはしなかったので、私はいくらか出費がかさんでも、これを完成することを決心しました。

私はレスポンヌの谷を下りました。労働者を雇うためにカンパンの大理石の採石場に行きました。そこではみつけられませんでした。これはよそ者が人口の大半を占める美しい季節でした。私は法外な賃金を要求されます。でもわずかの火薬を手にいれることができました。イエウス卿に上げようとしていた小さいお祭りのことを考えて、慰められて帰りました。

次の朝から、音に驚かないようにと住人たちに告げた後、いろいろのものを準備するために走ります。見つけることのできた道具で小さい鉱脈を掘りました。うまくできたと思います。山の道でこの仕事をするのをかなり見ました。導火線に火を点《とも》すとき、私の心臓は残酷な喜びで高鳴りました。すべての火薬を置きます。爆発はすばらしく、私は死にそうでした。自分の力に自信を持ちすぎたので、注意が足りなかったのです。でも巨岩の口は耳まで破裂していました。岩の顔を攻撃したからです。私は自分も醜いしかめっ面で大きく口を開けたまま血だらけになり、傷もおっているのに思わず笑いだしたほどです。私の傷はたいしたことはなかったので、すぐに立ち上がりました。『私の血を飲め！』と、岩の焦げた頭の上に屈みこみながら、敵に向かって言いました。『さあ、これが私たちの生命をかけた決闘だ。お前は血を流すことができない。でも私は、お前が私の父を苦しめたように苦しむのを望んでいる』

このとき、何かが私に憐れみの情を呼びさましました。爆発は、巨岩の耳の中に住んでいた哀れな多くのアリを苦しめていました。この小さい混乱したアリの世界は、そこで生きものがたくさん死んだりするのも、また逃げていくのも好まないのです。その小さい世界は勇気をだして自分の幼虫を安全な他の場所に置いてやるのでした。『本当にごめんよ。お前たちには知らせておくべきだったね』と私は生き物たちに言いました。『でも子供たちを救う作業は手伝おう』私は木のシャベルの上にある大きい土の塊をとりました。それはこなごなの、窪んだ土で、哀れな生き物が休んでいた廊下や隠れ家のものでした。私はその土を少し離れた所におき、それから巧妙なガたちを眺めました。アリは私についてきた後で、自分たちの引っ越しを完成するのに間違うことなく戻っていきました。アリたちは互いに連絡をとりあい、話し合い、助け合っていました。どのアリもぼんやりしたり、絶望したりしていませんでした。『小さいアリさんたち。君たちは大きい教訓を与えてくれた。私の仕事が挫折しても、仕事を見捨てたりはしないよ』と私はアリたちに言いました。

でも私は一人でした。私は。そして助けてもらいたいという思いがしました。私はまだ母に何も知らせていなかった。彼女のひどく近くにいたというのに。仕事を見つけもしないで、怪物を相手に時間を潰していたことを母にとがめられないかと実は恐れていたのです。母が心配するだろうと思い、私も苦しくなってきました。それで母に会いに行くことにしました。

母は実際心配していました。そして、まだ何の稼ぎもしていないと知ると、私を叱りました。しかし読み書きをしっかり勉強したこと、お金はほとんど使っていないことを知ると穏やかになりました。私が無駄に生活していなかったことが分かってくれたのです。それで私は彼女に心を開き、自分が時間をどう使ったかを話し、希望を打ち明けました。彼女は大変驚き、大変感動し、でもまた大変恐れました。彼女はブラダさんが私に話したのと同じことを話しました。そして、とても異常な計画に財産をなくさないようにと頼みました。それでも私は彼女がこの土地にたいして持っている愛着を見抜きました。そこにいた時は他のどこよりも幸せだったこと、夢の中では何度もそこに行ったと告白したのです。私は時間をかければ納得してくれることを希望して、あまりに固執しませんでした。私は冬を利用して働くことを彼女に約束します。なぜなら、ごく近いうちにあの高い所を離れなければならなかったので、それで約束したのです。

石との明け暮れで季節が終わると、私はブラダさんにバレージュのウールの良いフードを、そして彼の息子たちにはそれぞれ好みに応じて買った小さいものをプレゼントしました。そして次の年に会うことを約束して良い友として別れました。ルルドの方に向かって、何かいい職業を見つけに出かけました。私がいつも持っていた考えはどのように岩と闘うか、です。それもできるだけうまく、そして早くその達人になりたかったのです。人は私に手作業の仕事だけをさせたかった。が、それをしながら、私はエンジニアの仕事を見ていました。私はすべてを自分のものにしようと努力しました。食べ物と生活費以上にはわずかのものしか得ませんでしたが、あまりがあると、計算の授業にそれを使いました。というのは読むことについては、既に一人でゆっくりと忍耐強く、やり遂げていましたから。書くことにかけては自分で練習していました。私は夜の一時間あるいは二時間と、ほとんどの日曜日をそれにあてて使いました。大した奴だ、とか、あの年にしては賢いとか、腹の底では頑固者だな、などと言われる以上の何者でもなかったのです。

早々と春が雪を溶かしはじめると、すぐに私はすべてを離れて母のところに急ぎます。そして手押し車、つるはし、火薬、ドリル、ハンマーなどを買いました。巨大な敵を攻撃するために必要なものでした。私は母に、予備に持っているものを使ってしまったら、さらに百フランくれることを約束して欲しいと頼みました。私の仕事が正当化されて、助ける価値があればと母は言い、そのために一度仕事を見にいこうと母は言いました。

私はルルドで同じ年の男を二人、決まった日にピエールフィットで合流すると言う約束で、雇っていました。二人は良い仲間で、仕事が好きで悪癖は全然なかった。最初はすべてうまくいきました。この男たちは巨岩イエウスを少しも怖がりませんでしたから、岩の肋骨を破壊したり、あごを広げたりすることに何の抵抗もなかったのです。冬は私が持っていた小屋を壊してしまっていたので、私たちはより広く、頑丈な小屋を作りました。ブラダさんが毎週食料を買うために谷に行っていたので、われわれは彼のロバで彼のものとわれわれのものとを買って運ぶこともしました。

岩を破裂させるとき、仲間たちは愉快でした。でも手押し車に積んだり、それを押したりするときは、退屈したようです。彼らは平野の人間でした。山は彼らを悲しい気分にします。私はもう夜の倦怠、滝の苛立つ音から彼らの気を紛らすことができなくなりました。私が美しいと思うものが、彼らには悲しいものになります。そしてある朝、私は彼らが恐怖に取りつかれているのを見ました。何の恐怖でしょう?

彼らはそれを言いたがりませんでした。私はおそらく不注意にも、この岩への憎しみをときどき話しすぎたのです。夜の出現のことは何も話していなかったし、まだときどき他の人たちが眠っている間に私だけが黙って見ていたのですが、おそらく、彼らの一人が見たか、聞いたかしたのでしょう。いずれにしろ彼らはもうこの孤独には耐えられないと宣言して、仲違いしたわけではないのですが、でも私をがっかりさせて、別れていきました。彼らは良い結果をもたらしてくれませんでした。私は他の人を雇いましたが、仕事が少し進みはしたものの、あまり良い効果がないままにばかなことを計画したものだと、自分で楽な気分でいることが結局は自分に役立つことだと言いきかせて、私は一人のままでいました。

初めて、私は絶望しかけていました。夜眠れなくなります。私が見る巨岩は今までよりも完全で、より堅牢で、力強いものでした。そして私が、孤立させるのにやっと成功したブロックの岩の真ん中の一つの塊の上に坐っています。少しヴェールを被った月明かりに、まるで白い象の群れを護る羊飼いとでもいったようでした。私は岩のところまで行って、膝の上によじ登り、そしてひげに摑まりながら顔まで上り、それを私の鉄のハンマーで打ちました。『ちびの羊飼い、他の草地を探しなさい。この草地はずっと私のものだ』と岩は呻くような声で言いました。それから散らばった塊を私に見せながら、『お前はこれらのしもべをくれた。私はお前のお金でこれから何世紀もの間、それらを養うつもりだ』

『それは今に分かるだろう。お前は私が一人だと思って、勝ったと信じこんでいる。いいだろう！　お前は人間が一人で何ができるか分かるだろう』と私は答えます。

翌日から、非常な熱心さで岩に立ち向かったので、二週間後に巨岩はもうしもべがいなくなり、立ち去ろうと努めて、土手の方に進んでいきました。そこに私はちょうど巨岩を追いこもうとしていたのです。

母が妹たちを連れてある日曜日に会いにきました。私は父が砕かれた場所を完全にきれいにしていました。水で洗われた草がそこにいっせいに生え茂り、美しい青いオダマキが細い流れの中に姿を映しています。私は事故のちょうどその場所に木の十字をたてて、そこに石の椅子を置きました。母はその配慮に大変感動して、その場所で祈り、そして泣きました。それからわれわれの小さい住処にきました。その四分の一はきれいにされていて、緑が青々としていました。彼女は、これほど早く会えるとは思っていなかったと告白しました。でも少し休息した後、被害がよりひどいところを見て、私にはまだするべきことがたくさん残っているのが分かったとき、不安を感じます。そして私に今までしたことでもう十分だから、満足するようにと懇願しました。『この牧草地も少し価値が出てきたのだから、下の人たちに貸すことができるでしょう。些細なことだけど、でもそれはばかげた大きい支出をするより価値があるでしょう』と彼女は言いました。

私は譲りませんでした。母は少し怒り、もうお金を私のために用立てないとおどしたりします。マグロンヌは立派な娘に成長しはじめていて、私の立場を思いやって泣きました。彼女は私の決心に賛成し、私を褒めました。彼女は自分が男の子で、私を助ける力を持っていればよかったと悔やみます。高地だけが彼女には美しく見えました。町では決して結婚しないと心で誓っていたようです。決して山を忘れていませんでした。方法があればすぐに戻ってきて、生活したいと夢見ているのも山でした。小さいミルチルは何も言いませんでした。でも彼女は青い目を開けて、雷鳥のように岩の中を走り、喜びに酔い、それを説明できないながら見せていました。

私は、ブラダさんの最高のクリームを入れて、ちょっとしたイチゴのおやつを準備しました。われわれは家の廃墟の上で一緒に食べました。皆心和らぎ、また悲しく、同時に楽しくもありました。母は何も約束しないで、別れていきました。でも私に何度もキスをし、非難する気にもなれないでいました。私は季節の終わりまで一人で働きました。仕事が進めば進むほど、この瓦礫の山を移動すれば必ずいろいろの難しいことが起こるのは確かです。私はますます仕事をしました。日曜日のわずかの時間しか小屋に降りていかなくなりました。住まいのようなものを持っていたので、そこで、夜は読み、書き、計算をしました。私は残骸を調べながら、貴重な発見をします。いろいろの道具、台所用品、まったく種々さまざまな父の書物、などの入っている古い行李《こうり》を、傷みもない状態で見つけます。大変嬉しくて本は何度も読みました。それらの本が仕事の最中に私に幻想を見続けさせてくれる時、楽しかった。それらにはすばらしい冒険がいっぱい載っていて、頭がいっぱいになり、勇気に燃えます。一人でも全然退屈しませんでした。数字によって、私の仕事の広がりや時間の計算をすることを学びました。数年あれば私自身で仕事をやり遂げることができると見ました。何と言われようと、それに熱中します。巨岩は細かく砕かれ、もう岩は散歩するために自分の骨を集めたりしようとはしませんでした。

岩は私を静かに寝かせてくれました。ただときどき、草を食べることに飽きた牛の声とともに岩が呻くのを聞くだけでした。火薬を使うとおどして岩に沈黙を強いたのですが、これは岩が最も嫌いなものだと知っていたからです。岩は黙ってしまいます。私は岩がついに負けたと見て、絶大な自分の力を感じました。

冬が来て、私は前年と同じようにしました。そして前年以上に稼ぎました。既に十七歳です。大きくなり、すばらしい筋肉がつきました。若いにもかかわらず、一人前の男と同じように支払ってもらっていました。仕事を指揮していた紳士たちの一人が私に注目し、他の誰よりも賢く、誰よりも辛抱強いと主張し、私に好意を持ってくれました。彼はその時から、私が学ぶことのできる仕事をあてがい、その上彼の住まいに私の場所をくれて、テーブルにもつかせてくれたりしてとても利益を計ってくれました。それで私は春にはほとんど何の消費もしないですみました。彼は国を立ち去るとき、私を傭人として、また仲間として連れていきたいと望みます。雇っても私の仕事は続けさせると約束してもくれました。しかしランクリューズを見捨てることは何としてもできないことです。私は雪の上を歩ける状態になるとすぐに、そこに戻りました」

5

「岩はほとんど壊れました。もう手押し車を押す仕事しか残っていません。それは厳しい仕事ではなかったのですが、とても退屈でした。私はその季節も、そして次もまた次もずっとそこで過ごしました。やっと五年たったある美しい夕方、山の引き裂かれた脇腹の上に運ばれた巨岩のこなごなになった残骸がありました。それは最も厳しい冬の氷を、後に続く砂とともに支えて美しい土手を作っていました。砂は支えられて土手の力を増大しながら積もっていく傾向があります。私の牧場、そこには石の溝があり、排水もうまくできていて、急流の滑り溝にすべての水が溜まるようになっていて、肥料なしですばらしい状態を保っていました。多すぎるほどの花があり、まさに庭園でした。ヤギはもう来ません。というのは二年目から、私は崖崩れで破壊されたブナをまた植えていましたから。そして若い苗木は既に強く、たくましく育って葉がおい茂っていました。私は、侵入してくる悪い草とシダを毎日取り払い、燃やします。その灰はコケを破壊します。私は最後の手押し車いっぱい分、おそらく四千杯目で手を止めて、手押し車をそこにおきました。妹のマグロンヌに、仕事の最後を仕上げたという喜びを与えたかったのです。

そのとき、私は神が私に与えてくださった勇気と、この仕事をうまくし終えるために持たせてくださった健康とを感謝するために、太陽に向かってひざまずきました。この仕事は男が一生かかるくらいのものだと人に言われていましたが、わずか二十一歳で、成年になってまもなく、私は仕事をやり終えたのです。所有地を前にして、仕事の成果を前に、私は男が一生かかって持てる楽しみを味わっていました。

太陽は黄金の光と真っ赤な雲を受けて沈もうとしていました。それは私を眺め、微笑みかける神の大きい目のようでした。つるはしの雪はダイヤモンドのように輝いていました。滝は妖精たちの歌声のように歌っています。そよ風は花の上に揺らぎ、花は優しく私の土地にキスしているようでした。私をあれほど退屈させた怪物については、問題ではなかった。もう永久に沈黙しています。岩はもはや巨大な形ではなく、一部は緑と、コケと、もう通らなくなった部分の上に這っていたクレマチスに覆われていて、もう醜くはありませんでした。すぐに全部見えなくなるでしょう。

私は巨岩を許したいほど幸せでした。それで、岩に向かって言います。『今お前は邪魔されることなく毎日、毎夜眠っている。お前の中にいた悪い精神は負けた。その精神に戻ってはいけない。お前が何かに役立つものになるように、解放するのだ。雷がお前をいたわり、雪がなるべくお前のために軽いように祈るよ！』

高い所で消えていくような、諦めに似た大きい溜息が、斜面に沿って通るのを聞いたように思えました。それが岩の声を聞いた最後でした。以後岩を見ることは決してありません。

朝から、私はかねて望んでいた小さいお祭りの準備をしていました。いつもよい隣人で、私のすばらしい友人であるブラダさんと、すべての若者たち、すべての動物たちを正午頃、私のところにくるように招待していました。動物には牧場を初めて使わせたかったのです。それからピエールフィットに、母と妹たちを呼びに走ります。

私は言いました。『お迎えにきました。仕事は終わりました。取っておいてくださったお金は全然使いませんでしたよ。今、家畜の群れを買うのと、本当に小さい家を建てるために、それが要るでしょう。でもわれわれ四人の間では、妹たちが自立するまで、すべて共通です。だから、何でも同じように分担しましょう。そのときを待つとして、今日はまず来てください。あなた方を山の麓まで連れていくのに、そこに、二輪馬車と馬を一頭、そして昼の食事のためにいくらかの食料を持っています。ミクロンのランクリューズの上に花束を植えて欲しいのです』

彼女たちがわれわれの小さい谷に入った時、皆は夢を見ていると思いました。売店ができていて、長いブルーの煙を空中に送っていました。ブラダさんは、私が通りがかりに要請した、何人かの近くの女の人や娘さんに助けられて、食事の準備をしていました。あなたたちがライチョウと呼んでいる、冬じゅう白いヤマウズラ、オオライイチョウ、クリームチーズなどです。私はワインと、砂糖、コーヒー、そして柔らかいパンを持ってきていました。ブラダさんの動物の群れは草の上に散らばって、ガツガツと、おいしいことを証明するような食べ方で草を食べていました。

若者はテーブルを置いて、モミの丸太と、やっと四角に切った床に坐る場所を作っていました。でもすべてそれは、葉と花で覆われていて、お祭り気分でした。シャクナゲと野生のカーネーションの花束がロープにかかっていて、母によって棒に巻き上げられます。私はといえば、考えたことのない音楽にやはり驚いていました。ブラダさんが友人の一人のツィンバロンの演奏者に踊りの伴奏を頼んでいました。昼食の後、われわれは踊りました。妹たちは喜んで元気いっぱい踊ります。母は花束を持ち上げながら、嬉し泣きをしました。マグロンヌは最後の手押し車一杯分を優雅に持ち上げて、堆積した岩石の上にそれを投げて栄光に包まれました。皆陽気で、したがって皆よい友人でした。誰も酔わなかった。私もワインをたくさん飲んだのに酔わなかった。われわれ山男は、ご存じのように節度があり、礼儀も心得ているのです。

夕方になって、私は家族をまた連れて帰りました。母は私を祝福し、今、あなたがごらんになっているこの家を建て、動物を買うお金をくれました。そして夏は私と一緒に住むことに同意してくれました。妹たちはそれで大喜びでした。

次の年、われわれが落ち着く準備をしていた時、とても心配なことがありました。母が病気になったのです。母が死ぬかもしれないと思いました。でも彼女は危険を脱した時、自分をわれわれの山に運ばせました。そこの良い空気が彼女をすぐに回復させていったのです。今日彼女がここにいないのは、あまり忙しくないので、この元気な女性は常に少しでもわれわれのためにお金を稼ぎたいので、コトレに行っているからです。そこで、紳士方の繊細なシャツはもちろん、水浴をする美しい女性のスカートや装身具を洗ったり、衣類にアイロンをあてたりしています。彼女は人がよくて仕事が上手なのでどこでも頼まれるのです。

われわれはといえば、ごらんのようにここで大変快適に暮らしています。夏の季節が終わるのが、いつも残念なんです。春の気持ちのよい日々が始まると、大喜びでここに落ち着くのです。狩は楽しい。獲物はなくなりません。クマ殿があえて危険を冒して出てくれれば、貯蔵室に入れられてしまいます。オオカミは初めの頃、少しわれわれを困らせました。しかしひどい目に合ったのか、観念して出なくなりました。ランクリューズはかつてより以上に、ふたたびよいところになっています。私は太った牛たちとよく働いて、それらを秋には平地の国に売りにいき、春には痩せたのをまた買うのです。このようにして隣接地を少しずつ買って、土地を二倍にすることができました。見捨てられた土地だったので、買うのにたくさんは要りませんでした。でも今、その土地は他と同じくらいの価値があります。来年は動物を二倍にするつもりです。これは私の動産です」

「これが私の物語です」と話を終えながらミクロンは言った。「退屈なさったのでしたらごめんなさい。少し不安でした。始めは真面目にとってもらえるか、と思い、次にはあなたがあまりに真面目に聞いてくださるのでかえって心配になりました」

「親愛なミケル、君が、ハンマーを打つ数と、手押し車で石を運ぶ数とを暗算しながら、私が何を考えていたか、分かりますか?」と私は彼に言います。「まず、君ほどの価値ある男が、より広い行動の分野に、その辛抱強い意志を使うように迎えられなかったのは残念でした」次に、私は独り言を言いました。「どんなお芝居でも、私たちは皆、石を壊す人でした。多少とも強くて忍耐するけれど。君がしたように、自分の土地を再び手に入れることなどできる人は普通はいません。この点で、一番感動したのは、農夫としての君のこの粘り強さだけではありません。それは尊敬に価するものですが。でも私が感動したのは、君が利益よりももっと高尚な感情に動かされたことです。君が人間の義務と見なした豊かな土地に対する思い、そして息子としての愛情です」

「ありがとう!」とミクロンは続けます。「高尚な感情はたしかにありました。でもあなたが非難なさるはずのものもあったのです。それは、自然の中には意地悪いものもあると信じたことです」

「ああ、それです。でももう君はそれを信じていない。よく分かります」

「よかった! お分かりでしょうが、私は早くから夢想にふけりやすい、錯覚に陥りやすい子供でした。それから、信頼という言葉が分からなかった。以来私は本を読みました。そして神は唯一だとわかりました。ゼウスとかジュピターというのは神の名前に過ぎない。雲の中に雷をおいた者は、岩をねらったりしない。そして岩は崩れるとき、哀れな人間をねらって砕くのではない。それで……あなたは明日、私の土手の上のほうでごらんになるでしょうが、そこでは土が盛り上がり、改良されています。私はそこにアンドロセムと野生のジンチョウゲを、自然の法則に対する尊敬のしるしに、小さい神聖な森として植えました。昔の神々は、自然の法則のシンボルです」

私はミクロンの屋根の下で大変気持ちのよい夜を過ごしました。そして太陽の昇るのを待たないでランクリューズを見に行きました。ミクロンは既に自分の馬小屋にいました。でも私が少し一人でいたいと思っているのを見抜いて、慎み深く私を気ままに歩かせてくれました。私は植物の美しい標本をたくさん見ました。ハクサンイチゲ、ねばねばしたサクラソウ、珍しい、魅力的なさまざまの種類のユキノシタ属などです。でも特に私は巨岩を調べました。人間にとって異論の余地のない奇跡である神に捧げられるべきこの建物、忍耐！　私はそこで非常に貴重なコケの収穫をします。アリの賢い仕事、小さいクモの上手で根気のいる狩を眺めました。好奇心から、巨岩の喘ぎを少し聞きたいと大変望みましたが、そのすぐ近くで落ちる魅力的な滝の調和のとれた新鮮な声しか聞けませんでした。その水はミクロンの配慮によって指示された通りに、大変陽気なアレグロを歌いながら、牧場を優しく潤していました。

ミクロンは私にさらにおいしい食事を提供してくれました。そして愉快な小道を通って、私の帰る道に連れていってくれました。親切への感謝に、他の山の上で摘んだ野生の花々の種だけを受け取ってくれました。植物学者の喜びの一つは、いろいろの場所に、美しく、珍しい植物を、その種類を維持し、他の植物学者の研究にも役立つのを目指して種を蒔くことだと教えた時、彼はこの考えに打たれ感動したようです。そして、以後彼が散歩をする時、私を模範にしようと約束しました。彼は愛好家や観光客と接触するすべての山男のように、博物学の基礎知識にある概念を持っていました。植物や鉱物の見本、巨岩自身からとった美しい結晶、寒帯のキンポウゲ、そして氷河の近くでとった、すばらしいラモンディなどを私にくれるために、ピエールフィットの家にも彼は私を連れていきたいと思っていました。

「われわれの山は植物学者の天国でしょう？　そこではあらゆる季節の花や果実を同時に得られるので

すよ。谷の奥は夏と秋です。半分くらい登れば、春です。さらに上にいけば三月初めにしか見られない花の中にあなたは後戻りです。このようにしてあなたは、春の初めの晴れた日々のハクサンチドリと、季節の終わりのハクサンチドリを同じ日に、見ることができるのです。それは空気、光、そしてすべてについて同じです。あなたは一日のうちに、上に上がるにしたがって、湖の上の太陽の輝き、上の牧場の秋の霧、そして頂上の冬の荘厳を味わえるのです。こんなに最高の美しいものをたくさん見て、どうして退屈などしていられましょう？　これほどの豊かさは、平地に七カ月間暮らして、やっと手に入れることのできるものです。

私たちはこれほど山を愛していますから、毎年われわれは山に狩をすることを許してもらっています。山がわれわれよりすぐれたものだと分かっていますから。そして山に帰る時、山がわれわれにしてくれるすばらしい微笑みに満足しなければならないことも」

ミクロンはさらに私をピエールフィットにお泊めしたいと申し出てくれました。私はほとんど何もしていない人に、これほど親切にされて、恥ずかしかった。「覚えておいでですか？」と彼は言いました。「私たちが別れた日に、あなたは私の前で父に言われました。『この子供がこれから長い間、物乞いをするのはよくない。彼の目にはこういう生活以上の何かが読み取れます』私はあなたの言葉を心の中にしまいこんでおきました。私が一人前の男に成長しようと望んだのはあなたのおかげだと、誰が知っているでしょうか？」

ノアンにて、一八七三年三月

ものを言う樫《かし》の木

ブランシュ・アミック（サンドの若い協力者の妹、十一歳）へ

昔、セルナ（サンドの作り出した地名らしい）の森に五百年もたっているだろうと思われる大きい古い樫《かし》の木がありました。何度も雷に打たれながら、少し押しつぶされただけで、新しい芽を出し、今なおたくさんの枝が青々と茂っています。

長い間、この樫の木には悪い言い伝えがありました。隣村の老人たちは今でも、彼らの若い頃この樫の木が話をしたとか、この木の陰で一休みしようとする人たちを脅迫したなどと言っています。例えばこんな話もしていました。

この木の下で雨宿りをしようとした二人の旅行者が雷に打たれ、一人は即死し、あとの一人は「早く出て行け！」と叫ぶ声に驚いて飛び出した、というのです。

でもこういう話はとても古いものでしたから、もうほとんど信じられてはいませんでした。この木は「ものを言う樫の木」と呼ばれてはいましたが、羊飼いたちは怖がることもなく近づいていました。ところが

エミの事件以来今まで以上に、この木は魔法の木だという評判がたつようになりました。

エミは豚の番をする貧しい少年でした。孤児で大変不幸な子供でした。というのは住むところも、食べるものも着るものも満足でない上に、貧しいために大嫌いな豚の世話をしなければならなかったのです。彼は豚が恐かったのです。この動物は見たところよりずっと繊細なところがあって、この少年が自分たちの主人ではないことを感づいていました。エミは朝、森の中の、豚の好きなドングリのたくさん落ちているところへ動物をつれていきます。そして夕方連れて帰るのです。ボロをまとって帽子もかぶらず、髪の毛は風に逆立てている哀れな青白い、痩せて土のついた顔をした少年。横目で彼を見ながら恐ろしい様子で走っていく獣たちの群れを、かん高い声をだしながら頭を下げて追っていく彼を見ていると哀れを催します。夜明けの赤い靄《もや》の中を、暗いヒースの茂る野原を、動物を追って走る彼を見ていると、突風に追い立てられる野の妖精のようでした。

とは言っても、この哀れな豚番の少年も、これを読んでくれている子供たちのように、幸せで、清潔で大事にされていれば、かわいい愛嬌《あいきょう》のある子供だったでしょう。彼は何も知りませんでした。字を読むこともできなかったのです。必要なことを頼むのに話すのがやっとでした。その上臆病で話すのも最少限でしたから、人に忘れられても仕方のないことでした。

ある夜、豚の群れだけが小屋に帰ってきました。豚の番人は夕食の時間になっても姿をあらわしません。カブ入りスープを飲み終わったとき初めて人はそれに気がつき、奥さんが一人の少年にエミを呼びにやりました。この少年は戻ってくると、エミが小屋にも、いつもわらの上で寝ている屋根裏にもいないと告げます。たぶん近くに住む自分の伯母のところにでもいったのだろうと思い、彼のことは考えないで皆寝てしまいました。

翌日の朝、伯母のところに行って、エミがここに来なかったと知って人は驚きます。昨日からこの村には来ていないと言うのです。周辺を尋ねてまわりましたが、誰もエミを見かけた人はいませんでした。森の中を探しましたが無駄でした。イノシシかオオカミに食べられたのだろうと思います。でもエミのサルクレット——これは豚の番人が使う短い柄のついた杖ですが——も、ぼろぼろの洋服の切れ端も見つからないのです。それでもうエミは浮浪児になって生きようとこの国を出ていったのだと決めてしまいました。農家の主人は、たいした損害ではないと言います。この子供は何の役にもたたなかったし動物が好きではなかったから動物にも好かれなかったというのが理由でした。

新しい番人が雇い入れられました。でもエミがいなくなったことを、土地の少年たちは怖がりました。最後に彼を見たとき、話す樫の木の方角に歩いていたというのです。おそらくそこで彼は何か不幸なことに遭遇したのだろうと皆思いました。新入りの番人は豚の群れを決してそこに連れていかないようにします。他の子供たちもその方向に遊びにいかないように用心しました。

エミがどうなったか知りたいのでしょう。急がないで。今話してあげます。

豚の群れを連れて最後に森に行ったとき、エミは話をする樫の木から少し離れたところに、花の咲いたファヴァスの茂みを見つけました。ファヴァスあるいはフェヴロルというのは、お前たちも知っているバラ色の房になった花をつけるマメ科の美しい植物で、球根のあるスイートピーです。球根はクルミほどの大きさで、甘いけれど少し苦味があります。貧しい子供たちはこれが大好きなんです。お金のかからない食べ物で、これを狙う子供たちの競争相手は、やはりこの球根を大好きな豚だけでした。木の根だけを食べて生きていた昔の隠遁者の話がありますが、彼らの厳しい戒律の食卓で最も喜ばれたご馳走は、フランス中部の地方ではこのスイートピーの球根だったに違いありません。

エミはファヴァスが、まだ食べるのにおいしい時期ではないことをよく知っていました。やっと秋の初めだったからです。でも茎と花が枯れた後、地面を掘りにくるために場所に目印をつけておこうと思いました。ところが一匹の若い豚が後をつけてきて、地面を掘りはじめ、全部めちゃめちゃにしてしまいそうになりました。この豚の貪欲な荒し方を見ていらいらしたエミは、この豚の鼻づらに杖の一撃を加えます。杖の先の刃が研いだところだったので、豚の鼻先が少し切れ、豚は恐ろしい悲鳴をあげました。お前たちも知っているようにこの動物は互いに助け合う習性が強く、急を告げる仲間の呼び声を聞くと、共通の敵に向かって怒り狂って押し寄せてきます。それに彼らは長い間、エミを恨んでいました。やさしい言葉をかけてくれたことも撫でてくれたこともなかったからです。豚たちはわめきながら集まってくると、少年に食いつこうと取り囲みました。哀れな子供は逃げようとします。豚が追いかけます。お前たちも知っているようにこの動物は恐ろしいほど足が早いのです。エミはやっと大きい樫の木まで走り、そのでこぼこした幹をよじ登り、急いで枝の中に隠れました。恐ろしい豚の群れは木の根元に集まって、木を倒そうと地面を掘りながら恐ろしいうなり声をあげています。でもものを言う樫の木の根は恐ろしいほど頑丈で、豚の群れなど気にもとめませんでした。豚たちも諦めず、日が暮れてからやっと地面をほる仕事をやめました。豚の群れは小屋に帰ろうとします。でもエミは一緒に帰れば殺されてしまうのは確実なので、もう決して帰らない決心をしました。

この樫の木が魔法の木といわれているのをエミは知っていましたが、生きている人たちのためにあまりにも我慢してきたので、彼には目に見えない霊を恐れる余裕がなかったのです。惨めな生活の中で人に打たれ打たれて生きてきたのです。伯母も彼に対してひどく辛くあたりました。豚が大嫌いの彼をその番人にしたのも彼女です。生まれながらに豚が嫌いだったのですが、伯母はそれを悪いことのように言うのです。彼が彼女に会いに来て、ここにおいて欲しいと頼むと、伯母は厳しく叱りつけたということです。ですからエミは伯母を大変怖れていました。それで彼の望みは、もう少し欲のない、意地悪くない人々のいるどこか他の農園で、羊の番でもしたかったのでしょう。

豚の群れが行ってしまうとしばらくは、少年は恐ろしい叫び声と脅迫から解放されてやれやれという嬉しさを感じていました。夜はこの枝の上で過ごそうときめます。茶色の布製のバッグの中にまだパンがありました。豚に囲まれていた間、食欲がなかったのです。彼はそのパンを半分だけ食べて、後は朝食のためにとっておきました。その先は神のお恵みしだいです。

子供というものは、どこでも眠れるものです。ところがエミはほとんど眠れませんでした。彼は虚弱児でときどき熱を出します。眠っているあいだも心を休めるというより夢を見ている方が多いのでした。彼はコケでいっぱいの二本の丈夫な枝の間によい具合に落ち着きました。眠りたかったのですが、枝をきしませて葉をざわつかせる風が恐くて、悪い精霊のことを考えはじめました。あんまり考えすぎて、「出ていけ、ここから出ていけ！」という細いけれど鋭い怒った声を何度も聞いたような気がしたほどでした。

最初エミは恐くて震え、喉が引きつりそうになり、答えようなど考えもしませんでした。でも風が収まると樫の声は優しくなり、母親の愛撫するような調子で、「出てお行き、エミ、出てお行き！」と耳許でつぶやくようになりました。それでエミは答える勇気がでます。

「樫の木さん、すばらしい樫の木さん、ぼくを追い出さないでよ。降りていけば、夜、走り回っているオオカミに食べられるもの」

「出ていくんだよ。エミ、行くんだよ」前より優しい声で樫の木は言います。

「優しく話してくれる樫の木さん、どうかぼくをオオカミのいるところに追い出さないでください」とエミも頼むような調子で返します。

「ぼくを豚たちから救ってくれましたね。今度も救ってください。ぼくは不幸で哀れな子供です。あなたに何も悪いことはしません。今夜だけここにいさせてください。出ていくように言われるなら明日の朝は出ていきます」

声はもう答えませんでした。月が樫の葉を微《かす》かに銀色に照らしています。エミはそのままいてもよいという許しが出たか、あるいはそういう言葉を聞いたように思いました。彼は眠りこんでしまいます。そして不思議なことに朝まで夢も見ないで、ぐっすり眠りました。

『とにかく村に戻らないといけないだろうな』と彼は考えます。『豚に食べられそうになったんだ、と、それで木の上で寝なきゃならなかったんだって、伯母さんのところに行って言おう。別の仕事を探しに行くのを許してくれるだろう』

彼はパンの残りを食べます。さて行こうとして、一晩置いてもらった樫の木にお礼を言おうと思います。

「ありがとう。そしてさようなら。優しい樫の木さん。もうぼくはあなたが恐くないよ。また会いに来るよ。そしてまたありがとうっていうよ」と彼は木の幹に口づけしながら言いました。

少年は野原を横切り、伯母の百姓家の方に向かいます。そのとき農家の庭の壁越しに話声がします。

「おまけに豚番は戻ってこなかった」少年の一人が言っています。「彼の伯母さんのところにもいなかった。豚を捨てて行っちまった。情け知らずの怠け者だよ。彼の代わりに今日はぼくが動物を連れていかなきゃならない。その罰に今度会ったら彼を殴ってやる」

「豚を連れていくのがどうだっていうんだ？」ともう一人の子供が言います。

「ぼくの年になって恥ずかしいよ」と、最初の少年が答えました。「エミのように十歳の子供ならいいよ。でも十二歳になれば牛か、少なくとも子牛の番をするくらいの権利はあるよ」

二人の子供の話は彼らの父親にさえぎられます。

「さあ、早く仕事に行くんだ。あの豚番のことだが、オオカミに食べられたとしても仕方がない。でも生きているのを見つけたら打ちのめしてやる。伯母さんのところに泣きついていってもだめだ。豚が嫌いだとか、生意気なことを言ったら、豚と一緒に寝かせるとあの伯母さんも言ってたぞ」と父親は言いました。

エミはこの脅しに驚いてその言葉をしっかり心に刻みこみました。彼は麦束の中に隠れて一日じゅう過ごしました。日暮れ頃、小屋に帰る一匹の羊が何か草を食べるのにひまどっているのに出くわし、その乳を搾ることができました。木の鉢に二、三杯飲んだあと、夜までまたあの束の中に身を隠します。すっかり暗くなって皆寝静まった頃、彼は自分の屋根裏部屋に滑りこみ、自分のさまざまな持ち物を持ち出します。前日主人に支給された何エキュかのお金、これはまだ伯母さんに取り上げられていないものでした。それに冬役にたつヤギの皮と羊の皮、新しいナイフ、小さい素焼きの壺、ぼろのようなわずかの下着などです。これらを全部袋に詰めこむと中庭に降りて、柵を乗り越え音をたてないようにこきざみに歩いていきます。でも豚の小屋の傍を通るとき、この呪われた獣たちは彼の臭いで分かったのか、あるいは足音を聞いたのか、いっせいに激しく鳴きはじめました。エミは農家の人たちが寝ついたばかりで目を覚まし、追いかけてくるのを怖れ、一目散に走って、話す樫の木の根元まで来ました。

「また来ましたよ。ぼくの友達、もう一晩枝の中で過ごさせてください。もしよければ、返事をしてくださいよ」とエミが言いました。

樫の木は答えませんでした。天候は穏やかで、一枚の葉も動きません。エミは返事のないのは同意のしるしと、荷物をすべて背負ったまま、前夜、過ごした大きい木の股までうまくよじ登り、そこでぐっすり眠りました。

夜が明けると、彼はお金と荷物を隠すのに適当な場所を探しはじめます。というのはまだ何も決めていなかったからです。見つかって力ずくで農家に連れ戻されないように、この土地から遠ざかる方法についてです。彼は眠った場所よりずっと上に登ってみました。すると大きい木の幹に暗い穴があるのを見つけました。ずっと前に雷が落ちてできたものです。木のまわりの樹皮が盛り上がって、大きい袋のようになっています。この隠れ場所の奥に、雷に砕かれた木の細かいかけらと灰がありました。

『よかった！　柔らかくて温かいベッドだ。夢を見ながら落ちる心配もなく眠れる。大きくないがぼくには十分だ。だが、何か意地の悪い動物でも住んでいないかどうか、見てみよう』少年は独り言を言います。

彼はこの隠れ家の中を点検します。そして上の方に穴があるのを見つけました。雨のときは少し湿めっぽくなるでしょう。でもコケで穴を塞ぐのは簡単なことだ、と彼はつぶやきます。フクロウが細い通路のようになったところに巣をつくっていました。

お前の邪魔はしないよ、とエミはフクロウに話しかけるように言ってから考えます。でも通路はふさごう。そうすればわれわれはおのおの自分のところに落ち着ける。

彼が次の夜のために自分の巣を準備し、荷物を安全なところに収めると、足を外にだして枝にのせて、穴のなかにすわりました。そしてぼんやりと木の中で生きていけるかどうか、考えはじめます。この木が森はずれにあるのでなく、森の中央にあればよかったのに、と彼は思います。そうすれば群れを連れてくる羊飼いや豚飼いの目につかなくてよかったのにと思うのです。エミがいなくなったので、樫の木が恐怖の対象になり、誰もうこの木に近づかなくなったことを、彼はまだ見抜けなかったのです。

そのうちお腹が空いてきたことに気がつきました。ほんの少ししか食べない子供でしたが、前の晩からほとんど食べ物らしいものをとっていなかったのです。すぐ近くにあるのを見ておいたファヴァスを掘りにいこうか？　あるいは森のまだ奥の方にあるクリの木のところまで行こうか？

降りようとして彼は、自分の足を乗せていた枝が、樫の木の枝ではないことに気がつきます。それは隣の木の見事なすばらしい枝で、ものを言う樫の木の枝と交叉しているのでした。エミはこの枝に移り、隣の樫の木に移りました。その木もまたすぐ近くに別の木があって、すぐに渡れます。リスのように身が軽いエミはそれで木から木へ移ってクリの木のところまで行って、たくさんクリの実をとりました。クリの実はまだ小さくてよく熟していませんでした。近くで見ていなかったのです。でも飛び下りると、昔炭焼きがつくったかまがあったので、人に見られない静かな場所で、それを焼きました。火のために丸くしるしのついたところは、そのまわりに後で生えた若木が茂っています。半ば焼けた小さい木切れがたくさん散らばっています。エミはそれを集め、ナイフの背で小石を叩いて火を出し、枯れ葉のところに移します。森にはどこにでもある老木の火口《ほぐち》を集めておこうと思います。小さい流れの水が、壺でクリを煮るのに役立ちました。壺にはこういう用途のため、穴のあいたふたがついています。この地方では牧者は誰でも持っている道具です。

エミは今までにもたびたび夕方遅くなってから農家に帰ることがありました。ずいぶん離れたところまで豚たちを連れていかなければならなかったからです。それで、自分で食べ物をつくることは馴れていました。空き地の茂みでキイチゴやクロイチゴなどをデザートに摘み取るのは全然苦になりませんでした。

「さあ、これでぼくの台所と食堂ができた」と彼は考えます。

それから近くにある小さい水の流れを掃除しはじめます。小型のすきで枯れた草を取り、小さい溜め池をつくり、水が粘土質のところにつくった小さい滝の邪魔になるものを取り除き、砂と小石でそれをきれいにします。この作業は日暮れまでかかりました。彼は自分の壺と杖を持つと、固いことを確かめながら枝の上にまた登り、木から木へはったり飛んだりしながらリスの道をつたって樫の木まで戻ります。よく乾いたコケとシダをたっぷり一抱え持ってきて、きれいにしておいた穴の中にベッドをつくります。隣人のフクロウが頭の上で心配してうなっています。

「あの鳥は、ここがいやならどこかに引っ越してしまうだろう。そうでなければそのうち慣れるだろう。この親切な樫の木はぼくのものではないけど、フクロウのものでもないんだから」と彼は考えました。

一人で生活するのは慣れていましたから、エミは退屈しませんでした。豚の群れを連れ歩かなくてもいいので、数日間は幸せでした。オオカミの吠えるのも気にならなくなりました。それは森の奥にいて自分のいるあたりにはほとんど近づかないことを知ったからです。家畜の群れがもう来ないので、オオカミも全然近づかないのです。エミはまたオオカミの習性も分かってきました。森の中では、よく晴れた日ならば決してオオカミに出会うことはありません。霧のかかったときに、彼らは大胆になります。でもこの大胆さは大したものではないのです。オオカミはときたま距離をおいてエミをつけてきたことがありますが、振り返ってナイフを小型すきの刃にあてて鉄砲の音を真似るだけで十分オオカミは退散していきました。イノシシはときどきその声を聞きますが、姿を見たことは全然ありませんでした。これは決して先に攻撃してこないという奇妙な獣です。

クリの実をとる頃が近づいてくると、彼はその実を貯蔵することを考えます。それで樫の木の近くの別の木の穴に隠しました。ところがネズミや野ネズミがとろうとするので、砂の中に埋めてしまいます。そこでクリの実は春までおくことができました。エミはとにかく何であろうと食べ物はとっておきました。

野原にまったく人がいないとき、夜、畑まで出かけていって、ジャガイモやカブをちょうだいします。でもこれは盗みで、彼のしたくないことでした。休耕地でファヴァスをたくさん集めたり、牧場の馬が灌木にひっかけて残しているたてがみを集めてヒバリをとるわなをつくったりします。牧童は何でも利用するすべを心得ていて、いっぽう何ひとつ捨てたりしないのです。エミは牧場の柵にかかっている羊の毛を集めて枕のようなものをつくりました。またその後、錘《つむ》と錘竿をつくり、誰にも習わないで糸を紡ぐことができるようになりました。また修理がうまくいかなかった柵で見つけた鉄線で編み物の針をつくったり、修復されると、今度はウサギをとるわなをつくります。エミは靴下も自分でつくり、お肉を食べることもできました。昼も夜も獲物のあらゆる習性を観察し、野原や森のあらゆる不思議に精通して立派な狩人になります。確実に狙いをつけたわなを張り、豊かな獲物に恵まれました。

エミはその上、少し知恵の足りないおばあさんのおかげでパンも手に入れます。この人は毎週樫の木の下を通り、たっぷり膨れた袋を置いて一休みするのです。彼女の様子をうかがっていたエミは、ヤギの皮を頭に被って降りていきます。そしておばあさんに獲物を少しあげて、交換にパンをもらいました。彼女がエミを怖がっているのかどうか、意味のない笑いを浮かべているだけでさっぱり分かりません。ただ彼の言うことは何でもきいて、それを後悔する様子は全然ありませんでした。

このようにして冬は過ぎました。その冬は割に温かい冬でした。次の夏は暑くて嵐の多い夏でした。雷がすぐ近くの木に何度も落ちたので、最初とても恐かったのですが、恐くなくなりました。というのはものを言う樫の木は、ずっと前に梢《こずえ》を折られているので、上はパラソルのようになっていて、もう雷を引きつけないのです。雷はもっと高い所にある、円錐形の木に落ちるのだと分かりました。彼は雷がゴロゴロなっても、稲光がピカピカしても、隣のフクロウと同じく心配もしないで眠るようになりました。

エミは一人でしたが、生活に必要なものを調《ととの》え、自由を守るためいつも気を使う必要があるので、退屈を感じる暇はありませんでした。怠け者だと言われていましたが、彼には農家にいるより一人で生きるほうが大変だということが分かっていました。彼は普通に生活しているより以上の知恵や勇気、用心深さを身につけます。でもこの例外的な生活が望みどおりに規則正しくなってきてそれほど時間をとらなくなり、心配もいらなくなると、エミは自分のささやかな良心がいろいろ面倒な質問を浴びせてくるのを感じ、反省しはじめます。誰の役にも立たないで、誰も満足させてあげないで、こうして森の恩恵をこうむっていつまで生きていけるだろうか？　彼はあのカチシュと言うおばあさんに何か友情のようなものを感じはじめていました。ウサギや紐でつないだヒバリをパンと交換したあの知恵の鈍いおばあさんです。彼女は記憶力がないためほとんど話をしないので、したがってエミと会ったことを誰にも話しません。それで彼は何もかぶらないで彼女に会うようになり、彼女ももう怖がらなくなりました。彼が木から降りてくるのを見て、おばあさんのする不可解な笑いが、喜びを表わしていることを、エミは見抜けるようになりました。エミもまたこの喜びを共有していることに彼自身驚きます。それを自覚したわけではないのですが、一人で生きていかねばならないものにとって、賢くない人でも、とにかく一人の人が傍にいることはありがたいことだと彼は思うのです。おばあさんがいつもよりはっきりしているように見えたある日、どこに住んでいるのか、と彼は話しかけてみました。彼女は急に笑うのを止めてはっきりと真面目な調子で言います。

「私と一緒にくるかね。坊や？」

「どこへ？」

「私の家にだよ。私の息子になってくれれば、お金持ちに、そして幸せにしてあげるよ」

エミはこの年とったカチシュがこんなにはっきりと、筋の通ったことを言うのを聞いて驚いてしまいました。好奇心から彼女の言うことを信じたい気分になりましたが、そのとき、風がさあーと吹いて彼の頭の上の枝を騒がせます。そして樫の木が彼に言う声が聞こえました。

「そこには行くな」

「さようなら。ごきげんよう。ぼくの木はぼくと離れたくないんだ」とエミはおばあさんに言いました。

「お前の木はばかだよ」と彼女が言います。「でも木の言葉なんぞ信じるお前の方がばかかもしれないね」

「あなたは木が話さないと信じてるの？　それは間違いだよ」

「どんな木でも風が吹けば話をするよ。でも何を言っているか分からないのだから、何も言わないのと同じだよ」

不思議この上ないことを、単純明解に説明するカチシュにエミは憤慨して答えます。

「あなたはもうろくしている。おばあさん、木がみんな、あなたが言うようだとしても、少なくともぼくの樫の木は言ってること、して欲しいことを知ってるよ」

老女は肩をすくめると、袋を肩に、いつものとぼけたような笑いをしながら遠ざかっていきました。

エミは考えました。このおばあさんは芝居をしているのだろうか、あるいはときどき正気になるのだろうか、と。おばあさんが行ってしまうと、彼は気づかれないように木から木へ渡りながら後をつけて行きました。彼女はゆっくりと、背中を曲げて頭を前に出し、口を半分開けて目はまっすぐ前方を見ながら歩いていきます。疲れたようではありながら、急ぐでもなく休むでもなく前に絶えず進んでいます。こうしてたっぷり三時間かかって森を横切り、丘の上の哀れな集落に着きました。丘の後ろにはまた別の森が見渡す限り広がっています。エミはおばあさんが、他の家と離れて建っているみすぼらしい小屋に入るのを見ました。他の家というのもみすぼらしいのですが、十軒ぐらいがかたまって建っているのです。彼は森の最後の木々から遠くへ行くことはしないで、もと来た道を引き返しました。カチシュが家を持っているとはいえ、それは木の穴より哀れで見苦しいものだとエミは確信します。

彼は大きい樫の木の自分の住まいに帰ってきました。もう夕方でした。とても疲れていましたが、自分のところに帰って満足です。この旅で森の広さと、村が意外に近いところにあるのが分かりました。でもこの村はエミの育ったセルナの村より恵まれていないように見えます。それは耕された跡のない一面の野原で、家のまわりで草を食べているのが見られたわずかの家畜も、痩せて骨の上に皮がはっているだけでした。そこからは森の暗い地平線だけが見えます。それで、ここでは良い条件で暮らすことはできないと思います。

一週間たってカチシュがいつもの時間に訪れました。セルナからの帰りでした。エミはこのおばあさんがこの前のように答えられるかどうか見るために伯母のことを聞いてみます。彼女はとてもはっきりと答えました。

「ナネットさんはまた結婚したよ。あの人のところに戻りたくても、厄介払いするために殺されてしまうよ」

「真面目な話ですか？　本当の話ですか？」とエミは言います。

「本当のことを言っているんだよ。お前はもう主人のところに帰って豚の番をするしかないんだよ。それとも私と一緒に来て、パンを手にいれるかい？　それはお前が考えているよりいいことだよ。ずっと森で生活することはできないだろう。森は売られたんだ。おそらく古い木は切られるだろう。お前の樫の木だって、他の木のようになるよ。坊や、私の言うことをお聞き。どこに行ってもお金を稼がないで生きることはできないよ。私と一緒においで。お前が手伝ってくれればたくさんお金を稼げるよ。私が死ねば持っているものはお前に残してやるよ」

エミは知恵の足りないこのおばあさんが、理路整然と話すのを聞いてすっかり驚いて樫の木を眺めます。何か意見してくれるのを聞くように耳を傾けました。

「この薪《たきぎ》になるしかない木はそっとしておき。ばかなことを考えないで一緒においで」とカチシュが言います。

木が何も言わないのでエミはおばあさんについていきました。みちみち彼女は自分の秘密を打ち明けます。

「私はここから遠いところで生まれた。お前のように貧しくて孤児だった。ひどい暮らしのなかで打たれながら育ったんだよ。私も豚の番をしたよ。お前のように豚が恐かった。お前のように私も逃げ出した。川にかかっている老朽化した古い橋を渡ろうとして水の中に落ちてしまった。死人のようになっていたのを誰かが引き上げてくれたんだよ。連れていってくれたお医者さんが良い人で命拾いをしたんだ。でも頭はばかになるし、耳も聞こえなくなって、もうほとんど話ができなくなっていた。お医者さんはかわいそうに思って私を家に置いてくれたけど、彼もお金持ちではないから、土地の司祭さんが私のために寄付を集めてくださった。夫人たちが衣服やワイン、甘いものなど、必要なものはすべて持ってきてくださったよ。私は少しずつ元気になっていった。とても大事にされたもの。おいしいお肉は食べるし、お砂糖を入れた上等のワインを飲み、冬は部屋に火を焚《た》いてくれて、まるで王女様のようだったよ。お医者さんは満足してこう言われた。

『これで彼女は人の言うことが分かるようになった。話をするための言葉も思い出したようだ。二、三カ月もすれば働けるようになり、慎ましく暮らしていけるようになるだろう』

きれいな夫人たちが争って私を引き取ろうとしてくれた。

だから体がよくなってから働き口はいくらでも見つかったよ。でも働くのが好きではなかった。それで私を使ったものは当てが外れた。部屋女中になりたかったけれど縫い物も髪を結ってあげることもできない。井戸の水をくんだり、鳥の毛をむしったりさせられた。これは退屈なことだった。他にもっといいところがあると思ってそこを離れた。ところがもっと悪くなる。不潔だ、怠け者だと言われてね。なじみの医者は年をとって死んでしまった。次の家もその次の家も追い出される。皆からちやほやされたあとで、今度は来たときのようにパンをねだりながら、この地を離れなければならなくなった。でも前より悲惨な状態だったよ。幸せな暮らしをした後で、やっと食べていけるだけしかお金をもらえなかったのだから。

物乞いをするにはもう大きすぎるし、顔つきもよすぎるといわれた。『大きい怠け者さん。働き口を探しに行きなさい。畑の石拾いをしても一日六スーもらえるのに、お前の年で道で物乞いとは恥ずかしいよ』と言われた。

それで私は働くことができないと信じてもらうために足を引きずって歩いた。でも人は丈夫だったら何もできないことはないと言う。それで私は頭がおかしくなったために皆に憐れんでもらった頃を思い出した。私はまた、話をする代わりに愚かな笑いを浮かべるというあの頃の様子をやってみた。とてもうまくいったので袋はお金やパンでいっぱいになったよ。四十年以上もこうしてきた。拒絶されたことは全然ないよ。お金をくれることができない人はチーズや果物、パンなどを持ちきれないくらいくれた。食べきれない分で、ニワトリを育てて市場に持っていった。良いお金になったよ。これからお前を連れていくけど、村に私は良い家を持っている。土地は惨めだけど、住んでいる人はそうじゃないよ。私たちは皆物乞いをしている。どこか体が不自由か、あるいは自分でそう言っている。各々自分の回る場所がきまっていて、お互い人の領分はおかさない。だからこうしてみんな好きなように自分の仕事をしている。でも私ほどうまい者はいないよ。それは誰よりも上手に、生活力がないことを見せられるからだよ」

「あなたが今のように話されることができるなんて、全然信じられませんでした」とエミは答えます。

「そう、そう」とカチシュは笑いながら続けます。「お前はパン欲しさにオオカミ男になって木から降りてくるとき、私を脅し怖がらせようとしたね。私は怖がっているふりをしたけど、ちゃんと分かっていたよ。考えていた。『この子はかわいそうな男の子だ。でもいつかウルシーヌ＝レ＝ボワにくるだろう。私のつくるスープを喜んで飲むようになる』とね」

こんなふうに話しながら、エミとカチシュはウルシーヌ＝レ＝ボワに着きます。ここは愚か者を装ったこのおばあさんが住んでいる場所の名で、エミは前に見たことがありました。

この惨めな部落には人一人いません。あちこちに動物はいますが、番人もなく、アザミだけが生い茂っていて、これがここに住む人たちの共有物でした。道路の役をしている泥だらけの道は胸が悪くなるほど不潔でした。すべての家から、家畜に汚された灌木の上で乾かしている破れた下着から、イラクサの生えている腐った小屋の屋根から、悪臭がたちこめています。見せかけの、あるいは意図的のこの貧しさ、破廉恥な荒れ放題のこの様子はエミの胸を嫌悪感でいっぱいにしました。彼は森の新鮮な緑、すがすがしい香りに慣れていたのです。でも彼はカチシュおばあさんについていきました。土をかためた小屋におばあさんは彼を案内しましたが、それは人間の住まいというより豚小屋のようでした。でも中に入ると、まったく違っています。壁にはむしろが下げてあり、ベッドにはマットがあって質の良い毛布で覆われています。いろいろの種類の多くの食料品、麦、ラード、野菜、果物、ワインの樽、封印のあるワインのボトルまでありました。とにかく何でもあります。裏庭には大きい鳥の篭によく太ったニワトリや、パンとふすまをむりやり食べさせられているアヒルがいっぱいいました。

カチシュはエミに言います。「わかるだろ。私はお前の伯母さんと比べられないくらいお金持ちよ。あの人は毎週私に施しをしてくれるけど、私がその気になれば、彼女より良い洋服を着れるんだよ。衣装タンスを見たいかい？　さあ、入ろう。お腹が空いているだろうから、食べたことのないような夜食を食べさせてあげるよ」

エミが衣裳棚の中を見て驚いている間に老女は火をつけ、袋からヤギの頭を取り出すといろいろの残り物と一緒に炒め、そこに塩、酸っぱくなったバター、傷んだ野菜、つまり最後の物乞いの産物を残らず入れます。そして何と言うお料理か分からないようなものを作ってくれました。エミは嬉しいというより驚いて、でもそれを食べました。彼女はまた地のワインの小びんを注いで、無理に飲ませます。エミはワインを飲んだことがありませんでした。おいしくはなかったのですが飲みました。おばあさんは飲み方を見せようと瓶を一本全部飲んで、酔っぱらって、あけっぴろげになって口が軽くなります。彼女は物乞いをするより盗みをしていると自慢し、暖炉の石の下に埋めている財布まで見せてくれました。そこにはあらゆる人物が描かれた金貨が入っています。ざっと二千フランはあったでしょう。でもエミは数えることができなかったので、物乞いのおばあさんはその豊富な財産を感心して欲しかったのでしょうが、あまりこたえられませんでした。

おばあさんは全部見せてしまうと、言います。

「今お前はもうここから離れようとはしないと思うよ。私は男の子が必要なんだ。お前が私を手伝ってくれれば、相続人にするよ」

「ありがとう。でもぼくは物乞いはしたくない」と子供は答えます。

「じゃあ、物乞いはしなくてもいいから、盗みを手伝ってもらおう」

エミは怒りだしたかったけれど、おばあさんは翌日、大きい市のあるモーヴェールにつれて行ってくれると言うので、穏やかに答えました。彼は真面目に働いて食べていけるために町と場所は見ておきたかったのです。

「ぼくには盗みはできません。全然習ったことがないのです」

「お前は嘘をついているね」とカチシュは続けます。「お前はセルナの森で獣や果物をうまく盗んでいるじゃないか。これらは誰のものでもないと思っているのか？　働かないものは他人を犠牲にしてしか生きられないのを知らないのかい？　この森が見捨てられてからもう長い。持ち主は年とったお金持ちだった。もう何にもかまわないで、番人さえ置いていなかった。だが彼が死んでしまったから変わるよ。木の穴のネズミのように隠れても無駄だよ。お前は襟首を摑まれて牢屋にいれられるよ」

「じゃあ、なぜ盗みを教えるのですか？」とエミは言いました。

「盗みを知っていれば、決してつかまることがない。考えてみるんだね。もう遅い。明日は市に行くから早く起きなきゃならない。私の箱の上にベッドをつくってあげよう。羽根布団も毛布もついたいいベッドだよ。お前は生まれて初めて王子さまのように眠るんだよ」

エミはあえて逆らいませんでした。カチシュおばあさんがばかな女を演じるのをやめると、視線と声に何か恐ろしいものがあるのです。彼は寝ます。初めはあまり気持ちが良いので驚きました。でもしばらくすると具合が悪くなり、また驚きました。大きい羽のクッションで息がつまりそうになるし、毛布も自由な空気の流れをとめるし、台所のいやな臭い、飲んだワインなどで熱が出てきます。外で眠りたい、夜の間ここに閉じこめられていたら死んでしまうと言いながら、彼はおびえて起き上がりました。

カチシュはいびきをかいて寝ています。ドアは開かないように閂《かんぬき》がかかっています。エミは諦めてテーブルの上に横になって寝ます。樫の木の中のコケのベッドを懐かしいと思いながら。

翌日カチシュは卵の篭と売り物の六羽のメンドリを持たせて、少し距離をおいて彼女についてくるように、また彼女を知らないふりをするようにと言いました。

「私が売っているのが分かれば、もう何もくれないからね」と彼女は言います。

それから品物を渡す前に必ずもらう値段を示します。そして、いつも目を離さないで見ている、もし正直にお金を持ってこなければすぐにわかるから、必ず返させることができるのだよ、と付け加えました。

エミは気を悪くして、「ぼくを疑うなら、自分で品物を持っていってくださいよ。ぼくは帰りますから」と答えました。

「逃げてもだめだよ。どこでも見つけだせるんだから。口答えしないでついておいで」と老女が言いました。

彼は要求されるままに、距離をおいてついていきます。やがて道がどの人もみんな恐ろしいほどの様子の物乞いでいっぱいになっているのを見ました。ウルシーヌの住人どもです。彼らはこの日、皆一緒に不思議な泉に体を直しに行くところでした。皆手足が不自由だったり、ぞっとするような傷におおわれています。ところが、泉から出てくると、元気になり身も軽くなっています。奇跡は簡単に説明できました。皆の病気は偽りで、数週間経つとまた悪くなり、次の祝日にはまた治るのです。

エミは卵とメンドリを売り、すぐにお金をおばあさんに持って行きます。そして背を向けると群集の中に紛れこんでしまいました。目を大きく開いて見ます。見るものすべて珍しく、驚くことばかりでした。

軽業師たちが驚くような芸当をしていました。彼らのスパンコールで飾ったタイツと金色の鉢巻きに見とれていると、すぐ傍で奇妙な会話が聞こえてきました。軽業師の団長のしわがれた声と話しているのはカチシュの声でした。彼らはエミとテント一枚隔てたところで話しているのです。

「あの子にワインを飲ませれば何でも思いどおりになるよ」とカチシュが言います。

「私には何の役にもたたなかったけれど、無邪気な子だよ。この子は森でたった独りで、古い木の穴に一年来住んでいると言っている。サルより敏捷で巧妙ですよ。子ヤギほど軽いけどどんな難しい軽業でもさせられると思うよ」

「彼はお金はいらないと言うんだね？」団長が念を押しました。

「そう。あの子はお金には無関心で、食べさせてやれば、それ以上のことは考えないでしょう」

「でも逃げたりしないかな」

「そんなこと！　ひっぱたいておやりなさい。逃げようなんて気持ちはふっとんでしまいますよ」

「連れてきてくれ。会ってみたい」

「二十フランくれるかね？」

「気に入ればな」

カチシュは小屋を出ると、すぐにエミを見つけます。彼女は自分についてくるようにと合図しました。

「いやだよ」とエミは言います。「ぼくはあなたたちの取り引きを聞いていたんだ。ぼくはあなたの思ってるほど世間知らずじゃないよ。打たれるためにあんな人たちと一緒に行きたくはない」

「それでも来るんだ」カチシュはエミの手首を摑むと鉄のような手で彼を小屋の方に引っ張りながら言います。

「いやだ。いやだ」子供は暴れながら叫び、空いているほうの手で傍を通りかかった男のシャツにしがみつきます。この人はずっと様子を見ていたのです。

男は振り返りカチシュの方に向くと、子供はお前の子供かと聞きます。

「違うよ。違うよ。ぼくのお母さんなんかじゃない。何の関係もない人だよ。ぼくを金貨一ルイで芸人たちに売ろうってんだ」とエミが叫びます。

「で、お前はいやなのか？」

「いやだよ。行きたくない。助けて！　このおばあさんは恐いから助けてよ。ほら、引っ掻かれてこんなに血が出ている」

「このおばあさんと子供がどうしたんだ？」と、エミの叫び声とカチシュのわめき声を聞いて、美男子の憲兵、フランベールが近寄ってきて言いました。

「いや、何でもありません」とエミにシャツのはしを摑まれている百姓が答えました。「あわれな乞食ばあさんが子供を綱渡りの芸人に売ろうってんで。でもそうはさせません。憲兵さん。まかせといてください」

「いつでも憲兵は必要なんだよ。ところでこんな話か聞かせてもらおうか」そう言うと、憲兵にエミの方に向けて、

「事件を説明して話してくれ」と言いました。

憲兵をみてカチシュばあさんはエミを離して逃げようとしました。ところが憲兵はしっかりと彼女の腕を摑みます。この時彼女は即座に豹変しました。顔をしかめながら笑いだし、ばかな女の顔になりました。それでもエミが答えようとすると、懇願するような視線を彼に投げてよこします。そこには激しい恐怖が読みとれました。エミは憲兵を恐いものと思って育ちました。それで、いま彼がこのおばあさんに罪をきせれば、憲兵のフランベールは大きいサーベルで彼女の頭をはねるような気がします。それでおばあさんがかわいそうになり、言いました。

「憲兵さん。この人を離してやって。頭がおかしくて変なことを言うのでちょっと恐かったけど、別に悪いことをしたわけじゃないし」

「この女を知っているのか？　カチシュじゃないか？　ばかのふりをするという女だ。本当のことを言ってくれ」

再び物乞いのおばあさんはエミにあの視線を投げてきます。エミは彼女の命を救うためにまた勇気を出して嘘をつきました。

「ぼくこの人知ってるよ。ばかなおばあさんだ」

「まあ、いずれ分かるだろう。どこへでも行くといい。おばあさん。でもずっと長い間あんたには目をつけているんだから忘れないでくれよ」憲兵はこう言うとカチシュを離してやりました。

おばあさんは逃げていき、憲兵は遠ざかります。憲兵がおばあさんより恐かったエミは、まだヴァンサンおじさんのシャツを握っていました。ヴァンサンというのは通りかかってエミをかばってくれた百姓の名です。やさしくて陽気な顔つきの人でした。

「さあ、坊や。もう離してくれてもいいんじゃないか？　恐いものは何もないだろう？　私にどうして欲しいのかね？　働くところを探しているのか？　お金が欲しいのか？」と、人のよさそうなおじさんが言います。

「いいえ、そうじゃないんです。ありがとう。ただこの人ごみの中で独りになって、どちらに向かって行けばいいか分からなくなって不安なんです」とエミが言いました。

「どこに行きたいんだね？」

「セルナの自分の森に帰りたいのです。でもウルシーヌ＝レ＝ボワを通らないで」

「セルナに住んでるのか？　それなら連れていくのは簡単だ。おれもその森に行くところだ。ついてくればいい。おれはあそこでちょっと晩飯をすませるから、この十字架の下で待っていてくれ。迎えに戻ってくるからな」

エミは村のこの十字架は曲芸人たちの小屋に近すぎるから、ヴァンサンおじさんについていく方がいいと思いました。その上これから歩くことになるので、その前に何か食べておく必要もありました。

「ぼくを連れていて恥ずかしくなければ、あなたの傍でパンとチーズを食べてもいいでしょうか？　その分を払うだけのお金は持っています。ここに財布があります。これで二人分払ってください。あなたの夕食も払いたいのですから」

「なんと！　なんと！　正直で気前のいい小僧だな。だがおれの胃袋はからっぽで、お前の財布はそんなにいっぱいじゃないぞ。おいで。そしてそこにおすわり。お金はしまっておき。二人分くらいおれは十分もってるよ」笑いながらおじさんが言います。

一緒に食べながら、ヴァンサンはエミに身の上話をさせます。終わると、彼に言いました。

「お前は賢いし、気立てもいい。カチシュの金貨にも心を動かさなかったし、でもあの人を牢獄におくりたくもなかった。もうおばあさんのことは忘れろ。そして森を離れるな。森でお前は満足しているんだからな。でもお前の決心しだいで、まったく一人ぼっちではなくなるよ。セルナとプランセットの間の雑木林の木を切る仕事をする二十人くらいの職人の住まいを準備するためにいくところだ」

「ああ！　あの森の木を切るのですか？」と、驚いてエミが言います。

「いや、そうじゃない。すかすために一部を切るだけだよ。お前の住んでいる、ものを言う樫の木には触らない。古い木のあるところは今日も明日も触らないことを知っている。だから安心していていいよ。お前の邪魔はしないよ。けど坊や、われわれと一緒に働く気はないか？　鉈《なた》や斧《おの》を扱うほど強くはなさそうだが、器用だったら、職人たちを助けて、縄を準備したり、薪の束をつくったりできるだろう。彼らはいつも男の子が必要なんだよ。買い物をしてもらったり、食事を運んでもらったりもできるし。木を切るこの仕事を請け負っているのはおれだ。職人たちは出来高に応じて支払われる。つまりした仕事の分量で支払う。お前に渡すのはどのくらいがいいか判断するのはおれに任せて欲しい。承知するのがいいよ。カチシュばあさんが言ってたろう？　働きたくないときは、盗むか物乞いするしかないって。あれは本当だよ。お前はそのどちらもしたくないんだから、いい機会だ。おれのいうこの仕事に早くついたほうがいい」

エミは喜んで承知しました。ヴァンサンおじさんを心から信頼したのです。彼はすべておじさんに任せ、二人は森への道を一緒に歩きはじめました。

彼らが森についたとき、夜になっていました。ヴァンサンおじさんは道をよく知っていたのですが、真っ暗な中で猫のようにものを見ることに慣れているエミが、近道を教えなければ、暗闇の中で作業場を見つけるのは大変だったでしょう。二人が着いたとき、職人たちが既に仮小屋を準備していました。彼らは前の晩からそこに来ていたのです。仮小屋というのは、枝つきのまま組み合わせた丸太を、コケやシバの大きい板で覆ったものです。エミは職人たちに紹介され、温かく迎えられました。彼は温かい夜食をとりぐっすり眠りました。

翌日、エミは仕事見習いを始めます。火をつける。料理をつくる。お鍋を洗う。水を汲みに行く。などです。後の時間は、これから来る二十人のきこりのための新しい小屋をたてる手伝いでした。全体を見張り、指図をしていたヴァンサンはエミの賢さ、器用さ、すばしこさに驚きます。「彼は習ってもいないのに、何もないところから何でもつくる術《すべ》を知っている。そして、抜け目ない大人たちにそれを教える」と彼らは驚いて叫びます。「これは子供じゃない、気のいい森の精が自分たちのためにつかわせてくれた森の妖精だ」と。皆彼をかわいがり、一番荒っぽいきこりも、彼にはやさしく話し、物を頼むときもそっと気を使うのでした。

五日たって、エミはヴァンサンおじさんに、どこか良さそうなところで日曜を過ごしてもいいだろうかと聞いてみます。

「お前は自由だよ。だが悪いことは言わない。伯母さんと村の人たちに会いに行ったらいいと思うがね。伯母さんがお前を引き取ることなど考えていないとしても、一人で食べていけるようになったと知れば、喜ぶだろう。お前が豚を捨てたからと言って、農家で打たれると思うなら、おれが一緒に行って、彼らをなだめ、かばってやろう。仕事を持っているということは、最高の切り札で誰でも納得させられるものだよ。これは確かなことだ」

エミはいい意見に礼を言って、おじさんについていってもらいます。彼の伯母は、死んだものと思っていた甥をみて驚きました。エミは自分の冒険談は話さないで、今、きこりたちと働いていて、もう決して彼女に世話はかけないと言いました。ヴァンサンがそれを本当のことだと保証し、エミが立派な子供だと、そして自分の子供のように思っていると言ってくれました。農家にも行って、同じように言います。ここでは飲み物や食べ物をご馳走になります。ナネットおばさんは、皆の前でエミにキスし、着るもの何枚かと、半ダースのチーズなど持ってきてくれて優しい心づかいをしてくれました。つまりエミは皆と仲直りをして、誰からも非難されたりしないようになってヴァンサンおじさんと一緒に帰りました。

二人が荒野をこえたとき、エミがヴァンサンに言います。

「今夜、ぼくの樫の木で過ごしたいと言っても怒りませんか？　太陽が上がる前に必ず森の仕事場に帰ることをお約束します」

「好きなようにしていいよ。でも木の中で寝たいなんて、変わってるね」ときこりは答えました。

エミは自分がこの木に変わらぬ友情を持っていることをおじさんに説明します。おじさんはニコニコして聞きながら、少し彼の考えに驚き、でも信じ、理解しようとつとめるのでした。きこりはエミの隠れ家のところまでいって、それを見たいと思います。それが見えるところまで登るのにかなり骨が折れました。まだ敏捷で力も強かったのですが、枝と枝の間は老人にはとても狭かったのです。エミだけがどこにでも滑りこむことができたのです。

「これはいい。いいところだ」と人のいいおじさんは降りてくるときに言いました。「でもここにいつまでも寝ているわけにはいかないよ。木の皮は大きくなってくるから、入り口をふさいでしまう。お前もいつまでもわらみたいに細くない。それでもここに住みたいなら、なたで裂け目を広げることはできる。お前が望むなら、おれがしてやるよ」

「そんなこと！　いやですよ。ぼくの樫の木を切るなんて！　枯れてしまう！」エミが叫びます。

「木は枯れないよ。病気の部分を上手に切った木は、前より元気になる」

「じゃあ、あとになれば分かることですね」エミは答えました。

二人はおやすみと言って別れます。

エミは自分の古巣に戻ってとても幸せでした。一年も離れていたような気がします。彼はカチシュのところで過ごした恐ろしい夜のことを考えます。今、しみじみと習慣というものの恐ろしさ、良い習慣を身につけることの大切さ、違いなどを真面目に考えるのでした。彼はウルシーヌ＝レ＝ボワのすべての物乞いたちのことを考えます。彼らはわら布団の中に金貨を隠しているから自分たちはお金持ちだと思っているけれど、恥辱と悪臭の中で生きている。一方ぼくはたった一人で、物乞いもせず、一年以上もメリサとスミレの香りに包まれて、ウグイスとズグロムシクイの歌を聞きながら、木の茂みの宮殿で眠った。何の苦しみもなく、誰からもいじめられず、喧嘩も、病気もせず、心に悪いことを考えたり、嘘を言ったりもしないで過ごした、と。

カチシュをはじめウルシーヌの人は皆、お金持ちだ。小さくても気持ちのいい家を建て、手ごろな菜園を耕し、健康で清潔な家畜を育てるのに必要以上のお金を持っている。でも、怠け者になってしまい、持っているものを楽しめない。不潔な状態の中でうずくまったまま暮らしている。人に軽蔑やいやな気分を起こさせて得意になっている。自分たちを憐れむ正直な人をあざ笑う。本当に貧乏な人たち、愚痴も言わないで苦しんでいる人たちから盗む。隠れてお金を数え、悲惨のうちに死んでいく。何と悲しい恥ずかしいばかげたことだろう。ヴァンサンおじさんが、働くことは生きる喜びを守り、浄化してくれると言われたが、これは本当に正しい、とさらにエミは自分に言い聞かせます。

あまり深く眠りすぎないように自分に言い聞かせていたエミは、夜が明ける一時間前に目を覚まし、周囲を見回します。月は遅く昇ったのでまだ沈んでいませんでした。鳥もまだ何も話していません。フクロウも出かけていてまだ戻っていません。静けさはすばらしいものでした。これは森では珍しいことです。そこではいつも這い上がったり、落ちたりするものですから。エミはこのすばらしい静けさを清涼飲料水のように飲みました。市《いち》の耳をつんざくようなざわめき、曲芸師たちの打楽器タムタムや大太鼓、買い手と売り手の争い、中世の楽器、ヴィエールのきしり、バグパイプのうなり、退屈したりおびえたりしている動物たちの叫び、酔っぱらいのしわがれ声の歌、次々にエミを驚かせたり面白がらせたり、怖がらせたりしたことをすべて思い出します。森の神秘な、慎ましい、そしていかめしい声と何という違いでしょう！　夜明けと共にかすかな風が吹いて、木々の梢を豊かな旋律で揺すっているようでした。樫の梢が言ったようです。

「静かにしておいで。エミ、静かにしておいで。嬉しいだろう。かわいいエミ」

「どんな木でも話をするよ」とカチシュは以前彼に言っていましたが、あれは本当だったと思います。木はみんな声を持っていて、うめいたり歌ったりする。でもあのおばあさんは、木が何を言っているのか人には分からないと言った。あれは嘘だ。木は無邪気に嘆いたり喜んだりしている。彼女にはそれが理解できないんだ。あの人は悪いことしか考えないんだから。

エミは約束した時間に仕事場に戻りました。そしてそこで夏のあいだ、また次の冬も働きました。土曜日の夜は毎週自分の樫の木の中に行って寝ます。日曜日、彼はセルナの人たちを訪問すると、またすぐに自分のねぐらに帰り、月曜の朝までいるのでした。彼は大きくなりましたが、相変わらず細くて軽やかです。いつも清潔にしていて利口なかわいい顔だちだったのでみんなにかわいがられます。ヴァンサンが読むことと数えることを教えました。人は彼の心を大切にし、子供のない伯母はエミを傍において役立てたいと思います。利口だし、何でもよく知っているようでしたから。

でもエミは森だけが好きだったのです。他の人たちが聞いたり見たりできないものを、彼は森に来て見たり聞いたりするのです。長い冬の夜は特に松のあるあたりが好きでした。そこでは積もった雪が黒い松の枝に沿って、大きくて美しく、柔らかに傾いた白い形を描き出します。それはときにそよ風に揺れて神秘に動いたり、会話をしたりしているようです。たいていは眠っているように見えました。エミは怖れの混じった尊敬の気持ちで松を眺めるのでした。一言でも言ったり、動いたりするのを控えます。夜と静けさのこれら美しい妖精たちの眠りを妨げないように。星がダイヤモンドの目のように輝く月のない空のほのかな夜の闇に、妖精たちの形、そのドレスのひだ、銀色の髪のそよぎ、などを彼はとらえるように思います。雪解けが近づくと、妖精たちは様子と態度を変えてきます。彼は妖精たちがさわやかな軽い音をたてて枝から落ちるのを聞いたように思いました。地面の雪に触れて、彼女たちは軽く跳ねてどこかに飛び去っていくようでした。

氷が小さい流れをとめてしまうときは、エミは水を飲むために氷を割りますが、そのときも小さい滝をつくっている水晶の建物を損なわないようにとても用心しました。彼は森の道に沿って、樹氷の花模様や、朝日に虹のように輝くつららを眺めるのが好きでした。

葉の落ちた裸木の透明な構造が、赤い夕日の空に、あるいは月に照らされた真珠色の雲の上に黒いレース模様を描きだす夕方もありました。そして夏、それはまた何という熱気のあるざわめき。葉の茂みの下の何という小鳥のコンサート！　彼はまた巣の卵や雛を好きで、それを探しまわったり荒らしたりするものと闘います。弓と矢を作って、ネズミやマムシを上手に殺せるようになりました。コケの上を優雅にはっていく無害の蛇とかわいいリスは助けてやります。リスはとても上手に松かさから取り出す松の実を食べるだけです。

エミは古い樫の木の多くの生き物を保護してやったので、生き物たちはみんな彼を知っていて、傍にきても逃げたりしなくなりました。また、ウグイスが自分の雛を救ってくれたお礼に、最高に美しい歌を特別彼のために歌ってくれるのが分かる気がしました。アリには近くに巣をつくるのを許しませんでした。でもキツツキは木の中で働くのをそのままにしておきます。木に損害を与える虫をひっぱり出してくれるからです。毛虫は葉の上から追いはらいます。コガネムシも彼から大目に見てもらえませんでした。毎日曜、彼は仲良しの樫の木をすっかりきれいにしてあげます。実際樫の木がこんなに元気に、こんなに青々と葉を茂らせるのは今までになかったことでした。エミは傷のないドングリを集めて、隣の荒地にそれらを蒔きます。そしてヒースやネナシカズラが若木の育つのを妨げないように世話をしてやるのでした。

ノウサギとも親しくなりました。それで自分の食べ物にするためにウサギを殺したりしたくないと思うようになります。エミは、ウサギたちがイブキジャコウソウの上でダンスをしたり、疲れた犬のように横向きに寝たり、突然枯れ葉の落ちる音におかしい格好で飛び跳ねたり、恐怖にかられた後、反省するようにちょっと立ち止まったりするのを自分の木から眺めるのでした。暑い日々、散歩していて昼寝がしたくなると、傍の木によじ登り、休める場所を選んで、モリバトの単調な鳴き声を子守唄にうつらうつらするのでした。でも彼は寝床に関してはデリケートで、自分の樫の木の中でないとぐっすり眠れないのでした。

でも伐採が終わり、材木が運ばれてしまうと、この親しい森とも別れなければなりません。エミはヴァンサンおじさんについていくことにしました。彼はワルシーヌの方向に五里ばかりいったところで、また他の人の所有地の伐採の仕事をするからです。

あの市の日以来、エミはあのいやな場所に行ったことがなく、したがってカチシュおばさんにも会っていませんでした。死んだのだろうか？　牢獄に入れられたのか？　誰も何も知りません。多くの物乞いたちはこうして、どうなったのか分からないままに消えていくのです。誰も探す人はなく、また懐かしむ人もいませんでした。

エミは本当に良い子でした。彼はまったく孤独だった頃を忘れてはいません。その頃、おばあさんは頭が悪くて哀れな人だと思いこんでいました。毎週樫の木の下に、エミには手に入らないパンを持ってきてくれて、人間の声というものを聞かせてくれました。彼はヴァンサンおじさんに、彼女がどうしているか知りたいと打ち明けます。それで二人は彼女を訪れるためにウルシーヌに行ってみることにしました。あの奇跡の中庭（パリにこう名づけられた場所がある。ここで、体の不自由な者が急に元気になったりするため）はちょうど祝日でした。壺をぶつけあいながら乾杯したり、歌ったりしています。二人の女がほどけた髪を風になびかせてドアの前で争っていました。子供たちは汚い水たまりの中でピチャピチャ水をはねて遊んでいます。二人の部外者を見るとすぐにカモの群れのように一目散に飛び散ってしまいました。そのことが、まるで警報のように住民どもに次々伝わります。音はやみ、ドアは閉ざされます。驚いた鳥たちは木の茂みの中に隠れました。

「この人たちは自分たちの浮かれ騒ぎを見られたくないのだ。お前はカチシュおばあさんの住まいを知っているのだから、まっすぐそこに行こう」とヴァンサンおじさんが言いました。

彼らは何度もおばあさんの家のドアを叩きましたが、返事はありません。でもやっとかすれた声が「お入り」と叫びます。彼らはドアを押します。真っ青でやせ衰えた、それでも恐ろしい顔をしたカチシュが暖炉の傍の大きい椅子に坐っていました。ひからびた手が膝の上にくっついています。エミを見ると、彼女は嬉しそうに言います。

「やっと来てくれたね。もう安心して死ねる！」

彼女は二人に、自分が中風になって麻痺したこと、隣人たちが朝起こしに来てくれて、夜は寝かせてくれ、時間になると食べさせてくれると説明しました。

「私は何も不自由はないのだよ。でもとても心配なことがあってね」とおばあさんは言います。「それはお金のことだ。私が足を置いているこの石の下に置いてある。このお金をエミにあげたい。エミは心の優しい子だ。悪いやつらにこの子を売ろうとしたときにこの子は私を救ってくれた。もう少しで牢獄入りだった。私が死ねばすぐに隣人たちが家じゅう捜しまわって宝物をみつけるだろう。それが心配でよく眠れないし、病気の治療も満足にできないのだよ。このお金をお取り、エミ。そしてそれをここから遠くへ持っていっておくれ。私が死ねばそれはお前のものだ。あげるよ。約束しただろう？　もし私が元気になったら、それを持ってきておくれ。お前が正直なことはよく知っているよ。お金はお前のものだよ。ただ私はお金をみるのが楽しい。最後までお金を数えていたいんだよ」

エミは最初承諾しませんでした。お金は彼の嫌いな盗んだお金です。でもヴァンサンおじさんはそのお金を預かることを承知しました。カチシュが返して欲しいときには持ってくるか、または彼女が要求しないで死んでしまえば、エミの名義にすることを約束します。ヴァンサンはこの土地で誠実な人として知られていました。財産も正しく作ったものでした。カチシュはあちこち歩き回るので、たくさんのことを聞いています。だから彼のことも信頼できる人だとよく知っていました。彼女は小屋の戸締まりを確かめてもらい、それから椅子を後ろに引いてもらいました。自分では動けないからです。そして炉端の石を持ち上げてもらいました。そこには最初エミに見せたよりたくさんのものがありました。五つの皮の財布と、金貨が約五千フランです。彼女は隣の人たちへのお礼と、自分の埋葬費用に三百フランだけをとっておきました。

エミがこの宝物を軽蔑して眺めていると、カチシュが彼に言います。

「貧乏というものが意地の悪い悪だということが、お前にも今に分かるだろう。私もこの悪の中に生まれなければ、もっとまともに生きてきただろうと思うよ」

「あなたが後悔しているなら、神は許してくださるだろう」とヴァンサンが言います。

「中風になって以来私は後悔していますよ。敵と孤独の中で死ぬんですから。隣人たちに私は嫌われているけど、私もあの人たちが嫌いですよ。今、もっと別の生き方をしていればよかったと思っています」

エミはまた彼女に会いにくることを約束して、ヴァンサンおじさんについて新しい職場に戻っていきました。セルナの森が少し懐かしく思われましたが、義務感が強かったので忠実に自分の義務をはたします。

一週間後に彼はカチシュのところに出かけます。

エミが着いたとき、ちょうどカチシュの棺がロバに引かれて小さい荷車にのせて運びだされるところでした。エミは一キロほど離れたところにある教区の教会までついていって埋葬に立ち会います。カチシュの家に帰ってくると、そこは略奪の場になっていて、彼女のボロ着を誰がとるかで争っていました。彼は老女の宝物を、この悪い人たちから守ったことをもう後悔しませんでした。

仕事場に帰るとヴァンサンおじさんが言います。

「このお金を持つにはお前はまだ若すぎる。それを利用することができないか、あるいは悪い人にとられてしまう。私を後見人にしてくれれば、一番よい方法で預けておこう。利子はお前が成人するまでお前に役立つように使おう」

「おじさんがいいようにしてください。あなたにお任せします。でも、おばあさんが自慢していたように、これが盗んだお金だったら、返してあげる方がいいのではないでしょうか？」とエミは答えました。

「返す、と言って誰に返すのだ？　これは少しずつ盗んだものだ。あの女は人をだまして施しをしてもらった。あちこちで誰からとも分からずくすねたものだ。私たちも分からないし、誰ももう自分のものだと言う者もいない。お金には罪はない。お金を悪いことに使うものに恥がある。カチシュは捨て子だった。家族がないから相続人がいない。あの人はお前に財産を残した。何か悪いことをしてくれたからではない。そうではなく彼女がお前を売ろうとしたのに、お前が彼女を許して助けたからだ。だからお前にとっては正当に獲得した遺産だと私は思う。あの人はお前に財産を残して、人生でたった一つの善行をしたことになる。お前が、私の渡す利子であまり働かなくても食べていけるのは確かだ。それをお前に隠しはしないよ。でも私の信じているような男なら、お前は何も持っていない時と同じように一生懸命働き続けるだろうと思う」

「あなたのご意見に従います。あなたのところにいて、あなたの言いつけに従っていることができれば一番いいのです」とエミは答えました。

この誠実な少年は主人に対して感じた友情と信頼を後悔することはまったくありませんでした。主人はまたエミを息子のようにみなし、良い父親として彼を大切にします。エミが一人前になったとき、老人の孫の一人と結婚しました。彼は元金には手をつけていないし、その上に毎年の利子もたまっていたので、その当時の農夫としては大金持ちでした。妻は美しく勇気があり、優しい人でした。この若い夫婦は、国中どこに行っても尊敬されます。エミは知識もあり、仕事については大変賢明だったので、セルナの森の所有者は彼を森番のシェフに選び、ものを言う樫の木のすぐ傍の、古い樹林の最も美しい場所にきれいな家を建てさせてくれました。

ヴァンサンおじさんの予言はたやすく実現します。エミは自分の古巣で寝るには大きくなりすぎました。樫の木には新しい樹皮ができ、小屋にしていた穴はほとんどふさがれていました。エミが老人になり、隙間がふさがりそうになっているのを見ると、彼は鋼鉄の先で、銅板に自分の名前、木の中で過ごした年月、身の上の主な出来事などを書きしるします。そして最後にこの祈りの言葉を添えました。

『天の火と山の風よ。わが友、この古い樫の木に害を与えないでおくれ。
私の孫たち、またその子孫たちが大きくなるのをこの木が見ていてくれるように。
私に話をしてくれた古い樫の木よ。彼らにもときどきは話をしてやってくれ。
私がお前を愛したように、彼らもいつまでも君を愛するように』

エミはこの字を書いた板を長い間、自分の寝床となり、そこで夢想した穴の中に投げこみました。

隙間はそのうちまったくふさがってしまいます。エミは生涯を終えました。木は依然として生き続けます。木はもう話さなくなりました。あるいは話しても、それを分かる耳はもうないのでしょう。誰もこの木を怖がらなくなりました。でもエミの物語は広まり、彼の残した良い思い出のおかげで、樫の木はいつまでも尊敬され、祝福されています。

犬と神聖な花

1　犬

ガブリエル・サンドへ

昔、田舎にいた頃私たちの隣人に、思わず笑ってしまうような名前の人がいました。その人はルシアン（フランス語で犬ということ）という名でした。彼は最初にその名を冗談のように笑い飛ばし、子供たちが彼のことをメドル、あるいはアゾルと呼んでも全然迷惑とも思っていない様子でした。

彼は大変良い人で、大変優しく、振る舞いは少し冷静で、性格はまっすぐで優しく、評判は上々でした。名前以外は彼に何も変わったところはありませんでした。それで、ある日、夕食の最中に、彼の犬がばかげたことをした時、われわれは非常に驚きました。彼は犬を叱ったり、打ったりする代わりに、冷たい調子で、じっと犬を見ながら、次のような不思議な叱責の言葉を言うのです。

「あなたがこのような行動をしているうちに、犬でいる時代が終わってしまいますよ。あなたに話しているこの私がそうでした。ときどき食いしん坊だったので、自分のものではないお皿を奪おうとしたものです。でもまだ若くて、あなたのように分別のある年ではなかった。それに、ここが大事な所ですが、私は決してお皿をこわしませんでしたよ」

犬はこの話を注意深く聞いていました。それから犬は憂鬱そうに欠伸《あくび》をして見せます。これは、犬の持ち主に言わせれば、退屈の印ではなく、犬仲間では悲しみを表わしているものだそうです。その後、犬は前足の上に口をのせて寝てしまいました。辛い反省をして沈んでいるようでした。

われわれは最初、彼が犬という名にちなんで、単にわれわれの気晴らしのために才気のあるところを見せてくれたのだと思いました。しかし、彼の重大な確信した様子はわれわれを呆然とさせたのです。そのとき、彼はわれわれに人間に生まれる前のことを何か思い出すことがあるかどうかと聞いたのです。

「全然ない！」というのがみんなの答えでした。

ルシアン氏はテーブルの周囲を見回して、われわれが皆不思議そうな様子をしているので、ちょうどその時手紙を渡すために入ってきた使用人に目を向けました。彼はわれわれの会話の流れに全然かかわりがないのに、

「シルヴァン、あなたは人間である前に何だったか覚えていますか？」と言います。

シルヴァンは懐疑的でからかい好きな機知の持ち主でした。

「ぼくは人間になって以来、いつも御者でした。御者になる前に馬だったというのは大いにありうること

です」と狼狽するでもなく答えました。

「上出来！」と人々が叫びます。

シルヴァンは客たちの褒め言葉を受けながら、引き下がっていきました。

「あの男はセンスがあり才気もある。彼のような話し方をすれば、来世はもう御者でなく、主人になるだろうな」と隣人が言いました。

「そうなれば彼は自分の使用人たちを打つだろう。御者が今、馬を打つように」とわれわれの一人が言います。

すると、例のルシアンが口を挟みました。「あなた方、お望みのもの何でも賭けていいですが、シルヴァンは決して自分の馬を打ちませんよ。私が自分の犬を決して打たないようにね。もしシルヴァンが残酷で乱暴なら、よい御者にならなかっただろうし、主人になることもないでしょう。もし私が犬を打っていれば、死んだ後に犬になる道をたどるでしょう」

人々はその理論を優れていると思い、隣人にもう少し説明してくれるように促しました。

「それはとても簡単なことです。それを短く話しましょう」と言って彼は始めます。「精神《エスプリ》、お望みなら精神の活力と言いましょう、その精神は、自分を包みこんでいる肉体が、それぞれ自分の法則を持っているように、法則を持っています。心と体はしばしば対立する傾向を持っていると人は主張しますが、私はそれを否定します。少なくとも、これらの傾向はいつも何らかの闘いのあとで、この闘いの舞台である動物を、生きているものの中に進めたり、また後に下がらせたりしはじめていると主張します。それは一方

が他方に勝つということではない。動物の生命は思っているほど、危険なものではない。知的な生命は言われているほど、独立したものではない。存在は一つだ。そこでは、欲求は憧れに対応している。そしてまた憧れは欲求にというように相互に同じだ。二つの法則より強い一つの法則があり、第三のものは、個人の生命の中にたてられた反対理論と融合する。これは一般生活の法則であり、この神聖な法則は進歩である。後ろに下がる歩みは、上昇する発展の真実を確固としたものにする。存在は、だから知らないうちに、尊敬すべき変化の要求を体験する。だから私の犬、私の馬、人間がその生活の近くでつながっているすべての動物は、自由に生きている獣よりもよくそのことを体験している。犬を見てごらんなさい。他のすべての動物と共にいるよりも自分の居場所にいる方が、敏感です。犬は休みなく私と自分を同一化しようとつとめています。この犬は私の料理を、私の椅子を、私の友人を、私の車を好んでいる。私が許せば彼は私のベッドで寝るでしょう。私の声を聞き、その声を知っています。私の言葉も理解しているのです。今このとき、私が彼のことを話していることを、完璧に知っているのです。彼の耳の動きを観察することができるでしょう」

「彼は二つか三つの言葉しか分かっていませんよ。あなたが犬という語を発音される時、彼は飛び上がる。それは本当です。でもあなたの思想の展開は彼にとって、入りこめない神秘です」と私は彼に言いました。

「あなたが思っていられるのは違いますよ。犬は自分がその原因だと知っています。彼は過ちを犯したことを思いだし、いつも私に罰せられるのか、あるいは許されるのかを視線で尋ねています。彼はまだ話せない年頃の子供の知性を持っているのです」

「あなたは想像力が豊かで、すべてを仮定するのがお好きですね」

「私にあるのは想像力ではありません。記憶です」

「ああ、それだ！　犬は覚えていると主張するんだ」と私たちのまわりで皆が叫びました。「じゃあ、彼が昔の生活のことを話してくれるのを聞こう。早く！　聞こう」

「それは終わりのない話になるかもしれませんよ」とルシアン氏は答えます。「それに、すごく雑然としたものです。というのは私は世界の始めから今日までのすべてを覚えていると主張したわけではありません。死はすばらしいものを持っていて、終わる存在と、続く存在との間のつながりを壊してしまうのです。死は、厚い雲を広げますが、その雲の上で、自我は、われわれがその作用を意識することなく、変型するために消えていくのです。見たところ、例外的に、少し過去の記憶を維持している私は、記憶を秩序だてるためのかなり明快な概念は持っていません。私が、いくつかの段階をこえることなく、規則的に進歩の尺度に従ったかどうか、また、私の輪廻《りんね》のさまざまの折り返し点を、何度もこえて再び始めるかどうかも、あなたに言うことはできないでしょう。それを、私は本当に知らないのです。でも私は精神の中に生き生きした、そして突如やってくるイメージを持っています。そのイメージは私が通ったある環境を、ある時代に現れさせてくれます。その時代を定義するのは不可能ですが、この時に体験した感動や感覚は思い出せます。例えば、私は、自分が魚だった時、泳いでいたある川を、まざまざと思い起こします。どんな魚ですって？　それは分かりません。おそらくマスでしょう。なぜなら私は濁った水に対する恐怖と、流れを上っていく休みない烈しさを覚えているからです。さらに私は砕ける波の上で動くダイヤモンドのアラビア風の唐草模様、あるいは細い綱を描く太陽の甘美な印象を感じます。どこか知らないけれど……私にとって、当時名のないものがありましたから。月の光がほとばしり出て銀色にきらめく魅力的な滝がありました。私を押し返す波と闘いながらそこで何時間も過ごしました。その日、岸には草の上を飛び回る金色とエメラルド色の虫がいました。虫は草の上を飛んでいました。それを私はすばらしく巧妙に捕まえました。貪欲の満足よりもむしろ陽気な遊びを、この狩でしている気分でした。ときどき青い羽のトンボが、飛びながら私に触れました。すばらしい植物はその緑の毛で私を包みこみたいように見えました。でも動きと自由への情熱はいつも私を自由で早い水のほうに運んでいきます。動くこと、泳ぐこと、早く、いつもより早く、決して休まないで。ああ！　それは陶酔でした！　先日、私はあなたの川で水浴しながら、この良い頃を思い出しました。いま、決してもうそれを忘れないでしょう」

「もっと話してよ。もっと」と耳をそばだてて聞いていた子供たちが叫びました。「あなたはカエルでしたか？　トカゲ、チョウチョウ？」

「トカゲ、知らないね。おそらくカエルだったかも。でもチョウチョウ、それはすばらしい思い出があります。私は花でした。美しい白い花、精巧な切りこみのある、おそらく一種の蔓《つる》性のユキノシタでしょう、泉の縁に垂れ下がっていました。そしていつも水に飢えていた。いつも水に。私は泉の上に屈みましたが、水まで届きませんでした。爽やかな風が休みなく私を揺すります。欲望はその限界が分からないほど強いものです。ある朝、私は幹から離れ、そよ風に支えられて揺れていました。私には翼があり、自由に生きていました。チョウチョウは祭りの日に飛ぶ花にすぎない。そして祭りの日には、自然は創造と豊穣に満ち満ちています」

「とても美しい。でもそれはまるで詩のようですね」と私は彼に言いました。

「その詩をつくる邪魔をしないで！　彼は私たちを楽しませてくれているんです」と若い人たちが叫びます。

そして彼に向かって、

「あなたが石だった時、どんなことを考えていたか言ってくださいますか？」と言いました。

「石は物です。考えることはできません」と彼は答えます。「私は自分が鉱物だった時を思い出せません。でもあなた方のように私はそれに耐えました。無機質の生命はまったく反応がないと信じるべきではないでしょう。私は岩の上にじかに横になると、必ず何か特別なものを感じます。そのことは岩と何か古いつながりがあるということです。物というのはすべて変型の一要素です。どんなに野蛮なものでも、緩慢な活力を持っています。その振動の音は聞こえませんが、光と運動を呼び寄せるのです。つまり人間は欲望をもち、動物と植物は呼吸をし、鉱物は待っている。でもあなた方が私に向けられた、厄介な質問にお答えするために、私がいろいろのものであった中から一つ選んでお話ししましょう。その時のことはとてもよく覚えています。私が犬だった頃の最後の時、どのように生きたか、つまりどのように行動し、考えたかをあなた方にお話ししましょう。劇的な事件や、奇跡的な命拾いを期待しないでください。動物はすべて各々固有の性格を持っています。私があなた方に伝えたいのは、性格の探究です」

使用人が明かりを持ってきました。彼が部屋を出ていくと、皆沈黙します。そして不思議な話者は話しはじめました。

「私はきれいな小さいブルドッグ、純粋種のネズミとりの犬でした。大変若い時に離れた母のことも、尾を切り取り、耳を細くした残酷な手術のことも覚えてはいません。人はこのように切断された私をきれいだと思ったのです。一方私は早くからお世辞を言ってもらうのが好きでした。ずっと昔のことで覚えているのは、『素敵な犬ね』『きれいな犬ね』という言葉の意味が分かったことです。白い、という言葉も好きでした。子供たちは私を歓待するために、白ウサギ、と呼びました。私は喜んでいました。水浴びが好きでしたが、暑さのため、潜りたくなって、泥水に出会い、土まみれで出てきた時は、黄ウサギ、あるいは、黒ウサギ、と呼ばれ、大変恥ずかしい思いをしました。何度も体験した不愉快なことは、色をかなり正確に区別されたことでした。

私の精神面の教育をした最初の人は、自分の思想を持った老婦人でした。彼女は、私が芸を仕込まれて、それをするのを、強く望むことはありませんでした。彼女は私が獲物を持ち帰ったり、お手、をしたりして才能を発揮して欲しくはなかったのです。彼女はよく言ったものです。犬は打たれてやっと、こうしたことを覚えるのだ、と。私にはこの言葉がとてもよく分かりました。というのは使用人はときどき女主人の知らない時に、私を打ったからです。それで、私は早くから、自分が保護されていることを知りました。そして彼女の傍にいれば、愛撫され激励されるだけで叱られることはないことも知りました。私は若く、狂気じみていました。棒を自分の方に引っ張ったり、しゃぶったりするのが好きでした。犬でいた間ずっと続いてこれに熱中しましたが、これは私が属していた種族からくるもので、加えてあごの力と、口を大きく開けることからきているものです。確かに私は天性貪欲につくられていました。メンドリやアヒルは尊重するように教育されていましたので、私は何かと闘って、器官の力を消耗《しょうもう》する必要があったのです。まだ子供だったので、老婦人の小さい庭ではたいへん窮屈でした。植物の支柱や、しばしば植物も引き抜きました。庭師は私を懲らしめたかったのですが、女主人がそれをさせません。そして私を別のところに連れていってとても真面目に話すのです。何度も繰り返して同じことを、頭を支え、目をじっと見ながら言うのです。

『あなたのしたことは悪いこと、大変悪いことですよ。もう悪いことをしてはいけませんよ』

そこで、彼女は私の前に棒を置き、それに触れてはいけないと言いました。その通りにしますと、彼女は言いました。

『よろしい、とてもよろしいよ。あなたは良い犬ですね』

良心という絶大な宝物が私の中に花開くには、これで十分でした。犬に才能があれば、また、打擲《ちょうちゃく》や、罵倒に堕落させられていなければ、教育は犬にこの宝物を伝えるのです。

私はそれで、大変若いうちに、品位の感情を獲得しました。それがなければ真の知性は動物にも人間にも明らかにされません。怖れにしか従わないものは、決して自己統御することができないでしょう。

私は十八カ月でした。私の女主人が住処を変えて、以後、家族と共に住むことになる田舎に連れていかれた時、私は若さと美しさに溢れていました。大きい公園があり、自由という陶酔を知りました。老婦人の息子に会うとすぐに、彼のキスの方法と、迎え方で、この人が家の主人だと分かりました。そしてこの人の命令には従わなければならないということも分かりました。最初の日から私は彼の後ろを、非常に思慮のある確信に満ちた様子で、きびすを接して歩きました。それで彼は私に友情を感じ、かわいがり、彼の部屋に寝かせてもらいました。彼の若い妻は大変犬が嫌いで、進んで私なしで何でもすませましたが、節度と、慎みと、清潔によって彼女の寵愛も獲得します。どんなにおいしそうなお料理でも私の傍に置いて人は出かけていくことができました。ごく稀なことですが、舌の端でちょっとそれを味わってみたりもしましたよ。食いしん坊ではなかったし、ご馳走が好きでもなかったのですが、清潔は大変大切にしていました。よく言われていましたから。誰でも人に話すように私には話していたのです。

『これがお前のお皿と、水用の鉢と、クッションと敷物ですよ』

私はこれらの物が自分の物だと分かっていましたから、そのために争うことはよくないと知っていました。決して、他人の良いものを侵食しようなど考えもしなかったのです。

私はまた、非常に褒められる長所も持っていました。大抵の犬はごみが大好物ですが、私は決してごみは食べなかったのです。その上を嗅ぎまわったりも決してしませんでした。炭の上に寝たり、あるいは土の上を転がったりして、白い洋服を黒くしたり、黄色くしたりしても、不潔なもので汚れていないことがはっきりしていたのです。

私にはまた、尊重される長所もありました。決して吠えたり、人を嚙《か》んだりしないことです。吠えることは脅迫と威嚇です。私は賢明だったので、家の人たちに歓迎され、歓待される人々を私も丁寧に迎えいれるべきだと分かっていたのです。それから、古い友人が来て優しい喜びの言葉を述べるときは、とても注意をします。それで、その友人に私の共感を証明することができてとてもかわいがられました。さらにより良いこともしましたよ。これらの来客たちの目覚めをうかがって、家と庭を見せてあげるのです。家の人たちが起きてきて私と代わるまで、礼儀正しく庭を散歩させてあげます。誰に教わるでもなく、独りで見つけたこの歓待の仕方に感謝されました。

家の中に子供がいるととても幸せでした。最初生まれた時、私は好奇心から赤ん坊の匂いを嗅いだので人は少し心配しました。まだ血気盛んで、荒々しいところがあったので、いたずらややきもちを心配したのです。でもそのとき、老婦人は子供を膝に置いて言いました。

『ファデにはお小言を言わなきゃいけないね。何も怖がることはないのよ。この犬は人の言うことが分かるの』そして私に言います。『このかわいい赤ん坊を見てごらん。この家で一番大切な宝物なのよ。かわいがってあげなさいよ。静かに触るのよ。よく注意をしてね。あなたは私の言うことがよく分かるでしょね？　ファデ。このかわいい子供が好きになるでしょうよ』

こう言うと彼女は私の前で赤ん坊にキスをして、優しく胸に抱きしめました。

私は完全に理解しました。視線と仕草で、この親愛な生き物に私もキスをしたいと頼みます。お祖母さまは私にこう言いながら、小さい手を私に近づけました。

『静かに、静かに、ファデ、静かにね』

私は小さい手をなめました。子供はとてもきれいだったので、舌でバラ色の頬に触れないではいられないほどだったので、そっと優しく触れました。子供は全然怖がることなく、そのあと初めて私に微笑んでくれました。

二年後、もう一人生まれて、かわいい娘が二人になります。上の娘は既に私と仲良くなっていました。二番目の娘とも同じように仲良くなりました。この子供とは敷物の上で転げ回ることも許されます。両親は私があまり興奮すると少し心配しましたが、祖母は信頼して尊重してくれました。彼女はときどき私に繰り返すのでした。

『静かに、静かに、ファデ、静かにね』

それで私はどんなに小さい非難も決して受けることはありませんでした。彼女たちの手を赤くなるまでかんだりも決してしません。彼女たちの洋服を破ったり、顔に足を置いたりしたことも決してありませんでした。でも神のみぞ知る、で、彼女たちのような年頃には、善意が悪用されて苦しい思いをしたこともあります。私は、彼女たちが自分たちのしていることが分からないのだと理解して、決して怒りはしませんでした。ある日、庭仕事の小さい車につながれていたことがあります。子供たちはそこに人形をおくことを考えつきました。私はつながれたままでした。どんな風にかは神がご存じです。私は考え深く車と人形を、できるだけ長くひきずっていました。告白しますが、自分のしていることに少しばかり虚栄心がありました。使用人たちが私の素直さに驚いたのですから。

『これは犬じゃない。馬だ！』と彼らは言いあいます。

それで一日じゅう、子供たちは私のことを『白い馬』と呼ぶようになります。告白しなければなりませんが、私はそれで得意絶頂でした。

子供たちに対する優しさと公正さに感謝されればされるほど、私は他人の不正や脅迫に耐えられなくなりました。主人に対してどんなに友情を持っていても、一方で品位を保つためにどれほど努力しているかを、一度だけ彼に見せてあげたことがあります。ある日出かけることをさぼって清潔に反する過ちを冒しました。そのとき、鞭《むち》で脅されたので私は反抗し、歯を見せて鞭に立ち向かいました。彼は哲学者でした。無理に私を罰しようとはしませんでした。誰かが、このような反抗は許すべきではない、反抗する犬は打擲して殺すべきだと言った時、彼は答えました。

『いや、私はこの犬を知っている。彼は闘うとき勇敢で頑固だ。だから譲らないだろう。この犬を殺さねばならなくなったりすれば、一番罰せられるのは私だろう』

そういうわけで、私は許されたのです。これ以来彼をいっそう好きになりました。

私はこの家にいる間大変穏やかで、幸せな生活を送りました。皆私を愛してくれ、使用人たちは優しく、また尊重してくれました。子供たちは大きくなり、とても優しくて、聞いて心地よい言葉をかけてくれます。ご主人たちは私の性格を褒めてくださり、私の愛情の動機は、ご馳走のためでも、低俗などんな情熱のためでもないと言ってくださるのです。この人たちの社会が好きでした。そして年をとってくると、表現は少なくなりましたが、彼らの足元で寝て友情を示しました。彼らがドアを開けてくれるのを忘れた時は扉のところでじっと寝て待って親愛の情を証明しました。非常に独立心があり、監視されていなくても、慎み深く、非難の余地のない処世術を身につけていたのです。決してドアをがりがり掻いたり、迷惑なうなり声をたてたりしたことはありません。最初リュウマチを感じた時、人間と同じように扱ってくれて、毎夜、ご主人が私を布で覆ってくださいました。それが少し後れると、彼を見ながら傍で、じっとしています。でも引っ張ったり、つきまとって嫌がらせたりはしないのです。

私の犬の生活の中で、とがめられる唯一のことは、他の犬たちに対してあまり親切でなかったことです。それは私の中に、やがて犬から離れていくという予感があったのでしょうか。より上のグレードに上がるのが遅れるという不安からでしょうか。犬たちの粗野と、悪癖を嫌っていました。犬の社会の中にいて、再び犬になることをあまりにも怖れていたのでしょうか？　犬の知性と精神性の劣っていることを軽蔑するという高慢があったのでしょうか？　私は犬でいた間ずっと、犬たちを乱暴に扱ったのは事実です。しばしば犬たちに対して恐ろしいくらい意地悪だと言われました。でも弁解のために言っておかねばなりませんが、弱いものや、小さいものに決して悪いことはしなかったのです。大きくて強そうな犬を英雄的な大胆さで攻撃しました。後で疲れきって、傷だらけになって戻るのですが、やっとなおるや、再び始めるのです。

私に紹介されない犬たちには意地悪でした。

家の一人の友人が、犬を連れてくるとします。人は礼儀正しくするように、また歓待しなければならないことを思いださせるように、真面目に私にさとします。その犬の名を言って、その顔を私に近づけます。自尊心を呼び起こさせ、優しい言葉で私の最初のうなり声を沈めるのです。こうしていつもここまでです。争いも、挑発さえもありませんでした。でも言っておかねばなりませんが、雌の牧羊犬、ムトヌ以外の、他のどんな犬族とも、決して仲良くはなれませんでした。ムトヌには、いつも絶大な友情を持っていました。この犬はいつも私を扇動的な犬たちから守ってくれました。私は決して犬族とは仲良くできなかったのです。彼らすべてを、つまり本能を制御するのに罰や強制が必要な美しい狩猟犬や小さい学者犬でさえ、自分よりあまりにも劣っていると思っていたのです。いつも優しくさとしてもらう私、その私でも、自分だけが危険な場合には、その犬たちのように感情のままに行動したでしょうが。私は、人間には従順で、共生できる犬になったのです。こうすることは気に入っていましたし、これ以外の振る舞いは、私には恥ずかしくてできませんでした。

ただ一度だけ、私は恩知らずなことをして、とても大きい苦しみを味わいました。伝染病が国全体を荒らし、家族は子供たちを連れて、出かけました。私の涙を怖れてか、何も知らされませんでした。ある朝、使用人だけで、私は一人でした。彼は私に大変気を使ってくれましたが、彼自身も忙しくて私を慰める余裕もなく、またしようにもできなかった。私は絶望に落ちこみます。厳しい寒さのために砂漠のようなこの家は、私にとって墓場のようでした。決して大食いではなかったのですが、完全に食欲をなくしてしまいました。脇腹の骨が透けて見えるほどにやせてしまいます。とても長く感じられましたが、やっと老婦人が家族の帰りを準備するために戻ってきてくれました。なぜ彼女が一人で戻ってきたのか分かりません。息子と孫たちは決して帰ってこないのだろうと思いました。私はどんな小さい優しさも彼女に見せる勇気がないほど衰えていました。彼女は部屋に火をつけさせて、私を呼び、温めてくれました。それから命令を書きはじめました。私のことを話しているのが聞こえます。

『あなたは、じゃあ、犬に食べ物をあげなかったの？　恐ろしいほどやせていますよ。パンとスープを持ってきてちょうだい』

でも私は食べることを拒否しました。使用人はなぜ私が苦しいのかを説明します。彼女は私の頭を一生懸命撫でてくださいましたが、慰められませんでした。子供たちはとても元気よ、と、そして、父親と一緒にそのうち戻ってくるのよ、と言ってくださればよかったのですが、彼女はそこに思い至らなかったのです。それで、彼女には分からない私の冷たさを嘆きながら、引き取りました。でも数日後、彼女が家族とともに戻ってきた時、私への評価が戻りました。私は子供たちに精一杯優しくしたので、変わりなく忠実で繊細な心を持っていることを、彼女に特に証明できたのです。

老いてから、太陽の光は私の生活を美しくしてくれました。ある日家の中に小さい雌犬、リセットが連れてこられました。最初子供たちはその犬を取り合って争います。でも姉が、すべて新入りよりも、私のような古い友人の方がよいと言って、妹に譲りました。リセットは私になついて、寒い冬も彼女の陽気な子供っぽさで愉快になりました。子犬は神経質で横暴でした。残酷に私の耳を噛んだりします。私は痛みで叫びましたが、怒りはしませんでした。この犬は激しくはしゃぎまわっても、とても優雅でした。彼女は私も一緒に走ったり跳ねたりさせました。でも私が大きい愛情を注いだのは結局、リセットよりも私を選んだ姉娘に対してでした。彼女は祖母がしたように、理性、感情、道徳について私に話したのです。

私は最後の日々や、自分の死については覚えていません。優しく世話されて、元気づけられながら、消えていったのだと思います。確かに私には人間であるに価するものがあると分かっていたのでしょう。私にないのは言葉だけだと、いつも人は言っていましたから。でも私は、この深淵を一気に精神が乗り越えられたかどうか知りません。誕生の時代も形も私は知らない。でも犬に再びなることはないと信じています。というのはあなたにお話したものは昨日のことだと思えるからです。今日見ている風俗、習慣、思想は、犬のときに、見たり、観察したりしたものと、本質的に違っていません」

われわれの隣人が一緒に話をしていた真面目な人は、注意深く尊敬を持って、彼の話を聞くようにわれわれを仕向けてくれました。彼はわれわれを驚かせ楽しませてくれました。それでさらに何か別の存在の話を語って欲しいと彼に頼みました。

「今日はこれで十分でしょう。思い出を集めておきましょう。そしておそらく後で、私の前世の別の面のことを話すことになるでしょう」と彼は言いました。

2　神聖な花

オロール・サンドへ

ルシアン氏が私たちに彼の過去の話をしてくれてから数日後、富裕なあるイギリス人のところで彼と同席しました。このイギリス人はアジアをあちこち旅行し、面白くて、その上、奇妙なことに出会い、それを進んで話してくれました。

ラオスで、象狩りをした方法を彼が話してくれた時、ルシアン氏はこれら動物の一匹でも彼自身で殺しはしなかったかどうかと、尋ねました。

「決して」とウィリアム卿が答えます。「動物を殺すことなど自分に許せませんでした。象はいつも、その知性と論理が人間に近いので、殺したりとてもできなかったでしょう」

「実際、あなたはインドで長く生活をなさった。先日、科学的というより創意に富んだ方法で、ある紳士が展開された魂の輪廻の思想をあなたは共有していられるようですね」と誰かが言いました。

「科学は科学です」とイギリス人が答えました。「私はそれを限りなく尊敬していますが、科学が魂の問題を肯定的であれ、否定的であれ、裁断を下そうとすれば、科学はその領域から出てしまい、何も証明できないと思います。この領域は明白な事実の調査です。そこから、科学は存在する法則に結論をだします。それ以上は、科学にも確信はありません。これら法則の発信地は、その調査から逃れています。それで私は、何かの原理の存在、あるいは非存在を証明するということは、科学の真の学説とはまさに反対のことだと思っています。この特別な証明以外に、学者は信じることも、あるいは信じないことも自由です。しかし、この原理の探究は、論理、感情、想像に長けた人間に、より適しているように思えます。これらの人の考察と仮定は、科学が、事物の秩序において正当化したものを尊重すればするほど価値を持つのです。これは本当です。しかし、科学がわれわれを照らすことに無力である点で、われわれはすべて、あなた方が賢明な解釈と呼んでいるものを事実に与えることは目日です。このことは、私によれば、宇宙の平衡と秩序の中にある推論、論理、正義感の上に立てられた理想的な説明を意味しています」

ウィリアム氏に声をかけた人が、「じゃあ、あなたは仏教信者ですか？」と聞きました。

イギリス人は答えます。「ある点ではそうです。でも、聞いてくれる子供たちのために、より楽しい会話のテーマも見つけることができますよ」

娘の一人が言いました。「私、それは面白くて、気に入ったわ。私が子供になる前に何だったか教えてくださいます？」

「あなたは小さい天使でしたよ」とウィリアム卿が答えます。

「お世辞はだめよ！」と子供が言いました。「私はごくあっさりと鳥だったと思うわ。いつも時間を惜しんで、木の上を飛びながら、したいことだけをしていたと思うわ」

「そう、その哀惜の情は記憶の証になる。われわれは各々何か動物に対して好みがある。そしてまるで自分の印象を既に感じたことがあるように、その印象と自分を同一化してしまうのです」とウィリアム卿が言いました。

「あなたのお好みの動物は何ですか？」と私は彼に聞きました。

「イギリス人でいた間、馬がまず第一でした。インド人になってから、象をすべての上に置くようになりました」と彼が答えます。

「でも象はとても不格好じゃないですか？」と一人の若者が言いました。

「そう、美学についてのわれわれの考えから言えばそうなります。われわれは四つ足動物のタイプとしては馬かシカをとります。均整のとれた調和のあるものが好きなんです。そしてこの調和の最高のタイプとして人間を心の奥に描いているのです。でも温暖な地方を離れて、旺盛な自然を前にしたとき、好みが変わりました。目は他の輪郭の方に縛りつけられ、精神は、より広大な先の創造の秩序に向けられます。この創造の粗野な面は、もうわれわれの視線も思想も傷つけません。黒く、小さく、きゃしゃなインド人は創造の王という考えから遠い。赤くて、どっしりしたイギリス人はインドでは自分の国にいるより立派に見えます。しかし、そのどちらも、アシの小屋があろうと、あるいは大理石の宮殿があろうと、周囲の自然が提供する全体的な光景の中に、低俗な細部として消されています。芸術家の感覚は人間より優れた形を要求するのを感じます。そして、人間という種族を虚弱にするあの強烈な太陽のもとで、誇り高く発展することができる人に対して尊敬を感じるのです。そこでは、岩は巨大で、植物は恐ろしい様相を呈し、砂漠は近寄りがたい。人間の力はその魅力を失い、怪物は、驚くべき世界で調和のとれた崇高なものとして、われわれの目に浮かび上がります。この恐ろしい土地の、昔の住人は怪物をよく分かっていました。彼らの芸術は怪物の形の理想的な再生産でした。象の形は人間の神殿の主要な上部の飾りに使われていました。彼らの神々は怪物と巨像でした。法外な塔が上にある重厚な建築は、西洋の人々の理想であった調和と均斉の欠如のなかに美を求めているようです。だから、私の言うことを聞いて驚かないでください。この野蛮な芸術と恐ろしい型を見出した後で、私はそれらを賞賛し、徐々にわれわれの芸術を、冷たいと、またその型を卑俗だと思うほどになってきました。それから、インドではすべてが象を理想化するのに協力しています。象への崇拝は、過去にも至るところで見られます。ある形、あるいは別の形で今なお存続しています。その形の再生産は驚くような真実の意図を持っています。というのは芸術家の思考によれば、象は、神の脅迫的な力、あるいは寛大な優しさをあらわしているというのです。昔の旅行者が何を言おうと、象がかつて、神のようなものとして個人的に愛されたとは思わない。しかし、象はあるシンボル、ある守護神と見なされたし、今もみなされています。シャムの寺の白い象はいつも聖なる動物と見なされているのです」

「その白い象のことを私たちに話して」と子供たちがいっせいに叫びました。「本当に白いの？ それを見たの？」

「見ましたよ。象が支配しているように見える熱狂的な祭典のなかで、象を眺めているとき、奇妙なことが起こりました」

「何が起こったの？」と子供たちが言います。

「君たちに言うのをためらっているのは、こんなに重大なことを、からかわれるのを怖れているわけではないのですが、私が真面目に話してもあなた方に納得してもらえるかどうかです。ルシアン氏のためになる真面目な話に対抗して、急いでロマンをつくったととがめられるのが不安です」

「話してください。話してください。私たちは批評はしないで、とてもおとなしく聞きますよ」

「じゃあ、子供たち、起こったのはこういうことなんです」とイギリス人が話しはじめました。「楽器の音色に合わせた歩調で歩き、ラッパとリズムをとっていく神聖な象の威厳ある様子を眺めているインド人たちは、一方、実際にはこの君主の奴隷のように見えました。彼らは赤や金のパラソルを象の頭の上でゆらゆらさせていました。私は象の静かな目の中にその思考をとらえるために、精神を集中していました。

そのとき、突然、人間の記憶ではとらえがたい過去の一連の存在が、私の頭の中に戻ってきました」

「どんなふうに？　あなたはどう思うの？」

「私は思うのですが、ある動物はわれわれには考え深く、心を奪われているように見えますが、それは彼らが何かを覚えているからです。神の間違いはどこにあるのでしょう？　人間は忘れます。思い出が自分に良いものであるために、あまりにも多くのことをしようとするからです。人間は物思いにふけるような一連の動物は相手にしません。人間は現実的に考え、夢見ることはしません。生まれるや、彼は進歩の法則の餌、仕事の法則の奴隷になりました。未来を理解するため全身全霊を使うので、過去のイメージを断ち切らねばならないのです。人間のためにこのような運命的な法則がつくられたが、その法則が、不毛の比較と、無駄な後悔にエネルギーを消耗し、振り返る能力を人間から引き出して初めて正しいものとなるのです」

「それはそれとして、あなたの思い出を話してください」とルシアン氏が勢いよく言いました。「私が数回被ったことを、あなたは人生で一度体験されたのですからそれを知るのはとても重要なことです」

「それには同感です」とウィリアム卿が答えました。「というのは、あなたに起こったことや言われたことなど、非常に印象が強かったのです。神聖な象が支配していた儀式の間、私が心を奪われたのが、単なる夢でも、それはとてもはっきりしていて、胸を打つので、どんな小さい状況も忘れていません。私は象だったのです。白い象で、したがって、神聖な象でした。私はマラッカ半島のジャングルと森で、小さい時から、私の生き方をすべて見ていました。

ヨーロッパ支配のずっと前、仏教の定着以来最も花開いた時代に、私の最初の思い出は始まります（仏教が東南アジアに広まるのは四〜七世紀。ポルトガルがマラッカを占領するのは十六世紀）。ヨーロッパの人たちにほとんど知られていないこの国でのことでした。私はこの不思議な荒原で、この古代人の黄金のケルネソス半島、長さ、三百六十里、幅、平均三十里の半島で生活していました。これは実のところ、森を頂いた山々、海の上に影を落としている山々の連なりにすぎませんでした。この山々はそれほど、高くない。主な山、オフィール山はピュイ・ドゥ・ドーム山ほど高くはない。だが、二つの海の間に孤立しているその位置によって、それら山々はどっしりしています。斜面は人間には近寄りがたいものです。丘陵の住人は、つまり、マレー人やその他の人たちは、今日なお、そこで、野生の動物と、激しい闘いをしています。そのためあなた方は象牙や、産物をこの恐ろしい地方から非常にたやすく安く輸入することができるのです。とはいえ人間はそこではまだ至るところで支配者ではありません。まして、今あなたにお話ししている時代には人間はまったく支配者ではなかったのです。私は高地で幸せに、自由に、海のそよ風と、高地独特の新鮮な至高の輝きの中で大きくなりました。純粋で同時に激しい空の下です。波の暗いブルーの上に雪花石膏《せっかせっこう》のように、白い泡のように見える島々、エメラルドのように緑色をした、数えきれないほどの島々のあるこのマレーシアの海、それは何とも美しいものでした。岩の聖域の高みから、われわれが果てしない水平線をあらゆる側から見渡すとき、なんとその水平線はわれわれの視線の下に広がっていました！　雨の季節には、巨大な木の影でわれわれは梢の温かい湿気を味わいます。自然についての瞑想が私たちを爽やかな平穏で満たしている優しい季節でした。酷熱《こくねつ》の夏を越えた元気な植物は私たちの安らかさを共有し、命の泉に浸かっているように見えました。いろいろの種類の美しいツタ植物が奇妙な花綱を生じ、それらを、シナモンや花咲いているクチナシの枝に絡ませていました。マングローブ、バナナ、バルサム樹、肉桂《にっけい》の香る木陰で私たちは眠りました。私たちの限りなく質素な食欲を満足させるにはあり余る植物でした。私たちは危険な肉食を軽蔑していました。トラにはわれわれの牧場に近づくことを許していません。レイヨウ、オリックス、サルがわれわれの保護を求めていました。すばらしい鳥たちはわれわれの所をきれいにするために群れをつくって飛んできてくれます。大きい鳥、ノクタリアンは、いまではおそらくいないでしょうが、刈り入れを手伝ってくれるために、怖がることもなく近づいてきました。

母親と私は、毛並みの違う、より小さい野生の象とは離れて、母親と私の二頭だけで生活していました。私たちは違う種族だったのでしょうか？　私は全然知りません。白い象はとても珍しく、人はそれを異例と見ていたほどです。インド人はそれを、神の宿りと見ていました。ヒンズー教の寺で生きているものたちの一頭が死ぬと、人は彼に王と同じ名誉ある葬式をしてやります。そして、しばしば後継者が見つかるまでに長い年月が流れることがありました。

われわれの高い背丈が他の象たちを怖れさせるのでしょうか？　われわれ親子は、孤独とよばれているまさにそれでした。種族の指導者の命令の下にあるどんな群れにも入っていなくて、どのような場所でもわれわれと争うものはいません。気まぐれに食欲のおもむくままに、山の尾根で環境を変えながら、地方からまた、他の地方へと、移っていくのでした。私たちは、怪物のようなヘビでいっぱいのジャングルの暗い所、苛立つ虫が住んでいる、棘のある植物やサボテンが立ち並ぶ暗い所よりも、日陰のある頂きの静けさが好きでした。巨大な背丈の竹の下のサトウキビを探しながら、川岸のマングローブを一べつするために、ときどき立ち止まりました。でも母は警戒心が強く、われわれの白い衣装が人間の視線を引きつけるかもしれないと見抜いているようでした。それで、私たちは急いで檳榔樹《びんろうじゅ》とココヤシの国に帰ることにしました。五メートルもの長さのヤシと、厳かな扇をより純粋な空気の中で、自由に揺するためのようにジャングルの上に植えられた大きい警戒標識のある国にです。

高貴な母は私をかわいがり、どこにでも一緒に連れ歩き、私のためだけに生きていました。毎朝、輝かしい日の出に、地球の王と父に挨拶するためかのように、サテンのような滑らかなラッパを高く上げて、ひざまずき、太陽を愛することを私に教えました。このとき、真っ赤な暁《あかつき》は、私の繊細な毛並みをバラ色に染め、それを母は感心して眺めていました。私たちは気高い考えだけを持っていました。私たちの心は優しさと汚れない思いに膨らんでいたのです。幸せな日々、それはあまりにも早く飛び去りました！　ある朝、喉が乾いたので、急流の中の岩床を降りました。その急流は、山の上から早い流れで優雅に飛び跳ねながら、海に溢れ出ています。それは乾燥した季節の終わり頃でした。オフィール山の頂きから滲み出る泉は、そのコケの盃の中に、もう一滴の水も滴らせていません。われわれは、ウチワサボテンの海緑色の緑の中に蒔かれた青白いダイヤモンドのような一連の小さい湖を作っているジャングルの麓まで行かねばなりませんでした。突然私たちは、不思議な声に襲われました。続いて私の知らない生き物、人間と馬が私たちの上に襲いかかりました。このブロンズ色の人間はサルに似ていて、私は恐怖を感じませんでした。彼らが乗っていた動物の方がわれわれに近づくのを怖れました。さらに、われわれには死の危険はありませんでした。われわれの白い衣装が、恐ろしい残酷なマレー人にも尊敬の念を起こさせたのです。おそらく、彼らはわれわれの首を切りたかったのでしょうが、でもあえて武器は使いませんでした。最初、母は彼らを誇り高く、怒りもしないで押し返しました。彼女は、彼らが自分を捕まえることはできないと知っていたのです。ところで、彼らは私がまだ若いのでたやすく捕まえられると判断しました。それで、私の足のまわりに、投げ網を投げようとします。母は彼らと私の間に身を置いて、絶望的な防衛をしました。狩人たちは、私を得るためには、母親を殺さねばならないと見て、細長い投げ槍を彼女に投げます。それは広い脇腹に刺さりました。私は母の白い衣装が、血の川の下に消えていくのを恐怖とともに見ていました。

私は母を守り、報復をしたかった。ところが彼女はそれを阻みました。私を自分の後ろに力強く引き止め、城壁のように脇腹を見せて私を覆いました。彼らの矢のため今死んでいくことを信じさせるために苦しさにも動じないで毅然として黙っていました。母はそこに、矢で穴だらけになって、心臓は貫通されて打つのを止め、山のように崩れ落ちるまでじっとしていました。土は彼女の重みで音をたてました。殺人者たちは私を縛るために飛びかかります。私は何の抵抗もしませんでした。母の死骸の前で呆然として、死について何も分からず、呻きながら、立ち上がって一緒に逃げて欲しいと頼みながら、母に抱きついていました。もう息をしてはいません。でも大量の涙がまだ閉じた目から流れていました。私は頭の上に分厚いむしろを投げかけられ、もう何も見えなくなりました。四本の足はヘラジカの皮の四本の綱で縛られます。もう何も知りたくなかった。バタバタもしなかった。私は泣いていました。母を身近に感じていました。母から遠ざかりたくなかった。私は横になりました。どのようにか、どこにか分かりませんが、私は運ばれます。私だけを溝のような所に置くまで、岸の坂道の砂の上を私を引っ張っていくには、すべての馬を総動員したと思います。

私はもうどのくらいの時間そこに置かれていたのか、覚えてはいません。食べ物もなく、血に飢えたハエと、喉の乾きにせめられていました。私は既に強くなっていました。前足で穴蔵を壊し、母に教えられたように急な斜面でも自分のために道をつけられたでしょう。長い間それに気づかないでいました。死を知らないで、生きていることを憎み、生命を保つことは考えませんでした。ついに私は本能に負け、恐ろしい叫び声をあげます。すぐにサトウキビと水が与えられました。閉じこめられている地下の倉庫の縁にいくつもの心配そうな頭が屈みこんでいるのが見えました。私が食べたり飲んだりするのを見て、人は喜んでいるようでした。でも力を取り戻すと、私は怒りに燃え、天と地に響きわたる声を張り上げました。人は牢獄の垂直の崖が壊されるままにして、遠ざかっていきました。私は自分が自由だと信じました。ところが化け物のような竹で編んだ柵に囲まれていて、足はきつくつる草で縛られ、その一本も動かせないのでした。でもさらに数日執拗にこれをほどこうと無駄な作業を試みました。これに、人間の油断のならない賢明な作業が抵抗します。私に食べ物を持ってきて、優しく話してくれますが、私は何も聞いていませんでした。敵に襲いかかりたかった。額で恐ろしい音をたてて、牢獄の壁を打ちましたが、揺することもできません。一人になると私は食べました。命の高圧的な法則は、絶望に勝ちます。眠気が私の力を屈服させ、柵の中にまかれた冷たい草の上で私は眠りました。

やっとある日、腰布、というかあるいは白いズボンと言うか、それだけを着た、小さい黒い男が、一人でしっかりした足どりで牢獄に入ってきました。手には塩を混ぜた米の粉の桶を持っていました。彼はひざまずいてその桶を見せ、優しい声で言葉をかけてきました。その言葉に私は何か優しい愛情を感じとります。彼の願いに負けて、やっと私はそれを食べました。私がこのさわやかなお料理を味わっている間じゅう、彼はシュロの葉で私に風を送り、何か悲しい歌を歌っていましたが、私はそれを感動して聞いていました。少しすると彼は戻ってきて、アシでつくった小さいフルートを吹いてくれました。私にはどんな嘆きの曲か分からなかったが、同情して欲しいと訴える私の気持ちを彼は感じとったらしい。彼が額と耳にキスしてくれるのを私はそのままにさせておきました。少しずつ体を洗うことや、不快な思いをしていた棘をとること、また足の間に坐ることなどを彼に許しました。はっきりとは分からないながら、しばらくすると、私は彼を好きなんだと、そして、彼も私を好きだということを感じます。その時から、私は馴らされていきました。記憶から過去は消えていって、逃げることはもう考えないようになり、彼について岸を歩いていくことに同意しました。

私は生きた、つまり二年間彼と共に生きたと思います。彼はとても優しく世話をしてくれたので、母と入れ代わって、もう彼と離れることは決して考えられなくなりました。

とはいうものの私は彼の所有物ではありません。インドの最も富裕な貴族たちが私の存在を知ってから、高額な値段をつけ、私を捕らえた人間たちはそれを山分けするはずです。だからできるだけ高い値段がつくように取り決めをしていました。部族は最高入札者に私を売るため、二つの半島のすべての競売に代表を送っていました。その帰りを待つあいだ、私をこの若い男に預けていたのです。彼はアオルという名で、私のような動物の世話をし、それを馴らす技術が、とりわけ上手だという評判でした。彼は狩人ではない。母の殺害にも彼は手助けをしていなかった。私は良心の呵責《かしゃく》なく彼を愛することができました。

四六時中いつも聞いていた人間の言葉を、私はすぐに分かるようになります。語を理解したのではなく、各々の発音の抑揚で、まるで習ったようにはっきりと、その考えまで分かるのです。後になると、耳に聞こえるどんな言語でも、言葉でできた音楽、つまり詩さえも分かるようになりました。音楽が、声、あるいは楽器で歌われるときは、さらによく分かりました。

ところで、私は親しい友となったアオルから、人間の視線からは逃げるようにしなくてはならないと教えられました。私を見れば誰でも、売るために殺して、連れていきたくなるだろうからと言うのです。その頃、私たちはメルジ群島の正面のモグの山々の、最も人の少ない部分のテナッセリムという地方に住んでいました。私たちは一日じゅう岩の中に隠れて住んでいました。そして夜だけ出るのです。アオルは私の首に乗って、アリゲータやクロコダイルを怖れもしないで水浴に行く私を先導していきました。私はワニたちの頭を砂の中に、無造作に埋めて、足で砕いて、彼を守ってやることができたからです。水浴の後、私たちは深い森を散歩し、そこで私はおいしそうな枝を選び、アオルのためには、果物を摘んで、鼻で彼に渡してあげるのでした。私は昼間のための緑の食料備蓄もしました。特に、木の幹の皮が好きでした。幹から、最も小さい枝までそれらをはがすすばらしい技術を持っていました。でも木からそれをはがすにはかなりの時間が必要です。かなり短い時間ですが眠れない時間に備えて、昼間の暇なときに枝の備蓄もしました。言っておかねばなりませんが、気ままに動く象はどちらかというと夜行性です。

私の生活はその時点では、穏やかで、満たされていました。未来を思い描くことはしません。ある日、私は自分自身のことを考えはじめました。部族の人間たちが私の縄張りである竹の公園に一群れの野生の象たちを連れてきた日です。彼らはこの象たちを、罠の中に強制的に入れるために、太鼓や、シンバルの大きい音をさせて、焔で追いこんできたものです。前もって、驚いた象たちを馴らす狩人たちを助けるために、馴らされた象たちが、既に連れてこられていました。その象たちは実際、特別賢くて、狩人たちが、象の四本の足を縛るのを助けていました。しかし野生の雄の何頭かは、とくに一頭でいたものは、とても気が荒かったので、最後までし終えるのに狩人たちに私を加えようと思ったのです。それでむりやりに仲良しのアオルを私の上にのせようとしました。彼はとても嫌がったのですが、無理に従わせようとします。そのとき私には正義感が猛然と起こりました。これからさせられようとすることに、嫌悪感を抱きます。これら野生の象は私と同じでないが、少なくとも、同族です。自分たちの兄弟が奴隷になろうとしているのに、それを助ける馴らされた象たちは、彼らより劣っているように思えました。軽蔑と憤慨にとらわれて、私は馴らされた象たちに飛びかかり、品位を落とすことも諦めるほど勇敢に、牢獄にいる象たちの防衛にあたりました。私は柵から出され、親愛なアオルは愛撫と賛辞で私を覆いました。

アオルは仲間たちに言います。『見てよく分かるだろう。この象は天使で聖人だよ。白い象は決して粗野な仕事にも、激しい行為にも雇われない。狩のためにも、戦のためにも、荷物を担ぐためにも、旅行のときの乗り物にも、育てられていない。王たちでさえ、この象に乗ることは許されていないのだよ。君たちは彼が動物を馴らすために価値を下げてもいいのか？　いや、君たちには彼の偉大さが分からない。君たちは彼の血筋を侮辱している！　君たちがしようとしたことは、強力な悪意を自分たちの方に引き寄せてしまうことになるよ』

　それから人が私の友に、お前もこの象を馴らそうとしているではないかと言ったとき、彼は言います。
『私は彼を、優しい言葉と、フルートの音色でしか馴らさなかった。彼が私を背中に乗せてくれるのは、私の中に忠実な奉仕者、献身的なマウ（象使いのことをインドでこう言う）を認めてくれたからだ。われわれが別れ別れになる日は、どちらかが死ぬ日だろう。先に死ぬのは私の方であるように願ってくれ。それは、あなた方部族の富と栄えは、神聖な花を救うかどうかにかかっているからだ』

　神聖な花というのは彼が私にくれた名です。その名には誰も異議を唱えませんでした。私の象使いの言葉は深く私を感動させました。彼がいなければ、おそらく私は品位を落としていたでしょう。私はそれでますます誇り高く、自立するようになりました。彼の意見による以外の行動は決してしないことを心で誓います。（私は約束を守りました）そして二人ともに、深い尊敬の念を持ってわれわれに接しない者は誰であろうと、遠ざけることに意見一致しました。人は彼に最も美しく、最も訓練された象たちの一団を私のために与えたいと申し出ました。私は自分の傍に、その象たちをおくことを絶対に拒絶しました。アオルといるだけで、決して退屈しなかったからです。

　ビルマ人のサルタンがとても立派な捧げものを持ってきたことを代表たちが知らせたとき、私は十五歳でした。背丈はもうインドの成人の象の背丈をずいぶん越えていました。取り決めはできていて、人は慎重に行動します。シャム王国の領主たちの誰にも相談さえしないのです。というのは彼らは、私が彼らの土地に生まれたので当然の権利として要求できると、そして私を獲得するために何も払いたくないと思っていたのです。私はそれで、パガムの王に売却されました。そして夜、大変不思議なことにテナッセリムの海岸に沿ってマルタバンまで連れていかれました。そこから、カレンの山々を越えたあと、美しいイラワジ河の岸に着きました。

私の故郷と森を離れるのは辛いことでした。もしアオルがフルートの音色にのせて、他の岸にいっても、名誉や幸せが私を待っていると言ってくれなければ、私はそれに決して同意しなかったでしょう。道をいく間ずっと私は彼と片時も離れたくありませんでした。彼を首から降ろすのはわずかの間でした。胸のはりさけるような不安から私を守るために、彼は眠るときも私の足の間で眠りました。私は嫉妬深く、彼が私のあげるもの以外の食べ物をもらってほしくなかった。私は彼のために最高の果物を選びました。きれいな水でいっぱいにした鉢を、鼻にのせて彼に差し出します。大きい葉っぱで風を送ってあげます。森やジャングルを横切るときは、休みなく、棘のある灌木を倒してあげました。そういうものは、彼にあたると、切り傷をつけたりするからです。結局、よく訓練された象がすることをすべて、他の象よりもよくこなしました。しかもそれらを私自身の意志でしました。ありきたりのやり方ではなく、私の唯一の友のためにしました。

ビルマの国境に着くとすぐに、王の使節団が私を迎えにきていました。私は自分を取り巻く儀式に不安でした。人は、私を連れてきたマレー人の狩人たちに黄金や贈り物をもたせて暇を出しました。アオルから引き離そうとするのか？　私は恐ろしいほど動揺して、恭《うやうや》しく近づいてくる身分の高い人々を脅しました。アオルは心中を察して、私が不安なんだと説明します。自分から引き離されることに、この象は決して同意しないだろうし、人のいうことは聞かないだろうと周囲の人々に言いました。それで、接待の任務を負った一人の大臣が、テントの下にいましたが、サンダルを脱ぐと、私のところに来ました。彼はひざまずいて、ビルマの王の手紙を見せます。黄金のパルムの長い葉にブルーで書かれていました。彼がそれを読み上げようとしたとき、私はそれを彼の手から取ると、象使いに読んでくれるように、渡しました。彼は低い階級に属していたので、この神聖な葉に触れる権利はありませんでした。それで私に、その手紙を大臣に返すように言います。私はすぐに、アオルにたいする私の敬意と友情を示すためにそうしました。大臣は手紙をとり、その上で黄金のパラソルを開き、読みます。

『大変強力で、大変愛され、大変尊敬されている神聖な花という名の象さま。わが帝国の首都に住んでください。あなたにふさわしい宮殿が既に準備されています。今この手紙により、ビルマの王である私は、あなた専有の領地を差し上げます。そして奉仕のために大臣を一人と、二百人の従者、五十頭の象と馬と牛をお付けします。黄金の六本のパラソル、音楽隊の一団もあなたのものです。それに、聖なる象に帰す名誉、群集の喜びと栄光もすべてあなたのものです』

私は王の刻印を見せられました。でも私があまりに無感動で、無頓着なので、象使いのアオルに、王のくださるものを、私が受けるかどうかたずねました。アオルは、自分を決して象から離さないと約束するのが先だと答えました。それで大臣は、同僚に相談したあと、要求を受け入れました。私は大いに喜んで、王の手紙と、黄金のパラソルと、ほんの少し大臣の顔もなでました。大臣の方は私を満足させて、大変幸せでした。

長い旅行でとても疲れていたのですが、新しい住まいを見るために、また仲間であり、同輩でもあるビルマの王と知己になるために、私はすぐに出かけたいと言います。それはわれわれが上っていく河に沿った輝かしい行進でした。このイラワジ河は比べるもののないほどの美しさでした。その河はある時はのんびりと、ある時は、早く、私のためにごく新しい植物に覆われた岩の間を流れていました。われわれは北の方に進んでいましたから、大気は私の故里より澄んでいるとは言えないにしても、より冷たく感じました。すべては違っていました。それはもう砂漠の沈黙と荘厳とはほど遠いものでした。それは、ぜいたくな祭りの世界でした。河の上には至るところに舟がありました。舟尾が三日月の形で、金の糸を織りこんだ絹の吹流しで飾った舟で、葉の茂みと花をつけた漁師の舟を従えていました。岸には、富裕な人々が、私の通る所にひざまずくため優雅な住まいから出ていました。音楽隊と、あらゆる寺院から駆けつけた僧たちが、自分たちの歌を私に先行するオーケストラの音に合わせていました。

私が疲れないように、一日の旅程を少なくして皆ゆっくり進みました。日に二、三度、私が水浴するために休みます。河はいつも歩いて両岸に渡れるわけではありません。アオルは私の鼻で探らせます。出発してまもなく確か一度、私は、深くて早い流れに足を取られそうになりました。いつも首には私を信頼しきっているアオルを乗せていました。彼はこの行軍を私と同じくらい喜んで、困難で危険な所では、われわれの故郷の歌をフルートで吹きながら、私の力と血気をあおりたてるのでした。一方、私の行列と、両岸にひしめく人々は心配と賛美を、腕を差し伸べて、叫びや、平伏や、祈願で表明していました。大臣たちは、大胆なアオルに心配して、帝国の救いのために貴重な私の命を、このように危険にさらすのを、禁じるべきかどうかと、討議していました。でも相変わらず波にすれすれのところで、私の頭の上でフルートを吹いているアオルと、大きい孔雀の首のようにあげた私の鼻は、安全を証明していました。私たちが岸にゆっくりと、何事もなく戻ってくると、皆はひざまずいて、喜びの叫びをあげて走ってくるのでした。そしてオーケストラは爆発的なファンファーレをかき鳴らします。私は最初の日、このオーケストラが気に入りませんでした。それは鋭い音のトランペット、巨大なラッパ、恐ろしいドラ、竹のカスタネット、奉仕の象たちが運んだ太鼓で構成されていました。これらの太鼓には豊富な細工を施した丸いかご状のものがあり、その中央に足を組んでまたがった男が、順番に、よく響くシンバルの音階を、二本の棒で打っています。外見は似ている別のかごには、さまざまの金属のティンパニが備わっていました。音楽家は中央に坐り、象に支えられながら力強い曲を弾いています。恐ろしい楽器のこの大きい音は最初、私のデリケートな耳をつんざきます。それでも私は慣れるようになりました。次に空の東西南北に、私の名誉を表明している不思議なハーモニーを感じうれしくなりました。でも、私はやはりサロンの音楽の方が好きです。イラワジの小型帆船ジャンクを優雅に模倣したビルマの優しいハープ、そして、南米産のカイマンと呼ばれているワニの、銅の指板のついたハーモニカなどで、それらの音色は天使のような純粋さを持っています。特に、アオルが彼のアシのフルートで私に聞かせてくれる優しいメロディが好きでした。

アオルが河の真ん中で、ある不規則なリズムでフルートを吹いていたある日、私たちは、寺院の仏像、パゴダのように金色をした、大きい魚の、数知れない大群に取り囲まれました。魚はわれわれに哀願するように水の外に頭を出していました。アオルは魚に少しの米を投げてやりました。彼はいつもベルトの所に小さい袋を持っているのです。魚たちはとても喜んで私たちをむこう岸まで送ってくれます。群れが再び叫びはじめたとき、私は魚の一つを丁寧に取り上げて、それを大臣に見せました。彼はその魚にキスをして、その金のような輝きを、もう一段と輝かせるように命じました。その後で、魚を恭しく水に戻してやります。それで私はこれらの魚がイラワジ河の聖なる魚だと知りました。それらは河のただ一カ所に住んでいますが、人間の声に呼ばれて出てきたのです。人間をまったく疑ったりしないのです。

私たちはやっと河に沿って四、五里の広がりのあるパガムという町に着きました。宮殿、寺、パゴダ、別荘、そして庭園のある谷間が織りなす光景に私は非常に驚いて、これは夢ではないかと、立ち止まって象使いに尋ねたほどです。アオルも同様感激していました。そして、絶えず私の額に手を置いて撫でまわしてくれます。

『あれがお前の帝国だよ。森やジャングルは忘れなさい。お前は今、黄金と宝石の世界にいるのだよ！』

確かに、それは魔法のような世界でした。すべては金と銀に輝いていました。多くの寺院と仏塔の土台から頂上まで金と銀は空間を満たし、すばらしい地平線に消えていきます。仏教は古い信仰の建物を尊敬し、それは無限の多様性を呈しています。威圧的な集合体でした。あるものはどっしりしており、他のものは切り立った山のように高い。鐘の形をした大きい丸天井、黄金の土台にはめこまれた、雪のように白い、化け物のような卵を頂く聖堂は、透かしの入った柱の上に積み重なる長い屋根があり、そのまわりで

は、あらゆる色のガラスのうろこが宝石でつくられているように見える輝くドラゴンが、身をよじっています。緑、ブルー、赤のまざった漆をかけた金の別の屋根は頂きまで数をへらしながらピラミッドを形づくっています。その端にクリスタルのボタンをつけた大きい金の矢がそびえていて、太陽の光に怪物のダイヤモンドのように輝いていました。

細い道の脇に建てられたこれらの建物のいくつかは、目を見張るほど白い盛り土で、三、四百の段のある外部階段を持っていました。それらは最高に美しいただ一つの大理石で作られたように見えます。砕かれた白と真珠母色の珊瑚のセメントで丘全体が舗装されていました。ある建物の脇には、その棟の上、屋根のすべての角に、白檀《びゃくだん》の木でできた幻想的な怪物が、金と七宝《しっぽう》ででこぼこした形にできていて、空に身を乗り出すか、あるいは空にかみつくように見えます。他のところでは竹の建物に、透かしを入れた、すばらしい細工が施されていました。これは気狂いじみた富の積み重ね、法外な気紛れでした。黒い大きい僧院の陰気なすばらしさ、それは古代の荒々しいスタイルながら、現代建築のきらめく輝きをだしていました。今日、これら前代未聞のすばらしさはもうありません。それで、これは黄金の夢、人間の工学で実現された、東洋の寓話でしょう。

町の門で私たちは、王と全宮廷に迎えられました。君主は馬を降りて、私に挨拶をしてから、ある建物に私を導き、そこで、儀式の衣装をつけさせました。それは王が象牙をはめこんだスギの大きい箱に入れてあって、象の中の最も美しく最も飾られた象が運んできました。でも私が豪華な衣装をつけてあらわれると、この下級のものの贅沢さは輝きをなくすのです。アオルは私を洗いはじめ、大変注意深く香りをつけ、それから金と絹で織った、深紅色の長いバンドで飾りました。それは私の毛並みの神聖な白さと、体形の美しさを隠すことなく、私のまわりに巧みに垂れ下がりました。頭には大きいダイヤモンドとすばらしいルビーをはめこんだ赤い織物の王冠をのせました。額には宝石の輪を九回巻きつけます。悪い心を払いのける聖なる飾りでした。目の間には宝石のはいった三日月と、黄金の板が輝いていて、そこに、私のすべての称号が読み取れました。最高に美しい細工の銀の房飾りが耳にかけられ、黄金と、エメラルド、サファイア、ダイヤモンドの輪が牙に通されます。その白さと輝きが私の若さと純粋を証明していました。二つのどっしりした金の、幅広い盾が肩を覆っていました。最後に赤い当て物が首の上に置かれます。それから私は親愛なアオルを嬉しい気分で眺めます。彼は銀の刺繍をした腰布をつけ、腕と足に細かい金の腕輪をして、頭のまわりにはごく柔らかい白いカシミアの軽いショールをしています。そして彼も体を洗ってもらって香水をつけていました。アオルの体形はビルマ人のものより、繊細で均斉がとれていました。肌色はより暗く、目はより美しく、そしてまだ若かった。彼がルビーで縁どられ、細かい真珠をはめこんだ棒を、象使いとしてもらったのを見ると、私は愛情をこめて抱きつきました。人は彼に竹の軽い梯子《はしご》をあてがおうとしました。それは私のような乗り物に上るのに役だち、脇に置いておくと、いつでも降りられます。でも私は隷属の象徴を押し返します。友が私の飾りの邪魔にならないで坐れるように頭を伸ばして伏せ、それから誇り高く、堂々と立ち上がって見せたので、王自身、私の品位に打たれ、決してこれほど高貴でこれほど美しい聖なる象は決していなかった、帝国の繁栄は確かだと宣言しました。

私たちの行列は私の宮殿まで三時間以上続きました。地面には緑と花が散りしかれ、私の通る十歩ごとに、香炉がおかれ、甘い香りをまきちらしていました。王のオーケストラは私のものと同時に演奏されています。すばらしい舞姫たちの群れは、踊りながら私の前を行きます。主な通りに面した街路は、町と国のすべての主だった人々でつくられた新しいお供の一団でいっぱいでした。この人たちは私に新しいプレゼントを持ってきていて、二つの流れを作ってついていました。ブルーの煙の香りでいっぱいの空気は、ファンファーレの音を響かせて、雷の音を覆いつくしていました。それは快楽の開花のさなかの、嵐の咆《ほう》哮《こう》でした。すべての家々は豪華な敷物と、すばらしい布で飾りたてられていました。家々の多くは勝利の軽いアーチで繋がれていました。非常に優雅な、にわか作りの旗で飾られた籐《とう》製の作品でした。隙間のあるこれら戸口の上から、見えない手が私の上にジャスミンとオレンジの花の香りのする雪のような粉末を降らせていました。

私をダンスとゲームに参加させるために、闘技場の柵をめぐらせた広場で人々は止まりました。豪華で愉快なものはすべて楽しみましたが、私は動物の争いは恐かった。特別の装置と食べ物に怒りを誘発された二頭の象が、鼻をからませ、身を守ろうとして引き裂き合うのを見ると、私は自分のいた名誉ある貴賓席を離れ、争っている象たちを引き離すために、闘技場の中に入っていきます。一瞬のことでアオルには私を引き止める時間がありませんでした。

あちこちから絶望の叫びが上がりました。敵対者たちが私の上に飛びかかるのを怖れたのです。でも怒りの象たちは私が自分たちのすぐ傍に来たのを見ると、魔法にかかったかのように怒りは静まり、動転して、恐れ入って逃げていきました。急いで私の所に飛んできたアオルは、私が血を見ることに耐えられなかったのだろうと、そしてさらに五百里以上の旅行の後だから、休息の必要があると宣言します。人々は私の行動に大変感動して、国の賢人たちは私のために仏陀が、血なまぐさい遊びと、動物の争いを断罪されたのだと宣言しました。私は仏陀の伝えた意志を尊重します。人々は数年間これら残酷な気晴らしを止めました。

私は自分の宮殿に連れていかれます。町から離れた所、河の傍の心地よい峡谷の中にありました。その宮殿は王のものと同じくらい大きく豊かでした。河に加えて、庭にはいつでも沐浴できるように水が流れている広い池がありました。私は疲れていたので、水の中に体をのばし、それから寝室になるはずの部屋に引きこもりました。そしてアオルだけを傍に置いて、音楽はもう十分だと言って、独りになります。私の友以外の仲間は欲しくなかったのです。

この休息の部屋はどっしりとした丸天井で、バラ色の大理石の二重の列柱で支えられていました。高価な布が出口をふさいでいて、モザイクの寄せ木細工の床に、大きいひだ状に垂れ下がっています。私のベッドは細かい粉状に砕かれた白檀をたくさん積み上げた香りの良いものでした。水桶は重々しい銀の水盤で、そこで四人が楽に水浴できました。格子状のまぐさ棚は、最高においしい果物でいっぱいの金の漆塗りの棚でした。部屋の中央に日本製の陶器でできた巨大な鉢があって、そこからきれいな水の流れが滝のように落ち、ハスの模様の篭の中に消えていくのでした。翡翠《ひすい》の噴水受けの縁には、玉虫色に輝くさまざまの色の七宝の金銀の鳥が、水を飲むために身を屈めているように見えました。仏炎苞《ぶつえんほう》とタコノキの花飾りが良い香りを放ちながら、頭の上で揺れていました。インドの宮殿のペンジャブ、つまり大きい扇が、見えない手で動かされて、丸天井の上で絶えず新鮮にされた空気を私に送ってきていました。

目を覚ますと、よく馴らされたいろいろの動物が入れられてきました。小さいサル、リス、ツル、フラミンゴ、ハト、高さ五十センチもない美しい種類の雄シカ、雌シカなどです。私は一瞬この陽気な社会を楽しみました。でもこれらすべての訪問よりも住まいのこの上ない清潔さと爽やかさが好きでした。私の性格の厳粛なところは、人間の社会の方に向いていることが分かりました。

こうして何年もの間、仲の良いアオルと共に、贅沢と快楽の中で暮らしました。儀式と祭典の連続でした。外国の大使の訪問も受けます。私に近づく人々は必ず平伏しました。プレゼントを溢れるほどもらって、宮殿はアジアのどんな豊かな博物館にも劣らないほどでした。非常に学のある司祭たちが会いに来て、共に話をするのです。というのは、彼らは私の広い知性が彼らの最上の教えに匹敵すると思ったのです。至高の静謐をいつも備えている広い額を通してそれが読み取れるのだと彼らは主張します。どの寺にも私は自由に入れました。これら暗い天井の高い堂内にいるのが好きでよく行きました。そこには、釈迦牟尼の巨大な顔が金色に輝き、上から照らされている御座所の奥に太陽のようにそびえ立っていました。砂漠の太陽を再び見る思いがして、彼の前にひざまずき、私を敬愛して教化された信者たちに模範を示すのです。敬愛する偶像に捧げものをすること、その前で金の香炉を振ることさえも私は知っていました。王は私をかわいがり、私の家がいつも宮殿と同じように保たれているかどうかと注意して見守っていました。

しかし、どのような地上の幸せも続くことはできません。この立派な王さまは、隣の国に対して不吉な戦をしかけました。彼は負けて、王座を降ります。王位簒奪《さんだつ》者は彼を亡命させて追いはらい、その時私を連れていくことは禁じました。彼は権力の印《しるし》、仏陀との連携の証拠として私を引き止めていたのです。それで私に対する友情も尊敬も持ってはいなかったので、世話はすぐになおざりにされました。アオルはそれを悲しみ嘆きます。新しい王の使用人たちはアオルを憎んで、追放することにしました。ある夜、私たちが一緒に寝ていたとき、彼らが音もなく忍びこんで、彼を拳で叩きました。彼の叫びで目を覚ました私は、殺人者たちの上に襲いかかり、彼らは逃げていきました。哀れなアオルは失神し、その腰布は血で染まっていました。私は銀の桶の水をすべて汲んで、それを彼に振りかけましたが、元気づけることはできませんでした。それでいつも隣の部屋で勤務している医者のことを思い出し、彼を起こしに行って、アオルの傍に連れてきました。私の友はよく世話をしてもらい息を吹き返します。しかし、出血のために長い間弱っていました。私は外にも出ず、彼なしでは水浴びもしたくなかったので、苦しみが続き、食欲もなくなります。四六時中彼の傍にねそべって涙を流し、回復を願って、目と耳で彼に話しかけるのでした。

人々は暗殺者を探そうとせず、私が誤って牙でアオルを傷つけたのだと主張しました。そして、私にはもううんざりだと言うのです。アオルは憤慨し、自分は短剣で打たれたのだと誓います。身の処し方をよく心得ていた医者はあえて真実を公言しませんでした。彼はアオルがいなくなるのを望んでいる敵の勝利を促進したくなければ、黙っているようにと進言さえしました。

そのとき、私は深い苦悩に襲われます。私が導き入れられた文明化された生活は、隷属生活の中で最も苦しいものに見えはじめました。私の幸福は、私の最高の友を日々守ることのできない、あるいはそれを望まない王の気紛れにかかっています。私は今なお形式的に付与されている偽善的な敬意に嫌悪感を覚えました。機嫌よく公式の訪問を受けましたが、インドの舞姫や音楽家たちは、友の苦しい、弱い眠りの邪魔になるために追いはらいました。彼の様子を見守るためにできるかぎり眠らないようにつとめました。

私はさらに別の不幸を予感します。感情の極度の興奮状態の中で、まだ若い年月の記憶がまざまざと、苦しい思いと共に呼び覚まされました。矢を突き通された体で私を覆いながら殺された母の姿は、長い間消えてしまっていましたが、混乱した夢の中で私は再びその姿を見ます。懐かしい砂漠、立派な木々、テナッセリム河、オフィル山、水平線に輝く広い海、すべて懐かしいものを再び心の中に見ます。郷愁に襲われ、はっきりした考え、逃げようという考えが私の夢想の中を力強く支配するようになりました。でも私はアオルを連れて逃げたかった。ところがアオルは病で寝ていて、彼の方に屈みこんでいる私の額にキスするために、起き上がるのがやっとでした。

ある夜、看護に力つきて、疲れてへとへとになった私自身が病気になり、何時間も続けて眠っていました。目を覚ますと、もうアオルは寝床にいなくて、彼を呼びましたが無駄でした。無我夢中で庭に出て、池の縁を探しました。私は嗅覚でアオルがもうそこにはいないことを、それも大分前からいないことを理解します。使用人たちが怠慢だったおかげで私は自分で囲いの扉を開けて、柵の外に出ることができました。私は友が近くにいることを感じとり、傾斜地がギョリュウで覆われている森に入っていきました。ごく近くに、嘆くような叫び声を聞いて、茂みに駆けつけると、アオルが、木に繋がれて、彼を打とうと構えている悪党共に囲まれているのを見ました。私は一挙に彼らをすべて倒し、憐れみの情もなく足で押しつぶしました。そしてアオルをつないでいた縄を切り、彼をそっと持ちあげて、首の上に乗せてから、逃げる象特有のあの静かな素早い歩き方で、森に入りこみました。

この時代に、私たちのいたインドの一部は、探検できない砂漠と、そのすぐ近くにあるぜいたくな文明とが不調和な対照を呈していました。それで、私はすぐにカランの山々の前人未到の静けさの中に入っていきました。そこで力つきて、イラワジ河より流れが急でまっすぐな河の傍に横になった時、私たちはビルマの町から三十里のところに既に来ているのに気づきました。アオルが私に言います。

『どこに行こうとしているのか？　ああ！　お前の目の中にそれが書かれている。私たちの山に帰りたいのだね。お前はもう既に近くにいるような気がしている、でも間違っているよ。私たちはまだそこから遠い。そして着く前に、必ず見つかって捕まる。それに、人間から逃げられても、遠くまでは行けないよ。私は今病気だから死んでしまうだろう。そのとき、そんなに遠くまで、私なしでどうして道がわかるのか？　ここに私を置いて行け。憎まれているのは私だけだ。だからお前はパガムに戻れ。そこでは誰もお前を脅したりはしないよ』

私は彼と離れたくないこと、ビルマ人たちの所には戻りたくないことをはっきり宣言しました。彼が死ねば、私も死ぬだろうとも言いました。忍耐と勇気を持てば、また幸せになれるだろうとも。

彼は納得しました。そして休息した後、私たちは歩きはじめました。数日間旅をした後、二人とも健康と希望と力を取り戻しました。誰もいない自由な大気、森の厳粛な香り、岩々の健康な温かさが、医者のどんな薬よりも、どんな豪華なやさしさよりも私たちをいやしてくれました。それでもアオルはときどき自分の責任のことを思って恐怖を抱きます。神聖な象を連れ出すこと、それは不首尾に終わった場合、最も残酷な苦痛にさいなまれることになります。彼はその怖れを、自分でつくったアシのフルートにのせて私に訴えていました。それはかつてないほどすばらしい音色でした。私はほとんど人間と同じ考えができるようになっていました。河の縁にあった泥でからだを覆い、器用にそれを振りかけながら、しなければならないことを彼に分からせるのでした。彼は私の洞察力に感心して、特性をよく知り抜いている植物の、さまざまの樹液を集めます。そしてそれで私を、背丈は別として、普通の象にまったく似たようにしました。私はまだ十分ではないと言って、分からないようにするには、私の牙を鋸《のこぎり》で引いてしまわなければならないと言います。彼はそれをするのは忍びないと決心しかねました。私は第六生歯が生えるところでしたから、牙がもう生えてこないのではないかと怖れたのです。彼は私の偽装が十分だと判断すると、私たちは再び歩きはじめました。

山へのこの道をそんなにたびたび歩いたわけではなかったので、私たちの計画のいろいろの危険を征服できたのは奇跡でした。お互いにどちらがいなくてもそれを達成できなかったでしょう。でも人間の知性と、動物の大きい力との緊密な結合の中で特別な能力がほとばしり出るのです。もし動物が人間と一体化するように仕向けていくために、人間がかなり完全に動物と一体化することができていれば、人間は動物を、危険で御しがたく、時には能力もないので酷使しなければならない奴隷同様に扱わなくてもよかったでしょう。人間はすばらしい友達を持つことができたでしょうし、良心的な力の問題を、機械という盲目的な力の助けを借りることなく解決できたことでしょう。機械は砂漠の動物よりも恐ろしく、より残酷な動物です。

ときどき山賊どもにしつこく悩まされましたが、慎重にそして根気よく、私は彼らの槍も矢も恐れず追いはらいました。アオルが作ってくれた固い木のウロコ状の軽い防身具をつけていました。私たちはテナッセリムの河にたどり着きます。方向は、たどっていくのにさほど困難なものではありません。既に私たちがしたこの旅をお互いとてもよく覚えていましたし、インドシナのこの地理的構図はとても単純なものでした。深い谷と広い河に区切られた山々の長い尾根は、あまり枝分かれしていなくて、海までなだらかに傾いていいます。カランの山々はほとんどまっすぐの線でモグの山々とつながっています。私たちはまれに道を間違えましたが、間違いはすぐに正されました。これは言っておかねばなりませんが、私たちの中で、正しい方向を見つけるのはいつも私の方が先でした。

私たちは昔の住まいに慎重に近づきます。二人だけでまったく自由に暮らすことが必要でした。望めば奉仕してもらうこともできたでしょう。ビルマの昔の王に私を売ってお金持ちになった一族は、アシの村を離れてしまっていました。私たちの森は、恐ろしく長い間、雨が降らなくて、動物はいなくなり、狩人たちに見捨てられています。私たちはそこで、前よりもずっと自由で安全な生活をすることができました。アオルは何ひとつ持ってきていませんでしたが、消え去ったすばらしい生活を全然惜しむことはありません。友も家族もなく、地上で私以外にもう知っているものも、愛するものもなかったのです。私の方は母と彼以外には決して愛したことはありませんでした。これほど長く続いた親しさの中で、私たちの間では同化作用に自然がもたらす障害はなくなっていました。お互いに交わす会話は、同種族の二人の会話のようでした。私の身振り、手振りは表現豊かで、簡潔で、考え深いものになり、彼はその考えの中にすべてを読み取り、一方私は彼のすべてを読み取っていました。彼はもう私と話す必要さえありませんでした。私は彼の吹くフルートの抑揚と吹き方で、彼が悲しいか陽気かを感じとります。私たちは運命共同体で、私は過去の思い出の中に彼と共に身を置くか、あるいは現在の平穏の中で恍惚《こうこつ》感に浸るのでした。

私たちは甘美な解放感の中で長い年月を過ごしました。アオルはビルマで熱心な仏教信者になっていて、もう野菜だけで生きていました。私たちの生活は安定していました。もう苦しみも病気も二人には縁のないものでした。

しかし時は過ぎ、アオルは老人になっていました。私は彼の髪が白くなり、力が弱くなったのに気づきます。彼は私に、年をとることがどういうことかを話し、そのうち自分は死んでいくのだと告げました。私は彼の命を引き延ばすために、疲れを減らすように、気づかいます。しかし彼が自分で自分のことがもうできなくなる時がきました。私は彼に食べ物を運び、寝る場所をつくりました。彼には血の温かさがもうなくなり、温まるために私の体と常に接触していなければなりませんでした。ある日、彼は穴を掘ってほしいと頼みました。死を予感していたのです。私は言うとおりにしました。彼は草のベッドに横になり、私の鼻のまわりに腕を絡ませて別れを言いました。そして腕は落ち、動かなくなって、体は固くなりました。

彼はいなくなりました。私は言われていたように穴を覆い、その上に横になりました。私は死と言うものをよく分かっていたでしょうか？　今それを考えます。でも象の種族の寿命が彼よりずっと長いのかどうかなど考えもしませんでした（象の寿命は七十〜八十年）。自分も死のうなどとは考えもせず、私は泣き続け、食べることも忘れました。夜になった時、水浴に行こうとか、体を動かそうなどという考えも起こりません。まったく意気消沈していました。次の夜も、無気力で投げやりな気分でした。太陽が再び昇った時、私は死んでいました。

忠実で寛大なアオルの霊が私の中を通り過ぎたのでしょうか？　おそらくそうでしょう。ビルマの帝国が、私がいなくなってから、大きい不運に会ったと、別の世で知りました。パガムの王の町はゴータマの司祭たちの意見によって、見捨てられました。仏陀は人が私を大切にしなかったという立っていました。私の逃亡はその仏陀の不満の証明でした。富者は自分たちの宝物を持ち去り、再びアヴァの領土に新しい宮殿をたてました。あとで、再びアマラプラ（アヴァの北東一五㎞、イラワジ河の左岸にある町。一七八三年にたてられ一八二四年迄ビルマの首都だった）のために、彼らはこのぜいたくな町を見捨てます。貧しい人々はラクダの背にのって、呪われた都市から遠い国の領主たちについて行くために、籐でできた彼らの家を見捨てます。パガムは、連続する四十五人の王たちの住まいであり、誇りでした。私はそこを離れるときその町を見放していました。それは今日もはや廃墟の壮大な堆積でしかありません。

「あなたのお話は楽しかったわ」とその時少女がウィリアム卿に言いました。「でも、私たちはみんな人間になる前には動物だったのだから、後で何になるか今知りたいわ。というのは、結局子供に話すことはすべて、最後には何か教えがあるはずでしょう。私はあなたの教えが見透せないから」

「妹の言うことは正しい」とウィリアム卿が言ったことを興味深く聞いていた若い男が言いました。「誠実な犬や、徳の深い象であった後に、人間になることがご褒美なら、誠実で徳の深い人間もこの世でご褒美をいただくべきですね」

「もちろんですとも」とウィリアム卿は答えます。「人間の人格という言葉はわれわれの惑星の創造の最後を示す言葉ではありません。最も現代的な学者は、知性が物質を制御する法則によってそれ自体で進歩すると納得している。私は、精神と物質が同時に進歩すると言うために、このような考え方に加担する必要はないのです。私にとってはっきりしていることは、すべて生き物は完全であることを憧れ、またすべての生き物の中で、人間は自分の存在をしのごうと、最も執着していることです。そこでは人間は自分の知性の広がりと、感情の激しさに見事に助けられている。人間は自分が、自然の中ではまだとても不完全な産物だと、そしてより完全な種族は、自分固有の発展の連続した道を通じて人間に続くべきだと感じている」

「よく分からないわ」と少女が答えます。「私たちは翼と金の衣装をつければ、天使になるのかしら？」

「そうだとも」とウィリアム卿が答えました。「金の衣装は富と純粋の紋章だ。われわれはみんな豊かに清らかになるだろう。翼、われわれはそれを見つけることができるだろう。科学が大空を横切るためにそれをわれわれに与えてくれるだろう。海を行くためにひれを与えてくれたように」

「あら！　あなたが先程呪っていられた機械の中に、私たちまた落ちてしまったのね」

「われわれが自分たちの時代を作ったように、機械もその時代を作るのだろう」とウィリアム卿が答えました。「獣性は、獣性を作るだろうし、われわれと同じように進歩するのだろう。気球のように強く、馬のようにおとなしいワシも、その種族は、未来の人間の空中旅行に加わるために現れることはないだろうと言ったのは誰だったろう？

ライオン、イルカ、あるいはハトに運ばれたり、引かれたりしている古代の神々は、単なる詩的な幻想なのか？　それはむしろ、未来の神格化された人間につながるすべての被造物の奴隷化の、一種の予言的な視点ではないか？　そう、人間はこの世界に来て以来、天使になるべきだった。天使を、われわれの世界より偉大な優れた道徳と知性の典型とみなしていればのことだ。異教の奇跡は必要ではない。自然の奇跡だけが必要なんだ。人間が新しい環境を目指して、その要求やその手段を変えるのを見るために、地上で何度も既に、自己実現した者たちのように。動物の肉を食べるのを種族全体が差し控えているのを見たことがある。果実を常食とするようになるのは、種族全体の大きい進歩だろう。肉食動物は消えていくだろう。そうすれば世界は大きく結合して花開くのだ。子供は、インドまで車を引いていったあの若いバッカスと遊ぶようにトラと遊び、象は人間の友となり、高くを飛んでいる鳥は、われわれの車を空中に運んでくれる。鯨はわれわれのメッセージを運んでくれる。なんとまあ！　私たちが肉食と戦いをやめれば、この惑星の上ですべては可能になる。自然の知性のすべての力を、互いに食いつくす代わりに、無機質の物質を豊かにするために、仲良く団結すれば……でもこれらすばらしいことを描いてみせたのは間違いでした。私に質問する若いあなたたちは私以上に、若い精神を持っているし、陽気で崇高なイメージを呼び起こす力があるのですから。私は現実の世界から、あなたを夢の世界に投げたことで十分です。夢を見なさい。想像しなさい。すばらしいことをしなさい。遠くに行きすぎる危険はありません。というのはわれわれが信じなければならない理想的な世界の未来は、私たちの臆病な、不完全な魂の憧れを、遥かに追い越していくでしょうから」

花のささやき

私が子供だった頃、親愛なオロール、花々がお互いに話しあっている言葉が分からなくてとても苦しんでいました。植物の先生は、花は何も言っていないから安心するようにと言われます。彼の耳が遠いにせよ、私に真実を言いたくないにせよ、花は全然何も言っていないと彼は誓いました。

私はまさにその反対だということが分かっていました。花が雑然とおしゃべりをしているのを私は聞いたことがあります。特に夕方の露に濡れた頃です。でも花々はあまりに低い声で話していたので、私はその言葉を聞きわけられませんでした。それに、花々は疑い深かった。だから私が庭の花壇の傍を通る時、あるいは野原の小道を行く時、花々は「しっ」というような音で知らせあっているのです。その音は互いに次から次へと走って、まるであちこちに言っているようでした。「注意！　黙って！　あそこに奇妙な子供が私たちの言うことを聞いているよ」

私はなおも聞こうとします。どのように小さい草の芽にも触れないようにして、とても静かに歩くように努めたので、花々はもう私のいることに全然気づかず、ごく近くまで前に進むことができました。花々に私の影が見えないように木の影の下に身を低くして、やっと一語一語言葉を理解できました。

非常な注意が必要でした。それはとても小さい、とても柔らかい、とても繊細な声でした。だからどんな小さいそよ風でも花の声を運び去り、スズメガと夜蛾《やが》の羽音にも消されるのです。

私は花々がどのような言葉を話しているのか知らなかったのです。その頃私が習っていたフランス語でもラテン語でもありませんでしたが、とてもよく分かりました。そのときまでに聞いたどんな言葉よりも、この花の言葉はよく分かるようにさえ思えました。

ある夜私は砂の上に寝て、花壇のかこわれた片隅で、私のごく傍で言われていることを、何ひとつ聞きおとさないことに成功しました。庭で花々がいっせいに話していたので、同時にいくつもの秘密を聞くことはできません。それでとても静かにしていて、ヒナゲシの次のような言葉を聞きとりました。

「皆さん、このような単調なことはもう終わる時です。すべての植物は同じく高貴です。私たちの家族は他のどんな家族にも負けません。バラの王国を承認するものはすればいい。私はもう飽き飽きしています。そして私より称号が上だと、またより良い生まれだと言う権利は誰にも認めないと宣言します」

これに対してマーガレットはいっせいにヒナゲシの言うことは正しいと答えます。その中の一人、他の花より一段と大きくてとても美しいのが言葉を返して言いました。

「私はバラの家族のもったいぶった様子が全然分かりません。あなた方にお尋ねしますが、なぜバラは私より美しく、よりすばらしく作られているのでしょう? 自然と芸術はわれわれの花弁の数と色の輝きを増大しようと意見一致していました。私たちはそれでバラよりずっと豊かです。というのはどんなに美しいバラでもほとんど二百枚以上の花弁は持っていないのに、私たちは五百枚まで持っているのですから。

色に関して言えば、私たちにはスミレ色ときれいな青もありますが、バラには決してその色はありません」

「私は、花冠の中に青空の青を持っています」と多年生の雲雀《ひばり》の大足と呼ばれているヒエンソウが言います。「私、デルフィニウムの王子である私はね。私の数多くの親戚はすべてバラのニュアンスを持っています。それで自称、花の王妃はとても私たちを羨んでいるのです。で、あなたがご自慢の香りに関しては……」

「そのことは話さないでください」とヒナゲシが力を入れて言います。「香りについての大ふろしきは神経に触ります。お尋ねしますが香りってなんですか？　庭師とチョウチョウが作った約束事でしょう？

私はバラの香りは悪いと、そして良い香りは私だと思いますよ」

「私たちには何の香りもありません」とマーガレットが言います。「それは私たちがお行儀がよくて良い趣味を持っている証しだと思います。匂いを出すのは不謹慎か虚栄ですよ。自尊心のある植物は匂いなどを発散して自己宣伝をしたりしません。美しさで十分のはずです」

とても強い匂いの大きいケシが叫びます。

「私はあなたの意見に反対です。匂いは知性と健康の状態を知らせています」

笑いが、大きいケシの声を被います。ナデシコはお腹を抱え、モクセイソウは息も絶え絶えなほど笑っていました。でもケシは怒るより、バラの形や色について批評しはじめました。でもバラは答えられません。すべてのバラは剪定《せんてい》されたところで、出てきた若芽は緑のおくるみの中にしっかり包まれた小さい蕾《つぼみ》を持っているだけでしたから。ひどく豊かに着飾ったパンジーが八重咲きの花を厳しく批評し、花壇は大部分八重咲きの花だったのでみんな怒りはじめました。でもバラに対しては一様に妬みの気持ちが強かっ

たので、仲直りしてバラを冷やかしたり、こき下ろしたりしました。パンジーはバラを大きい結球したキャベツと比べて、キャベツのほうが、大きくて役にたつからバラより好まれると言って、皆の喝采を浴びました。私はこのばかげた話にいらだって、突然彼らの言葉で、

「お黙り！ あなたたち、いいことは何も言わないのね」とばかな花々を足で蹴りながら叫びます。「私はすばらしい詩を聞くつもりでいたのに、なんという幻滅でしょう！ あなた方は敵対心、虚栄心、そして程度の低い欲望のことばかり話しているのね」

皆静まりかえってしまい、私は花壇から出ました。

「さあ、行ってみよう」と私は独り言を言います。「野の植物はこのように栽培されたものより良識があるかしら？ あの花々ときたら、私たちから借り物の美しさを受けていながら、私たちの偏見や欠点ももらってしまったようだわ」

私は茂った垣根の陰に滑りこみ牧場の方に進みます。牧場の女王と呼ばれているシモツケも傲慢で妬み心を持っているかどうか知りたいと思いました。でも私は大きい野バラの傍で立ち止まります。その木ではすべての花が一緒に話し合っていました。

私は考えます。『野生のバラが百葉バラを中傷したり、ポンポンバラを軽蔑したりするかどうか、調べてみよう』

あなたに言っておくべきですが、私の子供の頃はまだバラの種類は今のようにたくさんつくられてはいませんでした。学のある庭師たちが、あとで継ぎ木や苗木によって生産に成功したものです。だからといっ

て自然が今より貧しかったというわけではありません。藪には野生の状態にあるバラの多くの変種が溢れていました。カニナ、つまり犬バラと呼ばれていたバラ、この名は狂犬にかまれたときの薬と信じられていたからこう呼ばれたのです。他に、肉桂《にっけい》バラ、麝香《じゃこう》バラ、錆《さび》バラ、これは最も美しいバラの一つ、ワレモコウバラ、綿毛バラ、アルプスバラ、などがありました。庭には今もうほとんどなくなったかわいいものがありました。赤と白の斑《まだら》バラ、それは花弁がそれほど多くはないのですが、いきいきした美しい黄色の雄蕊《おしべ》が王冠のようで、その上ベルガモットの香りがしました。これは可能な限りの野生のバラで乾燥した夏も厳しい冬も怖れません。ポンポンバラは典型的なものですが、大きいのも小さいのもあったのに今ではとても珍しくなってしまいました。五月の小さいバラは一番早咲きで、おそらく香りも最高ですが、今日では植木屋でも手に入らないでしょう。ダマスバラあるいはプロヴェンバラは私たちが利用することができましたが、今ではフランスの南に行かねば手に入りません。最後に百葉バラ、あるいはよりうまく言えば、百花弁のバラは、その原産地は分からないけれど普通には栽培によってできたと言われています。

当時、私にとっても、他のすべての人にとっても、理想的なバラはこのサンチフォリアです。私の家庭教師はこのバラが庭師の知識のおかげでできた怪物だと信じていましたが、私はそうは思いません。私が読んでいた詩人たちの本で、バラは古代から美と香りの典型だと言われていました。確かに、詩人たちはもうバラの香りがしないローズティーも、そして今では変化させたが本質的には真のバラの典型と入れ代わっている魅力あるすべての変種も知りません。当時私は植物学を習っていました。ただ私の流儀でそれを習っていただけです。私は鋭敏な嗅覚をもっていました。そして香りが植物の本質的な性格の一つであるのを望んでいました。先生は煙草を吸う方だったので、分類のこの基準は私と同じではありませんでした。彼はもう煙草の匂いしか嗅げなかったのです。そして彼が他の植物を嗅ぐ時は、まったく嫌なくしゃみが出てしまいました。ところで私は耳をそばだてて頭の上で野バラが言っていることを聞いたことがあります。私が耳にした最初の言葉から、それらがバラの起源について話しているのがわかりました。

「ここにいてちょうだい。優しいそよ風さん。私たちは咲いているのよ」と野バラたちが言っていました。「花壇の美しいバラはまだ緑の蕾をつけて眠っています。見てごらん。私たちはみずみずしく朗らかです。それに少し揺すってくれれば有名な女王の香りと同じような香りを発散しますよ」

そのとき、私はそよ風が言うのを聞きました。

「お黙り。あんたたちは北の子供たちにすぎないのよ。少しの間話してあげてもいいけれど、高慢にも花の女王と同じだなどとは思わないようになさい」

「親愛なそよ風さん。私たちは女王さまを尊敬し、敬愛しています」と野バラが答えました。「私たちは庭の他の花々が女王さまに嫉妬しているのを知っています。彼女たちは女王さまも自分たち以上の何ものでもないと主張し、彼女だって野バラの娘だし、その美しさは継ぎ木と栽培のおかげだと言っているのです。私たちは無知だし、答えもできません。あなたは私たちより地球に昔からいるのだから、話してください。バラの真実の起源を知っているのでしたら」

「じゃあ、言ってあげよう。それはぼく自身の歴史だから。よく聞いて、そして決して忘れないように」

そこでそよ風は次のように物語りました。

「宇宙の生き物や事物がまだ神々の言語を話していた時代には、ぼくは嵐の王の長男だった。黒い翼は広大な地平線の両端に触れていた。大きい髪の毛は雲に混ざっていて、様相は恐ろしくそして同時に崇高だったよ。夕暮れの大雲を集め、それらを地球と太陽の間に突き通せないヴェールのように広げる力を持っていた。

長い間、父や弟たちと共にぼくは痩せた地球を支配していた。われわれの使命は破壊したり、倒したりすることだった。弟たちとぼくはこの哀れな小さい世界のあらゆる所で解き放たれて、今日生き物の土地と呼ばれているこの不格好な火山滓《かざんさい》スコリアの上に生命が現れることを許すべきではないように見えた。ぼくは兄弟の中で、最も強健で荒れ狂っていた。王である父は疲れてくると雲の上に横になって休み、無慈悲な破壊の仕事はぼくにさせる。でもまだ無気力なこの地球の奥で一つの才気、力強い神、命の精が行動しはじめる。それは存在することを望み、山を砕き、海を満たし、埃を積み重ねて、ある日、あらゆる所に現れはじめた。われわれの努力は倍加されたが、多くの生き物の出現を早めることにしか役立たなかった。そういう生き物は小さいことでわれわれを逃れ、その弱さによってもわれわれに抵抗したから。慎ましくてしなやかな植物、浮かんでいる薄い貝が、まだ温かみのある地殻の皮の上で、泥土の中で、水の中で、あらゆる種類の破壊物の中で場所を得ていく。われわれは怒りにもえて、荒削りのこれら創造物の上に波を激しく逆に巻き上げたが無駄だった。新しい形のもとに休みなく生命は生まれる。それはまるで忍耐強い創造と、発明の才能が、われわれのつくった苦しい環境にすべての生き物の器官と要求を適応させることを決心したようだった。

見たところ受動的で、実際には負かすことのできない抵抗に、われわれは飽き飽きしはじめた。生きているもの全種族を破壊しても、他のものは死ぬことなく生き延びるように造られて現れる。われわれの怒りも精根尽き果てていた。それで父に新しい力を頼み、解放されるために雲の頂きに上っていった。

父が新しい命令を与える間、われわれの怒りから一瞬地球は解放されて、地球は多くの植物に覆われる。そして、それぞれ違うタイプの巧みな順応性をもった無数の動物が、住処と食べ物を広大な林の中、力強い山の中腹、また大きい湖の澄んだ水の中に求めた。

『行け』と嵐の王である父が言う。『地球は太陽と結婚する婚約者のように飾られている。その間に入れ。広大な雲を積み上げて、吼えたてろ。お前たちの息で林を倒し、山を平らにし、海を荒れ狂わせるのだ。さあ行け！　そして一つでも生物が、一本でも植物が、われわれを無視して、生命が生存を主張するこの呪われた闘技場にいる限りは戻ってくるな』

われわれは死の種子のように東西二つの半球に散らばっていった。ぼくは鷲のように雲のカーテンを破って極東の古い地方を襲う。そこではアジアの高原の深い窪地が火のような空の下で、海のほうに下がりながら、激しい湿気の中で巨大な植物と恐ろしい動物を出現させているところだった。ぼくはそれまでの疲れがなくなって、計り知れない力を恵まれているのを感じる。それでぼくに挑むように見えるすべての弱々しいものに無秩序と死をもたらすことに得意だった。翼を一度ばたつかせるだけで、一つの地方全体を破壊してしまい、一息で林全体を倒してしまうのだから。自分の中に盲目的な、陶酔にも似た喜び、自然のあらゆる力より強いという喜びを感じた。

突然、ある香りがぼくをとらえる。器官に感じたことのない呼吸のようなものだった。新しい感覚に驚いて、何かを確かめようと立ち止まる。そのとき初めて、ぼくのいない間に地球に現れた生き物を見た。新鮮で繊細で知覚できないくらいのもの、バラだった。

ぼくはバラを押しつぶすためにその上に飛びかかる。バラは身をたわめて、草の上に横になり、それからぼくに言った。

『憐れんでちょうだい。私はとても美しく、とても優しい。私を嗅いでごらん。そうすれば私を見逃してくれる気になるでしょう』

ぼくはバラを嗅いだ。突然陶酔が怒りを静めてしまい、草の上に横になるとバラの傍で眠ってしまった。目を覚ました時、バラはもう起き上がっていて、ぼくの静かな息になだめられて柔らかに揺れていた。

『私の友達になってね』とバラは言う。『もう離れないでね。あなたの翼がたたまれているときは、あなたが好きだし、美しいと思うわ。あなたはきっと林の王さまね。あなたの優しい息はおいしい歌よ。私と一緒にいてね。あるいは太陽と雲をもっと近くで見れるように私も一緒に連れていってよ』

ぼくはバラをふところに入れて一緒に飛び立った。でもすぐにバラがしぼんでいるように思えた。ぐったりしてバラはもうぼくに話せない。でもその香りはぼくを魅惑し続ける。それでぼくは彼女を疲れさせるのを恐れて、静かに飛んだ。木々の梢にそっとさわり、どんな小さいショックも避けた。こうして注意しながら、父の待つ暗い雲の宮殿まで上がっていった。

『どうした？』と父が言う。『まだインドの海岸に見えるあの森林をなぜそのままにしてきたのか？

できるだけ早く引き返して林を絶滅するんだ』

『はい』とぼくはバラを父に見せながら答える。『でもこの宝物を預かってください。救ってやりたいのです』

『救うって？　お前は何かを救いたいって？』父は怒りで赤くなりながら叫んだ。

そして、一気に彼はぼくの手からバラを引き離すと、バラはしぼんだ花弁をまき散らしながら消え去った。

ぼくはほんのひとかけらでも捕まえようと飛びだす。でも王は苛立って無慈悲にも今度はぼくを捕まえて寝かせ、彼の膝の上に胸をおいた。そして激しくぼくの翼をもぎとった。その羽は空中に飛び散りバラの散らばった葉と合流した。

『哀れな奴』と父は言う。『お前は憐れみを知ってしまった。もうわしの息子ではない。わしに挑む生命の不吉な精と地上で合流しにいくがいい。彼がお前を何かにすればまた会おう。今はわしのおかげでお前はもう何もできないが……』

そして、ぼくを虚空の深淵に投げこむと、彼は永久にぼくのことは忘れてしまった。

ぼくは森の縁まで転んでいって、バラの傍で茫然としていた。バラは今までになく陽気でいい香りがした。

『何と不思議なことだろう。お前は死んだものと思って、泣いていたんだよ。死んだあとでまた生まれる才能があるんだね』

『そうよ』とバラは答えた。『生命の精が豊かにしたすべての被造物のようにね。私を囲んでいるこの蕾を見てごらん。今夜、私は輝きをなくするの。でもまた再生するために働くの。その間、姉妹たちは美しさであなたを魅了して祭りの日のための香りをあなたに注ぐわ。私たちとここにずっといるといいわ。私たちの仲間だし友達でしょう？』

ぼくは自分が落ちぶれたことをとても恥ずかしいと思ったのでこの地上に涙を流した。この土地に永久に自分は釘付けになったのだと感じる。生命の精はぼくの嘆きを感じてそれに感動した。彼は輝くばかりの天使の姿で現れてぼくに言う。

『お前は憐れみを知った。お前はバラを憐れんだ。私はお前を憐れんでやりたい。お前の父は力がある。だが私には彼以上の力がある。彼は破壊できるが、私、私は創り出すことができる』

こう言うと、その輝く生き物はぼくに触れ、ぼくの体はバラの色に似た顔をもつかわいい子供の体になった。チョウチョウの羽が肩から出てきて、ぼくは気持ちよく飛びまわりはじめた。

『花々とすがすがしい林で過ごせばいいだろう』と妖精が言った。『今これらの緑の屋根がお前を隠し保護してくれるだろう。後になって、ぼくが四大元素の怒りに打ち勝てば、お前は地上を駆け回ることができる。そこではお前は人間に祝福され、詩人に歌われるだろう。――ところで、かわいいバラよ。お前は初めて美によって怒りを沈められたのだから、今日自然界で敵対している力を、未来は仲良くさせる目印になりなさい。また将来は人類を教えることになるだろう。というのは文明化されたこの人類という種族はすべてのものを自分たちの要求に役立たせたいものだから。私の最も貴重な贈り物、優雅、柔和、そして美を、彼らは富や力より価値がないと思う危険がある。かわいいバラよ、彼らに教えてあげなさい。一番大きく、一番正当な力は魅惑し、和解する力だとね。お前に一つ肩書きをあげよう。未来永劫にお前からそれを取り去ることはできない。私はお前を花の中の女王にしよう。私がつくる王国は神聖で、行動の方法は一つしかない。それは魅力だ』

この日から、ぼくは人間、動物、植物に愛されて空とともに平穏に暮らしている。ぼくの自由で神聖な生まれのおかげで、気に入ったところに住む選択が残されていた。でもぼくはあまりにも地球に親しく、生命に奉仕する者で、ぼくの優しい息はこの生命に役立っている。そして最初の、そして永遠の愛がぼくを愛する地球から離れさせない。そう、子供たち、ぼくはバラの忠実な恋人で、したがってあなた方の兄弟であり、友人なんだ」

「それなら、私たちのために舞踏会をしてちょうだい。バラの女王さまを、東洋の百葉バラを讃えて歌を歌いながら楽しみましょう」と小さい野バラたちがみんなで叫びました。

そよ風が美しい翼を動かします。そして私の頭の上で羽目を外したダンスが始まりました。ダンスにはシンバルやカスタネットの代わりに枝と枝は触れあい、葉と葉もそよいで音を出しました。何人かの小さいバラは狂ったようにダンスの洋服を引き裂いてしまいその花弁が私の髪にふりかかります。でも彼女たちはそれには頓着なくより美しく踊り、歌います。

美しいバラばんざい！　その優しさが嵐の息子に勝った！

心地よいそよ風ばんざい！　いつまでも花々の友達でいるそよ風ばんざい！

私が聞いたことを先生に話しますと、彼は私が病気だと、そして下剤を飲む必要があると言いました。でも私の祖母は彼にこう言って、私をかばいました。

「あなた方がバラの言うことを聞いたことが全然ないとはお気の毒ね。私はそれを聞いた頃が懐かしい。子供の能力なんですね。能力と病気を混同しないように注意してくださいね」

埃《ほこり》の妖精《ようせい》

子供たち、昔、昔、私がまだ若いころ、人々が不幸な小さい老女のことを嘆いているのをしばしば聞いたことがありました。その老女はドアから追い出されると、窓から入ってくるのです。彼女はとても軽くて小さいので、歩く代わりに浮いていると言われていました。私の両親は彼女を小さい妖精にたとえています。召使いたちは彼女を嫌い、羽で追いはらっていました。でも人がある場所から追っ払うとすぐに他の場所に出てくるのでした。

彼女はいつも汚い灰色の洋服を引きずるように着ていて、薄いヴェールを被っていました。そのヴェールはかすかなそよ吹く風にも、黄色みがかって房になった髪のまわりでひらひらしました。

迫害されていたために、私は彼女をかわいそうに思って、小さい庭で、すすんで休息させてあげました。ところが彼女は私の花々をめちゃめちゃにしてしまったのです。話をしても、共通の意味を持つ言葉は全然ありません。役に立つことだけをするのと言いながら彼女は何にでも触りたがります。彼女に寛大すぎると私はとがめられます。彼女が私に近づくままにしていると、彼女と同じ名で呼ぶと言って私をおどし、顔を洗いなさい、とか洋服を着替えなさい、などと言うのでした。

その名とは、私がとても嫌っていたいやな名でした。とても不潔で、そのために家や通りのごみの中で寝ているのだろうと言われていました。そのために彼女は埃《ほこり》の妖精という名をつけられていたのです。

ある日、彼女が私にキスをしようとしたとき、私は言ってみます。「なぜあなたはそんなに埃だらけなの？」

「私のこと心配してくれるなんて愚かだね。お前は私のものだし、お前が考えているよりも私に似ている。でもまだ子供で無知の奴隷だ。いろいろお前に証明している時間はない」とさげすむように彼女は答えます。

「初めてあなたはわかるように話してくださるようだから、あなたの言葉を説明してください」と私は続けます。

「ここでは話ができない。お前に言うことがたくさんありすぎる。でもここでどこかに落ちつこうとすればすぐに軽蔑して掃き出されてしまう。でもお前が私を知りたいなら、今夜、眠ってしまうとすぐに三度私を呼びなさい」と彼女は答えました。

そして、大きい笑い声をたてながら遠ざかりました。私には彼女が夕日で赤くなった金色の長い尾を引いて溶けてしまったように見えました。

その夜、私はベッドにいて、眠る前に彼女のことを考えました。

「あれはみんな夢だったんだ」と私は独り言をいいます。「それともあの小さい老女は本当に頭がおかしいのかしら。眠りながら彼女を呼ぶなんて、どうしてそんなことができるのだろう？」

私は眠っていました。そしてすぐに彼女を呼んでいる夢をみました。「埃の妖精！　埃の妖精！　埃の妖精！」と三度大きい声で叫んだかどうかはっきり覚えてもいません。

その瞬間に、私はある巨大な庭に運ばれました。その中央に魔法の宮殿が建っていて、そのすばらしい住まいの入り口に若くて美しい婦人が妖精の立派な衣装を着て私を待っていました。

彼女の方に走っていきますと、彼女は私にキスをして言います。

「やっと今、埃の妖精がわかったね？」

「いいえ、全部分かったわけではないわ。あなたは私をからかっていられると思うの」と私が答えますと、

「全然からかったりしていないよ。でもお前は私の言葉が分からないから、一つ芝居を見せよう。そんなに不思議なものでもないし、できるだけ短くしよう。ついておいで」と彼女は言います。

彼女は住まいの中で最も美しい場所に私を連れていきました。それは澄んだ小さい湖で、花々の輪に嵌《は》めこまれた緑のダイヤモンドに似ています。そこにオレンジやカーネリアンのあらゆる色合いの魚類が泳いでいました。中国の琥珀《こはく》色の鯉《こい》、白と黒のハクチョウ、宝石のような色の衣装をつけたコガモ、水の底には赤や真珠色の貝、生き生きした色合いのレースのような羽飾りをつけたサンショウウオ、つまり世界中のすばらしい生き物が、銀色の砂のベッドの上を滑ったり潜ったりしていました。そしてそこには繊細な草、より美しく花開いて競いあう花々もあります。この広い沼の畔《ほとり》に雪花石膏《せっかせっこう》でできた柱頭のある斑岩《はんがん》の列がいくつも並んでこの大きい池を囲んでいました。上部の飾りは最も貴重な鉱物でできていて、クレマチス、ジャスミン、藤、ゴギズル、スイカズラの下に消えています。そこにはたくさんの小鳥が巣をつくっているのでした。あらゆる色合いと香りのバラの茂みは水にその姿を映していて、まるでアーケードの下

にあるパロス大理石の柱や像のようでした。沼の中央には、ダイヤモンドと真珠の花火のように噴水がほとばしって、真珠色の柱のような水盤の中に落ちていっていました。

建物の階段状の奥は楽しい花壇の上に開いていて、花と果実を王冠のようにした巨大な樹木がその場所を覆っています。その葡萄《ぶどう》の絡みあった頂きは斑岩の柱の上で花と緑の柱を形づくっています。

妖精は私を洞窟の入り口に坐らせます。そこから美しいメロディを奏でる滝が流れ出ています。その滝をコタニワタリのきれいなリボンとみずみずしいビロードのような苔《こけ》が覆っています。苔は水の雫《しずく》でダイヤモンドのように輝いていました。

「ここでお前の見ているものは全て私の作品よ」と彼女は言います。「こうしたものすべて埃からできているの。私がこの楽園のすべての物質を得たのは、雲のなかで洋服をゆすりながらです。私の友人の火が友人たちを空中に投げいれ、またそれらを取り、煮たり、凝固させたり、クリスタルにしたり、私の下男の風が雲の湿気と電気の中に移動させ、地上で滑らかにしたのです。この凝固した大地は私の豊かな物質で覆われている。雨は花崗岩《かこうがん》、斑岩、大理石、金属、あらゆる種類の岩をつくった後に砂と肥料をつくりました」

私は理解できないままに聞いていました。妖精が私をかつぎつづけていると思いました。埃で土をつくることができたなんてことがあるかしら。そして彼女がそれで大理石、花崗岩、そして他の鉱物をつくって、体を揺すって空から落としたなんて、私はそのようなことを何も信じられません。あえて否定はしなかったけれど、彼女が真面目にこのような不条理なことを言っているのかどうか見るために、彼女の方に我にもなく向きかえります。

後ろに彼女がいないので私は驚きました。でも土の下から私を呼ぶ声を聞きます。同時に私もまた土の下に沈んでいくのを止めることもできませんでした。それから恐ろしい場所にいましたが、そこはすべてが火と焔でした。私は地獄から話しかけられたように思います。赤や青の、緑や、白や、スミレ色のきらめきが、あるときは鉛色に、あるときは目もくらむばかりに輝いて日の光の代わりをしていました。もし太陽がこの場所に差しこんでいたのなら、大かまどから発散してくる蒸気が太陽をまったく目に見えなくしていたのでしょう。

恐ろしい音、鋭い笛、爆発、雷の光が黒い雲の洞窟をいっぱいにしていました。私はそこに閉じこめられていると感じていたのです。

すべてそれらの真ん中に私はあの小さい埃の妖精を認めました。彼女は土色の顔と、色のない汚い洋服をきていました。行ったり来たり、活動したり声を出したり、かがみこんだりかき回したり、私の知らない酸を注いだり、一言で言えばわけの分からない仕事に身を任せていました。

「怖がらないで」と彼女はあの地獄の牢獄、タルタロスの耳をつぶすほどの音も制する声で言います。「お前はここで私の研究室にいる。化学をしらないの？」

「全然知らないわ。それにこのような場所でそれを習おうとは思わない」と私は叫びました。

「お前は知りたがった。眺めることは諦めるんだね。地球の表面に住むことはとても便利だ。花や鳥や慣らした動物とともに暮らすことも、静かな水に浸ること、芝やマーガレットの敷物の上を歩きながら、味の良い果物を食べることもよい。人生は祝福された条件の中でいつもこのようなものだとお前は想像していた。埃の妖精、お前の先祖、お前の母、お前の乳母の力と事物の原初に、今気づく時だ」

こう言いながら、小さい老女は私を激しい焔、恐ろしい爆発、刺すような黒い煙、灼熱の金属、嫌な吐き気を催すような溶岩、火山の噴出のあらゆる恐怖をとおして深淵の最も深いところに伴っていきました。

「これが私のかまどだ。この地下で私の食糧が作られる」と彼女は言います。「体と呼ばれているあの殻を取り払った精神にとってここはいい。分かるかい？　お前はベッドに体を残して、精神だけが私と一緒にいる。だから、お前は最初の素材に触れたりかき回したりできる。お前は化学を知らない。またこの素材は何でできているかも知らない。また、固体という堅固な外観のもとに現れるものが、気体に起因するのが、どのような神秘な作用によるのかも知らない。気体は星雲のような空間の中で輝き、後には太陽のように輝くのだ。お前は子供だ。私はお前に創造の大きい秘密を伝授することはできない。お前の師たちが自身でそれらを知るまでにまだ時間がかかるだろう。しかし私はお前に私の料理の技術から生まれるものを見せることができる。すべてここではお前にとって少し混乱している。一段上ろう。梯子をおとり。そしてついておいで」

梯子、その下も上も私には見えないのに梯子がわれわれの前に出てきました。私が妖精についていくと、二人は共に闇の中にいます。でもその時彼女が光り輝いていて、焔のように放射しているのに気がつきました。それからバラ色の練り物の巨大な堆積物、白いクリスタルの塊、黒くて輝いているガラスの素材でできた広大な薄片も見ました。妖精はそれらを指でつぶしはじめました。それからクリスタルを小さい断片に砕いて、それを全部バラ色の練り物と混ぜ合わせ、それから彼女が優しい火と好んで呼ぶものの上におきました。

「そこでどんなお料理を作るの？」と私が彼女に聞くと、

「哀れな小さい人にはとても必要なお料理だよ」と妖精は答えます。「私は花崗岩を作っている。つまりそれを埃と共に石の中で最も固い、最も抵抗力のあるものにするのだ。神話に出てくる三つの川の内、冥界の嘆きの川、コキュトスとフレジェトンをふさいでしまうためにそれはとても必要なんだ。私はまた同じ要素のさまざまな混ぜ物も作っている。野蛮な名でお前に見せたものがこれだ。片麻岩《グネス》、珪岩《カールツワイト》、石灰質片岩《カルクシスト》、雲母片岩《ミカシスト》など。すべてそれらは私の埃でできている。私はさらに新しい要素で他の埃をこの後作るだろう。それは粘板岩《ねんばんがん》、砂、砂岩《さがん》になる。我慢して休みなく再凝固させるために粉砕する。お菓子の土台は粉だろう？　今、私は竈《かまど》を、それが爆発しないために地下の開口部を調節しながらしめている。一緒に上の方に何が起こったかを見にいこう。疲れているなら一眠りしていいよ。私はこの仕事のためにすこし時間がいるから」

私は時間の概念をなくしていました。それで妖精が私を起こした時、

「お前は何世紀もの間眠っていたよ」と言われて、

「じゃ、どのくらい？　妖精さん？」と聞きます。

「それは先生がたに聞けばいい」妖精は少しばかにしたように笑いながら答えて、「梯子を使おう」と言いました。

彼女は私にいろいろの堆積物のいくつかの段を上らせます。そこで私は彼女が金属の錆を操作するのを見ました。彼女はそれで石灰岩、泥灰岩、粘土、粘板岩、碧玉をつくります。そして私が金属の起源について尋ねた時、彼女は言いました。

「お前はたくさんのことを知りたがるね。お前のところの研究者はたくさんの現象を火と水によって説明することができる。だが、深淵からの風でおくりこまれたすべてのポゾラン、つまりイタリアの火山灰土が固い雲を形成する時、空中で何が起こったかを知ることができるだろうか？　そのポゾランを水の雲が嵐の舞うなかで転がしたり、雷が不思議な磁石でそれを貫いたり、力強い風が地上の表面で滝のような雨を使ってそれを叩きのめしたりすることが分かるだろうか？　そこに最初の堆積のもとがある。お前はそれらのすばらしい変化に今から立ち会うのだ」

私たちはより高く昇りました。そして白墨《はくぼく》、大理石、石灰質の石の堆積層、つまり地球全体と同じくらい大きい町を建てる材料を見ました。彼女がふるい、集積、変成、焼成によって作ることができるものに私が驚嘆していたので、彼女が言います。

「こうしたことすべて、なんでもないことだ。お前がこれから見るものはこれとは違う。それはこれらの石の真ん中で、既に発芽した生命だ」

彼女は海のように大きい池に近づいてそこに腕を浸します。そこからまず不思議な植物を、次に、さらにより不思議な動物をとりだします。それはまだ半分は植物でした。次に自由で互いに自立した生き物、生きた貝、そして最後に魚を取り出します。彼女はそれらを、次のように言いながら飛び跳ねさせます。

「埃夫人が水の底にいて作ることのできるものはこれだ。でもよりよいものがある。お前、後ろを向いて岸を見てごらん」

私は振り向きました。石灰岩とすべてのその混合物、二酸化硅素《けいそ》シリカと粘土に混ぜ合わされたそれらは表面で褐色の脂ぎった細かい埃を作り、そこにはひどく変わった毛の多い植物が生えていました。

「これが植物の土地だ」と妖精が言います。「少し待っていてごらん。木々が生えてくるのが見えるよ」

実際に木のような植物がすぐに生えてきて、爬虫類《はちゅうるい》や虫でいっぱいになってくるのが見えました。一方、岸では本当に恐怖の原因となる知らない生き物が動いていました。

「これらの動物は未来の地上ではお前を怖がらせはしない」と妖精は言います。「この生き物たちはその抜け殻で地球を豊かにする。彼らを恐れる人間はまだここにはいない」

「待ってください」と私は叫びました。「ここにいるたくさんの怪物にはうんざりです。これはあなたの土地で生きている貪婪《どんらん》なものたちですね。私たちを堕落させるために、すべてのこうした殺戮、すべてのこれら愚かさがあなたに必要だったのですか？　これらのものは、他のもののためには良くないものだと私には分かります。でも何もしないで、価値あるものを何も残さないで、生きている形をしたこれほど旺盛な創造を私は理解できません」

「肥料とはそれがすべてでないとしても、何かなんだ」と妖精は答えます。「この肥料が作りだす諸条件は種々の違う生き物に好都合だろうし、その生き物はまた自分たち生き物に続いていく」

「そして自分の番がきて消えていくのは何か、私はそれを知っているわ。創造は人間が創られて完成されることを私は知っている。少なくともそう言われたわ。そして私はそれを信じているの。でも、私を怖がらせ、私に嫌悪感を抱かせる破壊と生命の浪費はまだ想像してはいませんでした。これらひどいかたち、これら巨大な両生動物、怪物のようなワニ、そしてすべての這ったり泳いだりする動物、そういうものは歯をつかったり、他のものに噛みついたりするためだけに生きているように見えます」

私の憤慨は非常に埃の妖精の気晴らしになりました。

「素材は素材だ」と彼女は答えます。「素材はいつもその働きは論理的だが、人間の精神はそうではない。そしてお前はその証明だ。かわいい小鳥たちと、お前より美しく知性のある多くの被造物によって養われているお前。絶え間ない破壊なしに可能な創造は少しもないとお前に教えることは私のすることだろうか？　そしてお前は自然の秩序を逆転させたいのか？」

「はい。それを望んでいます。最初の日からすべてが良くなることを望んでいました。自然が大きい妖精なら、妖精はすべてこれらの嫌な実験をしなくてすみます。そしていつも美しい不変の創造の中で私たちが精神によって生きる天使でいることのできる世界をつくれるでしょう」

「偉大な妖精、つまり自然はより高い目標を持っている」と埃夫人は答えます。「その妖精は強いてお前の知っている事物に留まらない。その妖精はつねに働きつねに創造する。人生の一時停止を知らない妖精にとって休息は死であろう。もし物事が変わらないものであったとすれば、才能ある王の活動は終わっていただろう。そしてこの王は、やすみなく至高の王はその活動と共に終わるだろう。お前が生きている世界、先程過去が消えそうになってお前が振り向こうとした世界、この人間の世界、お前が昔の動物の世界より優れていると信じている世界、でもお前が満足できない世界、というのはお前は純粋な精神の状態で永遠にそこで生きたいので満足できない世界、この哀れな惑星は、まだ子供で無制限に変化する運命にある。未来はお前たちすべて人類という弱い被造物を、科学、理性、そして善意を持つ妖精、才気あるものとするだろう。私が見せてあげるものを見てごらん。天性のままに凝縮された生命の最初のあらわれは、お前のすぐ近くにあることを知るがいい。それはお前の住んでいる地球上を精神がいつか支配するよりも近くだ。未来この世界に住む者はそのとき、今日お前が軽蔑しているトカゲの世界と同じくらい強くお前を軽蔑するだろう」

「早い時期に、もし私の過去から見ているすべてのものが、未来を愛させるなら、さらに見続けましょう」と私は答えました。

「で、特に」と妖精は言います。「あまりに、現在を軽蔑して恩知らずにならないために過去を軽蔑しすぎないようにしよう。生命の偉大な能力が私の生み出した物質に役立つとき、それは最初の日からすばらしい仕事をする。お前の賢者たちが魚竜と名づけたあの自称怪物の目を見てごらん」

「その目は私の頭より大きくて恐いわ」

「その目はお前の目より優れている。自由に、近視になったり遠視になったりする。天体望遠鏡のようにとんでもないくらいの距離から餌を見る。そして餌がごく近くにあれば、機能を簡単に変化してその目は完全に眼鏡の必要もなく、その餌を真の距離で見る。創造のこのとき、自然は一つの目的しかもっていない。それは考える動物をつくることだ。その動物の要求にすばらしく適合した器官をあたえること。それは美しい始まりだ――お前はそれに感動しているね？　このようにしてこれらの跡を継ぐすべての生き物はよくなっていく。お前に哀れで、卑しく、あるいはつまらないと見えるものは、それらが自分の存在をはっきりさせなければならない所では順応していくという不思議なことがある」

「そしてそのものたちは、同じように自分を養うことしか考えないのですか？」

「お前は彼らに何を考えて欲しいのか？　地球は賛美されることを必要としていない。空は被造物の憧れや祈りがその法則の輝きと尊大に何かを付け加えることなく、今日もいつも存在するだろう。小さな惑星の妖精は偉大というものの要因を知っている。それを疑わないようになさい。だがこの惑星がその要因を予感するか、見抜くかする生き物を作らねばならないなら、それは時の法則に従わせられる。このこと、それをあなた方は確信できない。というのは、それらの作用を評価するためにはあまりにもわずかしか生きていないからだ。お前たちはそれらがゆっくりしているように感じている。ところが、それら作用は恐ろしい早さで存在しているのだ。お前の精神をその弱点から解放してあげよう、そしてお前に数えきれないほどの世紀の様子を見せてあげよう。もう理屈を並べないで眺めなさい。お前に対する私の親切を有利にお使い」

私は妖精が正しいと感じて、目を大きく開いて、地球の様相の連続するさまを眺めていました。植物や動物が本能によってますます賢明になり、形によってますます愉快に、そして立派になって生まれたり死んだりするのを見ます。地面が現代の産物に最も似ている産物で美化されるにつれて、大事故が絶え間なく変化させてきたこの大きい庭の住民は、自分自身のためには貪欲ではないが、彼らの子孫のために気遣っているように、見えました。私は彼らが自分たちの家族の使用のために住まいを作るのを、そしてその生息地に対する愛着を示すのを見ました。その結果、私は一つの世界が消え、新しい世界が出てくるのを妖精の行為のように見ていました。

「休息するがいい。知らないで、何世紀も駆けめぐったのだから。お猿さまの支配が完成して、次は人間さまが生まれようとしている」と妖精が言います。

私は疲れきって眠りました。そして目を覚ました時、妖精の宮殿の盛大な舞踏会のなかで、再び若く美しく、そして着飾っているのでした。

「お前はこれらすべての美しい物とこの美しい世界を見ている」と妖精は言いました。「ところがね、お前、これらすべては埃なんだよ。斑岩と大理石の岸壁、それはちょうどいい加減に練られ、焼かれた分子の埃なんだ。これら切られた石の壁、それは石灰か、あるいは同じ方法でよい具合につくられた花崗岩の埃だ。これらの光彩、これらの水晶、それは自然の仕事の真似をして人間の手で焼かれた細かい砂だ。これら陶器や磁器は長石の粉だ。それは中国の人がわれわれにその用い方を見つけさせたカオリンだ。踊り手たちが身を飾っているダイヤモンドは水晶化した炭の粉で、この水晶は牡蠣《かき》が貝殻の中で滲み出させた石灰のリン酸塩だ。金とすべての鉱物はごく小さい分子を、冷やしたり、温めたり溶かしたり、操作したり積み上げたりした集合体以外の物ではない。これらの美しい植物、肉色のバラ、斑点のあるユリ、周囲に良い香りを振りまくクチナシなどは私が準備した埃から生まれた。そしてこれら楽器の音に合わせて踊ったり微笑んだりしている人々、人間と呼ばれている優れたこれらの生きている者たちは、彼らもまた、失礼ながら、私から生まれ、私に戻ってくることになるだろう」

彼女がそう言っている時、祭りと宮殿は消えていました。私は妖精と畑の中にいて、麦が生えていました。彼女は身を屈めて石を拾いました。そこには象眼《ぞうがん》された貝殻がありました。

「あれが生命の第一期に私がお前に生きたまま見せた生き物だ。今化石の状態でいる」と彼女は言いました。「そしてこれはいま何になっている？　石灰のリン酸塩だ。それは埃にされてから、二酸化硅素《けいそ》をあまりに多く含んだ土地のための肥料をつくる。お前は分かるだろう？　人は一つのことに気づきはじめた。学ぶためのただ一人の師、それは自然だ」

彼女は指で化石を押しつぶし、その粉を耕された地面にまきながら言います。

「これは私の調理場のなかにかえる。私は芽を出させるために、破壊を蒔いている。こうしてすべての埃から、植物、動物、あるいは人間ができる。人生が終わったあとは死だ。そしてそれは何も悲しいことではない。それらはつねに死の後は生命にと、私のおかげで再生するからだ。さようなら。お前は私の思い出をしっかり護っていて欲しい。私の舞踏の衣服をとても褒めてくれた。ここにその小さい断片がある。ゆっくり調べてごらん」

すべては消えてしまいました。目を覚ました時、ベッドの中にいました。太陽は昇っていて、美しい光を見ました。妖精が私の手に置いていった布の切れ端を見ます。それは細かい埃の塊にすぎませんでした。でも私の心はまだ夢の魅力にとらわれていました。夢はこの埃のどんな些細な原子でも見分ける力を私の感覚につたえてくれたのです。

私は夢中でした。何でもありました。空気、水、太陽、金、ダイヤモンド、灰、花粉、貝殻、真珠、蝶の羽の粉、糸、ろう、鉄、木、そしてたくさんの顕微鏡でしか見えない死骸、でもその知覚できない破片の混ざった中に、咲くためか、あるいは形を変えるためか、どこかに落ち着こうと場所を探しているように見えるつかまえどころのない生き物の何か知らない生命がたぎっているのを見ました。そしてそれは朝日のバラ色の光の中で金の雲となって溶けていくのです。

牡蠣《かき》の精《せい》

私の友人のなかに変わった人がいました。牡蠣《かき》の愛好家で、昨年、彼は奇抜なことを思いつきました。それは牡蠣のさまざまの価値について、今度という今度は教わり、比較するために、最も有名な養殖床の産物をその場で味わいにいくということです。それで、彼はカンカル、ベルギー西部のオステンデ、マレンヌそれから他の何度か行った地方も含めて出かけますが、結局パリこそ最高の海産物のある海の港だと確信して戻ってきました。

お前たち、この友達を知ってるでしょう。この人が空想家だってことも知っているわね。彼が話しだすと、想像力は本当らしいことを追いこしてしまうことも知ってるわね。この間の夕方、私たちに自分のしてきた旅行のことを話していた時、お前たちは「砂の男」つまり睡魔（子供たちに眠気をもたらすのを「砂の商人」と言っている）に襲われました。できるかぎりその睡魔と闘ったけれど、ついに「おやすみなさい」とお仲間に言わねばなりませんでしたね。その夜、お前たちのために私が書いておかなければ、この奇妙な話はなかったでしょう。これが私の聞いたままの話です。話しているのは例の友達です。

「あなた方は私と同じく、海岸に住むことができるというのは知っているね。でも、魚や甲殻類、貝などを食べるのは、パリでそれを注文するときだけできるということもよく知っているね。パリはすべてを食べ尽くしてしまう。英仏海峡の海岸で海水浴場を持った大きいホテルの経営者が中央市場から牡蠣を取り寄せるときだけわれわれはそれを味わったのを覚えているね。私はいろいろのことをよく知ってはいるが、昨年、自分でそのことを確かめたかったのだ。私はひどく高い代金を払って、半ダースの並の牡蠣を手に入れるまで二十四時間マレンヌに留まっていた。他の所では牡蠣は全然なかった。いくつかの村ではかたつむりが出されたよ。

最後に私はカンカルにいった。そこでは牡蠣はまあまあで、田舎の宿の白ワインは、すばらしかった。テーブルで、ごく小さい背中の曲がった老人の横に坐った。しわだらけで、汚い衣服を着ていてひどく見苦しかったが、それでも私は彼と会話をした。牡蠣の品質の重要性をわきまえている唯一の人物らしいと思えたからだ。彼は牡蠣を上下左右に回しながら真面目に調べていた。

「真珠を探しているのですか？」と彼にたずねると、

「いや、そうじゃなくて、私はこの種類を、というかむしろこの変種を、私が既に知っているものと比べている」と彼は答えた。

「ああ、本当に？　あなたは牡蠣愛好家ですか？」

「そうだ。おそらくあなたのようにね」

「私のように？　私は牡蠣のためにひたすら旅行をしているのですよ」

「すばらしい！　われわれは理解し合える。私は全面的にあなたの役にたつよ」

「それはいい！　さあ、もう少しこの貝を食べて、それからおしゃべりをしましょう。――ボーイさん、牡蠣を四ダースここに頼みます」

「はい、お持ちしました」とボーイはテーブルに四本のソーテルヌのワインを置いて言った。

「このワインをどうしろというのかね？」と小男が無愛想な様子で尋ねた。

「一ダースの牡蠣に一本ずつは多すぎますか？」ボーイは私を見ながら言う。

「分かるだろう。ここの牡蠣はひどく辛い。好きなだけ牡蠣があるのなら構わないよ」と私は答えた。

ボーイは出ていった。私は老人と一本のワインを空けた。彼の方は私が払うと分かってから、喜んで頼みを聞くように見えた。ボーイが戻ってきて言う。

「肥えた牡蠣がもうないのです。でも明日のために欲しいものを注文できます」

「あっちへ行ってくれ！　ここの宝庫は尽きることがないと思って来たのだよ」

「ありますよ。たくさんあります。でも採らないことには」

「いいよ。じゃ、ぼくが自分で採りにいこう。昼食を持って来てくれ」

昼食はおいしかった。われわれは満足した。シタビラメはすばらしく、ワインは非難の余地がない。だが牡蠣がないという悔しさは出されるものを十分に味わうことを妨げた。私は見境いもなく小さい老人と喋りながら飲んだり食べたりした。彼は私の苦痛に同情し、挫折した探究に興味を持ったようだった。

食事の終わり頃には、私はもう彼の言葉の意味がはっきり分からず、周囲の事物を見ることもできないほどだった。小人の精は、――彼は実際小人の精のようだったから、――少し感動しているようだった。

私を親しい友と呼びながら、自分の腕に私の腕を取り、牡蠣に関する自然の秘密をすべて打ち明けようと誓った。

どこに行くのか分からぬままに、彼についていった。大気がまぶしくてくらくらした。彼と共に洞穴のような、地下の倉庫、あるいは暗い部屋に入る。そこには貝殻の山が積み重ねられていた。

「これが私の蒐集《しゅうしゅう》だ」と彼は勝ち誇ったように言う。「初めての者には見せないのだけれど、あなたはずぶの素人だから見せてあげよう。最初の牡蠣だ。ペルム期のオストレア・マテルキュラだよ」

「ああ！」私は牡蠣を掴み、それを口に入れようとして叫んだ。

「それを食べたいのかね？ 本気かね？」小人は私を止めながら言った。

「失礼！ 食べるためにくれたのだと思った」

「だけど、それは貴重な見本ですよ。ロシアの銅を含んだ石灰石の中でしか見つからないものですよ」

「銅を含んでいる？ ありがとう。止めてくれてよかった。昼食が不快なものにならなくてよかった。デザートに酸化銅をとりたくはないからパスしよう。あなたが言ったそのオストレアというものは、ロシアにしかいないそうだが、私はロシアには旅行したくないね」

「とはいってもこの牡蠣、生命の第一期の代表例で、とても興味深い」と牡蠣の精はその牡蠣を手に取りながら言う。「この牡蠣が生命の太古の昔、海に現れた時代には、人間も四つ足動物も地上にいなかったんだ」

「ところで、牡蠣は自然界で何をしていたのだろう？」

「牡蠣は生きて存在しようと試み、そして存在したのだ。最初の牡蠣を、それを食べるためにまだ生まれていなかったという理由で悪く言うのか？」

私は牡蠣の精を怒らせてしまったのが分かったので、もう少し新しい時代に移ってくれるように頼んでみた。

「順序に従っていこう」と彼が言う。「ここに花崗質砂岩とケーペル砂岩のオストレア・マルシニアナがある」

「それは良い顔つきをしていないね。しわだらけだし、肉がついてないようだ」

「同時代の動物はこの牡蠣を嫌わなかった。それは確かなことだ。オストレア・アルキュアタの方が好きかね？　別名、中生代ジュラ紀下部リアス亜紀の弓形のマガキ属イタボガキ科の二枚貝だ」

「美しいね。骨董品のランプに似ている。でもどんな味がするんだろう？」

「それは私にも全然分からない」と肩をすくめて精が言う。「私はその時代にいなかったからね。化石の牡蠣は変種と亜変種を加えて主な種類が二百五種あるが、それはかなりの数になる。オストレア・アルキュアタの変種なら見せてあげられるよ。手にとってごらん。お望みなら食べてもいい」

「おう、おう、何という幸運だ！　これは見事だ。これなら最高に食欲のある日でも一ダースあれば十分だと思う」

「それで、私たちはそれをジガンテアと呼んでいる。これより小さい方がいいかい？　ここにあるのは未来の品種だ。幼年期のアルキュアタとは別のものだと思わないがね。一皿食べてみるか？　それは下部

ジュラ系の一つシネムール階にたくさんいる」

「ありがとう！　殻から引き出すのに爪楊枝《つまようじ》が要るようだ。それを堪能するには三十六時間テーブルにいる必要があるね」

「ところで、ここにあるのはリアス亜紀中期のオストレア・シンビウムだ」

「それは大きすぎる。そして固いはずだ」

「中部ジュラ系バジョース階のマルシイ・クリスタガリの方が好きかい？」

「きれいだね。でも鶏のとさかのような、すべてのこのぎざぎざを開けるのはどうする？　まさにあなたの見せてくれるものはすべて厄介だね」

「私の標本にご不満かね？　でもここにグレガリアがある。そのギザギザはすばらしい。それはカルヴァドスの泥灰土《マール》の断崖にあなたも見ることができるだろう。でもいくつかの種類はとばしていこう。あなたは急いでいるのだから。鉄鉱石オーライトを横切ろう。でもキンメリッジ階クレイのオストレア・ヴィルグラを少し見ないかね？」

「それはとばしていこう」私はこれらの野蛮な名前にイライラして叫んだ。

「よろしい。われわれは今白亜紀の土地にいる。ここにオストレア・クロニがある。緑の砂岩の中にいるとても美しい牡蠣だ。これはさらに大きいゴールのアキラだ。このフラベラタ・フロン、カリナタは長い竜骨がある。一ダースも食べられるかね？　すばらしいのがたくさんあるが省略しよう。ここに最高のものがある。オストレア・ペ＝レオニスだ。これは白い石灰質岩石の中にいる。これには興味がないのか？」

彼は巨大な軟体動物の一つを見せた。ギザギザで皺があり、感じのいいガラスのような貝殻で覆われていて実に美しい外観だった。

「これが牡蠣だなんてとても信じられないね？」と私は言う。

「失礼ながら、正真正銘の牡蠣なんだ！」

「あなた自身が牡蠣だ！」私は怒って叫んだ。

私はその小さいやせた足で疑いなくその重さが分かる真珠のような軟体動物を受け取った。それは、何も予想していなければ、足の上に落としてしまうほどのものだった。この小人の衒学的な学術用語にうんざりして、告白すれば、私は本当に怒っていた。彼の方は、牡蠣と扱われても全然傷つく様子もなく、意地悪く笑っていたので、私は頭に何か投げつけたい気がした。私は怒っていたが残酷ではなかった。でなければ、ピエ・ド・リオン（ライオンの足）という牡蠣で彼を殺していたかもしれない。でも手に持っていた小銭を顔に投げつけることで満足した。彼はさほど痛くはない様子だった。

でもそのとき、彼は怒りだした。一歩下がって大きい鋼鉄の金鎚をとり、引きつったような手で振り回した。

「あなたは牡蠣じゃない。あなたは」彼はブイの上で砕ける波のようなかん高い声で叫んだ。「あなたは現代のオストレア・ウデュリス、この柔らかい軟体動物ほど高尚ではない。牡蠣は誰にも悪いことはしない。牡蠣があなたの貪欲の犠牲になったときだけ、あなたはその価値を評価する。あなたはウェルシュ（無知な人間を侮辱する言葉）だ。野蛮人だ。私の化石に尊敬の念もなく触り、白い石灰質岩石のかわいいコロンブを不当にも砕いた。注意深く愛情を持って集めたものなのに。何だって！　私はこの国にある最高に美しい蒐集を見せるためにあなたを招いた。ヨーロッパのすべての学者がそれに寄与したコレクションだ。無知の大食いのようにすべてを呑みこんでまだ満足しないで、私の貴重な見本を台なしにしてしまう。さあ、ふさわしい報いを受けてくれ。地質学者の鎚《つち》がいかに重いか、思い知らせよう」

　私は危険を感じ、その瞬間に白ワインの酔いはふっとんでしまった。自分が食べ物でなく化石に取り囲まれているのを見て、牡蠣の精の腕をうまくつかまえ、その武器を取り上げた。ところが彼は私の上に飛びかかり、そこに軟体動物のように貼りついた。恐ろしい猫背の男に貼りつかれてとても嫌な感じだったので吐き気を催した。それで離してくれなければ牡蠣の博物館のものをすべて壊してしまうと脅した。

　そのとき何が起こったかをあまりよく覚えていない。牡蠣の精は超人的な力だった。私は地面に伸びてしまう。そしてもう意識はなく、恐ろしいオストレア・ペ＝レオニスを彼に投げようと集めた。彼は逃げて、うまく逃げきった。私は立ち上がり、彼が自分の博物館とよんでいる危険な洞窟のようなところから急いで出た。そして海岸にいった。そこで昼食をとったホテルのボーイと出くわした。

「牡蠣をお望みなら、夕食にご用意できますが。十二ダースのお約束でした」

　と彼が言う。

「牡蠣だって！」と私は叫んだ。「牡蠣のことはもう話さないでくれ！　そうだ。悪魔が全部持っていってくれるといい、銅時代のマテルキュラから現代のウデュリスまで全部！」

　ボーイはポカンとした様子で私を眺めた。それから哲学者のような調子で静かに言う。

「どういうことかわかります。ソーテルヌは少し強すぎました。今夜はあなた様にはシャブリにしましょう」

怒りにとらえられそうになった私を見て、彼は丁寧に付け加えた。

「あなた様は節度がおありでした。でも変人と一緒に昼食をとられたので、それで悪酔いされたのです」

「変人と一緒にだって？　そうだ。確かに変人だ。ところであの牡蠣の精は何という名だ？」と私は言う。

「あなたは彼を本当の名で呼んでいられます。ここではそう呼んでいるんです。牡蠣の精、つまり牡蠣の小悪魔と。意地悪い男ではありません。でも牡蠣に関しては殻のことしか気にしない偏執狂です。魔法使いのように扱われています。私は彼を愚か者だと思っています。あなたは彼のやり方に文句がおありでしたか？」

私は奇妙な出来事をホテルのボーイに話したくなかった。それで夕食のために必要な食欲をつくりに、海岸を散歩しようと遠ざかっていった。

しかし私は遠くにはいかなかった。眠りたいという打ち勝ちがたい要求が襲いかかり、安全な砂の上に身を横たえた。目を開けた時、もう暗くなっていて、海は満ち潮だった。夕食にいかねばならない。私は苦労して多くの残骸の上を歩く。満潮が砂浜に持ってきたものが海岸に散乱している。古いスリッパ、古い帽子、ねばねばした海草、悪臭を放つ壊れたエボシ貝に覆われた小舟の残骸、固まったムール貝、クラゲの死骸、その上を歩くたびに足がすべる。今まで決して海で感じたことのない不快感にとらわれて、私は急いだ。そのとき、まわりの暗闇でぼんやりしたものがさまよっているのを見た。その身長から牡蠣の精に違いなかった。私は動揺して、水に運ばれてきた杭を手にすると彼についていった。彼は泥の上を這い廻って私の足を捕らえようとしているらしかった。背骨に力強い一撃を食らって彼は奇妙な叫びを上げ、それから小さく小さくなって、私の足下であくびをしていた大きい貝の中に入ってしまった。私は素早くそれを掴もうとしたのに、恐ろしいことに毛深い体しか捕まえられなかった。その間に冷たい舌が私の顔をなめ回していた。私は怪物を海に投げようとした。その時飼い犬のトムを見た。ホテルの部屋に閉じこめておいたのに、私に会おうとうまく逃げてきたのだ。

私は完全に我に戻って、ホテルに夕食をとりにいった。そこではすばらしい牡蠣が好きなだけサーヴィスされていた。白状するが私は食欲はなかったけれどそれを食べた。頭が混乱して、殻から牡蠣の精が出てきて、私をからかってテーブルの上を跳び回るのを見る思いだった。

翌日、昼食をしようとした時に、突然人間の姿をした牡蠣の精が私の傍に坐るのを見た。

「私の化石で昨日大変あなたを困らせたので、お許しを乞わねばなりません」と彼は言った。「まだ白亜紀の土をいくつかお見せしなければならないのです。いろいろの中でもオストレア・スピノサはひどく奇妙なものです。白い石灰質岩石の階はひどく豊富な種類があります。その後で、われわれは第三紀層の土に着くでしょう。そこにベロヴァシナとロンギロストリスを見るでしょう。それは現代の牡蠣ウデュリスと真珠貝に似ていますよ」

「それで終わりですか？」と私は叫んだ。「今日は、少なくとも、あなたの消化の悪い化石で私を殺さないで、ウデュリス・カンカリスを静かに食べさせていただけますか？」

「あなたは間違っている」と彼が言った。「牡蠣の地質学的研究を軽蔑するのは間違っている。その探究は地質学の段階をすばらしく特徴づけている。ある学者が言ったように、牡蠣の研究は歴史を持たない時代の、記念碑的しるしです。次々に起こる変型は、環境のゆっくりした継続的な変化を示している。その形はその環境に敬意を表しています。あるものは浮遊するためにアルクアタやカリナタのような形をしている。他のものはグレガリアやデルトイデアのように岩にくっついて生きた。一般に牡蠣は集まって生きる傾向があるので、人間社会にモデルとして役立っているのです」

「あまりにも分かりきったことです」私はむっとして答えた。「牡蠣棚の状態について党派の集まりで説教されることをお勧めしますよ」

「政治の話はしないようにしましょう」牡蠣の精は微笑みながら言った。「学問はこの地上では迷うことはない。それは現代の地上の最高の階層にある。それを小党派《コンセルヴアトール＝バン》（牡蠣床と議会の小政党をかけた言葉遊び）とよぶことができるでしょう」

「あなたと冗談を言い合うのはいいでしょう！　あなたは昨日よりご機嫌がいいようですね」と私は答えた。

「昨日！　私は礼儀と親切に欠けていましたか？　それは残念だ。あなたはソーテルヌをたくさん飲ませてくれた。私はシードルには慣れていたんだが。ぼんやりとしか覚えていないよ」

「私を殺しかけたのも覚えていませんか？」

「私が？　おお！　何ということ！　私は哀れな小さい奇形の年寄りなのに、どうしてあなたのようなたくましい男の人に立ち向かおうと考えたりしたのだろうか？」

「でも私の上に飛びかかって投げ飛ばしたんですよ」

「私が投げ飛ばした？　私が？　そんなことはありえない。あのソーテルヌという酒は強い！　あなたは私の所ですべてを壊したがった！　だが二人とも覚えていないのだから、仲良くいっしょに昼食を取っていざこざを忘れてしまおう。昨日私に承諾するように言われた食事を今日は承諾していただこうと頼みにここに来たのですから」

私はそのとき、牡蠣の精をかわいい人だと思った。彼は本当にご馳走を振る舞ってくれた。そこでは私はワインの産地について検討し、牡蠣はワインを味わうためにしかもう問題にならなかった。私は正午に出発した。彼は鉄道まで私を送り、名刺をくれた。彼の名はごくあっさりとゴームという名だった。（牡蠣の精のニョーム Gnome と、ゴーム Gaume の言葉遊びだが、ゴームはサンドがつくり出したのではない。ゴームについてはサンドの息子モーリスの知人に、アルベール・ゴームという人がいたこと、一方ゴーム兄弟出版社というのもあって、サンドはそこの出版の本も読んでいたということがある）

訳者解説

小椋順子

■収録作品について

①「ピクトルデュの城」

ジョルジュ・サンドは一八五八年にノアンのマリオネット劇場のために この作品を書きました。しかしこれは同じ題がつけられながら、一八七三年二月五日に書き上げられたコントとは関わりがないと、ベルチエ教授はのべています。このコントは一八七三年三月五日から二十三日までの『ル・タン』紙に発表されました。原稿はパリの歴史図書館に保管されています。

十篇の中では最も長いコントで、物語は画家である父が、体具合の悪い娘、ディアーヌを修道院から家に連れて帰るところから始まります。娘の母はすでに亡くなっていて、家に待っているのは若い義理の母でした。

御者を加えて三人の旅は、事故のために、廃墟のようなピクトルデュの城に一泊することになります。ここでディアーヌは彫像が動いたり話をしたりするのを目にします。この後少女はさまざまの体験をしますが、隣に住む理解のあるドクターの助けもあり、好きな絵画の道に進むことができます。優しい心を持つディアーヌによって、義理の母もピクトルデュの城の後継者の娘ブランシュも、また父もドクターも、その甥も、皆幸せになったのです。そして誰よりもディアーヌ自身最も幸福な人生を送ることになるのです。サンドはそのことを教えたかったのでしょう。物語の最後に、ディアーヌが義母に対して「多くのことに耐えているうちに、いつか本当に愛するように」なり、それは「性質のいい人間の一つの法則」であること、「広い心の人は犠牲を好んで」するが、それは「狭い心の人にとっては幸せなこと」だと述べています。

「大きい心の人があり、小さい心の人があるのです。表面から見れば、小さい心の人は大きい心の人の犠牲によって生きているようですが、実際には、与えたり許したりする人は最高の喜びを味わっているのです」というサンドの生の声は深く心に残ります。

②「女王コアックス」

第一巻に納められた五つのコントの中では一番早く書かれたもので、百十八枚の原稿はパリの歴史図書館にあるとのことです。

一八七二年、六月一日の『両世界評論《ルヴュ・デ・ドゥ・モンド》』に初めて発表されました。このコントの舞台はノルマンディですが、これを書いた後、同年七、八月にサンドはノルマンディに最後の旅行をしています。旅行の方がコントより先の印象をうけますが、彼女は若いときからノルマンディに対しての思いが強く、民話や伝説にベリー地方と共通したものがある、というような記述があちこちに見られます。

物語のなかのピュイペルセという名は、穴のあいた井戸、という意味のフランス語で、フィリップ・ベルチエによると、喪失、廃虚、枯渇などの約束、あるいは確実性をあらわしていると言います。

白鳥のネペは語源から万年雪という意味があるようで、純粋を表わすつもりだったのでしょう。

女主人公マルグリットが蛙に似ているという話は思わず微笑みたくなります。幸福になるために美人である必要はないと、幸福は自然と調和して生きることにあるとサンドはいいたかったのでしょう。

自然破壊を嘆いているこのコントが書かれたのが十九世紀のことだと思うとき、時間の短縮や、生活の向上のためといって、日々美しい自然の風景、植物、動物等が失われていく現在の状況を見て、寒々とした思いになります。

③「バラ色の雲」

このコントは一八七二年七月十二日に始められて、四日間で書かれました。百三十ページの原稿は現在見つかっていません。

初出は一八七二年八月一日号の『両世界評論』です。

ここでも山の風景が描かれますが、サンドは後の「巨岩イエウス」でより詳細に山を描写しています。

エプロンに雲を包む、などという夢のようなお話が出てくるのですが、カトリーヌという少女も、コレットという伯母さんも超自然の存在に見えます。

ついにカトリーヌも伯母さんのように雲のように軽い布を細い糸で紡ぐことができるようになります。そして伯母さんの後をついで幸せになるのですが、そのためには我慢すること、勇気を出す事が大切だと繰り返し繰り返しサンドは言っています。

④「勇気の翼」

一八七二年十月に書きはじめて十一月二十六日に終了しました。同年十二月十五日号の『両世界評論』に発表されます。

このコントは二人の孫娘、モーリスの長女と次女、オロールとガブリエルに、旅行で見た景色を使ったお話をと頼まれて、前年の夏、子供たちをつれて行ったノルマンディの海岸をサンドは選びました。したがって実際に目にしたはっきりした地形が使われています。又ここでは多くの鳥の名が出てきますが、サンドの母、アントワネット・ソフィの実家の父がカナリアやヒワなどの鳥を売っていたので、サンドは特に鳥に対して関心があったのです。

男爵のところで何不自由なく暮らすことができるのに、お金にも名声にも執着しないで心から鳥を愛するために、剥製の鳥の中で生活することに耐えられなくなって、ついに男爵に別れを告げて出て行くクロピネ。そして最後に、人間に別れを告げて鳥になって飛び去っていくクロピネ。読む私たちも、後に残る家族と共に何となく寂しいような、悲しいような気分になってしまいます。いつまでも心に余韻の残る物語です。

⑤「巨岩イエウス」

一八七三年二月十二日に始められて、三月五日に書き上げられました。発表は翌四月十五日号の『両世界評論』です。原稿百八十三枚はノアンに現存しています。

岩の話はベリー地方の伝説によくでてきます。ベリー地方の伝説をピレネー地方に移して書かれたといわれていますが、このような伝説は他の多くの地方にもあるようです。

サンドはピレネー地方をよほど好きだったようで、一八二五年以来、一八三三年、一八三七年、と訪れ、最後はこのコントが書かれた翌年一八七四年にも行っています。その旅行は『ジャンヌ』その他のなかの舞台として生かされています。

それにしても大きい岩を努力のすえに処理して、母、妹たちと平穏に暮らしている、かつての物乞いの息子と、心優しい話者との交流の物語はほのぼのと温かい気持ちにさせられます。

⑥「ものを言う樫の木」

このコントは第二巻の最初に納められています。サンド自身の記述によると一八七五年八月七日に始められ、同月十三日に書き終わったということです。十九日に少し訂正されて、二十九日に家族に公開、朗読され、続く十月十五日号の『両世界評論』に発表されました。

このお話は「勇気の翼」に似たところがあって、エミとクロピネは兄弟のようなところがあります。サンドは物語を通じて、自然の美しさ、すばらしさ、誠実に生きていけば必ず報われる、死は神聖な普遍的な存在に戻ることでいやなことではない、などということを教えたかったのでしょう。

木は地と空との間にある存在で、無限の世界に向かってのびていきます。サンドは声を持たない木に声を与え、子供のエミだけがその声を聞くことができました。

それにしてもエミの自然を愛する心、人を思いやる心が、頑迷な周囲の人々をも和らげていく姿に、太陽と北風のマントを脱がせる競争の物語を思い出します。

また、先日、テレビで柳生博さんが、木が話す、ということを言われました。木に抱きついて泣いていると、木が話しかけてくれたことがあるのだそうです。何か困ったことがあれば木のそばに行って耳をすましなさい、と。それから、鳥は大空から下界を俯瞰《ふかん》しながら何千キロメートルも飛ぶので、人間の世界、その営みを一番よく知っている、とも言われました。自然のもつ不思議な力のことを、サンドのように感じとる人もいるのだと感心しました。

私たちも風が木の葉をそよがせるとき、ふと何かを話しかけているように思えるときがないでしょうか。

⑦「犬と神聖な花」

これは最初二つのコントでした。一つにされてパリ市立歴史図書館に納められています。年代順にいえば最後に書いたものです。

一八七五年八月十六日の日記に、「ロロに、ファデという犬の話を読んで聞かせた」とサンドは書いています。前晩書き上げたばかりでした。同月十九日から『象』をかくために準備しはじめ、二十九日までかかります。彼女は「三ページ書くために二十巻の本を読んだ」と自分で言っています。

サンドは孫に読んで聞かせるとき、多分子供は眠ってしまうだろうと思っていましたが、オロールは母親と共に最後まで熱心に聞いていました。お話が終わると、「おやすみ、とてもすばらしいわ」と言ったかと思うと、母の腕にすがって泣き崩れます。サンドは体具合でも悪いのかと心配しましたが、そうではなくて象の死んだのが悲しかったのです。母親の方も泣いていました。サンドは、幻想的なテーマを現実に一致させることや、準備に疲れたけれど、労苦は報われたと喜んだそうです。

十一月一日の『両世界評論』に発表されました。

犬の方には最終的に削ってしまった部分があって、その手書き原稿はパリ市立図書館にあるとのことです。以上はベルチエ氏による解説からいただいたものです。犬の方は短いコントですが、象の物語は人間との絶対的な信頼と愛情の物語で、人間と人間の間にもこのような愛情があればなんとすばらしいことかと思われます。恐らくサンドもそのようなことを心に描き、また読む者にも伝えたかったのでしょう。

白い象に関しては、フォンテヌブローのお城にフランソワ一世が自分を白い象に見立てて描かせた画があるそうです。

⑧「花のささやき」

このコントの原稿はシクレス大佐の所有です。ペルチエ氏は大佐のご好意によって参照されたとあります。一八七五年六月二十九日に書き終えて、次の七月十四日、『ル・タン』紙に発表されます。

少し横道になりますが、『ル・タン』紙、フランス語で時、時代、という意味のこの新聞は一八二九年の創刊で一八四二年に一時廃刊になり、一八六一年に復刊されます。自由を謳歌する第三共和政下の最も重要な自由擁護の新聞でした。その後発行部数は増えていくのですが、思想的には変わっていって一九四二年に消滅しました。

さてこれは短いコントですが、サンドの伝えたかった自然の世界のことがよくわかります。私たちには聞こえない植物の話し声、荒々しい破壊を仕事にしている風が、バラの香りの優しさに目覚めてゆく過程、自然界の生と死が繰り返される永遠、などです。

そのままサンド自身の言葉と取れる最後の祖母の言葉は印象に残ります。

「あなた方がバラの言うことを聞いたことが全然ないとはお気の毒ね。私はそれを聞いた頃が懐かしい。子供の能力なんですね。能力と病気を混同しないように注意してくださいね」

⑨「埃の妖精」

この原稿の所在は不明ですが、パリ市立図書館は『風。埃の妖精』という題の自筆テキストを所有しているようです。これは最初のもので、後でサンドは冒頭の部分を削りました。『花のささやき』と重なる部分があったからと思われます。

この短いコントのなかにも、サンドの、ものを見る目、宇宙を、地球を、そして周辺を、目に見えないものまで見ようとする目を感じます。何も見えない空気のなかに、無数に飛んでいる埃、その小さいものから、生命が誕生し、それはやがて死んで、そこから再び生命が生まれるという輪廻思想。死もまた、新しい生命を生むための一過程と考えれば、いやなものでも、恐ろしいものでもなくなるのです。

最近新聞で「塵と不可思議」と題する記事を読みました。そのなかに「ナノテクノロジー」などというときの「ナノ」は日本や中国の「数の単位」にはめると「塵《じん》」になり「ナノサイエンス」は翻訳すると

「塵《ちり》の科学」になるのだそうです。私はすぐにサンドの「埃の妖精」を思い出して、サンドが目に見えないくらいの小さいものを見て、そこから思いを拡大していったことに改めて驚き、すばらしいと感心しました。

⑩「牡蠣の精」

残念ながら、このコントの原稿は見つからないそうです。

一八七五年七月二十四日の日記にサンドは書いています。『何度か手を入れながら三時間仕事をして、コントをかいた。今夜仲間はそれを聞いて楽しんだ』と。このとき、孫のオロールは麻疹《はしか》にかかっていました。このコントは翌日、翌々日かけて調えられ、八月二十五日の『ル・タン』紙に掲載されました。ベルチエ氏によると、息子のモーリスが友人のプロシュとラ・ロシェルの方に旅行に出たことから書かれたようです。このプロシュという友人が牡蠣好きというか、牡蠣研究家だったらしくて、コントの登場人物と彼がだぶっています。

■ジョルジュ・サンドについて

ジョルジュ・サンドは一八〇四年生まれですから二〇〇四年は生誕二百年になります。それを記念して多くの著作、講演会等が、フランスはもちろん、さまざまの国で催されました。作品も多く翻訳されています。このシリーズでもすでにプレ企画としてサンドが紹介されていますから、著者ジョルジュ・サンドについては、多くを述べません。

ここに納められた十篇のコントの原文は、オロール社から出版された、一九八二年版の「おばあ様のコント」第一巻、一九九五年版の第二巻からです。

第一巻には、「ピクトルデュの城」「女王コアックス」、「バラ色の雲」、「勇気の翼」、「巨岩イエウス」の五つの物語、第二巻には、「ものを言う樫の木」、「犬と神聖な花」、「巨人《タイタン》のオルガン」、「花のささやき」、「赤鎚」、「埃の妖精」、「牡蠣の精」、「大きい目の妖精」の八つの物語がおさめられています。

二巻ともに紹介と解説はグルノーブル大学のフィリップ・ベルチエ教授です。なお第一巻にはロラン・フィギエールの挿し絵がついていますが、今回の邦訳版には、よしだみどりさんが美しい挿し絵を描いてくださいました。

本書は、全十三篇の中から次の十篇を選んで訳出しました。

一巻の五篇、二巻の「ものを言う樫の木」、「犬と神聖な花」、「花のささやき」、「埃の妖精」、「牡蠣の精」の五篇です。

このコント集は、一八七二年から一八七六年の間に書かれたもので、つまりサンドの最晩年の作品ということになります。二巻の出版は死後の出版です。

老境にあるジョルジュ・サンドが、かわいい孫たちに、また多くの子供たちに、そして多くの読者に、自然への愛を、自然の持つ無限のすばらしさ、美しさ、そして同時にその恐ろしさを伝えたいと願って書かれました。また現世の権力や財力がいかに空しいか、誠実に好きな道一筋にいけば、いつか幸せがめぐってくるというようなことをサンドは熱心に話しかけています。激しい青春の喜びも苦しみも体験した後で到達しえた静かな境地です。故郷ノアンで愛する孫たちと、すばらしい友人たちに囲まれて迎えた晩年でした。

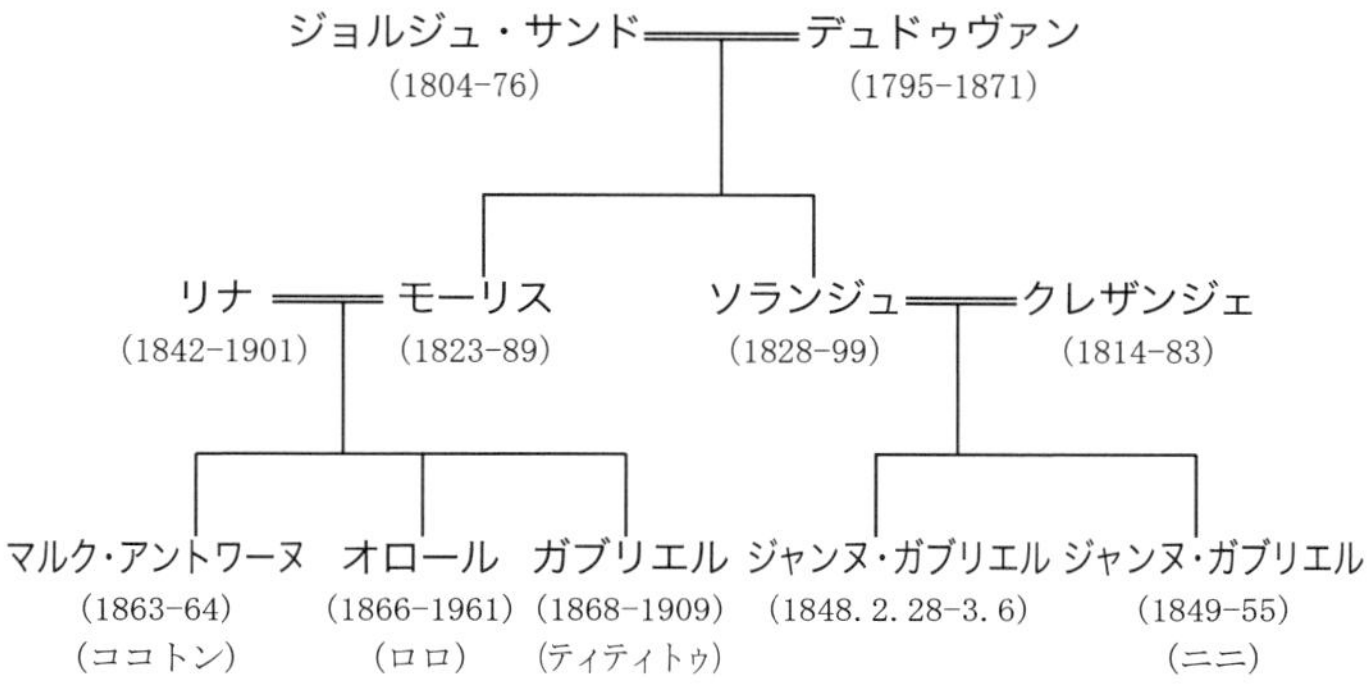

サンドが活躍した十九世紀は、まだ男性社会で、才能ある多くの女性はその才能を発揮できないで埋もれてしまわざるをえない時代でした。カミーユ・クローデル（ポール・クローデルの姉）、ファニー・ヘンゼル（メンデルスゾーンの姉）など、すばらしい才能をもちながらそれを発揮できなくて、二十世紀になってからその価値を認められはじめた女性は数多くいます。その時代に、グループの力に頼ることなく、サンドはつねに社会の動きを注視し、多くを語りそして書きましたが、その真価は今後ますます見い出されていくことでしょう。

実際にサンドの死後、フランスに限らずヨーロッパでは女性解放運動が一段と活発になり、女子教育にも力が注がれました。サンドの著作による影響の大きさがうかがわれます。

ところで彼女の愛した五人の孫ですが、添付の系図（上図）で分かるように、長男モーリスに三人、長女ソランジュに二人と五人の孫に恵まれるのですが、そのうち三人までは夭折、二人だけが成人し、長寿を全うしたのはオロールだけでした。

オロールは九十五歳までノアンで暮らし、祖母サンドの手紙、原稿などを整理し、またノアンの現状維持に努めました。

サンドは一八七六年六月八日に亡くなります。孫娘オロールはその日のことを後で次のように書いています。

「六月八日、雨が降りはじめた。庭も泣いているのだ。私は祖母の部屋の窓の下に咲いていた白いバラを彼女のベッドにおいた。（……）私を抱きかかえながらフロベールも泣いていた。（……）祖母がいなくなった今、私の人生はもう存在理由をなくしてしまっていた」

このとき、まだオロールは十歳の幼児でした。

コントの中には精霊や妖精がたくさんでてきます。また植物や風が語りかけるのです。こうした自然の語りかけは、純粋な心にのみ聞こえるのです。純粋な心を持っているのは子供で、子供の耳には自然の声が聞こえるのです。心を空しくして耳をすませば、私たちの小さい生命も宇宙の生命に溢れていろいろの声が聞こえるようになるのでしょう。大人よりも自然の声を聞く能力を子供は持っている、とサンドは『花のささやき』の最後に、祖母の言葉として書いているのは印象的です。

サンドの多くの著作は、今なお私たち読む者を深く引きつけ続けています。限りない欲望の満足、快適な生活を追求するあまり、地球の温暖化、自然破壊等、痛ましい問題が種々起こっています。サンドが今の状況を目にすれば何と言うでしょう。

自然を愛し続けたジョルジュ・サンドの最後の言葉は、自然への別れの言葉でした。

「緑を残しておいてくださいね」と。

最後に、人間形成のほとんどの部分を、本を読むことによって培ってきた今までと違い、活字離れと言われている今、すぐれた本を次々に出版される藤原書店の社長に心からの感謝と声援をおくります。また訳出にあたって、沼倉俊彦・広子御夫妻に多大のご尽力をいただきました。ありがとうございました。

二〇〇五年三月

訳者紹介

小椋順子（おぐら・じゅんこ）
1967年東京大学大学院博士課程満期退学。1968年パリ大学付属音声学研究所研究生。1969年より獨協大学教授を経て現在名誉教授。共訳にヴァン・ティーゲン『フランス文学理論史』（紀伊國屋書店、1973年）、訳書にバルベ・ドルヴィイ『レア』（コウベ・ブックス、1975年）、共著に『グランド・マドモアゼルの生涯』（森企画、2003年）他、バルベ・ドルヴィイ研究、作品の翻訳など。

〈ジョルジュ・サンド セレクション〉第8巻　〈第3回配本〉

ちいさな愛の物語

2005年4月30日　初版第1刷発行©

訳　者　小 椋 順 子
発行者　藤 原 良 雄
発行所　株式会社 藤 原 書 店
〒162-0041　東京都新宿区早稲田鶴巻町523
電話　03（5272）0301
FAX　03（5272）0450
振替　00160-4-17013
印刷・製本　中央精版印刷

落丁本・乱丁本はお取替えいたします
定価はカバーに表示してあります
Printed in Japan
ISBN-4-89434-448-3

5　ジャンヌ——〈野の少女〉の愛と死

Jeanne, 1844　　**持田明子 訳＝解説**

現世の愛を受け入れられず悲劇的な死をとげる、読み書きのできぬ無垢で素朴な羊飼いの少女ジャンヌの物語。「私には書けない驚嘆に値する傑作」(バルザック)、「単に清らかであるのみならず無垢のゆえに力強い理想」(ドストエフスキー)。

❻　魔の沼　ほか

La Mare au Diable, 1846　　**持田明子 訳＝解説**

貧しい隣家の娘マリの同道を頼まれた農夫ジェルマン。途中道に迷い、〈魔の沼〉のほとりで一夜を明かす。娘の優しさや謙虚さに、いつしか彼の心に愛が芽生える……自然に抱かれ額に汗して働く農夫への賛歌。ベリー地方の婚礼習俗の報告を付す。

〈附〉「マルシュ地方とベリー地方の片隅——ブサック城のタピスリー」(1847)
「ベリー地方の風俗と風習」(1851)

232頁　**2200円**　◇4-89434-431-9 (第2回配本／2005年1月刊)

7　黒い町

La Ville Noire, 1861　　**石井啓子 訳＝解説**

ゾラ「ジェルミナル」に先んじること20数年、フランス有数の刃物生産地ティエールを舞台に、労働者の世界を真正面から描く産業小説の先駆。裏切った恋人への想いを断ち切るため長い遍歴の旅に出た天才刃物職人を待ち受けていたのは……。

❽　ちいさな愛の物語

(第3回配本)

Les Contes d' une Grand-mère, 1873,1876　　**小椋順子 訳＝解説**

「ピクトルデュの城」「女王コアックス」「バラ色の雲」「勇気の翼」「巨岩イエウス」「ものを言う樫の木」「犬と神聖な花」「花のささやき」「埃の妖精」「牡蠣の精」。自然と人間の交流、澄んだ心だけに見える不思議な世界を描く。

520頁　**3600円**　◇4-89434-448-3 (第3回配本／2005年4月刊)

9　書簡集　1820～76年

大野一道・持田明子 編訳＝解説

収録数およそ2万通の記念碑的な書簡集(全26巻)から、バルザック、ハイネ、フローベール、ツルゲーネフ、ユゴー、ドラクロワ、リスト、ショパン、ミシュレ、マルクス、ラムネ、バルベス、バクーニン、ジラルダンらへの書簡を精選。

別巻　サンド・ハンドブック

大野一道・持田明子 編

これ一巻でサンドのすべてが分かるはず！　①ジョルジュ・サンドの珠玉のことばから、②主要作品あらすじ、③サンドとその時代、④サンド研究の歴史と現状、⑤詳細なサンド年譜、ほか。

〈生誕200周年出版特別企画〉

わが生涯の歴史　(全3巻)

石井啓子・大野一道・原好男・持田明子・山辺雅彦 訳

Histoire de ma vie, 1855

〈第一巻〉 第1部　ある家族の歴史　～1800年
第2部　私の子ども時代　1800～1810年
〈第二巻〉 第3部　子ども時代から青春時代まで　1810～1819年
第4部　神秘的信仰から自立まで　1810～1832年
〈第三巻〉 第5部　作家生活と私生活　1832～1850年

1847年、42歳で執筆を開始、8年後に脱稿した大作。サクス元帥を祖父に持つ父と、祖先の系図がまったくない社会階層の母との間に生まれたオロール・デュパンが、ジョルジュ・サンドという名の作家になっていく道程を鮮やかな筆致で描き出す。3代にわたる家族の歴史までも辿る、19世紀の最もすぐれた自伝の一つ。

ジョルジュ・サンド生誕 200 周年記念

ジョルジュ・サンドセレクション

（全 9 巻・別巻一）

〈責任編集〉 M・ペロー　持田明子　大野一道

四六変上製　各巻 2200 ～ 3800 円
各巻 220 ～ 600 頁　年 4 回刊　**ブックレット呈**

▶主要な作品の中から未邦訳のものを中心にする。
▶男性が歴史の表舞台で権力をふるっていた時代に、文学・芸術・政治・社会あらゆるところで人々を前進させる核となってはたらいた女性ジョルジュ・サンドの全体像を描きだす、本邦初の本格的著作集。
▶その知的磁力で多分野の人々を惹きつけ、作家であると同時に時代の動きを読みとるすぐれたジャーナリストでもあったサンドの著作を通して、全く新しい視点から 19 世紀をとらえることをもめざす。
▶サンドは、現代最も偉大とされている多くの作家――例えばドストエフスキー――に大きな影響を与えたと言われる。20 世紀文学の源流にふれる作品選。
▶各巻末に訳者による「解説」を付し、作品理解への便宜をはかる。

＊白抜き数字は既刊

プレ企画 **ジョルジュ・サンド** 1804-76　自由、愛、そして自然

持田明子

〈附〉作品年譜／同時代人評（バルザック、ドストエフスキー ほか）／図版多数
Ａ５変並製　280頁　**2200円**　◇4-89434-393-2（2004年6月刊）

1　**モープラ**――結婚礼賛小説　（第 4 回配本）

Mauprat, 1837　**小倉和子 訳＝解説**

没落し山賊に成り下がったモープラ一族のベルナールは、館に迷い込んできたエドメの勇気と美貌に一目惚れ。愛の誓いと引き換えに彼女を館から救い出すが、彼は無教養な野獣も同然――強く優しい女性の愛に導かれ成長する青年の物語。

❷　**スピリディオン**――物欲の世界から精神性の世界へ

Spiridion, 1839　**大野一道 訳＝解説**

世間から隔絶された 18 世紀の修道院を舞台にした神秘主義的哲学小説。堕落し形骸化した信仰に抗し、イエスの福音の真実を継承しようとした修道士スピリディオンの生涯を、孫弟子アレクシが自らの精神的彷徨と重ねて語る。
328頁　**2800円**　◇4-89434-414-9（第1回配本／2004年10月刊）

3　**コンシュエロ**――愛と冒険の散文オペラ　㊤

持田明子・大野一道 訳＝解説

4　**コンシュエロ**　㊦　**大野一道・山辺雅彦 訳＝解説**

Consuelo, 1843

素晴らしい声に恵まれたジプシーの娘コンシュエロが、遭遇するさまざまな冒険を通して、人類を救済する女性に成長していく過程を描く。ゲーテの『ヴィルヘルム・マイスターの修業時代』に比せられる壮大な教養小説。サンドの最高傑作。

ショパンとの生活と愛

マヨルカの冬

G・サンド
J-B・ローラン画　小坂裕子訳

パリの社交界を逃れ、作曲家ショパンとともに訪れたスペイン・マヨルカ島三ケ月余の生活記。自然を礼賛し、文明の意義を見つめ、女の生き方を問い直すサンドの流麗な文体を、ローランの美しいリトグラフ多数で飾った読者待望の作品、遂に完訳。本邦初訳。

A5変上製　二七二頁　**三二〇〇円**
（一九九七年二月刊）
◇4-89434-061-5

UN HIVER À MAJORQUE　George SAND

新しいジョルジュ・サンド

サンド
――政治と論争

G・サンド
M・ペロー編　持田明子訳

歴史家ペローの目で見た斬新なサンド像。政治が男性のものであった一八四八年二月革命のフランス――初めて民衆の前で声をあげた女性・サンドが当時の政治に対して放った論文・発言・批評的文芸作品を精選。

四六上製　三三六頁　**三二〇〇円**
（二〇〇〇年九月）
◇4-89434-196-4

書簡で綴るサンド―ショパンの真実

ジョルジュ・サンドからの手紙
（スペイン・マヨルカ島、ショパンとの旅と生活）

G・サンド　持田明子編＝構成

一九九五年、フランスで二万通余りを収めた『サンド書簡集』が完結。これを機にサンド・ルネサンスの気運が高まるなか、この新資料を駆使して、ショパンと過した数か月の生活と時代背景を世界に先駆け浮き彫りにする。

A5上製　二六四頁　**二九〇〇円**
（一九九六年三月刊）
◇4-89434-035-6

文学史上最も美しい往復書簡

往復書簡　サンド=フロベール

持田明子編訳

晩年に至って創作の筆益々盛んなサンド。『感情教育』執筆から『ブヴァールとペキュシェ』構想の時期のフロベール。二人の書簡は、各々の生活と作品創造の秘密を垣間見させるとともに、時代の政治的社会的状況や、思想・芸術の動向をありありと映し出す。

A5上製　四〇〇頁　**四八〇〇円**
（一九九八年三月刊）
◇4-89434-096-8